華山歸還
화산귀환

華山歸還
화산귀환 7
비가 장편소설

목차

21장	22장	23장	외전	외전	외전
그건 두고 봐야 아는 일이죠	화산은 화산의 길을 간다	내가 네게 용서를 논할 자격은 없겠지만	출가 出家	일기 日記	육아 育兒
007	145	281	403	461	491

21장

그건 두고 봐야 아는 일이죠

왁자지껄 떠들썩한 화산파의 소굴(?)에 커다란 목소리가 들려왔다.
"다음은 화산의 유이설이오!"
뒤쪽에서 검을 매만지고 있던 유이설이 천천히 고개를 들었다. 당소소가 상기된 표정으로 그녀를 바라보았다.
"사고!"
"음."
하지만 유이설은 별다른 대답도 없이 그저 담담하게 손질하던 검을 검집에 밀어 넣고는 자리에서 일어났다.
"다녀오겠습니다, 사형."
"그래."
백천이 묵직하게 고개를 끄덕였다.
"긴장하지 말고 실력만 발휘해라."
"네."
그녀가 비무대로 향하자 당소소가 우렁차게 외쳤다.

"사고. 반드시 이기…….."

하지만 뭔가를 깨달은 듯 중간에 입을 꾹 다물었다. 걸음을 멈춘 유이설은 그런 당소소를 재촉하지 않고, 다시 입을 열 때까지 가만히 기다려 주었다. 이내 당소소가 빙그레 웃었다.

"사고."

살짝 장난기 어린 표정이지만 더없는 진심이 실려 있었다.

"후회 없이 싸우고 돌아오세요."

반드시 이기라는 말은 그저 부담이 될 뿐이다. 유이설은 살짝 고개를 끄덕이며 당소소의 머리를 가볍게 두드려 주었다.

"보고 있어."

"……."

그 말을 마지막으로 유이설은 다시 걸음을 옮겼다. 보고 있던 조걸이 청명에게 슬쩍 물었다.

"아무 말 안 해?"

"뭘?"

"지면 가만히 안 둔다거나……."

육포를 씹던 청명이 인상을 콱 찌푸리며 대꾸했다.

"그건 사형들 같은 모지리들한테나 할 말이고."

"……."

"사고한테는 그런 거 필요 없어."

청명의 시선이 비무대에 오르는 유이설에게로 향했다.

"여기에서 매화검수라는 이름이 부끄럽지 않을 사람은 오직 사고뿐이니까."

"……."

"잘 봐 둬."

그리고 단호하게 말했다.

"저기에 화산의 혼이 있다."

바로 저기에.

유이설은 자신의 앞에 마주 선 이를 가만히 바라보았다.

'팽경이라 했던가?'

이름이 잘 기억나지 않는다. 딱히 큰 관심이 없으니까.

무시? 그런 건 아니다. 중요한 건 상대가 어떤 무학을 쓰고 어떤 특징을 가지고 있느냐지, 이름 같은 게 아니다. 이름이 아니더라도 사람을 구분할 수 있는 방법은 수도 없이 많다.

'빨라.'

심장이 평소보다 조금 빨리 뛰고 있었다. 최대한 평정을 유지하려 하고 있지만 역시 비무대 위에서 완전한 평정심을 유지하는 건 쉽지 않았다.

유이설이 작게 심호흡을 했다. 들뜬 심장을 가라앉히고 팽경의 커다란 도를 바라보았다.

무겁고 강해 보인다. 팽가의 도는 패(覇)와 쾌(快), 그리고 중(重)의 도. 그중 가장 두드러지는 특징이라면 역시나 패일 것이다. 저 무겁고 두꺼운 도에서 뿜어져 나오는 힘을 정면으로 맞받았다가는 순식간에 승패가 갈려 버린다.

'내 검만 봐서는 안 돼.'

검이란 어우러지는 것. 상대를 생각하지 않은 검은 춤사위에 불과하다.

'그래. 그리 말했었지.'

마침내 마음을 완전히 가라앉힌 유이설이 천천히 검을 뽑았다.

스르르릉.

검이 뽑혀 나오는 소리가 귀를 간질인다. 손에 검이 잡히자 머릿속이 맑아졌다. 철이 든 이후……. 아니, 철이 들기 전부터 지금까지 그녀의 손에서 검이 떠난 날이 있었던가?

"하북팽가의 팽경이오."

"화산의 유이설이에요."

"화산의 활약이 무척이나 인상적이더군. 소저의 검 역시 날카롭겠지."

팽경이 빙그레 웃고는 도를 들어 유이설을 겨누었다.

"나를 넘을 수 있다면, 소저의 명성은 세상을 울리게 될 것이오. 하지만 소저에게 그럴 힘이 있을까?"

유이설이 가만히 팽경을 바라보았다. 저 사람은 아무것도 모른다.

"바란 적 없어요."

"음?"

"명성 같은 거."

유이설이 천천히 검을 늘어뜨렸다.

"……괜찮을까?"

윤종은 자신도 모르게 걱정스럽게 말하고 말았다. 물론 유이설을 걱정하는 게 주제넘은 짓이라는 건 알고 있다. 아무리 견줘 봐도 유이설은 자신보다 강하다. 객관적으로 봐도 유이설은 화산의 양대고수. 백천과 승부를 가를 수 있는 유일한 존재다.

응? 청명? 쟤는 빼야지, 쟤는. 에이, 쟤는 반칙이지.

슬쩍 청명에게 시선을 준 윤종이 다시금 유이설을 바라봤다.

'거의 두 배 차이가 나네.'

유이설이 딱히 작은 것도 아니건만, 건너편에 선 팽경이 워낙 거대하다. 이리 보고 있으면 어른과 아이로 보일 지경이었다.

"이거 진짜 괜찮은가?"

검술의 숙련도를 논하기 전에 저 몸에서 뿜어져 나오는 힘을 유이설의 검이 감당할 수 있을지 걱정이었다.

"청명아."

"왜?"

"사고가 이기겠지?"

청명이 피식 웃었다.

"왜? 지기라도 할까 봐?"

"차이가 너무 심하니까. 실수로 일격만 허용해도…….."

"그럴 일은 없어."

"응?"

"저 칼귀신이 그럴 리가 없지."

청명은 피식 웃어 버렸다. 생각이 난다. 처음 만난 그 순간부터 청명을 찰거머리처럼 쫓아다니던 유이설의 모습이 말이다.

검에 대한 그녀의 집착은 화산의 누구도 따라오지 못한다. 그리고 그녀는 그 집착을 단순히 집착에서 끝내지 않았던 사람이다.

'그때도 그랬지.'

모두가 잠든 새벽, 홀로 수련을 하러 나선 청명보다 먼저 연화봉에 오르던 이가 유이설이다. 그 이전에도, 그 이후에도. 유이설은 단 한 번도 개인 수련을 빼먹은 적이 없었다.

사람을 한계까지 몰아붙이는 청명의 수련을 받으면서도 마찬가지였다. 다른 사형제들이 기진맥진하여 곯아떨어져도 그녀만은 언제나 잠을 줄여 가며 수련하고 또 수련했다.
청명이 새삼스러운 눈빛으로 유이설을 바라보았다.
'무학에 대한 집착이라기보다는……'
이유는 알 수 없다. 왜 유이설이 매화를 피워 내는 것에 그리 집착을 하는지. 아무리 청명이라고 해도 사람의 속까지 들여다볼 수는 없으니까.
하지만 단 하나는 확언할 수 있다. 유이설은 설사 청명이 나타나지 않고, 화산이 그대로 망해 버렸더라도 화산의 귀신으로 죽었을 것이다.
다른 이들은 다른 길을 택했을 수도 있다. 진금룡을 이기기 위해 모든 것을 걸 수 있었던 백천은 어쩌면 화산이 아닌 다른 문파를 택했을지도 모른다. 가벼운 마음으로 화산에 들었던 조걸은 가문으로 돌아갔겠지.
윤종은 화산에 남았을지도 모르겠다. 그는 그저 화산에 은혜를 갚는 게 목적이었으니까. 살던 땅을 잃고도 장문인과 함께 화산을 되살리겠다고 고군분투하며 살아갔을지도 모르지.
하지만 유이설만은 달랐을 것이다. 전각을 잃은 화산의 제자들이 산을 내려가 뿔뿔이 흩어져도 유이설만은 화산에 남아 화산의 귀신으로 죽었겠지.
화산 어딘가에 처소를 정하고, 누구도 가라 하지 않은 길을 홀로 끝없이 걸었을 것이다. 아무도 이끌어 주지 않고, 아무도 도와주지 않을 외롭기 짝이 없는 길을.
"강자로서의 자격이 충분하냐고 묻는다면 아니라고 해야겠지."
청명이 가라앉은 눈빛으로 유이설을 바라보았다.
"하지만 검수로서의 자격은 차고 넘친다. 화산의 그 누구보다도."

그 대화를 듣던 조걸은 새삼스럽게 유이설을 바라보았다.

'사고.'

검을 들고 있는 그녀의 모습이 한 폭의 그림처럼 조걸의 눈을 파고들었다.

"후."

짧은 호흡을 연달아 내쉰다. 호흡을 완전히 자신의 지배하에 놓은 유이설은 한 올의 감정도 없는 눈빛으로 팽경을 바라보았다.

팽경이 말했다.

"선공을 양보하지."

"네."

쓸데없는 자존심 싸움 같은 건 하지 않는다. 중요한 것은 상대를 쓰러뜨리느냐. 나의 검을 완전히 펼쳐 내느냐.

탓.

그녀는 기합도 없이 팽경에게 달려들어 검을 쭉 내질렀다. 딱히 대단할 것 없는 찌르기. 하지만 빠른 속도와 완벽한 자세가 겸비된 찌르기는 하나의 철학과 다를 바가 없었다.

쇄애애액!

검이 대기를 가르며 팽경의 목을 향해 날아든다.

"흡!"

빠르기가 예상 이상이었는지 팽경은 살짝 당황하며 도를 끌어당겨 넓은 도면으로 자신의 목을 막았다.

스르륵.

그리고 그 순간. 쾌속하게 날아들던 유이설의 검이 부드럽게 호를 그리며 팽경의 도를 피해 그의 허벅지를 베고 지나간다.
서걱.
섬뜩한 소리와 함께 팽경의 허벅지에서 핏물이 왈칵 뿜어져 나왔다. 팽경이 눈을 찌푸리며 뒤로 물러났다.
그의 시선이 금세 피로 젖어 들어가는 자신의 허벅지로 향했다. 생각보다 상처는 깊지 않았다. 문제는 단 일격 만에 상처를 입었다는 점이다.
'무슨 검이…….'
그만한 속도로 날린 검의 속도를 잃지 않고 방향을 전환하는 건 신기에 가까운 일이다.
'검귀(劍鬼)인가?'
유이설의 검은 지금까지 그가 보아 왔던 화산의 검과는 다르다. 화려함 속에 무거움을 품은 화산의 검과 달리 유이설의 검은 더없이 간결하고 또한 더없이 실전적이다.
'까딱하면 당한다.'
팽경은 상대를 경시하는 마음을 완전히 버리고 도를 꽉 움켜잡았다.
"그대를 얕본 것을 사과하겠…….."
그 순간 유이설의 검이 다시 팽경의 얼굴을 찔러 들어온다.
"흡!"
카앙!
팽경이 숨을 훅 들이켜며 도를 들어 유이설의 검을 쳐 냈다. 아무리 빠르다고 한들 저 가녀리기 짝이 없는 팔목과 가벼운 검으로는 그의 도를 뚫을 수 없다. 그가 쓰는 대도는 그 무게만 해도 백 근에 달한다. 웬만한 검은 맞부딪히는 것만으로도 순식간에 부러져 나간다.

"타핫!"

유이설의 검을 쳐 낸 팽경은 거리를 벌리는 그녀를 따라 도약하며 붉은 도기를 뿜어 냈다.

오호단문도(五虎斷門刀). 맹호출동(猛虎出洞).

전방으로 솟구치듯 달려들며 내리치는 참격(斬擊). 단순하기 짝이 없는 초식이다. 하지만 검과는 다른 도 특유의 무게감과 파괴력이 더해지면 그 단순함은 간결함으로 화(化)한다.

콰아아앙!

도가 바닥을 때렸다. 단단한 청석으로 만들어진 바닥이 도자기처럼 깨어지며 사방으로 파편을 날려 댄다.

"어딜!"

팽경이 결코 놓치지 않겠다는 듯 바닥을 내디디며 유이설을 향해 돌진했다.

검은 날카롭고 화려하다. 하지만 도는 단순하지만 파괴적인 법. 화산의 검처럼 화려한 검을 상대할 때는 그 변화에 현혹되지 않고 힘으로 찍어 누르는 게 가장 효율적이다. 팽경은 자신이 가진 강점을 적극적으로 활용했다.

물러나는 유이설과 달려드는 팽경. 아무리 유이설이 빠르다고 해도, 뒤로 물러나는 이가 앞으로 달려드는 이보다 빠를 수는 없다.

두 사람의 거리가 순식간에 좁혀졌다. 유이설을 사정거리에 놓은 팽경은 강렬한 진각(震脚)을 디뎠다. 바닥을 산산조각 낼 듯 짓밟은 그는 그 힘을 온전히 도에 실어 유이설의 허리를 양단할 듯 휘둘렀다.

유이설은 검을 옆으로 치켜들어 검면(劍面)으로 팽경을 막기 시작했다.

"사매!"

백천이 기겁을 하며 자리에서 벌떡 일어났다. 저만한 힘과 내력을 담은 두터운 도를 검날도 아닌 검면으로 막는 건 너무도 무모한 짓이다. 검을 부러뜨린 팽경의 도가 유이설의 허리를 파고드는 모습이 보이는 것만 같았다.

그그극.

하나 팽경의 도가 검면과 맞닿은 순간, 유이설은 검을 비스듬히 기울이며 그의 도격을 흘려 내었다. 동시에 그녀의 몸이 검을 따라 허공으로 가뿐히 빙글 회전했다.

"엇?"

팽경의 얼굴에 당황한 기색이 역력했다. 참격을 이리 쉽게 흘려 낼 거라고는 상상하지 못한 것이다. 하지만 유이설은 거기에 그치지 않았다. 회전하는 와중에도 검을 휘둘러 팽경의 가슴을 베어 낸 것이다.

팽경이 기겁을 하여 몸을 뒤로 빼냈지만, 이미 가슴에는 긴 자상이 그였다. 다행히 피륙의 상처에 불과했으나 등골이 서늘할 수밖에 없는 상황이었다. 자신도 모르게 뒤로 물러난 팽경은 경악을 금치 못하며 유이설을 바라보았다.

'그걸 흘려 낸다고?'

사실 결과만 보면 대단할 것 없는 일이다. 그저 횡으로 휘둘러지는 검에 맞추어 몸을 띄워 올린 것뿐이니까. 하지만 검과 도가 맞닿은 순간, 조금이라도 실수를 저질렀다면 저 검은 부러져 나갔을 것이다. 그리고 그의 도는 그녀의 허리를 반으로 갈라 버렸을 것이다.

웬만큼 담대하지 않고서는 시도도 못 할 일이다. 그런데 그걸 저리 자연스럽게 해내다니. 팽경의 이마에 식은땀이 배어나기 시작했다.

"……사매가 저 정도였나."

유이설의 움직임에서 대단함을 알아본 것은 팽경뿐만이 아니었다. 백천 역시 대경실색하여 유이설을 바라보았다.

강한 줄은 알고 있었다. 유이설의 강함은 가끔 대련하면서 충분히 실감했으니까. 하지만 저건 결이 다르다. 무위가 높고 낮음을 떠나, 유이설에게는 백천이 가지지 못한 무언가가 있었다. 지금의 백천은 방금 유이설이 보여 준 일수를 흉내도 내지 못할 것이다.

할 수 있느냐 없느냐를 떠나, 시도할 엄두조차 나지 않는다. 단 한 번의 실수만으로 목숨이 오락가락할 수 있는 일을 누가 감히 시도하겠는가.

그때 백천의 귀에 나직한 청명의 목소리가 들려왔다.

"수련이란 실전에서 발휘하기 위해서 행하는 것."

"……."

"그걸 가장 잘 알고 있는 사람이 사고지."

청명이 낮은 목소리로 말했다.

"검수는 어떤 상황에서도 예리한 칼날 같은 이성을 유지해야 돼. 별것도 아닌 일에 흥분해서 날뛰는 사숙이나 사형들과는 그 격이 다르지. 그렇기에 사고는 검수로서 인정을 받아야 하는 거야."

청명의 말에 백천이 고개를 끄덕였다. 실로, 이건 인정하지 않을 도리가 없다. 다만 한 가지 마음에 걸리는 건…….

"비무 중에 제일 흥분해서 날뛰는 건 너 아니냐?"

"……."

청명이 슬쩍 비무대를 턱짓으로 가리켰다.

"쓸데없는 소리 하지 말고 비무나 잘 봐."

"말 돌리냐?"

"……."

청명은 대답하지 않았다.

유이설이 검을 낮게 늘어뜨렸다.

'어설퍼.'

대충 해내기는 했지만, 완벽하지 않다. 완벽했다면 저 가슴에 가벼운 상흔이 아니라 깊은 자상이 새겨졌을 것이다.

하지만 괜찮다. 그녀의 검은 더더욱 완벽해질 테니까. 그리고 언젠가는…….

유이설의 눈이 낮게 가라앉았다. 짧게 심호흡을 끝낸 그녀는 팽경을 시야에 확실하게 넣고 앞으로 발을 내디뎠다.

타앗.

바닥을 박찬 유이설의 몸이 유성처럼 팽경을 향해 쏘아진다.

"이……!"

팽경이 이를 악물었다. 아무리 그가 잠깐 낭패를 보았다고는 하나, 대비하고 있는 도수(刀手)를 상대로 검수(劍手)가 정면으로 달려드는 건 그를 무시하는 행위나 다름없었다.

"감히!"

눈에 핏발이 선 팽경이 달려드는 유이설을 향해 마주 돌진했다.

"반으로 갈라 주마!"

그의 도가 강력하기 짝이 없는 도기를 품고 쾌속하게 유이설의 머리를 향해 떨어지려는 찰나.

파아아앙!

유이설의 검이 눈에 보이지도 않는 속도로 팽경의 도를 후려쳤다.

'멍청한!'

팽경은 내력을 더욱 불어넣으며 날아드는 유이설의 검을 내리눌렀다. 정면으로 힘 싸움을 하면 유이설은 절대 그의 파괴력을 감당할 수 없을 테니까.

붉은 도기를 품은 팽경의 도와, 붉은 검기를 품은 유이설의 검이 허공에서 맞닥뜨렸다. 그리고 그 순간.

콰아아아아앙!

커다란 폭음과 함께 유이설의 검이 뒤로 튕겨 나갔다.

"타압!"

도를 움켜잡은 팽경의 손에 힘이 꽉 들어갔다. 그는 기회를 놓치지 않고 유이설의 머리를 향해 도를 힘껏 내리쳤다.

검이 튕겨 나가며 훤히 비어 버린 유이설의 머리를 향해 팽경의 도가 떨어져 내렸다. 금방이라도 유이설의 머리가 팽경의 도에 갈라질 것만 같은 일촉즉발의 상황이었다.

화산의 제자들이 비명을 지르며 자리에서 벌떡 일어났다. 그런데 바로 그때.

파아앙!

튕겨 나갔던 유이설의 검이 빛살처럼 날아들어 팽경을 도를 후려쳤다.

쾅! 쾅! 쾅! 쾅! 쾅!

한 번. 두 번. 세 번. 그리고 또다시! 순식간에 팽경의 도를 향해 십이 연격이 떨어졌다.

한 번의 검격으로 팽경의 도를 밀어내는 건 불가능하다. 하지만 여러 번을 일거에 날릴 수 있다면 그 힘을 감당하는 건 그리 어려운 일이 아니다.

콰앙!

마지막 열두 번째 검격이 도를 후려치는 순간 팽경의 어깨가 젖혀졌다. 그리고 백 근에 달하는 도가 뒤로 튕겨 나갔다.

'뭐?'

미처 경악할 틈도 없이 유이설의 검이 팽경의 목을 찔러 들어왔다.

"쾌(快)."

청명이 낮게 중얼거렸다. 쾌는 빠름.

"큭!"

팽경이 몸을 옆으로 뒤집으며 날아드는 검을 피했다. 하지만 미처 완벽하게 피하진 못했다. 그의 어깨가 쭉 갈라져 핏물을 뿜어냈다. 그와 동시에 허공에서 뚝 멈춰 선 유이설의 검이 몸을 비튼 팽경의 허리를 강하게 후려쳤다.

쿵!

가까스로 유이설의 검을 도면으로 막아 낸 팽경이 아이에게 걷어차인 공처럼 바닥을 나뒹굴었다.

"패(覇)."

패는 강함.

"빌어먹을!"

검수의 강격(强擊)에 바닥을 굴렀다는 자괴감 때문인지, 팽경은 분에 겨운 고함을 내지르며 몸을 벌떡 일으켰다. 하지만 몸을 일으킨 그가 본 것은 수십 개의 검영을 그리며 날아드는 유이설의 검이었다.

"변(變)."
변은 변화.

미처 허리를 다 세우지도 못한 팽경은 다시 바닥으로 몸을 굴려야 했다.
나려타곤(懶驢打滾). 게으른 당나귀가 바닥을 구른다는 말. 무인이 적의 공격을 피하기 위해 바닥을 구르는 것을 의미한다. 체면을 중시하는 무인들이 가장 꺼리는 신법이기도 하다.
바닥을 몇 번이나 구르고야 유이설의 사정거리에서 벗어난 팽경이 이를 악물고 몸을 일으켰다.
"이……. 이 빌어먹을……."
정신을 차릴 수가 없다. 분명 상대는 그보다 강하지 않다. 검에 실린 내력은 그의 도에 실린 내력에 미치지 못하고, 가진 힘은 그의 반도 되지 않는다.
속도야 저쪽이 빠르다고 해도, 힘이 실린 속도와 힘이 실리지 않은 속도 중 어느 것이 더 우월한지는 너무도 뻔한 일이 아닌가. 그런데도 이상하게 한시도 우위를 점할 수가 없다.
'흥분하지 마라.'
팽경은 아랫입술을 질끈 깨물었다. 입술이 터지며 핏물이 주르륵 흘러내렸다. 하지만 입술에서 느껴지는 아찔한 통증 덕에 노기로 가득 찼던 머리가 조금 맑아지는 느낌이었다.
'힘으로는 내가 우위다. 그걸 이용해야 한다.'

이대로 계속 상대의 공격을 받는 건 불리하다. 유이설의 검은 신출귀몰하기 짝이 없어 완벽하게 방어해 내기가 힘들다. 차라리 공격. 그래, 공격이 우선이다.

스슷.

팽경이 먹이를 노리는 비호처럼 바닥을 스치며 내달렸다. 그 커다란 덩치에 어울리지 않는 유려하고 재빠른 보법. 기회를 노리던 그는 일시에 거리를 좁히며 빠르게 도를 휘둘렀다.

힘을 버리고 속도를 취한 도. 어설프게 힘으로 찍어 누르려다가는 되레 당할 수 있다는 것을 깨달은 것이다. 그는 자신이 펼칠 수 있는 최고의 쾌도(快刀)로 유이설의 손목을 노렸다.

오호단문도. 기호추록(飢虎追鹿).

굶주린 호랑이가 사슴을 쫓듯, 팽경의 도는 더없이 빠르고 더없이 경쾌했다. 순식간에 다섯 번의 도격이 유이설의 검을 노리고 날아들었다. 몸을 쫓을 수 없다면 검을 쫓는다. 저 검을 부러뜨리는 순간 승부는 갈린 것이나 다름없으니까.

하지만 유이설의 눈빛은 날아드는 도격을 보면서도 그저 낮게 가라앉을 뿐이었다.

카앙! 카앙!

검이 날아드는 도를 정확히 막아 냈다. 충돌할 때마다 검이 뒤로 밀려났지만, 결코 튕겨 나가지는 않는다. 그러나 근본적인 차이는 존재하는 법. 검과 도가 섞일 때마다 유이설의 몸이 조금씩 밀려나고, 검 역시 조금씩 느려졌다.

'이때다!'

기회를 잡았다고 생각한 팽경은 이를 악물고 가진 내력을 모조리 도에 밀어 넣었다. 그의 필살의 절기, 오호단문도의 오호난무(五虎亂舞)가 펼쳐졌다.

도에 실린 붉은 도기가 허공에 다섯 줄기의 유성을 그려 낸다. 마치 전력으로 질주하는 다섯 마리의 붉은 비호(飛虎)를 보는 것만 같은 광경이었다. 다섯 개의 도기가 금방이라도 유이설을 부숴 버릴 듯 빠르게 날아들었다. 하나 그 순간.

스르르륵.

유이설의 검이 유려하고 부드러운 곡선을 그려 내었다. 슬며시 내밀어진 검이 날아드는 도기의 옆면에 맞닿았고, 이내 도기를 부드럽게 옆으로 밀어 낸다.

콰앙! 콰앙! 콰앙!

다섯 줄기의 도기가 모두 그 방향을 틀며 유이설의 몸을 아슬아슬하게 스쳐 지나갔다.

"유(柔)."

유는 부드러움.

팽경이 눈을 부릅떴다. 도무지 이 상황을 받아들일 수 없는 듯 경악한 기색을 숨기지도 못했다. 그런 그를 향해 유이설은 틈을 주지 않고 검을 휘둘렀다.

'마, 막아야……!'

그리고 팽경은 보았다. 자신을 향해 날아드는 검 끝에서 붉은 매화가 줄기줄기 피어나는 모습을 말이다. 검기로 만들어진 매화는 무엇이 진짜 검이고 무엇이 그저 환상인지 구분할 수 없을 만큼 화려하게 피어났다.

"아……."

반사적으로 휘둘러진 도는 그저 허공을 가를 뿐이었다. 매화의 형상과 함께 도(刀)를 스쳐 지난 유이설의 검이 팽경의 목 바로 앞에서 멈춰 섰다.

"……."

따끔한 통증과 함께 팽경의 목울대에서 한 방울의 피가 흘러내렸다. 자신의 목을 겨눈 검을 바라보던 팽경은 깊게 한숨을 내쉬었다.

"……내가 졌소."

"좋은 승부."

유이설이 검을 회수해 검집에 밀어 넣고는 팽경을 향해 포권 했다. 이윽고 장내에 폭발적인 함성이 터져 나왔다.

"환(幻)."

환은 미혹하는 것.

청명이 포권을 하는 유이설을 보며 나지막하게 말했다.

"검이라고 해서 다 같은 검이 아니야. 모든 검법은 각각 추구하는 검의(劍意)가 있는 법이지."

백천이 고개를 끄덕였다.

"사형들은 그저 더 정교하게 초식을 펼치고, 더 빠르고 강하게 검을 휘두르는 것에만 집착하지. 하지만 검은 그게 전부가 아니야."

청명은 사뭇 진지했다. 평소의 장난기가 쏙 빠지니 다른 사람 같기도 했다.

"쾌검, 패검, 변검, 유검, 환검, 중검(重劍). 그 외에도 수많은 검의가 있다. 검은 결국 그 검의를 얼마나 이해하느냐에 달려 있는 것이나 마찬가지야."

백천이 무거운 눈으로 청명을 바라보았다. 청명은 지금까지 단 한 번도 이런 이야기를 그들에게 한 적이 없었다. 지금까지는 그저 몸을 단련하고 기본을 지키는 것만으로 충분하다 말해 왔으니까.

하지만 지금 청명이 말하는 것은 말 그대로 검의(劍意). 더 높은 곳으로 향하기 위해 검수가 알아야 할 것들이다.

"생각해. 자신이 쓰는 검이 어떤 것인지. 화산의 검은 쾌와 변, 그리고 환을 기본으로 한다."

"빠르게 변화하며 상대를 미혹한다는 건가."

"그래. 그게 화산의 검이다. 그럼 무당은?"

"부드럽다."

"그래. 유검이지."

청명이 모두를 돌아보며 말했다.

"점창의 사일검법(射日劍法)은 극단적인 쾌검을 추구하고, 종남의 천하삼십육검은 무거움과 변화를 기본으로 한다. 중검이자 변검."

어느새 유이설이 비무대에서 내려오고 있었다. 청명은 그녀에게로 시선을 던졌다.

"하나 검수라면 자신의 검에 담긴 검의뿐 아니라 세상 모든 검의에 통달할 수 있어야 한다. 내가 쾌검을 주로 쓴다 해서 중검을 쓰지 못한다면 반쪽짜리에 불과하다는 뜻이야."

"그럼 사매는……."

"그래. 사고는 쌓고 있다. 오랜 시간 동안 차근차근. 그 모든 검을."

청명이 입꼬리를 말아 올렸다.

"검은 더없이 단순하지만, 한없이 난해하지. 그럼에도 도전하고 이해한다. 언제나 더 높은 경지를 추구하기를 멈추지 않는다."

그러고는 고개를 천천히 끄덕였다.

"그게 검수라는 거다."

"……."

백천의 가슴 한구석이 일렁였다. 이건 단순한 강함과는 또 다른 이야기다. 검을 든 자라면 누구나 검의 극의를 추구한다. 하지만 그 멀고도 어려운 길을 끊임없이 걷고 또 걷는다는 건 결코 쉬운 일이 아니다.

'이송백인가?'

아니. 이송백이 자신에게 주어진 일을 묵묵히 버텨 내는 '인내하는 이'라면, 유이설은 구도자(求道者)의 그것과도 같다. 화산의 검을 도를 추구하는 검이라 볼 때, 유이설의 검이야말로 진정한 화산의 것이라 할 수 있을 것이다.

'부끄럽구나.'

백천이 살짝 얼굴을 붉혔다. 화산의 매화를 펼쳐 내었다는 자부심이 있었다. 하지만 그가 자신의 성취에 만족하고 있을 때, 유이설은 그저 묵묵히 검을 좇고 있었다. 백천은, 그 모습이 너무도 눈이 부시게 느껴졌다.

"……너무 완벽해서 말이 안 나오네."

옆에서 윤종이 멍하니 중얼거리는 소리에 청명은 피식 웃었다.

"완벽한 검은 없어. 완벽해 보이는 검만 있을 뿐이지. 저 검도 더 강한 자를 만나는 순간 허점투성이가 된다."

"으음."

"그러니 끝이 없는 거지. 검이라는 건."

청명의 말에 모두가 고개를 끄덕였다.

좋은 성적. 어쩌면 다시는 이루지 못할 성과와 쏟아지는 환호. 그 모든 것들은 은근히 스며들어 화산 제자들의 마음속에 자만심을 만들어 냈다. 하지만 유이설의 검과 청명의 말은 그들의 마음에 스며든 자만심을 모두 날려 버리기에 충분했다.

청명은 고민에 빠져든 사형제들을 보며 속으로 웃었다.

'답지 않은 짓을 했네.'

유이설의 검을 보고 있으니 절로 흥이 올라 과한 설명을 해 버렸다. 아직 이 병아리들에게는 조금 이른 이야기일 것을 알면서도.

하나, 언젠가 이들에게도 그가 했던 말의 의미를 진정으로 깨닫는 날이 올 것이다. 그러면 그때 화산의 검은 더욱 깊어질 것이다.

문파란 그런 것. 한두 사람의 힘만으로는 한계가 있다. 모두가 같은 곳을 보면서도 모두가 다른 검을 추구한다. 그 검과 검이 모여 치열하게 겨루고 발전하기를 반복할 때, 진정으로 하나의 문파가 되는 법이다.

'아직 까마득하게 먼 이야기지만.'

언젠가는 그럴 수 있겠지. 과거의 화산이 그랬던 것처럼. 언젠가는.

자리로 돌아온 유이설을 가장 먼저 맞이한 건 당연히 당소소였다.

"사고."

당소소는 물수건을 들고 살짝 울먹이며 유이설을 바라보았다. 만감이 교차하지만 그 마음을 말로 표현하기가 어려웠던 것이다.

"잘 봤어?"

"네, 사고. 너무…… 너무 멋졌어요."

유이설이 작게 고개를 내젓는다.

"어설펐어."

"네?"

"무게 배분이 어설퍼. 몸이 뒤로 쏠려 있는 느낌. 하체 수련이 부족한 거겠지."

"……."

"손끝에 힘이 과도해. 여전히 부드럽지 못해. 계속 생각하는데도 자꾸만 같은 실수를 저질러. 이래서는 안 돼."

화산의 제자들이 질린 눈빛으로 그녀를 바라보았다. 무표정한 얼굴로 반성을 늘어놓는 모습을 보고 있으니 뭔가 속이 답답하게 조여 오는 느낌이다. 심지어 청명조차도 이건 좀 감당이 안 된다는 듯 입을 다물었다.

"그, 그래도 이겼잖아요!"

"승패는 중요하지 않아. 나는……."

유이설의 시선이 먼 하늘로 향했다. 그렇게 그녀는 한동안 말없이 먼 하늘을 바라보다 낮은 한숨을 내쉬었다.

"내가 해야 하는 건 완성. 완벽한 매화."

"……."

"아직 멀었어. 너무."

그녀를 지켜보던 모두가 알 수 없는 기분을 느꼈다. 미묘한 아련함과 알 수 없는 서글픔. 그 감정의 정체를 찾을 겨를도 없이, 유이설은 청명에게로 시선을 휙 돌렸다.

"대련!"

"……응?"

"미숙해. 대련으로 확인한다."

"……왜 또 나야?"

"아무리 휘둘러도 안 죽잖아. 살초를 써도 돼. 마음껏."

"……."

청명이 천천히 고개를 돌려 백천을 바라보았다.

"사숙, 내가 아까 하나 말하지 않은 게 있는데."

"……뭐?"

"보통 극단적으로 검을 파고드는 인간은 하나같이 제정신이 아니게 돼."

"……."

"조심해, 사숙."

"……."

하여튼 이 문파에는 멀쩡한 놈이 하나도 없다는 사실을 새삼스럽게 실감하는 백천이었다.

　　　　　　　　• ❖ •

"대가리이이이이이이이이!"

조걸의 검이 호쾌하게 내리쳐졌다.

콰앙!

"끄륵."

막아 낸 상대의 허리가 뒤틀린다. 조걸은 그 틈을 놓치지 않고 깔끔한 돌려차기로 상대의 발목을 후려갈겨 버렸다.

"아악!"

상대의 몸이 허공으로 붕 떠올랐다. 그 틈을 놓칠 조걸이 아니었다.

"으랴아아아아아앗!"

조걸이 휘두른 검이 상대를 시원하게 후려쳐 날려 버렸다.

"아아아아아악!"

비무대를 넘어 저 먼 곳까지 날아간 상대의 아련한 비명만이 소림 전체에 울려 퍼졌다.

"승자는 화산의 조걸이오!"

"허억! 허억! 허억!"

조걸은 가쁜 숨을 내쉬었다. 마지막은 호쾌했지만, 결코 쉬운 승부는 아니었다. 한순간이라도 방심했다면 졌을 것이다.

'갈수록 쉽지 않네.'

구파는 구파. 오대세가는 오대세가. 남는 이들이 적어질수록 상대의 수준이 올라갔다. 방금 그가 상대했던 모용세가의 모용도(慕容島)만 하더라도, 다시 붙는다면 반드시 이길 수 있다고 장담할 수 없었다. 하지만…….

'어쨌든 이겼으면 됐지!'

청명이 말하지 않았던가? 이겨서 얻을 것이 없어도 일단은 이겨 놓고 봐야 한다고. 조걸은 그 말에 백번 공감했다. 굽혔던 허리를 펴자 관중들의 환호가 쏟아졌다.

"화산이 모두 이겼다!"

"세상에 정말 다 이겼어! 정말 강하다!"

"이러면 십육 강에 화산이 넷이나 남는 건가? 허허헛! 내 살다 살다 이런 걸 두 눈으로 보게 될 줄이야!"

관중들이 놀라움을 감추지 못했다. 이젠 단호하게 말할 수 있다. 이건 절대 요행이 아니다.

"천하의 명문이라고 거들먹거리던 이들이 다들 얼굴을 못 들겠는걸. 화산에서 저만한 고수들을 넷이나 배출하다니."

"넷이라니. 다섯이지."

"응? 왜 다섯인가?"

"아, 이 사람아! 화정검이 있지 않은가! 부상으로 기권했다고는 하지만, 천하의 기재로 불렸던 종남의 진금룡을 이겼는데 어떻게 그를 뺄 수가 있나."

"으음! 듣고 보니 그렇군."

"게다가 듣자 하니 화정검 백천의 배분이 저들 중 가장 높다던데. 문파의 대제자가 사질들보다 약할 리는 없잖은가."

"화산신룡 하나만 해도 충분히 어깨에 힘을 줄 수 있을 텐데, 화산신룡에 못지않은 고수가 넷이라니. 화산파의 앞날이 아주 창창하겠구먼!"

"이제는 우승만 하면 되는 게지, 우승만!"

모두의 눈에 기대감이 어렸다. 이쯤 되니 내친김에 화산이 우승하는 모습을 보고 싶어진다. 기존의 강자들이 뻔한 우승을 하는 것보다는 그게 몇 배는 더 재미있을 테니까.

그리고 어쩌면 이런 기대가 그저 기대에서 끝나지 않을지 모른다는 생각이 들기 시작했다.

"아오. 진짜 힘들었어요."

자리로 돌아오며 투덜대는 조걸을 본 윤종이 살짝 눈살을 찌푸렸다.

"비무 한 번으로 무슨 엄살이 그렇게 심한 게냐."

"……사형."

"음?"

"내가 다른 사람은 몰라도 사형한테는 그런 말 듣고 싶지 않습니다. 사형은 부전승으로 편하게 올라갔잖아요."

윤종이 빙그레 웃었다.

"그렇다고 부전승으로 올라가라는데 내가 싸우겠다고 나설 수는 없잖으냐?"

"끄응."

조걸이 한숨을 푹푹 내쉬었다. 본래 부전승으로 올라갔어야 하는 이는 청명이다. 하지만 부정을 방지한다는 이유로 대진표를 재추첨해 다시 짜다 보니 뜬금없이 윤종이 부전승으로 올라가게 되어 버렸다.

그냥 비무를 한 번 더 치르게 되었다면 당연히 '이 땡중 새끼들이 어디서 개 같은 수작질이야!' 하고 외치며 대웅전으로 달려갔을 청명이다. 그렇지만 다행히 화산의 윤종이 부전승이 된 덕분에 적당히 이해하고 넘어갈 수 있었다.

"대체 왜 이런 짓을 하는지 모르겠습니다."

"다 큰 뜻이 있는 것 아니겠느냐?"

윤종이 웃으며 덧붙였다.

"소림은 강호의 큰 어른과도 같다. 그리고 부정을 방지한다는 것은 어쨌든 좋은 일이지. 확정된 대진으로 대회를 계속 치른다면 친분으로 결과를 바꾸거나, 돈으로 매수하는 일이 벌어지지 않는다고 확신할 수 있겠느냐?"

"……그냥 사형이 득 봐서 좋아하는 것 아닙니까?"

"크흐흐흠. 그럴 리가."

윤종이 크게 헛기침을 했다.

"나도 나의 검을 증명하고, 저들 앞에 선보이고 싶은 마음이 굴뚝같다. 하지만 기회가 주어지지 않으니 참으로 안타깝구나."

"사형."

"응?"

"입에 침이나 바르십쇼."

"이미 발랐다."

"……."

윤종의 입가에 더없이 자애로운 미소가 드리워졌다. 이만한 대회에서 싸우지도 않고 공으로 승을 올리는 게 어디 쉬운 일이던가? 착하게 살면 하늘에서 복을 내린다더니.

'하늘이 내게 복을 내리시는구나.'

그럴 만도 하지. 사실 그가 그동안 겪은 고생을 어찌 말로 다 할 수 있겠는가?

하필 그는 청자 배의 대사형이고, 하필 저 청명 놈은 청자 배의 막내로 화산에 들어왔다. 그간 그가 겪었던 고통을 감안한다면 염라대왕도 '너는 이미 현생에서 지옥을 겪었으니 굳이 지옥으로 갈 필요가 없다'며 눈물을 쏟을 것이다.

그러니 이 정도 복쯤은 괜찮지 않겠는가.

"너무 좋아하지 마십시오. 대진표가 멋대로 바뀐다는 건, 다음에 누굴 만날지 모른다는 소리 아닙니까."

"나는 누구를 만나도 자신 있다."

"그러다가 저라도 만나면 어쩌시려고요?"

"그럼 그날이 청자 배의 위계를 다시 굳건히 하는 날이 되겠지."

"……끄으으응."

조걸이 이를 빠득빠득 갈았다. 반질반질한 얼굴로 허허 웃음을 짓는 윤종을 보고 있자니 속이 뒤집히는 느낌이다.

"세상일이 다 그리 쉽게 풀릴 리가 있습니까?"

"하지만 지금까지는 그저 잘 풀렸지. 소림에 온 이후로는 말이다."

"끄응."

"아무래도 소림이 내게 좋은 기운을 주는 모양이구나. 결승 정도는 노려 봐야겠어."

윤종이 호탕하게 웃어 젖혔다. 더없이 호탕하게.

• ❖ •

"……."

결승……. 어, 그래. 결승이라고 했었는데.

윤종이 고개를 슬쩍 돌렸다. 가장 먼저 눈에 들어온 것은 관중들이었다. 모두 뭔가 안쓰러워하는 시선으로 그를 바라본다.

"……."

그다음으로 눈에 들어온 것은 화산의 사형제들이었다. 모두가 그를 보며 혀를 차고 있었다. 가장 앞에 앉은 조걸은 만면에 회심의 미소를 내건 채 낄낄대고 있었다.

'저 새끼…….'

좋아 죽는 조걸의 모습을 보고 있으니 속이 뒤집어진다. 생각 같아서는 당장 뛰어 내려가 저놈의 주둥아리를 후려갈겨 버리고 싶지만……. 안타깝게도 지금의 윤종에게는 그럴 만한 여유가 없었다.

이유? 이유는 무척 간단하다. 그의 떨리는 시선이 비무 상대에게로 향했다.

'부전승이라 좋아했더니.'

이 개 같은 놈들! 이러면 부전승이 무슨 의미가 있나! 건너편에 선 놈이 빙글빙글 웃더니 입을 열었다.

"쫄지 마, 쫄지 마."

"……."

"뭐 별거 있겠어? 그냥 적당히 칼이나 휘두르는 거지, 뭐."

놈의 입꼬리가 말려 올라간다.

"다만……."

놈이 검집째 검을 틀어쥐는 모습을 본 윤종의 등골에는 식은땀이 흐르기 시작했다.

"이왕 좋은 기회를 잡은 김에 어디 사형 실력이 얼마나 늘었는지 제대로, 아주 제.대.로 확인해 볼까?"

"……."

마귀처럼 웃는 청명의 모습에 윤종은 끝내 두 눈을 질끈 감았다.

뭐? 하늘이 복을 내려? 지랄하고 자빠졌네.

'왜!'

사람이 열여섯씩이나 있는데 왜 하필 저 마귀 놈이 걸리나!

아니! 이 소림 땡중 놈들도 생각이란 게 있어야지! 같은 문파 사람은 최대한 안 붙이는 게 기본 아니냐고! 그리고 설사 같은 문파끼리 붙는다 쳐도! 조걸도 있고 사고도 있는데. 왜! 왜 하필 그가 저 망할 놈의 상대인 것인가?

윤종이 젖은 눈으로 단상 위를 바라보았다. 이쪽을 무척 동정하는 듯한 표정으로 보는 현종과 눈이 마주쳤다.

'장문인.'

그런데 언제 눈이 마주쳤냐는 듯, 현종마저 슬그머니 시선을 돌렸다.

"……."

세상 안쓰러운 시선들이 모두 윤종에게로 쏟아졌지만, 그건 전혀 위로가 되지 못했다. 왜냐면······.

"낄낄낄낄."

정작 그를 안쓰럽게 여겨야 할 놈이 재미있어 죽겠다는 듯 낄낄대며 다가오고 있기 때문이었다.

"······청명아."

"응?"

"아무래도 잊은 모양인데, 나는 네 사형이다."

"알아. 안 잊었어."

"아니. 잊은 것 같은데······."

윤종이 마른침을 꿀꺽 삼키고는 짐짓 침착하게 말했다.

"생각해 봐라. 네가 여기서 나를 개 패듯이 패 버리면 화산을 보는 다른 이들이 뭐라 생각하겠느냐?"

"저기 화끈하네?"

"······."

"아니면······ 저기 참 실력 위주로 돌아가네?"

"······개차반이라고 하겠지."

"아, 그런가?"

청명이 입꼬리를 씨익 말아 올린다. 불길하기 짝이 없는 웃음이었다. 저놈이 저렇게 웃는 날에는 분명히 사건 사고가 생긴다!

"······그러니 서로 상처를 입히지 말고 적당히 하는 건 어떠냐?"

청명이 오, 하며 크게 고개를 끄덕였다.

"좋은 말이야, 사형."

"어, 진짜?"

이놈이 말귀를 알아먹을 때가 다 있…….
"그런데, 사형."
"응?"
"사형이야말로 하나 잊은 모양인데."
"……응?"
청명이 검을 바닥으로 내리쳤다.
콰아아아앙!
단단한 청석으로 만들어진 비무대가 마치 진흙 바닥처럼 짓뭉개졌다.
"…….."
씹어 뱉는 듯한 청명의 말이 이어졌다.
"화산에 대충이 있던가?"
"…….."
"어디 아직 머리에 피도 안 마른 게 대충을 논해! 대충을! 나 때…….."
"그래. 너 때는 안 그랬겠지."
"어, 맞아."
"……그리고 내가 연상이야. 이 미친놈아."
"쌈 잘하면 형이지."
윤종이 얼굴을 감쌌다.
'이 문파는 근본부터 뭔가 잘못되어 있어.'
하지만……! 윤종은 천천히 검을 뽑았다.
"잊지 마라, 청명아."
"응?"
"나는 네 사형이고, 청자 배의 대사형이다. 그래. 언제고 한 번은 이런 날이 올 줄 알았다. 나라고 언제까지 네놈에게 휘둘릴 수는 없지!"

"호오오오?"

결의에 가득 차 검을 뽑는 윤종을 보며 청명이 묘하게 웃었다.

"해보겠다고?"

"이길 거라고는 생각하지 않는다. 하지만! 사고가 그랬고, 사숙이 그랬듯이 나도 나 자신을 증명해야겠지! 너라면 그 상대에 부족함은 없을 터!"

윤종의 눈빛에 의기가 가득 차올랐다.

"와라. 나도 언젠가는 화산을 이끌어야 할 몸! 의지만은 지지 않는다는 걸 보여 주마."

"크으으으!"

청명이 감동했다는 듯 크게 고개를 끄덕였다.

"확실히 그렇지."

그가 윤종을 똑바로 바라보았다.

"내가 사형을 과소평가한 모양이야. 운남에서 보여 줬던 모습도 그렇고, 확실히 사형은 당당한 화산의 제자로서 부족함이 없는 사람이지."

윤종의 입가가 씰룩였다. 저 칭찬에 인색한 청명에게서 저런 말을 듣는다는 건 꽤 의미가 큰 일이다.

"의지만은 지지 않는다라."

청명이 중얼거렸다. 그러더니 고개를 끄덕거렸다.

"그래. 그럼 나도 제대로 상대를 해 줘야겠지."

"응?"

스르르릉.

"……."

청명이 천천히 검집에서 검을 뽑기 시작했다.

"청명아?"

너 왜 갑자기 검은 뽑고 그러니? 사람 불안하게?

검집을 옆구리에 찬 청명이 검을 들어 윤종을 겨누었다.

"무인이 의지를 증명하겠다고 하면 전력으로 상대해 주는 게 예의지! 걱정하지 마, 사형! 내가 정말 최선을 다해 줄 테니까!"

"……."

이걸 기뻐해야 하는 건가? 어? 기뻐해야 하냐고.

그 순간 청명에게서 말 그대로 칼날 같은 기세가 뿜어지기 시작했다. 서 있기도 힘들 만큼 어마어마한 그 기세를 정면으로 받은 윤종의 몸이 절로 오그라들기 시작했다.

"자, 간다!"

상황을 주시하던 심판이 번쩍 손을 들어 올렸다.

"그럼 시작……."

"심판!"

그때 별안간 윤종이 고개를 획 돌려 심판을 불렀다.

"음?"

그리고 단호하게 소리쳤다.

"기권이요!"

"……."

"……."

소림 전체에 묘한 정적이 흘렀다. 윤종은 썩은 눈으로 자신을 바라보는 청명과 심판의 시선을 슬쩍 피했다. 그리고 점잖게 중얼거렸다.

"군자는 괜한 수고를 하지 않는 법이다."

"……사형 도사 아냐? 도사가 뭔 군자?"

"……."
 나도 살아야지. 나도.

 비무대 아래서 그 광경을 지켜보던 백천이 흐뭇한 미소를 지었다.
 "걸아."
 "예, 사숙!"
 "저 새끼 끌고 와라."
 "예!"
 뿌드득 이를 간 백천은 목을 좌우로 꺾었다.
 "내가 저걸 사질이라고."
 문파 꼴 잘 돌아간다. 아주 잘 돌아가.

・◈・

 도란 그저 추구하는 게 아니다. 매화나무가 춥고 긴 겨울을 버텨 마침내 아름다운 꽃을 피워 내는 것처럼, 도를 추구하는 것 역시 길고 긴 인내를 요구한다. 그렇기에 윤종은 인내하고 또 인내했다. 그것이야말로 진정한 도인의…….
 "잡생각 하지?"
 "……."
 윤종이 천천히 고개를 들었다. 그를 둘러싼 백자 배들이 하나같이 도끼눈을 뜨고 그를 노려보고 있었다. 살벌한 눈빛. 죄를 저지른 사질에 대한 질책이 가득 담긴 눈빛이다.
 그런데……. 조걸아?

백자 배들 사이에 끼어 삿대질을 해 대고 있는 조걸의 모습이 보였다. 윤종의 볼이 파들파들 떨리기 시작했다. 너는 왜 거기 같이 끼어 있니?
"내가!"
중앙에서 팔짱을 끼고 있던 백천이 눈을 희번덕거렸다.
"승질이 뻗쳐서, 내가!"
"……."
"청자 배의 대제자라는 놈이 비무에서 기권을 해? 그것도 검도 한번 안 휘둘러 보고?"
"아니……."
윤종은 세상 억울한 표정으로 주변을 둘러보았다. 하지만 백자 배들은 그의 말을 들어 줄 생각이 없다는 듯이 으르렁댔다.
"저게, 저게 빠져 가지고."
"요즘 칼질 좀 늘었다고 건방져졌다 싶었어."
"화산의 제자라는 놈이 항복을 해? 항복을? 확 마, 대가리를 깨 버릴라."
윤종이 눈을 질끈 감았다. 흡사 사방에서 승냥이 떼가 피 냄새를 맡고 몰려오는 광경 같았다. 하지만 이건 정말 억울한 일이 아닌가.
"아니……."
"아니고 자시고!"
"어디서 입을 떼, 어디서!"
"마! 왜 항복했냐고! 대답 안 해?"
"그 주둥아리 좀 열지? 엉?"
"……."
저기. 화내시는 건 좋은데 이렇게 단체로 패실 거면 의견이라도 좀 합일

해 주셔야 하지 않겠습니까? 입을 열어야 합니까, 닫아야 합니까…….

그리고 조걸이 너는 왜 은근히 같이 껴서 반말 찍찍 하냐, 이 새끼가……?

그때 백천이 한숨을 푹 내쉬고는 근엄한 목소리로 말을 이었다.

"사람들이 저리 많이 지켜보는데 화산의 제자가 항복이라니. 세상 사람들이 화산을 뭐라 생각하겠느냐!"

"사형제끼린데……."

"그러니 더 문제지! 사형이라는 놈이 사제한테 항복을 하는 게 말이나 되느냐! 이러니 화산의 기강이 거꾸로 돌아가는 것 아니더냐! 적어도 칼이라도 휘둘러 보고! 꿈틀이라도 하고 져야지!"

결국 참다못한 윤종이 세상 억울하다는 투로 말했다.

"……그것도 사람을 봐 가며 하는 거 아닙니까!"

"뭐?"

백자 배들이 눈을 부라렸지만 윤종은 당당했다.

"사숙들 말이 다 맞습니다! 사형이 되어서 그리 항복할 수는 없는 노릇입니다! 사형으로서 위엄은 못 보이더라도 의지는 보여 줘야죠!"

"오?"

백천이 고개를 갸웃하며 물었다.

"그럼 왜 그랬느냐?"

"그런데 저 새끼가 어디 사형이라고 봐줄 놈입니까? 남녀노소, 지위 고하를 막론하고 공평하게 대가리부터 깨부수는 놈인데! 저 새끼는 화산에 들 게 아니라 관리가 되었어야 할 놈입니다! 부자고 거지고 권력자고 할 것 없이 공평하게 후려칠 놈 아닙니까!"

"……."

"그런 놈이 사형이라고 봐주겠습니까? 합리적으로 생각해 보십시오! 적당히 맞상대하고 끝날 놈이어야 머리라도 들이밀어 보죠. 머리 들이밀면 좋다고 깰 놈인데 저도 일단은 살아야 할 것 아닙니까!"

윤종이 당당하게 어깨를 쫙 폈다.

"이 중에서 청명이랑 붙으면 항복 안 하고 대가리 깨질 때까지 싸우겠다고 하시는 분만 제게 돌을 던지십시오!"

"……."

백자 배들이 미묘한 얼굴로 슬쩍 시선을 피했다. 구박을 하고 싶기는 한데, 사실 저 청명이랑 제대로 붙어 보라 하는 것도 사람이 할 짓은 아니다.

윤종의 얼굴에 뿌듯함이 스쳤다. 다들 인정할 수밖에 없는 논리일 것……. 어? 조걸아? 너 왜 돌을 줍니?

그때, 잠자코 듣던 백천이 윤종을 보며 고개를 끄덕였다.

"그래. 네 말도 맞다."

"사형!"

"너무 무르신 것 아닙니까?"

"조용."

백자 배 사이에서 불만이 튀어나오자 백천이 눈살을 찌푸리며 그들의 불만을 찍어 눌렀다.

"윤종아."

"예, 사숙."

"나는 네 말을 십분 이해한다."

"사숙!"

윤종이 감격한 눈으로 백천을 바라보았다. 역시 백천은 이 상식이 붕

괴되어 버린 화산에서 그나마 말이 통하는 사람…….

"그런데 말이다."

"네?"

"아무리 생각해도 네 선택이 좀 실수처럼 느껴지는 게…….."

"…….."

"우리가 이해한다고 해서 저놈이 이해할까?"

"네?"

"저놈."

백천이 한곳을 턱짓으로 가리켰다. 그 턱짓을 따라 고개를 돌린 윤종은, 끝내 보고야 말았다. 도박판에서 돈을 챙겨 든 청명이 입꼬리에 미묘한 미소를 내걸고 이쪽을 향해 걸어오는 모습을 말이다.

"…….."

청명을 발견한 백자 배들이 입에 거품을 문 커다란 개를 본 사람처럼 슬금슬금 멀어졌다. 윤종의 얼굴이 움찔움찔 떨리기 시작했다.

"여기 모여서 뭐 해?"

"아니, 뭐……."

청명은 무릎을 꿇고 있는 윤종의 옆에 쪼그려 앉아 그의 어깨에 손을 올렸다.

"사형."

"……으응?"

"참 합리적이야, 그렇지?"

"……응?"

윤종의 이마에 식은땀이 흘러내리기 시작했다.

"합리적. 그래, 합리적인 거 좋지. 이기지도 못할 상대랑 괜히 드잡이해서 땀 흘리고 피 볼 필요는 없는 거지. 차라리 빠르게 항복해서 체력이라도 보존하는 게 이득 아냐, 그렇지?"

윤종이 슬쩍 청명을 흘끔거렸다. 생글생글 웃고 있으니 표정만으로는 무슨 생각을 하고 있는지 알아내기가 어려웠다. 가만 생각해 보면 사람이 저리 웃고 있는데 속내를 알 수 없다는 게 참 기이한 일이지만, 여하튼!

슬쩍슬쩍 청명의 눈치를 보던 윤종이 조심스레 입을 열었다.

"그, 그렇지?"

"그럼."

"……비꼬는 거 아니지?"

"에이, 사형도. 내가 사람 비꼬는 거 봤어?"

"……어?"

그건 못 본 것 같다. 생각해 보면 이 새끼는 마음에 안 드는 걸 느긋하게 비꼴 만큼 성격이 좋지 못하다. 일단 달려들어서 대가리를 깨겠지.

"그, 그래. 나도 그렇게 생각했다."

윤종의 얼굴에 화색이 돌았다. 사숙들이 비난하건 말건 일단 이놈만 어떻게 넘길 수 있으면…….

하지만 세상일은 언제나 그렇듯 바라는 대로 풀리지 않는 법이다.

"그런데 말이야."

"……으응?"

그 순간 청명이 의미심장한 미소를 지었다.

"그럼 왜 칼 들었어?"

"응?"

"에라!"

청명이 앉은 자리에서 다리를 쭉 뻗어 윤종을 뻥 걷어찼다.

"켁!"

그가 데굴데굴 굴러 바닥에 철푸덕 엎어지자 청명이 버럭 소리를 지르며 자리에서 일어났다.

"그렇게 합리적이신 분이 왜 칼 들고 설치시나! 칼 들 일이 생기면 관아에 가지, 관아에!"

"……."

청명이 눈을 까뒤집었다.

"아니, 이것들이! 뭐? 합리? 이 양반들은 마교 보고도 대화로 풀자고 덤비겠네! 어디 칼 들고 도 닦는 것들이 합리를 입에 올려?"

"아, 아니……."

"으르르르르!"

순식간에 광견으로 돌변한 청명이 거품을 물며 윤종에게 달려들기 시작했다. 백자 배들은 기겁하며 그를 잡아 만류했다.

"청명아, 진정해라!"

"나중에 전각에 가서도 얼마든지 할 수 있다! 일단 진정해라!"

조금 전까지 윤종을 후려 패 버릴 듯하던 백자 배들이 이번에는 필사적으로 청명을 말렸다.

"합리? 합리이이이이? 그렇게 합리적이어서 산골짜기에 처박혀서 우화등선하겠다고 칼질하냐? 어? 합리 찾는 양반이 도문에는 왜 와 있어? 이 절간에서 고기 찾을 인간 같으니!"

"……절간에서 고기 찾은 건 너잖아."

"뭐?"

"아, 아니."

윤종은 입을 꾹 다물었다. 하지만 그의 억울한 시선은 청명이 손에 든 육포에 고정되어 있었다. 저거라도 없으면 억울하지나 않지.

"내가 속이 터져서!"

"승질이 뻗쳐서!"

"창피해."

청명, 백천, 유이설로 이어지는 삼 연타를 얻어맞은 윤종은 시무룩해져서 고개를 숙였다.

사람이 살다 보면 항복할 때도 있는 거지. 이 후퇴를 모르는 양반들 같으니라고.

"졸장부……."

"……넌 진짜 죽일 수도 있다."

슬그머니 한마디 거들려던 조걸이 찔끔하여 물러섰다. 그때, 구원의 목소리가 들려왔다.

"다들 여기에 있었구나."

"아, 사숙조!"

"사숙!"

운검이 빙그레 웃으며 그들에게 다가오고 있었다.

"승부는 잘 보았다."

"관주님!"

윤종이 눈물이 글썽글썽한 눈으로 운검에게 달려갔다. 운검의 옆에 있으면 미친 호랑이 같은 청명도, 굶주린 승냥이 같은 사숙들도 더는 그를 구박하지 못할 것이다. 운검이 달려오는 윤종을 보고 빙그레 웃더니 손을 뻗어 그의 귀를 잡아챘다.

"아악! 관주님! 귀! 귀!"

"너는 이리 오거라."

"아아! 관주님, 귀! 진짜 귀! 떨어집니다! 귀!"

"시끄럽다! 내가 백매관주로서 창피해서 살 수가 없다. 어디 대제자라는 놈이! 잔말 말고 따라와라!"

윤종의 귀를 잡고 질질 끌고 가는 운검을 모두가 멍하니 바라보았다.

"……사숙께서 저런 분이셨나?"

누군가 중얼거린 말에 허탈한 대답이 들려왔다.

"다 그렇게 되어 가는 거지. 다 그렇게."

화산의 제자들이 일제히 한숨을 내쉬었다.

• ❖ •

걸음을 내딛는 것조차 쉽지 않다. 한 걸음을 뗄 때마다 상처가 욱신거린다. 하지만 이송백은 내색하지 않고 부지런히 걸음을 옮겼다. 우는소리 할 때가 아니다. 종남이 입은 상처는 그가 입은 것보다 더 크니까.

슬쩍 주변을 둘러본 그는 낮은 한숨을 내쉬었다.

'무겁다.'

마치 패전하고 돌아가는 패잔병들 같은 모양새였다. 어쩌면 당연한 일이겠지. 패배란 그 순간에는 오히려 깊이 실감하기 어려운 법이니까.

시간이 흐르고 잃은 것이 무엇인지 이해할수록 패배의 상처는 더 아프게 사람을 찔러 들어온다. 종남은 이번 대회에서 너무 많은 것을 잃었다. 어쩌면 다시 회복하지 못할 정도로.

이송백이 고개를 들어 하늘을 바라보았다. 무너지는 문파. 잃어버린 혼. 그리고 절망밖에는 남지 않은 사람들. 그 모든 것이 무겁게 그를 짓

놀랐다. 하지만 이송백은 고개를 숙이지 않았다.
'당신은 여기서부터 시작한 겁니까?'
아니, 몇 배는 더 절망적이었겠지. 그래도 사람이 남아 있고, 명성이 남아 있는 종남과는 달리, 화산은 말 그대로 아무것도 남아 있지 않았으니까. 청명은 그 절망밖에 남지 않은 상황에서 불과 수년 만에 화산을 저기까지 이끈 것이다.
'내가 할 수 있을까?'
이송백은 가만히 눈을 감았다. 청명처럼 할 수 있을 거란 헛된 꿈은 꾸지 않는다. 하지만 그가 수년 동안 해낸 일이라면, 수십 년간 노력하면 언젠가는 자신도 할 수 있지 않을까 생각하는 것이다. 노력하고 또 노력한다면 말이다.
멀고 먼 길. 너무 멀어서 아득하게만 느껴지는 그 길.
'그 길을 내가 걸을 수 있을까?'
"엇."
그 순간 이송백의 다리가 풀리며 그의 몸이 휘청였다. 옆에서 걷던 사제들이 손을 뻗어 그를 부축했다.
"괜찮으십니까, 사형?"
"아직 부상이 깊으십니다."
이송백은 고개를 들어 사제들을 바라보았다.
'사형이라.'
한동안 듣지 못했던 말이다. 사제들은 그동안 그와 대화하는 것 자체를 꺼려 왔으니까. 그런 이들이 이리 부축해 주고 걱정을 해 줄 줄은 몰랐다.
"괜찮다."
이송백이 고개를 끄덕이자 사제들이 겸연쩍은 얼굴로 손을 물렸다. 그러고는 잠시 우물쭈물하다 말했다.

"저…… 사형."

"음?"

"그…… 종남으로 돌아가면 제게도 천하삼십육검을 좀 가르쳐 주실 수 있겠습니까?"

"……내가?"

"예."

잠깐 머뭇거리던 사제가 나지막한 목소리로 말했다.

"사숙들이나 사부님께는 조금 껄끄러워서……."

"……."

이송백은 멍하니 주위를 돌아보았다. 사제들이 힐끔힐끔 이쪽을 바라보고 있었다. 하지만 그 눈빛에 과거와 같은 경멸은 담겨 있지 않았다.

"괜찮겠느냐? 너희는 설화십이식을 익히고 있는데."

"그, 그렇기는 합니다만……."

그의 사제가 뒷머리를 긁적였다.

"사형과 그 화산신룡의 비무를 보고 나니…… 설화십이식만이 답은 아니라는 생각이 들어서 말입니다."

"……그렇구나."

이송백은 고개를 돌려 그들이 떠나온 곳을 바라보았다. 이제는 제법 멀어진 소림. 그곳에 그가 있다.

'청명 도장.'

청명은 그의 길을 열어 주었다. 그리고 어쩌면 그와의 비무를 통해 종남의 길도 열어 준 건지도 모른다. 청명이 그걸 의도했는지 아닌지는 알 수 없지만…….

'언젠가는 다시 보게 될 겁니다.'

그리고 그때, 이송백은 그에게 입은 은혜를 갚게 될 것이다.

한동안 말없이 그곳을 응시하던 이송백은 다시 고개를 돌려 앞을 바라보았다. 한 점 흔들림 없는 눈빛이었다.

"가자꾸나. 종남으로 돌아가면 해야 할 일이 많다."

"예! 사형."

종남으로 향하는 이송백의 발에 조금 더 힘이 들어갔다.

• ❖ •

화산은 무려 세 명의 제자를 팔 강에 올리는 기염을 토했다. 청명과 유이설, 그리고 조걸까지 큰 부상 없이 모두 무난하게 승리를 거뒀다.

"……네가 왜 이겼지?"

"무슨 소리십니까, 사형?"

"아니. 좀 기이해서."

"이상한 소리 마십시오. 제가 이기는 게 당연하지 않습니까?"

배를 쭉 내미는 조걸을 보며 윤종은 인생무상을 느꼈다. 누구는 청명을 만나서 살겠다고 기권을 했는데, 저놈은 대진 운이 좋아 편안하게 승리하지 않았는가? 부전승으로 한 번 편히 이긴 것이 설마 이런 결과를 낳을 줄 누가 알았겠나.

여하튼 십육 강에 네 명을 올린 것도 대단하다 할 수 있지만, 팔 강에 셋이 오른 것은 그와 비교도 안 될 만큼 엄청난 성과다. 따지고 보면 화산이 그 힘을 강호 전역에 떨치던 시절에도 이 정도로 큰 성과를 거둔 적은 없었다.

그렇기에 화산의 문도들은 오히려 몸가짐을 조심했다.

– 기존의 문파들이 우리를 좋게 볼 리가 없다. 분명 눈에 불을 켜고 견제하려 들 것이다. 그러니 다들 긴장을 풀지 말고 항상 언행을 조심하도록 해라.

일리가 있는 말이었다. 순풍에 돛 단 듯 나아가는 화산의 기세를 가로막는 역적이 되고 싶은 이는 화산의 제자들 중 아무도 없었다. 다들 물 한 모금 마시는 것조차 조심하고 또 조심했다.

하지만 그들의 앞에 펼쳐진 상황은 예상과 조금 달랐다.

"……이게 다 뭡니까?"

백천이 멍한 눈으로 전각 안에 쌓인 물건들을 바라보았다. 웬 궤짝과 상자들이 사람 키보다 더 높이 쌓여 작은 동산을 이루고 있었다.

"선물이라는구나."

"선물이요? 어디 잔치라도 났답니까?"

"그게 아니다."

현영이 피식 웃으며 답했다.

"구파일방과 오대세가에서 축하한다며 선물을 보내왔다."

"네?"

백천이 화들짝 놀라 선물의 탑을 다시 바라보았다.

'이게 전부?'

이런 어마어마한 양의 선물이 왔다는 것만으로도 놀라운데, 심지어 구파일방과 오대세가가 보내왔단 말인가?

"아니…… 그들이 왜……?"

"화산과 친교를 나누고 싶다는구나."

"예?"

백천은 다시 멍한 얼굴로 되묻고 말았다. 그도 눈치가 있는 사람이고 분위기를 읽을 줄 아는 사람이다. 구파일방이 은근히 그들을 경원시하던 모습을 똑똑히 보았는데, 갑자기 이리 태도를 바꾼다고?

 "이건 청성에서 보낸 선물이로구나. 오? 이건 개방에서? 허허. 살다 살다 거지가 선물을 보내는 걸 다 보는군."

 현영이 희희낙락하며 선물들을 분류했다.

 "그리고 이건……. 허어? 무당까지?"

 중얼거리던 현영은 기가 막힌다는 듯 피식 웃었다.

 "내 이리 많은 선물을 받아 보는 건 처음이구나. 그것도 화산이 아닌 소림에서 이런 일을 겪게 될 줄이야. 세상 참 오래 살고 볼 일이다."

 그러더니 안쪽의 제자들에게 소리쳤다.

 "지금도 선물이 오고 있으니 일단 이것들 모두 저 안쪽으로 나르거라."

 "예, 장로님!"

 화산의 제자들이 우르르 다가와 선물을 옮기기 시작했다. 그 행렬을 보던 윤종은 이해가 가지 않는다는 듯한 표정으로 물었다.

 "그런데 왜 구파일방이 저희에게 선물을 보내는 겁니까?"

 "말하지 않았느냐. 친교를 나누고 싶다 했다고."

 "저희랑요? 얼마 전까지 그렇게 물어뜯으려고 들더니?"

 "그……."

 그때 등 뒤에서 심드렁한 목소리가 들려왔다.

 "그 새끼들은 원래 그래."

 "엥?"

 돌아보니 청명이 손에 월병을 든 채 휘적휘적 걸어오고 있었다.

"원래 그렇다고?"

"어, 원래 그래."

그는 산더미 같은 선물을 보고 작게 조소했다.

"친해져서 나쁠 것 없다는 계산이 선 거지."

"이렇게 빨리?"

"오히려 늦은 거야."

밑에서 올라오는 놈은 어떻게든 짓밟으려 들지만, 그게 불가능하다면 결국 옆에 서는 것을 인정해야 한다. 그리고 기왕 같은 곳에 설 거라면 친한 것이 낫다.

그 말인즉슨, 화산이 과거의 힘을 되찾을 거라고 구파일방은 이제야 확신했단 의미다.

'느려 터진 것들이.'

아마 선물을 보낸 이들 중 종남과 해남은 빠져 있을 것이다. 종남이야 벌써 소림을 떠난 데다, 있다고 해도 죽으면 죽었지 화산에 선물을 보낼 놈들은 아니다. 그리고 해남은 만약 화산이 구파일방에 복귀하게 되면 자신들이 밀려날 확률이 높으니 선물을 보낼 입장이 아니었다.

하지만 그 외의 다른 구파일방은 화산이 복귀한다 해도 좋은 관계만 유지할 수 있으면 피해 볼 것이 없다. 물론 체면이 상하고 민망하기야 하겠지만 말이다.

백천이 눈을 찌푸렸다.

"하지만 이건 너무 노골적인데."

"노골적? 나름 자제한 거구만."

"……그건 또 무슨 소리냐?"

청명은 대답하지 않고 피식 웃었다.

'옛날에는 더했지.'

그가 매화검존으로 명성을 날리던 당시에는 화산과 좋은 관계를 맺고 싶어 하는 이들의 선물이 연무장에 쌓일 정도로 매일같이 들어왔다. 그때에 비한다면 이건 아무것도 아니다.

"여하튼 구파 놈들 하는 짓은 변한 게 없다니까."

"아무리 그래도 구파일방이 이런……."

"구파라고 뭐 대단한 게 있을 것 같아? 어차피 거기도 다 사람 사는 곳이야."

"이런 선물을 보낸다고 우리가 그들을 좋게 보진 않으리란 걸 저들도 알 게 아니냐."

"안 보내면?"

"응?"

청명이 뚱하게 물었다.

"안 보내면 좋게 봐 주고?"

"……."

아니, 그건 아니겠지. 백천은 조금 납득한 듯 씁쓸한 표정을 지었다. 청명이 심드렁하게 말했다.

"어차피 그놈들도 이런 선물 같은 걸로 우리가 감동할 거라 생각하진 않아. 하지만 보내는 것과 보내지 않는 것 중 어느 게 더 이득인지는 아는 거지."

백천이 고개를 내저었다.

"그래도 이것들은 돌려보내는 게 낫지 않겠느냐? 영 찝찝한데."

"……나는 상관없는데."

"응?"

"괜찮겠어?"

"뭘?"

청명이 슬쩍 백천의 뒤쪽을 향해 턱짓했다. 뭔가 낌새가 이상하다는 것을 느낀 백천은 슬그머니 뒤를 돌아보았다. 지금까지 단 한 번도 보지 못한, 악귀 같은 얼굴의 현영이 서 있었다.

"……."

"돌려보내?"

"……."

"이런 밥버러……."

기겁을 한 백천이 재빨리 손을 내저었다.

"아, 아닙니다! 돌려보내자는 말이 아니었습니다!"

"그렇지?"

현영의 얼굴이 순식간에 부드러운 미소를 가득 품는다. 백천은 식은땀을 흘리며 숨을 몰아쉬었다.

'무서웠다.'

방금 본 표정은 절대 잊지 못할 것이다. 꿈에 나올까 두려울 정도였다. 청명이 어깨를 으쓱하며 말했다.

"왜 주는 선물을 마다해? 돌려보내면 그놈들 곳간만 도로 채워 주는 거지. 적의 곳간을 비우는 건 병법의 기본 아냐?"

백천이 멍한 눈으로 그를 바라보았다.

"왜?"

"아니, 그냥 네 입에서 병법이라는 말이 나오니까 좀 이상해서."

"……."

청명이 막 발작하려는 찰나 현영이 고개를 끄덕이며 말했다.

"청명이의 말이 맞다. 어떤 의도로 보냈건, 선물은 일단 받아 두는 게 예의겠지. 나 역시 찜찜하기 짝이 없지만 선물을 돌려보내는 건 좋은 방법이 아니다."

"저기…… 장로님? 입이 귀에 걸리셨는데요? 정말 찜찜하십니까? 정말?"

하지만 백천은 차마 그렇게 물을 수 없었다. 돈에 관련된 일을 현영에게 묻는 것은 화산에서 금기시된 일이다.

"다만 한 가지 문제가 있구나."

"문제요?"

"흠."

현영이 턱을 매만지며 선물들을 바라보았다.

"이대로 이걸 넙죽 받아 버리면 다음에 선물을 보낸 이들을 볼 때 조금 민망할 수도 있겠어."

"그렇죠."

"그러니 보답을 해야지. 우리도 적당한 선물을 보내는 게 좋겠구나."

"아……."

백천이 고개를 끄덕였다. 한쪽이 일방적으로 선물을 받으면 그건 뇌물이 되어 버리지만, 서로 교환한다면 그건 정말 선물이 될 수 있다.

"좋은 방법 같습니다."

"문제는 지금 우리에게 딱히 선물로 보낼 만한 물건들이 없다는 건데……."

현영이 잠깐 고민하다 백천을 바라보았다.

"아무래도 네가 마을에 좀 다녀와야겠구나."

"답례할 만한 물건을 사 오라는 말씀이십니까?"

"그래. 이런 건 오래 끌어 좋을 일이 아니다. 바로 답례를 보내 버리는 쪽이 낫다."

"예. 걱정하지 마십시오. 제가……."

말을 하던 백천이 슬쩍 미간을 찌푸리며 물었다.

"그런데 답례품으로 뭘 사 와야 하는 겁니까?"

"나야 모르지."

현영이 당당하게 답했다.

"나도 숭산에는 처음 오는데, 아래에 뭘 파는지 어찌 알겠느냐? 가서 적당한 것을 알아서 사 오너라."

"으으음."

"걱정할 것 없다. 조걸아."

"예! 장로님!"

"백천을 도와주거라. 네가 그래도 상인 집안 출신이니 물건을 보는 안목은 있겠지."

"알겠습니다."

그러고도 현영은 잠시 골똘히 생각했다.

"이 많은 문파에 보낼 선물을 사 들고 오려면 두 명으로는 어려울 텐데. 그럼 또 보낼 이가 운종……."

"엣헴."

"그리고 이설이……."

"엣헴!"

"또 백상이도 같이 가면……."

"에에에에엣헤에엠!"

"……."

현영이 천천히 고개를 돌렸다. 주먹으로 입가를 가리고 연신 헛기침을 하는 청명의 모습이 보였다.

"……가고 싶으냐?"

청명은 대답 없이 초롱초롱한 눈으로 현영을 바라보았다.

"으으으음."

현영은 고뇌하는 얼굴로 신음을 흘렸다. 고생을 했으니 하루쯤 편히 놀게 해 주고 싶은 마음은 굴뚝같다. 다음 비무까지 아직 시간이 있으니 하루 정도 마을에 다녀온다고 큰 문제가 생기는 것도 아니다. 다만…….

'정말 이 녀석을 마을에 보내도 될까?'

이건 귀여움과는 별개의 문제다. 눈에 넣어도 아프지 않을 놈이지만, 이놈을 자유롭게 풀어놓는 건 큰 각오가 필요한 일이다.

"끄으응. 절대 사고 치지 않을 자신 있겠지?"

"에이, 장로님도. 제가 언제 사고 치는 것 보셨어요?"

"……."

물론 많이 봤지. 하지만 현영은 끝내 한숨을 쉬며 고개를 끄덕였다.

"그래. 같이 다녀오거라."

"장로님!"

"다시 생각해 보십시오, 장로님! 이건 무모합니다!"

"끔찍."

주변에서 항의가 빗발쳤다. 그러나 현영은 고개를 내저으며 말했다.

"그래서 너희를 같이 보내는 것 아니더냐. 너희는 나름 청명이에게 익숙할 테니 문제가 생긴다면 막을 수 있겠지."

"……장로님, 사람이 불에 자주 탄다고 해서 불에 익숙해지지는 않습니다. 저놈은 겪으면 겪을수록 더 뜨거운 염화지옥 같은 놈입니다."

"……."

"재고를! 다시 한번……."

턱.

필사적으로 현영을 설득하던 백천의 어깨에 누군가의 손이 올라왔다.

"……."

고개를 돌려 보니 청명이 빙그레 웃고 있었다.

"사숙, 사숙."

"……왜?"

"잘 생각해 봐. 사숙은 알잖아."

"뭘?"

청명이 아주 흐뭇하게, 환하게 웃었다.

"내가 사숙을 따라갔다가 사고 칠 확률이 높을까?"

"……그야……."

"아니면."

청명이 이 가는 소리가 으드득 울렸다.

"홀로 쓸쓸히 남겨진 내가 상처 입은 마음을 안고 주변을 헤매다가 괜한 시비가 걸려서 다른 문파 놈들 대가리를 다 깨 버릴 확률이 높을까?"

"……."

백천의 눈빛이 흔들렸다.

"어떻게 생각해? 나는 아무리 생각해도 답이 정해져 있는 것 같은데 말이야."

눈을 희번덕대는 청명을 보던 백천이 눈을 질끈 감았다. 이건 숫제 협박이다.

"……그래. 가자, 가."

"헤헤. 그렇지?"

청명이 생글생글 해맑게 웃어 젖혔다.

'언젠가는 내가 저 면상에 죽빵 한번 꽂고 만다.'

과연 이뤄질지 알 수 없는 소망을 되새긴 백천은 땅이 꺼져라 한숨을 내쉬었다.

"그럼 다녀오겠습니다, 장로님."

"그래. 이걸 챙겨 가거라."

현영이 품 안에서 돈을 꺼내 백상에게 내밀었다.

"적당히 좋은 것으로 골라 오거라."

"예! 최상품으로 골라 오겠습니다."

"……말귀를 못 알아먹는구나."

"예?"

현영이 답답하다는 듯 인상을 찌푸렸다. 그러자 청명이 백상의 손에 올려진 전낭을 냉큼 낚아챘다.

"걱정 마십시오, 장로님. 겉보기에는 비싸 보이지만, 알고 보면 딱히 비싸지 않고 그리 쓸모도 없는 물건으로 잘 골라 보겠습니다."

현영이 더없이 환하고 인자하게 웃었다.

"그래, 그래. 우리 청명이. 어쩜 이리 말도 잘 알아듣누."

백천이 눈을 찌푸리며 말했다.

"그건 그냥 인성이……."

"인성 좋으신 탈락자는 조용히 하시고."

"……."

백천이 고개를 푹 숙였다. 윤종이 그의 어깨에 손을 올리며 토닥였다.

"괜찮습니다, 사숙. 질 수도 있죠."

"기권한 놈의 위로는 받고 싶지 않다."

"……."

윤종이 서글프게 전각 천장을 바라보았다.

'이 썩을 문파.'

한시도 서로 물어뜯지 않는 순간이 없구나.

"그럼 다녀오겠습니다."

"그래. 조심해서 다녀오너라."

"예!"

그들이 밖으로 나가자 백자 배들이 슬금슬금 현영에게 다가와 말했다.

"……정말 괜찮을까요?"

"뭐가?"

"아니, 청명이 놈이…….""

"괜찮다."

"아, 아니. 그래도…….""

현영이 의미심장하게 미소 지었다.

"사고를 친다고 해도 우리 코가 깨지지는 않을 테니 괜찮지 않으냐."

"……."

"저 녀석들을 걱정할 시간 있으면, 마을에 있을 사람들을 걱정하거라."

"……."

어쩌면 도문(道門)으로서의 화산은 끝난 걸지도 모른다는 생각을 하는 백자 배들이었다.

소림이 위치한 숭산 앞마을 등봉(登封)의 주루, 해월루(海月樓)는 사람들로 가득가득 들어차 있었다.

본디 등봉에는 소림을 방문하기 위해 찾아오는 이들이 많은 편이었다. 소림이 자체적으로 향화객들을 수용하고 그들에게 숙소를 내어 주기도 하지만, 소림은 보고 싶어도 엄격한 사찰의 계율은 겪고 싶지 않은 이들은 숭산 아래 마을로 모여들기 마련이니까.

그런 와중에 천하무림대회가 열리며 등봉의 주루들은 발 디딜 틈 없이 문전성시를 이루었다.

"여기! 여기 낙양연채하고, 동파육! 그리고 따뜻하게 데운 화주 한 병! 빨리빨리 가지고 와!"

"여기 소면 하나, 그리고 회면도!"

"예이! 조금만 기다려 주십시오!"

점소이들은 발바닥에 땀이 나도록 뛰며 주문을 받고 음식을 날랐다. 둥근 탁자에 삼삼오오 모여 앉은 이들은 다들 이번 대회에 대한 이야기를 나누느라 여념이 없었다. 그리고 당연하게도 중심 화제는 화산의 약진이었다.

"처음에는 누가 상상이나 했겠는가?"

"그러게 말일세. 이 대회가 처음 시작할 때만 해도 소림과 무당의 격전이 될 줄 알았지. 거기에 하나 추가하자면 남궁세가 정도가 아닌가."

"그렇지. 그렇지."

대화를 나누던 이들이 연신 고개를 끄덕였다.

"그런데 소림은 팔 강에 겨우 하나를 남겼고, 무당 역시 한 사람이 남았을 뿐이네. 남궁은 하나도 남기지 못했지."

"끌끌끌끌. 다들 당황했겠구먼."

중인들의 얼굴에 미묘한 감정들이 스쳐 갔다. 구파일방이라는 거대한 산이 흔들리는 모습을 지켜보는 건 강호인들에게 이중적인 감정을 주었다.

미묘한 쾌감과 미묘한 불안. 그 두 가지 감정이 주루 안에 공존하고 있었다.

"그런데 정말 이대로 가면 화산이 우승하는 것 아닌가?"

"에이. 설마 그럴 리가 있겠는가."

"그리 여길 일이 아니라니까 그러네. 화산의 화산신룡은 이미 후기지수의 수준이라고 할 수 없네. 그건 숫제 괴물이야."

"하기야, 웬만한 문파의 장로급이라고 해도 단악검 남궁도위를 그리 일방적으로 때려잡을 수는 없을 텐데 말이지. 천하제일 후기지수라는 명성은 거짓이 아니었던 게지!"

"그렇고말고! 그러니 이번 대회 우승도 화산신룡 몫이 아니겠는가."

모두가 들뜬 목소리로 말하던 때, 한 사내가 딱 잘라 분위기를 끊어 버렸다.

"그래도 우승은 못 해."

탁자에 앉은 이들이 딱 잘라 단언한, 뚱뚱한 사내를 바라보았다.

"왜 그리 생각하는가?"

"간단하네. 여기가 소림이기 때문이지."

"……그게 무슨 소린가?"

사내는 어깨를 으쓱하며 질문에 답했다.

"설마 자네들 소림이 정말 강호의 화합을 위해서 이 대회를 열었다고 생각하는 건 아니겠지? 소림이 이 대회에서 우승할 자신이 없었다면 절대 일을 벌이지 않았을 걸세. 생각해 보게. 내 집 마당에 연 대회에서 내가 진다니. 그게 무슨 망신인가?"

"으음."

"듣고 보니."

뚱뚱한 사내가 빼기듯 덧붙였다.

"화산의 약진이 놀라운 건 사실이지만, 우승은 별개의 문제라 이 말이야. 아마도 우승은 소림의 혜연이 하겠지."

"그래도 너무 단정하는 것 아닌가? 화산을 너무 무시하는 것 같은데. 물론 이 대회만으로 화산을 평가하는 건 과하겠지만, 그렇다 해도 화산의 후기지수들이 강호일절이라는 사실은 분명한 것 아닌가."

"쯧쯧쯧."

뚱뚱한 사내가 혀를 차며 말했다.

"아직도 이해를 못 하는군. 나는 화산을 무시한 적이 없네. 그저 나는 소림이 이대로 당할 리가 없다고 말하는 것뿐이네."

"으음."

"물론 화산은 대단한 문파가 되겠지. 그만한 인재들이 있고, 실적을 올리고 있으니 말이야. 하지만 소림은 소림이네. 그 정도 인재들은 발에 차일 정도로 있단 말일세. 강호의 천년북두(千年北斗)가 바로 소림 아니던가. 화산신룡이 아무리 대단하다고 해도 소림을 이길……."

쾅!

그 순간이었다. 갑자기 문이 터져 나가는 듯 열리고, 한 사람이 걸어 들어왔다.

"뭐, 뭐야?"

"누가 저리 과격……. 어? 저 사람?"

주루 안에 침묵이 내려앉았다. 사람들이 다들 눈을 휘둥그레 떴다.

'화산신룡?'

'화산의 화산신룡이잖아?'

'저 사람이 왜 여기에……?'

이곳에 모인 이들은 모두 천하비무대회를 보기 위해 소림까지 왔다. 그런 이들이 지금 대회에서 가장 화제가 되는 인물을 알아보지 못할 리가 없다. 다만 문제가 있다면…….

'왜 화가 났지?'

'엄청 열받은 것 같은데?'

'설마 대화를 들었나?'

문을 박차고 들어온 화산신룡 청명의 얼굴이 잔뜩 일그러져 있다는 점이었다.

청명이 가만히 좌우를 훑었다. 그와 시선이 마주친 이들이 재빨리 눈을 내리깔며 딴청을 피웠다.

'눈 마주치면 망한다.'

'자는 척해. 자는 척!'

딱히 화산에 큰 관심을 가지지 않은 이라고 해도, 소림 내에 암암리에 퍼져 나가는 한 가지 소문을 모를 수는 없었다.

─ 천하제일 후기지수 화산신룡의 성격이 개차반이다.

─ 부처님도 돌아앉으시다 못해 자리를 떠 버리신다.

─ 엮여서 좋을 일이 없다.

잘나가는 후기지수를 음해하는 일이야 허다하니 원래 이런 뜬소문은 잘 먹히지 않는 편이지만…… 화산신룡 청명에 대한 소문만은 가감 없이 그대로 받아들여지는 편이었다.

이유? 지켜보는 사람들도 눈이 있지 않은가? 비무대 위, 아래를 가릴 것 없이 공평하게 패악질을 저지르다 보니 워낙 목격자가 많았다. 결국 화산신룡의 인성에 대한 소문은 이제 거의 강호 공인이라고 해도 좋을 정도였다. 그러니 다들 이리 황급하게 눈을 피할 수밖에.

핏발이 선 눈으로 주변을 둘러보던 청명이 움찔했다. 그와 동시에 주루 안에 있던 모든 사람이 함께 움찔했다.

"자리!"

청명이 경공을 펼쳐 주루 안으로 날아들더니 구석의 빈자리를 차지하고 앉았다.

"점소이!"

"예에에에에엡! 지금 갑니다!"

"여기, 여기! 일단 고기! 고기로 된 요리 아무거나 주고, 술! 여기 술 뭐 있어?"

"생각하시는 술은 다 있습니다!"

"그럼 백주 일단 다섯 병만!"

"예에! 조금만 기다려 주십시오! 금방 내오겠습니다!"

"일단 술부터!"

"예!"

점소이가 부리나케 안으로 뛰어 들어가자 청명이 의자에 늘어지며 한숨을 내쉬었다.

"아니, 이 작은 마을에 뭔 사람이 이렇게 많아!"

그때, 다시 문이 열리며 몇 사람이 더 들어왔다.

"……문은 차는 게 아니라 손으로 여는 거라고 몇 번을 말해야 알아듣겠느냐? 이 썩을 놈아!"

"그만 포기하십시오, 사숙. 그게 고쳐지면 저놈이 아닙니다."

"소면. 소면. 소면."

"……사매. 소면 시켜 줄 테니 진정 좀 해."
"소면!"
백천은 손으로 얼굴을 감쌌다.
'멀쩡한 인간이 없어.'
조걸이 쓴웃음을 지으며 말했다.
"어쨌거나 자리를 찾아서 다행입니다. 마을에 사람이 왜 이리 많은지……."
"그래, 다행이네. 두어 곳만 더 돌았어도 저놈이 무슨 짓을 저질렀을지 모르니까."
물건이고 나발이고 일단 술부터 조지고 시작하자는 청명을 다독여 상점부터 들렀던 백천이다. 그러다 보니 그사이 들어찬 인파에 당황할 수밖에 없었다.
만석임을 확인하고 돌아 나오는 일이 반복될 때마다 청명의 눈에 점점 핏발이 서는 모습을 보는 건, 말 그대로 심장이 오그라드는 일이었으니까.
청명이 차지한 자리로 가 의자를 빼고 앉은 백천은 밀려드는 안도와 조금의 자괴감에 한숨을 내쉬었다. 곧 그를 따라 다른 화산의 제자들도 자리를 차지하고 앉았다.
점소이가 부리나케 술병을 들고 달려왔다. 탁자에 내려놓기가 무섭게 청명이 술병 하나를 낚아채더니 뚜껑을 뽑아내고 병째 입에 박아 넣었다.
꼴꼴꼴꼴.
경쾌하게 움직이는 그의 목젖을 보며 모두 흐뭇하게 웃었다.
"어쩜 이렇게 말코 같을까."

"산적이 딱인데, 산적이. 산을 잘못 고른 것 아니겠습니까? 녹림이 있는 산으로 가야 하는데 실수로 화산으로 온 게 맞는 것 같습니다."

"사실 지금 화산은 녹림이랑 별로 다를 것도 없…….."

"조걸아."

"예?"

"세상에는 사실이더라도 입 밖에 내지 말아야 할 일이 있는 법이다."

"……제가 생각이 짧았습니다."

엄중히 주의를 준 백천이 다시 한번 한숨을 내쉬었다.

"크아아아아!"

청명이 단숨에 비워 버린 술병을 탁자 위에 쾅 하고 던지듯 내려놓았다. 누가 본다면 더없이 호쾌하다고 박수를 칠 만한 광경이다. 퍼먹는 놈이 도사만 아니라면 말이다.

기행이라면 기행이었지만, 사실 사람들은 그 모습에 딱히 신경을 쓰지 않았다. 청명의 행동 하나하나에 관심을 주기에는 지금 관심 줄 곳이 너무도 많았으니까.

화산의 제자들이 앉은 탁자를 힐끔힐끔 바라보던 이들은 저마다 낮게 중얼거리기 시작했다.

"저기 저 사람들, 화산의 제자들이 아닌가?"

"그렇지. 중앙의 저자가 화산신룡, 그리고 건너편에 앉은 이가 화정검 백천이구먼."

"그리고 다른 이들도 다들 이번 대회에서 좋은 성적을 낸 이들이 아닌가. 저 소저는 팔 강에 진출한 이대제자 유이설이고, 그 옆에는 무려 삼대제자면서도 팔 강에 진출한 조걸이로군."

"오오. 이렇게 보니 다들 헌앙하지 않은가."

꿈틀. 쫑긋.

화산 제자들의 귀가 움찔움찔하고 입가가 꿈틀대기 시작했다.

"화산을 이끌어 가는 후기지수들이 한곳에 모여 있는 모습을 보다니. 개안을 하는 기분이로군."

"화산만 이끄는 게 아니지. 저들이 훗날의 강호를 이끌 이들이 아닌가."

"과연 기세가 예사롭지 않군."

백천이 낮게 헛기침했다. 그의 얼굴이 답지 않게 살짝 달아올라 있었다.

'민망하군.'

당연하다면 당연한 일이다. 화산의 무인으로서 누군가의 칭찬을 이리 가까운 곳에서 받아 본 적이 있던가?

구파일방의 제자들은 어디를 가도 흠모와 질시의 시선을 받기 마련이지만, 화산의 제자들은 그런 경험이 없었다. 물론 소림에서 비무를 하고 환호받기는 했지만, 이것과 그건 느낌이 많이 달랐다.

"화정검은 정말 절세의 미남이로고."

"유이설 검수도 정말 아름답지 않은가. 내 생전 저런 미모는 처음 보는 것 같구먼!"

"화산신룡도 저 정도면 훌륭하지."

백천이 쑥스러움에 고개를 푹 숙였다.

'다 들린다고, 이 양반들아.'

저들끼리는 작게 말하고 있다지만, 화산의 제자들이 그걸 듣지 못할 리가 없다. 조걸과 윤종도 어색한지 얼굴을 붉히고 있었고, 유이설만이 태연한 신색을 유지하고 있었다.

응? 청명? 청명은 지금 두 병째를 나발 불고……. 청명아?

"저 옆에 있는 한 사람은 누구인지 모르겠지만, 다른 다섯은 이미 오검으로 불리기 시작했다더군."

"오검(五劍)?"

"화산오검이던가, 매화오검이던가. 여하튼 화산신룡을 필두로 백천, 유이설, 조걸, 그리고 윤종까지 다섯을 화산 최고의 후기지수라 묶어 부른다지 않는가."

"무당삼검 같은 느낌이로군."

"그렇지, 그렇지."

오검? 가만 듣던 백천이 눈을 끔벅였다.

'뭐지? 나는 들어 본 적도 없는데?'

막상 본인은 자신의 유명세를 실감하지 못하는 경우가 많다. 대회에서 큰 활약을 한 덕분에 화산 제자들의 명성은 지금 이 순간에도 굉장한 속도로 높아지고 있었다.

"그런데 오검이라니 좀 이상하지 않은가?"

"음? 뭐가?"

"팔 강에 든 이는 셋인데 오검이라니."

"……그게 그렇지가 않네. 화정검 백천은 부상으로 기권하기는 했지만, 화산 후기지수들 중에서도 손꼽히는 실력자라고 하더군. 그리고 윤종은…… 음, 상대가 상대이지 않았는가?"

"듣고 보니 그렇군."

"여하튼 내게 따지지 말게. 이미 퍼지기 시작한 호칭에는 논리가 통하지 않는 법이니까. 이제 곧 저들 모두가 그럴싸한 별호를 하나씩 얻게 되겠지."

운종과 조걸의 입가가 씰룩이기 시작했다.

'별호라니.'

뭔가 싱숭생숭한 느낌이다. 별호를 얻는다는 건 그 사람이 강호에 회자된다는 의미다. 다시 말하자면 조걸과 운종도 이제는 강호에 나가 당당히 자신을 내세울 수 있는 사람이 되었다는 것이다.

"좋아?"

청명이 묻자 두 사람은 헛기침을 해 댔다.

"조, 좋기는."

"그냥 그런가 보다 하는 거지."

"……좋아 죽는데?"

"크흐흐흠."

그 모습에 청명은 피식 웃어 버렸다.

'아직 갈 길이 구만리다, 이것들아.'

사실 이들이 해낸 것을 감안한다면 명성이 퍼지는 게 오히려 늦은 격이다. 대회가 끝나면 이들의 명성은 아마 강호 전역으로 퍼져 나갈 것이다.

그때 마침 점소이가 요리를 날라 왔다. 그 모습을 본 청명이 고개를 끄덕였다.

"일단 배부터 채우자. 점소이! 여기 백주 다섯 병 더!"

"그만 마셔, 인마!"

"뭔 다섯 병을 시켜 놓고 혼자 벌써 세 병을 동 냈어?!"

"술 못 먹어 죽은 귀신이 붙었나."

"잔. 잔. 저도 잔 주세요. 잔."

화산의 제자들이 왁자지껄 떠들며 닭 다리를 뜯고, 술을 게걸스럽게 마셔 댈 때였다.

끼이이익.

주루의 문이 열리고, 한 무리의 사람들이 안으로 들어섰다. 슬쩍 눈길을 주어 확인한 백천이 두 눈에 이채를 띠었다.

'개방인가?'

개방은 거지들의 문파. 평소에는 구걸해 가며 끼니를 해결하지만, 이런 식으로 행사가 있을 때는 돈을 지불하고 주루를 이용하는 일도 종종 있었다.

물론 주루의 입장에서는 그리 달갑지 않겠지만, 돈을 내는 손님을 내쫓을 수는 없는 노릇.

"자리가……."

안으로 들어온 개방의 거지들이 자리를 찾으며 두리번거렸다. 백천은 관심을 끄고 다시 음식에 집중하려 했다.

"어?"

그런데 그때 주위를 두리번거리던 거지 중 하나가 눈을 크게 뜨더니 앞쪽으로 성큼성큼 나섰다.

"초삼아?"

백천이 피식 웃었다. 초삼(草三)이라니. 정말 거지스러운 이름이 아닌가? 아마도 같은 거지 일행을 찾는 모양…….

응? 근데 저 사람이 왜 이쪽으로 오지?

아직 얼굴에 어린 티가 남아 있는 거지가 화산의 제자들을 향해 다가왔다. 그러더니 반색하는 얼굴로 말했다.

"초삼! 초삼이 맞지?"

"……응?"

그건 두고 봐야 아는 일이죠 75

여기에 대고 말하는 건가? 지금 누구한테……. 응? 청명?

그의 시선이 청명에게 향해 있다는 것을 본 화산 제자들의 얼굴에 의아한 기색이 어렸다. 이게 무슨 상황이지?

탁!

술을 나발 불던 청명이 술병을 내려놓고는 어린 거지를 올려다보았다. 미간이 살짝 찌푸려져 있었다.

"뭔 소리야. 너 누군데?"

"나 모르겠어? 나 구칠(口七)이야! 예전에 같이 있었잖아!"

"응? 구칠?"

어디선가 들어 본 이름 같은데? 구칠이면…….

"어?"

청명이 자리에서 벌떡 일어났다. 그러고는 흔들리는 눈으로 구칠을 보며 손가락질했다.

"너…… 너! 그때 그 거지!"

구칠. 청명이 이 몸으로 처음 깨어났을 때, 거지 굴에 있던 그 어린 거지다.

새로운 몸을 얻어 백 년 뒤로 와 버렸다는 사실 때문에 혼란을 겪던 청명에게 나름 도움을 준 이가 아니었던가. 그리고 이 몸의 주인과는 원래부터 꽤 친한 사이였던 것 같았지.

"초삼이 맞구나!"

구칠이 환하게 웃었다.

"이게 얼마 만이야! 너 화산으로 간다고 하더니 정말 화산의 제자가 되었구나?"

"그렇게 됐지."

돌아가던 상황을 파악하던 백천의 표정이 살짝 멍해졌다.
'진짜 거지 출신이었나.'
종종 제 입으로 그런 말을 했지만, 한 번도 믿지 않았었다. 그도 그럴 게, 청명과 거지라니 이 얼마나 어울리지 않는 조합이란 말인가?
청명이 부티가 나서 거지가 어울리지 않는다는 소리가 아니다. 얌전히 구걸을 해서 먹고살았다는 걸 도무지 받아들일 수가 없었다. 이놈이 어디 그럴 놈인가? 전직이 도둑이나 강도, 사기꾼이라고 했다면 일말의 의심도 없이 믿었겠지.
여하튼 지금 중요한 건 그게 아니고. 그러니까 이름이…….
"……초삼?"
"…….'
"네 이름이 초삼이었어?"
화산의 제자들이 입을 틀어막고 몸을 떨었다. 초삼이라니. 이 얼마나 거지스러운 이름인가.
거의 경련하듯 몸을 떨던 백천은 청명의 떨떠름한 얼굴을 보고 끝내 웃음을 터뜨렸다.
"으하하하하! 초삼이래!"
"……."
"우리 청명이 이름이 초삼이었구나! 초삼!"
"동룡이는 조용히 해."
"진동룡이 초삼보다는 낫지!"
"초삼이 낫거든?"
"그래, 그래. 초삼아."
"에라!"

청명이 탁자 위로 발을 뻗어 걷어찼지만, 백천은 슬쩍 고개를 틀어 피해 버렸다.

"세상에. 청명의 발차기는 날카로웠는데, 초삼의 발차기는 영 매가리가 없는걸?"

"으으. 내가 진동룡이한테 이름으로 놀림받는 날이 오다니……."

"초삼이면 그럴 만도 하지!"

서로를 조롱하고 비난해 대는 두 사람을 보며 남은 화산의 제자들이 빙그레 웃었다.

'그게 그거 같은데.'

'우열을 가리기 어렵도다.'

청명은 비척거리며 구칠의 앞으로 나섰다. 그래도 나름 옛 인연인데 이렇게 대충 맞을 수는 없다.

"여기까지는 어떻게 왔어?"

"비무 대회 구경하러 왔어."

"네가?"

청명의 물음에 구칠이 고개를 끄덕였다.

"나도 이제 이결개(二結丐)거든."

"오?"

청명이 슬쩍 고개를 내려 구칠의 허리춤에 묶인 매듭을 바라보았다. 과연 두 개의 매듭이 눈에 띄었다.

"개방에 입문했구나?"

"……너 진짜 좀 이상해. 원래 입문은 했었어. 그때는 무결개였던 거고."

"……아, 그렇지."

알 게 뭐냐. 그 전 기억이 없는데.
"뭐, 아무튼 잘 왔어. 그런데 개방에서 비무도 보여 주네."
"운이 좋았지."
청명이 미묘한 미소를 입가에 담았다. 운이 좋았기 때문에 가능했을 일이 아니다. 중원 천하에 널려 있는 거지들 중 이곳에 올 수 있는 거지는 개방에서 나름의 자질을 인정받고, 시간을 들여 키울 가치가 있다고 여겨지는 이들뿐일 테니까.

당시에는 워낙 경황이 없어 확인하지 못했지만, 이 녀석도 나름대로 개방에서는 인정받는 인재라는 의미다.
"그래. 잘 왔어."
"그런데 너 정말 용케도 섬서까지 갔구나. 나는 네가 그냥 도망간 줄 알았는데."
"……도망은 무슨 도망이야."
"어린애가 혼자 섬서까지 가는 건 쉽지 않으니까. 그때 네가 없어졌다고 왕초가 얼마나 난리를 쳤었는지. 어휴."
"그래. 그랬……. 잠깐만."
"응?"
"왕초?"
"응, 왕초."
"그러니까 그…… 그래. 그때 그 왕초?"
"응, 왕초."
청명의 얼굴이 미묘하게 경련하기 시작했다.
왕초. 그래, 왕초…….
"혹시나 해서 묻는 건데."

"응."

"그 왕초 놈도 여기에 왔어?"

"응. 같이 왔지."

청명이 고개를 살짝 들어 구칠과 함께 온 이들의 면면을 확인했다. 없다. 여기에는 그 얼굴이 없다. 미미하게 경련하던 청명의 입꼬리가 쭈욱 말려 올라갔다.

"구칠아."

"응?"

"……어디 있냐?"

"뭐가?"

지하에서 흘러나온 듯 음산한 목소리가 청명의 입에서 새어 나왔다.

"그 거지새끼 지금 어디에 있어?"

• ✦ •

종팔의 어깨에 절로 힘이 들어갔다. 강호인들이 잔뜩 모여 있어서인지 그를 보는 눈이 예사롭지 않다. 스쳐 지나가는 강호인들의 시선이 그의 허리춤에 있는 네 개의 매듭을 훑고 지나간다.

'흐흐흐흐.'

놀랄 만도 하겠지. 그는 사결개(四結丐)치고는 무척이나 어린 편이니까.

그의 허리에 매인 네 개의 매듭은 그가 개방에서 손꼽히는 후기지수라는 것을 증명하는 표식이나 다름없다. 강호인들이라면 이 매듭의 의미를 알아보겠지만, 평범한 이들에게는 큰 의미가 없는 것. 그렇기에 이 매듭은 강호인들이 우글우글 모여 있는 이 등봉에서 더욱 빛을 발했다.

"사결개로군."

"아직 어린 것 같은데. 벌써 사결개라니."

뒤에서 들려오는 말에 종팔의 몸이 뒤로 살짝 더 젖혀졌다.

'탄탄대로로다.'

자질을 인정받아 얼마 전 사결개가 되었다는 것만으로도 고무적인 일이다. 하지만 더 고무적인 것은, 그를 이곳으로 부른 이가 다름 아닌 전(前) 낙양 분타주인 홍대광이라는 점이다.

'방주 후보 중 가장 앞서가는 분이 나를 직접 불렀다는 것은 그만큼 내가 인정받고 있다는 뜻이겠지.'

어디 방주 자리가 인품이나 실력으로만 얻어지던가? 개방의 방주는 강호에 득실거리는 거지들을 모두 통솔하는 자리다. 구파일방 중 개방 이상의 평가를 받는 문파야 많지만, 그 영향력으로만 따진다면 소림의 방장 자리에 필적하는 것이 바로 개방의 방주 자리다.

때문에 개방의 방주가 될 사람은 자신만의 세력을 확고하게 구축할 수 있어야 한다. 홍대광이 그를 불러들였다는 것은, 이제 슬슬 자신의 사람을 선별하기 시작했다는 뜻.

'그리고 내가 간택되었다는 뜻이지.'

종팔의 입이 헤 벌어졌다. 훗날 홍대광이 방주가 된다면 당연히 그에게도 큰 자리가 떨어질 것이다.

'아니. 아니지.'

홍대광과 그의 배분 차이를 고려한다면, 단순히 거기에서 끝나지 않을 수도 있다. 어쩌면 홍대광 다음 방주는…….

"헤헤헤헤헷!"

종팔이 좋아 죽겠다는 듯이 소리 내어 웃어 젖혔다. 지금이야 그냥 허무맹랑한 이야기지만, 그가 하기에 따라서는 망상에 지나지 않게 될 수도 있다.

개방의 방주를 상징하는 옥색 타구봉(打狗棒)을 들고 거지들을 호령하는 자신을 상상하니, 벌써부터 어깨에 힘이 들어가는 종팔이었다.

'그러기 위해서는 일단 홍대광 분타주와 완벽한 관계를 맺어 둘 필요가 있어.'

최근 홍대광이 낙양 분타주 자리를 버리고 사람이 얼마 있지도 않은 화음으로 자리를 옮겼다 했다.

몇몇 입 가벼운 이들은 홍대광이 끈 떨어진 연 신세가 되었다고 입을 놀려 댔지만, 종팔의 생각은 달랐다. 홍대광은 상부의 지시가 아닌 자신의 의지로 화음에 갔다. 그 말은 그가 확실히 노리는 바가 있다는 뜻이다.

'어쩌면 섬서 지부장 자리를 노리는 것일 수도 있지.'

일개 도시가 아니라 한 성을 총괄하는 자리. 그 자리까지 올라갈 수만 있다면 방주 자리에 한층 더 다가가게 되리라.

"그럼 일단 나는 분타주 한자리 정도는 먹겠지. 흐히히힛!"

기분이 한껏 고조된 종팔은 휘적휘적 앞으로 향했다.

"그런데 해월루가 어디지?"

분명 해월루로 간다고 했었는데?

고개를 쭉 빼고 두리번거리던 그는 인상을 쓰고는 지나가던 사람 하나를 잡았다.

"저기, 잠시만……."

"아! 돈 없어!"

"……그게 아니고, 여기 해월루가 어딥니까?"

"음? 해월루라면 저기 모퉁이 안쪽에 있소."
"감사합니다!"
히죽 웃은 종팔은 남자가 말해 준 쪽으로 휘적휘적 걸음을 옮겼다.
"내가 대회에 참가만 할 수 있었어도 우승은 따 놓은 당상이었을 텐데."
쯧. 노개(老丐)들도 생각이 없다니까. 왜 그를 대표로 내보내지 않았을까? 소림으로 오라기에 당연히 참가할 줄 알았더니.
아무튼 상관없다. 이런 대회에서 우승하는 것보다 일단 확실한 자리를 차지하는 게 중요하니까. 허공에 뜬 기분으로 모퉁이를 돈 종팔은 다시 멈춰 서서 주변을 두리번거렸다.
'그러니까 해월루가…….'
아, 저기! 응? 그런데…… 저건 뭐지?
종팔이 고개를 갸웃했다. 주루 앞에 사람들이 무리 지어 서 있는 모습이 보였다. 한쪽은 그와 함께 소림으로 온 호북성의 거지들이고, 다른 한쪽은? 그는 눈을 가늘게 떴다.
'검은 무복. 가슴에 새겨진 매화 문양.'
화산? 순간 종팔의 눈에 이채가 어렸다.
개방은 정보를 다루는 단체. 그러니 개방의 소속으로 살아가는 이는 정보에 민감할 수밖에 없다. 소림에 도착한 지는 얼마 되지 않았지만 종팔은 이미 화산파가 천하비무대회를 석권하고 있다는 소식을 줄줄 꿰고 있었다.
그런데 그 화산이 왜 개방도들과 같이 있지?
'시비가 붙은 건 아닌 것 같고.'
분위기가 막 좋다고 말할 수는 없지만, 딱히 다투는 것처럼 보이지도 않는다. 그렇다는 건, 지금 그의 일행들이 화산의 제자들과 안면을 텄다는 뜻인데.

"흐흐흐흐. 일이 잘 풀리려면 이렇게도 풀리는구나."

강호는 정보와 인맥! 중요한 정보를 얻는 것이 첫째요, 잘나가는 이들과 좋은 인연을 맺어 두는 것이 둘째다. 특히나 화산이라면 지금 전 강호가 주목하는 이들이 아닌가? 그런 이들과 인연을 맺어 두는 건 어떻게 생각해도 이득이다!

종팔이 손을 싹싹 비비며 그들에게 다가갔다.

"구칠!"

"와, 왕초?"

그를 발견한 구칠의 눈이 거세게 흔들렸다. 하지만 안타깝게도 종팔은 그런 구칠의 기색을 눈치채지 못했다.

"하하하핫! 내가 없는 사이에 뭔가 좋은 인연을 맺은 모양이구나. 내게도 화산의 영웅들을 소개시켜 주지 않겠느냐?"

"아, 아니, 왕초. 그게……."

당황한 구칠은 머뭇거리며 뭔가 말을 하려 했다. 하지만 이내 입을 닫아 버렸다. 대체 이 상황에서 무슨 말을 해야 한단 말인가?

그사이 종팔은 눈치 없이 휘적휘적 걸어와 화산의 제자들에게 포권을 했다.

"만나 뵙게 되어서 반갑습니다. 저는 개방의 사결개인 종팔입니다. 부끄럽지만 강호의 친구들은 저를 소화개(小火丐)라 부릅니다."

그러자 가장 앞에 서 있던 백천이 더없이 안쓰러운 눈빛으로 종팔을 바라보았다.

"작은 불이라……. 확실히 산불도 작은 불에서 시작하는 법이지."

"……그리고 자기 몸도 태우는 법이죠."
"대체 무슨 짓을 저질렀는지는 모르겠지만, 왜 그러셨습니까……."
영문을 모를 반응에 종팔은 고개를 살짝 갸웃했다.
"……예?"
"차라리 섶을 지고 불로 뛰어드는 게 낫지."
"나 같으면 접시 물에 코 박았다."
"불쌍해."
종팔의 고개가 옆으로 더 꺾였다.
'무슨 말이지?'
그는 도무지 이들이 하는 말을 이해할 수 없었다. 상황을 봐서는 그를 보고 하는 말 같은데, 대체 자신이 무슨 짓을 저질렀다는 말인가? 불쌍하다는 말은 또 뭐고?
종팔이 막 입을 열어 다시 물으려는 순간이었다.
스르륵. 어디선가 옷자락 스치는 소리가 났다. 종팔이 반사적으로 고개를 돌렸다.
'응?'
일행과 떨어져 구석에 쪼그려 앉아 있던 화산 제자 하나가 천천히 그 몸을 일으켰다.
'누구?'
대충 위로 묶은 치렁치렁한 장발, 그리고 검은 무복. 나름 잘생긴 얼굴도 인상적이었지만, 무엇보다 눈에 확 들어오는 것은…… 뭔가 비틀린 듯한 짙은 미소였다.
정파의 제자가 지을 미소라기보다는 뒷골목의 왈패가 지을 만한 미소 같은데, 저거…….

"여어, 종팔이."

느리게 일어난 그가 종팔을 향해 뚜벅뚜벅 걸어왔다. 종팔은 저도 모르게 살짝 말을 더듬고 말았다.

"저, 저를 아십니까?"

"알지. 잘 알지."

"……저는 뵌 기억이 없는 것 같은데 뉘신지?"

"화산의 청명."

"아, 청명 도……. 청명?"

종팔이 움찔하여 사내를 새삼 다시 바라보았다.

'그럼 이자가?'

청명이라면 지금 천하에 명성을 떨치고 있는 화산신룡의 이름이 아니던가. 그럼 지금 눈앞에 있는 이이가 천하제일 후기지수로 불리는 그 청명이란 말인가?

'확실히 용모는 들은 것과 일치한다.'

그런데 그 화산신룡이 이쪽을 안다고?

"저, 제가 그쪽을 뵌 적이 있었습니까?"

"있지. 그냥 보기만 했겠어?"

청명이 입꼬리를 쭈욱 말아 올렸다.

"같이 지내기도 했잖아. 왜 모른 척하고 그래. 서운하게."

"……네?"

청명이 환하게 웃었다. 정말로, 더할 나위 없이 환하게.

"아, 청명이라고 하면 잘 모르려나. 내 원래 이름이, 그러니까……."

"초삼."

굳이 옆에서 또박또박 이름을 대신 말해 주는 백천의 목소리에 청명이 이마에 핏대를 세웠다.

"……그래. 초삼이라고 하면 알려나?"

종팔이 고개를 갸웃했다. 초삼? 초삼…….

"어? 초삼?"

그는 두 눈을 휘둥그레 떴다. 그러고 보니 그의 움막에 있었던 어린 거지의 모습이 아직 외모에 남아 있었다.

"초삼? 네가 초삼이라고?"

"이제야 기억이 난 모양이군."

"하하하하! 세상에! 천하에 이름 떨치는 화산신룡이 초삼이라니! 그래, 너였구나! 이야! 정말 반갑다."

"아, 반가워?"

"당연히 반갑지! 그래, 그동안 어떻게…….."

"반가워?"

"……."

청명의 고개가 삐딱하게 꺾이자 신나게 떠들던 종팔이 문득 입을 꾹 다물었다.

응? 분위기가 왜 이렇지?

"그렇지. 반갑지. 반갑겠지. 그런데 나만큼 반갑지는 않을 거야. 왕초."

청명이 환히 웃으며 양팔을 벌리고 종팔에게 다가갔다. 그러자 종팔도 엉겁결에 양팔을 벌리고 그런 청명을 맞이했다.

"그, 그래. 정말 반갑……."

"만나고 싶었다! 이 거지새끼야!"

순간, 그 자리에서 도약한 청명이 비어 있는 종팔의 정수리를 뒤꿈치로 내리찍어 버렸다.

 쿠우우우우웅!

 마치 거대한 바윗덩어리가 떨어진 것 같은 소리와 함께, 종팔이 그 자리에 나무토막처럼 쓰러졌다.

 풀썩.

 바닥에 널브러진 종팔의 몸이 움찔움찔 경련을 일으켰다. 그러고는…….

 "아아아아아아아아아악!"

 머리를 부여잡고 바닥을 뒹굴었다. 도무지 어떻게 말로 표현할 수 없는 고통에 눈물이 줄줄 흘러나왔다.

 "아, 아니! 왜! 왜?"

 억울한 기운이 가득한 그의 절규에 청명은 빙그레 웃으며 팔을 걷어붙였다.

 "이유는 나중에 말하고."

 그의 눈이 새파란 빛을 띠며 희번덕대기 시작했다.

 "일단 맞고 시작하자."

 청명이 미친개처럼 종팔을 향해 달려들었다.

 사람들이 모두 빠져나간 주루 안.

 "……끄으으으."

 종팔의 얼굴에 땀이 비 오듯 흘러내렸다. 하지만 땀 같은 건 딱히 문제도 아니다. 찐빵처럼 퉁퉁 부어오른 얼굴과 뼈마디가 쑤셔 오는 몸에 비하면 그런 게 대수겠는가?

 무엇보다 머리를 어찌할 수가 없다, 머리를. 저 미친놈은 사람 대가리에 무슨 집착증이라도 있는지 사람을 후려 까는 와중에 중간중간 꼭 머리를 같이 갈겼다.

'미친놈이……. 대체 나한테 왜 이러는 거야.'

세상에, 화산신룡이 그에게 원한을 가지고 있다니. 이게 무슨 날벼락 같은 소린가?

"허리 내려가지?"

종팔이 재빨리 무릎을 펴며 엉덩이를 들어 올렸다. 사실 바닥에 머리를 박고 뒷짐을 지는 것 정도는 무인에게 아무것도 아닌 일이다. 하지만 일각이 넘도록 얻어맞은 몸과 그의 허리 위에 앉아 있는 한 사람의 존재가 합쳐지면 이야기가 좀 달라진다.

"끄으으으으……."

"이게 힘든 척하네? 미쳐 가지고."

"……."

머리와 발끝만으로 몸을 지탱하는 그의 위에 앉은 청명이 종팔의 허리를 찰싹찰싹 때렸다.

"자세 똑바로 안 해?"

"죄, 죄송합니다."

"쯧. 나도 성질 많이 죽었다."

"……."

"예전 같았으면 너는 지금 눈도 못 뜨고 있어. 전신 뼈마디를 그냥 발골해 버렸을 텐데. 쯧, 내가 너무 착해졌지. 아암. 착해졌지."

"……."

"가만히 놔뒀으면 좋게 좋게 끝날 일인데, 왜 내 대가리……. 아, 생각하니 또 열받네."

청명이 종팔의 위에서 훌쩍 뛰어내리더니 그의 옆구리를 그대로 뻥 걷어찼다.

"꺄울!"

종팔은 기괴한 비명을 내지르며 나가떨어졌다.

"생각할수록 열받네! 어디 이 새끼가!"

청명이 나가떨어진 종팔을 인정사정없이 밟기 시작했다.

"아악! 악! 대협! 악! 거기! 거긴 안 됩……. 아악!"

"그 어린 거지가 팰 데가 어디 있다고 복날 개 패듯이 패고 자빠졌어! 야, 이 새끼야! 내가 살면서 누구한테 코피 터지도록 맞아 본 적이 없던 사람인데!"

아, 물론 천마는 예외. 그 새끼는 사람이 아니었어.

"확 마! 둘둘 묶어다가 절벽에서 던져 버릴라!"

종팔을 밟는 발길이 아주 신명 나기 그지없었다. 그리고 그 즐거운(?) 광경을 지켜보던 구칠은 이 믿을 수 없는 현실 앞에 두 눈을 부릅뜰 수밖에 없었다.

'왕초가 얻어맞는다고?'

종팔이 누군가. 젊은 거지들 중에서 손에 꼽게 강한 거지가 바로 종팔이다. 심지어 그 재능을 방에서도 인정하여 벌써 사결을 달지 않았는가.

썩어 빠진 인성을 논외로 두면 개방에서도 두각을 나타내는 인재다. 그런데 그 종팔이 지금 손도 써 보지 못하고 복날 개처럼 두들겨 맞고 있다.

어, 저게…….

'당연하긴 한데.'

당연하지. 저 초삼이가 진짜 화산의 화산신룡이라면 종팔이 아니라 종팔 할아비가 와도 결과는 다르지 않을 것이다.

'진짜 저 녀석이 화산신룡이라고?'

대체 그새 무슨 일이 있었기에? 왕초에게 얻어맞아서 미친 소리를 늘어놓다가 홧김에 움막을 나간 어린 거지가 불과 삼 년 만에 화산신룡이 되어 나타난다고? 이게 말이나 되는 소린가?

구칠은 혹시나 하여 다시 눈을 비벼 보았다. 그러나 눈앞에 펼쳐진 광경은 조금도 달라지지 않았다.

"악! 아악! 악! 대협! 살려 주십쇼, 대협!"

"대협? 대혀어어어엽? 이 새끼야, 내가 말코 도사다, 이 새끼야! 대협은 얼어 죽을! 나 대협 안 해!"

"도장! 도장, 살려 주십시오!"

"말코라니까, 이 새끼야!"

"마, 말코! 살려 주십시오!"

"이게 미쳤나. 어디 사람을 말코라고 불러!"

"아, 어쩌라고!"

콰득!

종팔이 발작하듯 몸을 벌떡 일으켰지만, 얼굴에 틀어박힌 발에 의해 다시 곱게 눕혀졌다.

"끄르르륵."

그가 거품을 물고 눈을 까뒤집었다.

"하, 이 새끼가 또 엄살 부리네? 너 이제……."

그 순간이었다. 누군가 청명의 어깨에 턱 손을 얹었다.

"응?"

돌아보니 백천이 신중한 얼굴로 고개를 젓고 있었다.

"그만해라."

"왜? 뭘 그만해?"

"무슨 일이 있었는지는 모르겠지만, 사람을 그렇게 때리는 건 아니다. 저 사람이 화산의 문도라면 이해하겠지만, 저 사람은 개방의 문도가 아니더냐."

"……."

"이 이상 때리면 개방과 화산 사이에 문제가 생긴다. 아니, 이미 문제가 생겼을 수도 있다. 그러니 이 정도만 해 두어라."

그 말에 청명이 종팔의 얼굴에서 발을 떼고는 살짝 뒤로 물러났다. 얼굴에 뚱한 기색이 가득하지만 일단은 멈출 생각인 모양이었다.

"가, 감사합니다, 대협."

이제 더 맞지 않아도 된다 생각했는지 종팔이 눈물을 줄줄 흘리며 연신 백천을 향해 고개를 숙였다.

그 모습을 본 백천이 눈살을 찌푸렸다. 얼굴이 퉁퉁 부어오르다 못해 우스꽝스럽기까지 하다.

"대체 무슨 일이 있었기에 사람을 이렇게나 패는 거냐? 네가 좀 생각이 없고, 충동적이고, 인성이 나쁘고, 성격이 더러운 데다 위아래를 모르는 망종 같은 놈……."

"어디까지 하려고?"

"……이라고는 하지만, 그래도 경우 없이 사람을 패지는 않을 텐데. 말해 봐라. 대체 무슨 일이냐?"

청명이 심드렁하게 대답했다.

"뭐 그리 대단한 건 아니고."

"음."

"내가 아직 새끼 거지일 때, 그러니까 화산에 오기 전에."

"그래."

"저 새끼한테 제대로 맞은 적이 있는데."

"……맞아?"

"그때는 약했어."

"……약해?"

뭔 소리냐, 이놈아. 너는 태어나자마자 호랑이를 후려갈겨 타고 다닐 놈인데.

"……하여튼 그랬는데, 그때 저 새끼가 내 대가리를 몽둥이로 제대로 깠거든."

"……대가리?"

청명이 고개를 주억거렸다.

"워낙 강렬한 경험이라 그게 잊히지가 않는 모양이야. 그래서 내가 대가리에 집착하는 걸지도 모르겠어."

백천이 청명을 보며 피식 웃었다.

"아, 그래?"

"어. 하, 그때 정말 뒈질 만큼 맞았는데. 이 정도로는 내가 분이 안 풀리는……."

하지만 청명의 말은 더 이어지지 못했다. 백천이 말을 듣다 말고 종팔 쪽으로 몸을 휙 돌렸기 때문이다. 그 눈에 어린 시퍼런 살기를 본 종팔이 움찔했다.

"대, 대협?"

"너냐?"

"예?"

백천의 발꿈치가 다시금 종팔의 정수리를 내리찍었다.

쿠우우우우우우웅!

커다란 소리와 함께 종팔이 풀썩 쓰러졌다. 그러자 백천은 아예 그의 위에 올라타선 다짜고짜 주먹을 휘두르기 시작했다.

"이 개 같은 새끼야! 너 때문에! 어? 너 하나 때문에 지금 화산에 희생자가……! 이 새끼야!"

윤종과 조걸, 그리고 백상도 눈을 까뒤집고 종팔에게 달려들었다.

"이 새끼 때문에!"

"으아아아아! 원수! 불공대천의 원수!"

"죽여 버리겠다!"

화산의 제자들이 너나 할 것 없이 종팔을 밟아 대기 시작했다. 심지어 종팔의 머리맡에 자리 잡은 유이설은 쪼그려 앉아 검집으로 종팔의 머리를 콩콩콩 내리쳤다.

"대가리. 대가리. 대가리. 대가리."

"아아아아아아아악!"

종팔이 비명을 지르며 몸을 비틀었다. 하지만 매질은 끊이지 않았다.

"이건 백자 배의 몫! 이건 청자 배의 몫! 이건 남궁도위의 몫이다!"

백천의 주먹이 신명 나게 종팔의 턱을 돌려 버렸다.

얻어맞느라 눈앞에 별이 번쩍이는 와중에도 종팔은 생각했다. 도대체 화산파인 백천이 왜 남궁도위의 몫까지 챙기는가? 하지만 지금은 그 의문을 입 밖으로 꺼낼 틈이 없었다.

그 광경을 바라보던 청명이 자신도 모르게 손을 뻗었다.

"어, 저기……."

"왜!"

"그러다 죽겠는……."

"넌 빠져!"

"……."

모두가 눈을 까뒤집고는 인정사정없이 매질을 퍼부었다.

"내가 너 때문에 대가리가 터질 뻔했다 이거지?"

"사숙! 이 새끼 화산으로 끌고 갑시다!"

화산 제자들의 눈에서 이성이 사라졌다. 지난 삼 년간 그들의 머리가 성할 날이 있었던가? 수련 제대로 안 한다고 맞고, 초식 틀렸다고 맞고, 심심하다고 맞고, 진도가 느리다고 맞고.

그런데 그 길고도 험했던 수난의 날들이 다 이 거지 새끼 하나 때문에 벌어진 일이라고 생각하니 입에서 불도 뿜을 수 있을 것 같았다.

"왜 애 대가리를 까서! 이 새끼야!"

"네가 안 팼으면 저놈이 화산에 안 왔다는 이야기잖아!"

"죽어! 죽어! 죽어어어!"

청명이 떨떠름한 얼굴로 그 광경을 바라보았다.

"아니, 내가 패야 하는데……."

왜 쟤들이 더 열받아 보이지? 왜?

쾅!

바로 그때였다. 문이 부서져 나갈 듯 과격하게 열리더니 누더기를 입은 거지들이 우르르 몰려들어 왔다.

"뭐 하는 짓들이냐!"

"저, 저런!"

"감히 개방의 제자를 건드리다니! 네놈들이 정신이 나갔구나!"

화산의 제자들이 깜짝 놀라 고개를 돌렸다. 한 손에 타구봉을 든 개방의 호걸들이 수십이나 주루 안으로 들어서고 있었다. 얼굴에 노화가 가득한 것으로 보아, 이미 이곳에서 무슨 일이 벌어지는지를 알고 온 모양이었다.

"저, 저런!"

"사람을 저렇게나 구타하다니!"

앞쪽에 선 거지가 바닥에 널브러져 있는 종팔을 보곤 얼굴을 와락 일그러뜨렸다.

"……이게 대체 뭐 하는 짓이오?"

백천이 슬그머니 일어나 옆으로 비켜섰다. 다른 화산의 제자들도 분위기를 파악했는지 입을 다물고 주춤주춤 물러났다.

"그대들은 화산의 제자 같은데. 맞소이까?"

백천이 한숨을 쉬고는 앞으로 나섰다.

"화산의 백천이라 합니다."

그가 포권을 했지만, 상대는 그의 포권을 받아 주지 않았다. 예를 차리지 않겠다는 의미다.

"설명해 보시오. 대체 무슨 일이 있었기에 화산의 제자들이 개방의 제자를 집단으로 구타했는지. 납득할 수 있는 해명이 나오지 않는다면 화산은 개방의 분노를 감당해야 할 것이외다."

백천의 얼굴이 살짝 굳었다.

"그게……."

그리고 막 그가 입을 열려는 찰나였다.

"아, 비켜 봐! 뭘 이렇게 길을 막고 있어!"

뒤쪽에서 커다란 소리가 들려왔다. 그러자 입구를 틀어막고 있던 거지들이 일사불란하게 길을 터 주었다.

'거물이 오는 건가?'

백천은 잔뜩 긴장한 얼굴로 입구 쪽을 바라보았다. 지금 그의 앞에 선 이도 육결개. 개방에서는 결코 신분이 낮지 않은 이다. 그런데 더 큰 거물이 온다면 최소한 칠결개는…….

"어?"

"응?"

휘적휘적 걸어 들어오는 거물 거지를 본 화산의 제자들이 고개를 갸웃했다. 어디선가 본 적이 있는 것 같은데?

"어디 간 큰 놈들이 감히 우리 거지새끼를 건드렸느냐. 내가 거지가 얼마나 무서운……. 화산신룡?"

"……."

"……."

새로이 나타난 칠결개, 그러니까 개방의 화음 분타주 홍대광이 고개를 갸웃하며 청명을 바라보았다.

"너 왜 여기에 있냐?"

"왔어요?"

홍대광이 바닥에 널브러진 종팔과 청명을 번갈아 바라보았다. 그러더니 다시 의아하다는 듯 물었다.

"이게 뭔 일이냐? 저놈은 종팔이잖아."

"네."

"데려오라고 해서 데려다 놨더니. 이게 뭔……. 일단 무슨 일인지 설명을 좀 해 봐라."

백천과 구칠이 대충 정황을 설명해 주었다. 잠시 후 홍대광이 무거운 눈으로 청명을 응시했다.

"그러니까."

"네."

"저 거지가 예전에 너를 후려 깠다?"

"네."

"그래서 지금 네가 후려 깠다?"

"네."

홍대광의 눈이 파르르 떨렸다.

"이……."

그의 얼굴에서 어마어마한 노화가 뿜어져 나왔다.

"아니, 저 거지새끼가 개방 망하게 하려고 작정했나?!"

순간 경공을 전개해 경악할 속도로 땅을 박찬 홍대광이 그 속도 그대로 달려들어 이제 겨우 몸을 일으킨 종팔의 턱을 걷어차 버렸다.

"아아악!"

영문도 모른 채, 얻어맞은 그는 다시 바닥으로 쓰러졌다.

홍대광이 씨근덕거리며 버럭버럭 소리를 질렀다.

"야, 이 새끼야! 차라리 관에 불을 지르지! 뭐? 누굴 패? 이 새끼야, 솔직하게 말해 봐! 너 개방 망하게 하려고 마교에서 온 첩자지!"

"아악! 분타주! 아닙…… 아닙니다!"

"아니긴 뭘 아니야! 내가 그렇다면 그런 거야, 이 새끼야!"

홍대광이 눈을 까뒤집고 종팔을 밟아 대었다. 슬슬 눈치를 보던 화산의 제자들도 홍대광과 합류해 다시 종팔을 밟기 시작했다. 순식간에 화산과 개방의 합작이 벌어졌다.

기세 좋게 몰려왔던 개방도들은 그 기이한 광경을 보고 꿀 먹은 벙어리가 될 수밖에 없었다.

'대체 뭔 일이 벌어지는 겁니까?'

'나도 모르지.'

'뭔가…… 뭔가 벌어지고는 있는데.'

얻어맞는 이. 둘러싸고 패는 이. 그리고 지켜보는 이.

그 기묘한 공존 속에서 청명이 떨떠름하게 입을 열었다.

"아, 아니."

그만 패라, 애들아. ……그러다 진짜 죽어.

군자의 복수는 십 년이 지나도 늦지 않은 법이다.

쪼로로록.

잔에 술이 따라졌다.

"자, 자. 시원하게 한잔하고!"

홍대광이 한껏 사람 좋은 미소를 지으며 청명의 잔을 채운 뒤 술병을 내려놓았다. 청명은 영 못마땅하다는 얼굴로 술을 쭉 들이켰다.

"그렇지. 술도 호탕하게 먹는구나! 하하하하!"

홍대광은 신나게 웃으면서도 슬쩍 청명의 눈치를 살폈다. 그리고 구석을 향해 눈을 흘겼다.

'저 거지새끼를 거꾸로 매달았어야 하는 건데.'

홍대광은 화산과 화산신룡에게 모든 것을 걸었다. 화산이 훗날 천하를 호령하는 문파가 되리라 굳게 믿어 낙양 분타를 버리고 화음으로 가는 도박까지 벌이지 않았는가. 그런데 저 망할 거지 놈 하나 때문에 그 모든 계획이 다 박살이 날 뻔했다.

홍대광이 도끼눈을 뜨자 구석에 무릎 꿇고 있던 종팔이 움찔했다. 그러거나 말거나 홍대광은 속으로 온갖 욕설을 퍼부었다.

'저 미친놈이.'

깔 사람이 따로 있지, 화산신룡을 까?

미래의 천하제일인이 거의 확실시된 게 화산신룡 청명이다. 그의 존재 하나만으로도 기겁할 노릇인데, 청명이 몸담은 화산 전체가 지금 말도 안 되는 성장세를 보이고 있지 않은가? 그런데 저 거지 놈 하나 때문에 훗날의 천하제일문이 될 화산과 원한 관계를 맺을 뻔했다.

그래도 홍대광이니 이 정도 선에서 처리한 것이다. 만약 이 말이 방주의 귀에 들어갔다면 종팔은 그날로 사지가 결박되어 화산에 공물로 바쳐졌을 것이다.

"하하하. 화산신룡. 멋모르는 어린 거지가 저지른 일 아닌가. 그러니 자네가……."

"저는 더 어렸었는데요?"

"에라, 빌어먹을!"

홍대광이 손에 들고 있던 잔을 종팔에게 냅다 집어 던졌다. 종팔이 움찔하며 날아드는 잔을 피했다.

"누울 자리를 보고 발을 뻗어야 쪽박 깨 먹지 않는다고 방 차원에서 그리 누누이 말했거늘! 저, 저!"

거의 눈을 까뒤집고 분노하는 홍대광의 모습에 종팔의 어깨가 한껏 움츠러들었다.

'아니, 내가 뭘 어쨌다고…….'

동냥질 안 하고 게으름 피우는 새끼 거지를 구박하는 건 어디서나 하는 일 아니던가? 물론 그날 좀 심하게 패기는…….

'아니, 솔직히 기억도 잘 안 나는데.'

초삼이라는 이름도 기억나고 과거의 얼굴도 어렴풋이 기억난다. 하지만 어떤 놈이었는지는 잘 생각이 나지 않는다. 그의 움막에만 비슷한 나이의 거지가 다섯이 넘었는데 어떻게 그걸 일일이 기억하겠는가?

그런데 하필 그놈이 종팔에게 흠씬 두들겨 맞았고, 하필 그놈이 화산신룡이 되다니. 재수가 없어도 정도가 있다, 정도가.

하지만 아무리 억울해도 도무지 항변을 할 수가 없었다. 칠결개이자 개방주 후보 중 하나인 홍대광이 마치 담을 타 넘는 거지를 보는 사나운 개처럼 그를 노려보고 있으니까.

그를 보며 이를 으득으득 갈아붙이던 홍대광이 한숨을 푹 내쉬었다. 그러더니 다시 만면에 웃음을 띠고 청명을 바라보았다.

"하하. 화산신룡, 군자는 과거에 연연하지 않는 법 아닌가."

"전 도산데요?"

"……도사도."

"심지어 맞았을 땐 거지였고."

"…….."

아, 거 신분 참 변화무쌍하시네.

홍대광의 눈가가 부들부들 떨렸다.

"그…… 잘 생각해 보면 우리는 한 식구였지 않은가."

"네?"

"예전에 개방의 움막에 있었다면 개방의 소속이었다는 뜻이고, 그럼 한 식구라고 할 수 있지."

그러자 청명이 뚱한 눈으로 홍대광을 바라보았다. 물론 홍대광도 이 논리가 억지라는 걸 알고 있기에 슬쩍 그의 시선을 피했다.

"흠, 흠. 여하튼 이미 지난 일이고 저놈도 오늘 반성을 많이 했을 테니, 시원하게 마시고 풀어 버리세."

"흐으으음."

청명이 영 마음에 들지 않는다는 듯 종팔을 흘끔 바라보았다.

"승질 같아서는 진짜 콱, 그냥."

나지막한 중얼거림에 종팔이 움찔 몸을 떨며 시선을 내리깔았다.

"내가 그 움막 나오면서 나중에 거지새끼들 싹 다 조져 버릴 거라고 다짐했었는데."

이번에는 홍대광이 움찔했다. 이놈이 얼마나 강하고 집요하고 패악질에 능하며 잔악무도한지 아는 홍대광이다 보니 그 말이 너무나 진담처럼 들린 탓이었다.

청명은 고개를 슬쩍 돌려 돌처럼 굳어 있는 구칠을 바라보았다.

"얘 때문에 봐주는 줄 아세요."

"으응?"

"그래도 얘가 저를 도와줬거든요. 덕분에 화산까지 올 수 있었죠."

뜻밖의 희소식에 홍대광이 반색을 하며 구칠을 바라보았다.

"그러니까 네 이름이?"

"구, 구, 구칠입니다."

"그래. 구칠! 그래! 네가 정말 큰 공을 세웠구나!"

그리고 이 예상치 못한 상황에 구칠은 혼백이 달아날 지경이었다.

애초에 홍대광은 그가 감히 눈을 마주칠 수 있는 사람이 아니다. 평생 말 한번 섞어 볼 일도 없을 만큼 까마득한 존재였다. 그의 왕초인 종팔도 홍대광 앞에서는 바닥에 붙은 엽전처럼 납작 엎드려야 하는데, 이걸 개인 그야 오죽하겠는가?

그런데 그런 홍대광과 천하제일 후기지수라 불리는 초삼……. 아, 아니 청명. 그리고 요즘 천하를 웅비하고 있는 화산오검까지 동석이라니.

심지어 칭찬을 듣다니.

'심장이 멎을 것 같아.'

얼마나 긴장을 했는지, 구칠은 지금 자신이 입으로 말하는지 코로 말하는지도 모를 지경이었다. 홍대광이 그런 구칠의 등을 팡팡 두드렸다.

"네 공은 내가 잊지 않으마. 네가 개방을 구했다! 네가!"

반쯤은 진심이었다. 세상 모든 이들과 원한을 맺어도 웃어넘길 홍대광이지만, 단 한 사람. 청명과는 원한을 맺고 싶지 않았다. 절대로.

청명이 구칠을 보며 빙그레 웃었다.

"밥 먹어, 밥."

"응?"

"배고프잖아. 밥 먹어."

구칠이 슬쩍 주변을 둘러보았다. 몰려왔던 개방의 고수들은 이미 이 일이 자신들의 손을 떠났음을 알아 버렸는지 삼삼오오 자리를 차지하고 앉아 밥을 먹고 있었다.

그리고 그와 함께 온 일행들도 구석 자리에 앉아 열심히 밥을 퍼먹는 중이었다. 얼마나 빠른지 손이 제대로 보이지도 않을 지경이었다. 거지는 언제 어떤 상황에서도 음식을 마다하지 않는 법이니까.

하지만…… 구칠은 그럴 수 없었다.

"……체할 것 같은데."

"왜?"

"아니……."

구칠은 멍한 눈으로 청명을 바라보았다.

'얘가 정말 내가 알던 그 초삼이가 맞나?'

움막을 뛰쳐나가기 전부터 살짝 맛이 갔다 싶었는데, 더 맛이 가서 나타났다. 그때, 청명이 술병을 잡고 구칠의 잔에 친히 술을 따라 주었다.

"그런데 너."

"응?"

그러더니 피식 웃으며 선선한 목소리로 말했다.

"화산으로 올 생각 없어?"

"으, 으응?"

구칠이 얼이 빠진 표정을 지으며 반문했다.

"화산에 놀러 오라고?"

"아니. 개방 나와서 화산에 입문할 생각 없냐고."

"……."

청명의 대답에 구칠은 눈을 동그랗게 뜬 채 그대로 굳어 버렸다.

'얘 진짜로 미쳤나?'

그런 말을 어떻게 홍대광이 있는 자리에서 할 수 있는가? 문파를 옮긴다는 건, 잘못하면 큰 사달이 벌어질 수도 있는 중대사가 아닌가.

구칠이 뻣뻣하게 고개를 돌려 홍대광의 눈치를 살피자 청명이 다시 웃었다.

"눈치 볼 것 없어. 이결개 하나 넘어간다고 개방에서 문제 삼을 일은 없으니까. 그죠?"

"응? 그럼, 그럼. 오히려 사이가 더 돈독해질 수도 있지. 하하하하."

홍대광이 호방하게 웃으며 연신 고개를 끄덕였다. 청명도 마주 고개를 끄덕이며 덧붙였다.

"생각을 해 봤는데, 네가 개방에 있으면 내가 도와줄 방법이 많이 없더라. 그러니까 생각 있으면 화산으로 와. 그럼 내가 확실하게 고수로 키워 줄 테니까."

고수라는 말이 구칠의 귀를 파고들었다. 이 얼마나 솔깃한 제안이란 말인가.

하지만 그는 그 순간 보았다. 청명의 좌우에 앉은 화산의 제자들이 그에게 필사적인 눈빛을 보내는 걸 말이다.

'오지 마! 오지 마, 이 새끼야!'

'여긴 지옥이야!'

'거지가 낫다. 거지가 백배는 나아!'

'대가리는 튼튼해?'

그 간절한 눈빛을 받고서야 구칠은 조금 전에 들었던 백천의 말을 떠올렸다.

- 이 개 같은 새끼야! 너 때문에! 어? 너 하나 때문에 지금 화산에 희생자가!

"……"

정확하게 뭐가 어떻게 돌아가는지는 모르겠지만, 화산이 그리 행복한 곳이 아니라는 것만은 확실하게 추측할 수 있었다. 구칠은 얼른 손을 내저었다.

"아, 아니. 나는 개방에 남으려고."

"왜?"

청명이 이해할 수 없단 듯 고개를 갸웃했다.

"거지로 사는 게 좋아?"

"……그렇게 나쁘지는 않아."

구칠이 더듬더듬 말을 이었다.

"고, 고수가 되는 것도 좋지만…… 나는 개방도로서 자부심……. 그래, 자부심을 느끼고 있어. 나는 개방에서 협의(俠義)를 지키며 살고 싶어."

곁에서 듣고 있던 홍대광이 흐뭇하게 고개를 끄덕였다.

"하하하하. 화산신룡, 안타깝게도 네 친구는 화산보다 개방이 좋은 모양이구나."

"거 이해가 안 가네. 거지가 뭐가 좋지?"

청명이 미간을 찌푸리며 의아함을 표하자 옆에서 사형제들이 한마디씩 던졌다.

"나는 이해 가는데?"

"저도요."

"거지가 낫지."

청명의 퉁한 시선이 그들에게로 향했다. 모두가 삽시간에 시선을 피하며 딴청을 피웠다.

"이렇게 하자꾸나!"

보다 못한 홍대광이 상황을 정리하기 시작했다.

"그러니까, 화산신룡은 구칠에게 마음이 빚이 있다 이거지?"

"네."

"그래서 도와주고 싶은데, 거리가 멀고 개방 소속이라 그게 잘 안 된다. 그러니 화산으로 데려가고 싶다?"

"그렇죠."

"그럼 별로 문제 될 게 없다. 내가 이 녀석을 화음 분타로 데리고 가마."

홍대광이 껄껄 웃어젖혔다.

"그럼 네가 언제든 이 녀석을 봐줄 수 있으니 문제가 해결되지 않느냐. 굳이 화산의 제자가 아니더라도 말이다."

"흐으으음."

"네가 원하면 내가 이 녀석을 내 제자로 받아들일 수도 있다."

"……."

가만 듣던 청명이 스읍, 하며 고개를 갸웃거렸다. 그 고갯짓에서 '대체 네 제자가 되는 게 무슨 의미가 있는 거지?'라는 뜻을 읽은 홍대광은 재빨리 말을 돌렸다.

"그, 그럼 네가 이 녀석을 화산으로 부르기도 편해지지 않겠느냐?"

"아, 그건 그러네요."

이 새끼, 진짜 그렇게 생각했구나? 조금만 수습이 늦었다면 거지들 앞에서 개망신을 당할 뻔했다. 홍대광은 재빨리 웃음으로 상황을 얼버무렸다.

"하하하하. 그래! 그럼 그렇게 하자꾸나."

홍대광이 다시금 구칠의 어깨를 다정하게 두드렸다.

한편 구칠은 정신이 하나도 없었다. 옛 친구를 만났다 싶었는데, 갑자기 왕초가 얻어맞고, 이제는 화음 분타에 가게 되었다. 조금 전까지만 해도 평범한 무한의 이결개였던 그에게, 이건 정말 천지가 개벽하는 것과 같은 일이었다.

"저, 정말 그래도 되나요?"

"물론이다. 네가 세운 공을 생각하면 그건 아무것도 아니지."

"가, 감사……."

그때 청명이 눈을 찌푸린다.

"뭔 말씀이세요? 이게 상이 될 수는 없죠. 공이라고 말씀하셨으면 상은 따로 주셔야지."

"……그, 그러네."

"입 닦으려고 하지 말고, 애 고기라도 제대로 먹여 주세요."

"내가 이놈 입에서 평생 고기는 꼴도 보기 싫다는 소리가 나오게 해 줄 테니 걱정 말거라."

홍대광이 흐뭇하게 웃었다.

'그래도 이 녀석 덕분에 그나마 상황이 좋게 풀렸다.'

개방은 지금 화산을 예의 주시하고 있다. 정보를 다루는 이들은 판도에 민감하기 마련이다. 정보란 애초에 판도를 누구보다 빠르게 읽기 위해 필요한 것이니까.

그들이 입수한 정보에 따르면 화산의 약진은 절대 단순한 돌풍에서 끝나지 않을 것이다. 문파원 몇몇이 생각 이상으로 강한 거라면 돌풍이겠지만, 화산의 제자들이 모조리 강해진 것은 결코 좌시할 수 없는 변화였다.

'화산은 반드시 강호를 뒤흔드는 문파가 된다.'

그런 이들과는 어떻게든 좋은 관계를 유지할 필요가 있다. 화산의 핵심이라 할 수 있는 화산신룡이 구칠을 아끼는 것 같으니, 둘을 붙여 놓을 수 있다면 개방에도 큰 이득이 될 것이다. 그걸 생각하면 소 몇 마리 잡는 것쯤이야 일이겠는가?

그런데 청명의 말은 끝나지 않았다.

"그리고."

"응?"

"쟤도 데리고 와 주세요."

"……쟤?"

"쟤."

청명이 턱짓으로 가리킨 건 종팔이었다. 일이 잘 마무리된 듯하여 살짝 안심하던 종팔이 다시 후다닥 움츠러들었다.

홍대광이 물었다.

"……쟤는 왜?"

"에이, 걱정하지 마세요. 저렇게 패 놓고 또 패겠어요?"

어. 너는 그럴 것 같아. 불신의 시선에 청명이 어깨를 으쓱해 보였다.

"뭐 그냥 자주 보려는 거죠. 딱 보니 직위도 좀 되는 것 같고, 앞으로는 일도 빠릿빠릿하게 잘 처리할 것 같고. 군소리도 없을 것 같고."

"……."

"그러니까. 꼭! 꼭 좀 데리고 와 주세요. 꼭!"

희번덕대는 청명의 눈을 보며 홍대광은 흐뭇하게 웃었다.

'나는 절대 이놈이랑은 원한을 맺지 말아야지.'

사람이 이리 집요할 수 있다는 게 대단할 지경이다.

"그럼 대회 끝나면 둘 다 화음으로 오는 거죠?"

"……그렇겠지?"

청명이 흐뭇하게 웃으며 구칠을 바라보았다.

"자주 보자."

"으, 응."

"그리고."

그의 고개가 삐딱하게 한쪽으로 돌아간다.

"왕초도 자주 보자고."

"……."

"자주."

"……."

구칠의 앞날에 탄탄대로가 펼쳐졌다. 그리고 동시에 종팔의 앞날에는 지옥도가 펼쳐지는 순간이었다.

• ❖ •

 죄를 지은 인간은 벌을 받아야 한다. 그건 굳이 옳고 그름을 따질 필요도 없는, 당연한 이치에 가깝다.
 하지만 그 당연한 이치가 고대로부터 이 순간까지 언제나 논의의 대상이 되어 왔던 이유는, 적절한 벌의 수위가 어디까지인가에 대한 합의가 쉬이 이루어지지 않았기 때문이다.
 그런 의미에서…….
 '인간 같지도 않은 것들.'
 종팔의 입에서 낮은 신음이 흘러나왔다.
 "이건 좀…….."
 살짝 불만을 표하려는 그 순간 바로 칼 같은 반응이 돌아왔다.
 "말을 해?"
 "눈을 떠?"
 "숨을 쉬어?"
 "……."
 종팔이 찔끔하며 냉큼 어깨를 움츠렸다. 그리고 속으로 못다 한 말을 중얼거렸다.
 '지은 죄에 비해서 벌이 너무 심한 것 아닌가?'
 하지만 어떠한 항변도 차마 할 수 없었다. 이유? 너무도 간단하다. 지금 그의 주변에는 산길을 호령하던 녹림도들이 팔뚝만 보고서도 '형님!' 하며 모실 인간들이 득실거리고 있기 때문이다.
 햇볕에 그을린 까무잡잡한 피부, 다부진 체구, 그리고 광활한 어깨와 험상궂은 얼굴까지. 이들이 과연 명문검파의 후예들인지, 녹림에서 갓 내려온 산적들인지 의심하지 않을 도리가 없었다.

소림에서 대회를 지켜보던 이들에게는 이제 나름 익숙해진 모습이지만, 어제 막 소림에 도착한 종팔에게는 충격 그 자체였다.

'이 양반들이, 산에서 도는 안 닦고 영업만 하다 왔나?'

이쯤 되면 외모 하나만으로 천하에 퍼져 있는 일흔두 곳의 녹림 산채에서 영입 전쟁이 벌어질 판이다. 게다가…….

"눈 돌아가지? 확 먹물을 쪽 뽑아 버릴라."

"너는 여기가 소림인 걸 하늘에 감사해야 해. 화산이었으면 네가 아직 살아 있을 것 같냐? 매화나무 밑에 파묻혀서 염불 외고 있겠지."

"생각할수록 열받네. 콱 낙안봉 꼭대기에서 굴려 버릴라!"

인성도 녹림에 더없이 걸맞다. 종팔은 눈물을 머금고 고개를 숙였다.

'내가 어쩌다 이런 꼴이 되었는가.'

홍대광은 소림으로 올라오자마자 종팔을 이 짐승 같은 화산 놈들 한가운데에 던져둔 채 뒤도 돌아보지 않고 내빼 버렸다.

어떻게 이토록 무책임할 수 있단 말인가. 그래도 개방의 칠결개쯤 되는 이라면 자문의 제자를 보호해 줘야 할 것 아닌가.

뭐? 거지는 원래 무책임하다고? 어…… 그건 그런데…….

종팔이 깊은 한숨을 내쉬었다.

'하기야 책임 의식이 있는 사람이라면 애초에 거지가 되지 않았겠지.'

거지가 되었다고 해도 금세 다른 살길을 찾았겠지. 바로 저 초삼이 놈처럼 말이다.

비무대를 몰래 보는 종팔의 눈빛이 거세게 떨렸다.

초삼…… 아니, 청명이 놈이 비무 상대를 말 그대로 개 잡듯이 잡고 있었다.

"이 새끼가 도망을 가?"

"히, 히이이익!"

상대가 기겁하며 달아나다시피 몸을 물리고 이리저리 피했지만, 청명은 눈을 희번덕대며 집요하게 따라붙었다. 한 놈은 도망가고 한 놈은 눈에 불을 켜고 쫓는 우스꽝스러운 광경이, 다른 곳도 아닌 바로 이곳에서 벌어지고 있었다.

종팔의 표정에 허탈함이 스쳤다.

'이게 뭔 경극도 아니고.'

여기는 천하비무대회가 벌어지는 곳이다. 그리고 지금 저곳에서 벌어지고 있는 건 천하비무대회의 팔 강전이다. 다시 말하자면 지금 비무 대회에 살아남은 이들은 천하에서 가장 강한 여덟 명의 후기지수라는 뜻이다. 그러니 하나하나가 막강하기 짝이 없어야 하는데.

"어디 먹물 놈이 비무 대회에 올라와서 부채 펼치고 있어! 부채를 콧구멍에 처박아 버릴라!"

"이, 이건 전통……."

"옛날부터 그 전통이 마음에 안 들었어! 뭐? 선법(扇法)? 선버어어업? 어디 이것들이 건방지게 부채질로 싸움을 하려고 해!"

제갈세가 특유의 하얀 깃으로 만든 부채가 허공으로 솟구쳐 올랐다. 종팔이 그 광경을 보며 고개를 내저었다.

'저 무식한 놈.'

제갈세가의 선법은 천하일절(天下一絕)로 알려져 있건만, 저 괴물 같은 놈에게는 조금도 통하지 않았다.

선법과 함께 제갈세가를 천하오대세가의 반석에 올린 환영팔괘보(幻影八卦步)를 발바닥에 땀 나도록 펼치고 있지만, 저 찰거머리 같은 놈을 떼어 내기에는 역부족이었다.
 '대체 지난 삼 년 사이에 무슨 일이 있었단 말인가?'
 종팔이 기억하는 초삼은 딱히 모난 곳 없이 평범한 거지였다. 그런데 대체 무슨 일을 겪으면 사람이 삼 년 사이에 저리 변해 버린단 말인가.
 '어디서 이무기 내단이라도 주워 먹었나?'
 그렇다면 그건 분명 악룡(惡龍)이 될 이무기였을 것이다. 사람의 성격이 저토록 악독해진 것을 보면 말이다.
 "대가리! 대가리!"
 "아아아악!"
 청명의 검집이 무식하게 제갈송(諸葛松)의 머리를 후려 깠다. 제갈송은 양손으로 머리를 움켜잡고는 바닥을 나뒹굴었다.
 "제갈세가 머리가 그렇게 좋다는데! 어디 그 좋은 머리 한번 까 보자! 팔 내려, 인마! 막으려다 팔 부러진다!"
 "아악! 소협, 소협! 팔! 내 팔!"
 "어쭈? 이게 또 막아?"
 종팔은 더 이상 그 참담한 광경을 보지 못하고 끝내 고개를 돌렸다.
 '강호가 거꾸로 돌아가는 거지.'
 제갈세가는 선법과 보법으로도 유명하지만, 그들이 천하에 명성을 떨칠 수 있었던 이유는 그 무엇보다 뛰어난 지력(智力) 때문이었다. 하지만 지금 그 지력의 근본이라고 할 수 있는 제갈세가의 대가리(?)가 화산의 폭력 앞에 무너지고 있었다.
 이건 정말 상징적인 장면이었다. 그리고 그 광경을 지켜보는 이들도 이제는 감탄을 넘어 황당함을 내보이고 있었다.
 "······이게 진짜 이래도 되나?"

"그래도 명색이 비무 대회인데……."

비무라는 건 서로의 무를 견주는 것을 말한다. 그런 의미에서 정상적인 의미의 비무 대회는 이미 한참 전에 끝났다. 남은 것은 오로지 화산신룡이 얼마나 압도적으로 상대를 쓰러뜨리는가 지켜보는 것뿐.

그리고 눈앞의 상황을 태연하게 받아들이는 이들은 오직 화산파의 제자들밖에 없었다.

"빨리 기권이나 하지."

"자존심 문제지, 자존심. 둘 중 하나를 택일하는 거야. 대가리가 깨지거나, 자존심이 깨지거나."

"그럼 후자가 낫잖아."

"제갈세가가 머리가 좋다는 말도 다 헛소문인가 보네. 저놈이랑 맞붙을 생각을 하다니."

화산의 제자들이 저마다 혀를 차며 한마디씩 보탰다. 남들은 화산을 과격하다 하지만, 화산은 단 한 번도 과격해 본 적이 없는 문파였다. 그들의 과격함은 오로지 저 미친 망둥이 놈에게서 어떻게든 살아남아 보겠다고 발악해 온 결과일 뿐이다.

강호의 지낭(智囊)을 자처하려면 적어도 그 정도의 상황 파악 능력은 있어야 할 텐데. 아무래도 저 제갈가 놈은 조상의 슬기를 이어받는 데 실패한 모양이었다.

그 결과? 뭐 간단하지.

쿵!

제갈송이 그 자리에 고꾸라졌다. 바닥에 철퍽 엎어진 그의 머리에선 새하얀 김이 모락모락 올라오고 있었다.

"그래도 너는 문사(文士)라서 내가 살살 한 줄 알아."

청명이 허공에서 떨어지던 백익선(白羽扇)을 받아 들고는 살랑살랑 부치며 비무대에서 내려왔다. 그 모습을 화산의 제자들이 흐뭇한 얼굴로 바라보았다.

"팔 강쯤 되면 긴장감이 있어야 하는데."

"무리지. 무리야. 후기지수들에게 저놈은 너무 버겁지."

청명은 비무 대회에서도 화산에 있을 때와 다를 바 없는 압도적인 강함을 증명하고 있었다. 그리고 그 사실은 화산의 제자들에게 희망과 슬픔을 동시에 안겨 주었다.

희망은, 청명이 놈이 끌고 가는 대로 잘 따라가기만 한다면 구파고 나발이고 다 엎어 버릴 수 있다는 것이다. 그리고 슬픔은, 아무리 발악을 해도 앞으로 살아 숨 쉬는 동안 저 망할 놈을 팰 날은 오지 않을 거라는 사실이다.

당장 명문의 제자들도 빗자루에 쓸려 나가는 낙엽 꼴로 박살이 나는데, 그들이 무슨 수로 청명을 이기겠는가? 할 수 있는 것이라고는 젖은 낙엽처럼 어떻게든 바닥에 납작 달라붙는 것뿐이다.

"그럼 일단 사 강에 한 명은 오른 건가?"

"그리고 두 명째가 문제인데······."

화산의 제자들이 일제히 고개를 돌려 한곳을 바라보았다.

"······왜 사람을 그런 눈으로 봅니까?"

"아니, 뭐 딱히······."

"괜찮아, 괜찮아. 여기까지만 해도 잘한 거지."

모두의 시선 속에 조걸이 입을 삐쭉 내밀었다.

"제가 이길 수도 있잖아요."

"하하하. 그럼, 그럼."

"뭐, 일단은 사매가 누구랑 붙는지 한번 볼까?"

숫제 그의 승리는 제쳐 두고 생각하는 듯한 말에, 조걸은 살짝 발끈한 듯 몸을 일으켰다. 그러자 윤종이 빙그레 웃으며 그의 어깨를 잡았다.

"걸아."

"예?"

"말로는 아무리 해 봐야 의미가 없다. 네가 정녕 그리 생각한다면 비무대 위에서 너를 증명하거라!"

그 말에 조걸의 눈빛이 불타올랐다.

"맞는 말씀이십니다, 사형! 그럼 다녀오겠습니다!"

"그래. 나는 너를 믿는다."

의욕으로 가득 찬 조걸이 허리춤의 검을 움켜잡고 비무대를 향해 뛰어 올랐다. 그리고 그렇게 비어 버린 의자를 향해 청명이 휘적휘적 걸어와 앉았다.

"고생했다."

"뭐 이런 것 가지고. 그런데 다음 비무가 조걸 사형이야?"

"그래."

"상대가 누군데?"

"어……."

윤종이 어깨를 으쓱하며 빙그레 웃더니 답했다.

"소림의 혜연."

"아, 밥이나 먹으러 갈까?"

"……."

그리고 그 즉시 청명은 조걸에게서 관심을 끊어 버렸다. 그 칼 같은 반응에, 백천이 슬그머니 청명에게 물었다.

"그런데, 청명아."

"응?"

"차이가 그렇게까지 많이 나냐?"

"뭐가?"

백천이 슬쩍 비무대를 바라보며 말했다.

"물론 조걸이 엄청나게 센 건 아니지만, 내 생각에는 진금룡이나 남궁도위와 붙어도 그렇게 일방적으로 당할 것 같지는 않아서 말이다. 어쨌거나 제 능력으로 팔 강까지 오른 것도 사실이고."

게다가 화산오검이라는 별호를 얻을 만큼, 천하의 많은 이들이 조걸의 실력을 인정하고 있지 않은가.

"아. 조걸 사형? 아, 음……. 세지. 어, 세고말고."

청명의 목소리에 미묘한 심드렁함이 묻어났다.

"근데 문제는 그게 아냐."

"……그럼?"

"강함이라는 건 상대적인 거잖아."

청명이 턱짓했다. 그의 시선 끝에는 차분히 비무대로 올라오는 혜연이 있었다.

"저거한텐 안 돼."

"……."

"보면 알겠지."

청명의 눈이 혜연에게 똑바로 고정되었다.

"후우."

비무대에 선 조걸은 심호흡하며 양손을 모았다.

"화산의 조걸이오!"

그러자 황포를 입은 중이 반장을 하며 고개를 숙였다.

"소림의 혜연입니다."

나긋나긋하고 작은 목소리. 패기라고는 조금도 느껴지지 않는 목소리였다. 조걸은 그런 혜연을 바라보며 살짝 미간을 찌푸렸다.

'겉으로는 정말 강해 보이지 않는군.'

물론 그렇다고 상대를 경시하거나 방심할 생각은 없다. 겉보기에 강해 보이지 않는 것은 청명도 마찬가지니까. 오히려 강호에서는 이런 놈들이 더 위험하다는 것을 경험을 통해 알아 버린 조걸이었다.

다만 뭐라고 해야 할까?

'느낌이 확연히 달라.'

혜연은 지금까지 그가 보아 온 무인들과는 뭔가 달랐다. 그래. 정확히 말하자면 이질적이다. 소림에 와서 소림승들을 꽤 많이 보았지만, 그중에서도 혜연과 같은 느낌을 주는 이들은 없었다.

차분하다기보다는 정말로 숫기가 없는 쪽에 가까워 보인다. 지금도 사람들의 시선을 받는 게 부담스러운지 시선을 아래로 내리깔고 슬쩍슬쩍 얼굴을 붉히고 있지 않은가?

"……시작해도 되겠소?"

"예? 아…… 예. 아, 아…… 아미타불. 그, 그, 그러십시오!"

"……."

조걸은 자신도 모르게 고개를 내저었다.

'청명이 놈이 인정한 강자니까 분명 말도 안 되게 강할 터인데.'

청명이 인정한 인재가 이놈만 있는 건 아니지만, 혜연을 두고 말할 때는 분명 그 어투가 달랐다. 그렇다는 건 이놈이 지금 이 비무 대회에서 청명을 제외한다면 최고로 강한 자란 뜻이다. 그런데 저렇게 패기는커 녕 숫기 하나 없는 모습이라니.

조걸은 살짝 심호흡하며 검을 뽑아 앞으로 겨누었다.

'상대가 얼마나 강하든 나와는 관계없다.'

스스로의 검을 완벽히 다룰 수만 있다면 상대가 누구든 승리할 수 있다.

"그럼 간다! 타아아아앗!"

조걸이 기합을 내지르며 앞으로 돌진했다.

상대는 강하다. 하지만 지금 상대는 바짝 얼어 있는 것이 분명하다. 상대의 실책을 놓치지 않는 것도 검수의 소양! 상대가 이 상황에 익숙해지기 전에 먼저 승기를 잡는다……!

한편 조걸이 기세를 올리며 달려들자 혜연의 얼굴에 순간적으로 당황한 기색이 스쳤다. 그러더니 반사적으로 황급히 우수를 뻗어 냈다.

'그런 어설픈 일권으로……. 응?'

우우우웅!

혜연의 육체가 황금빛의 서기로 물든다 싶더니 이내 수천 마리의 벌떼가 동시에 날갯짓하는 것 같은 진동음이 비무대를 가득 채웠다. 이윽고 사람 몸뚱어리만 한 황금빛의 권기(拳氣)가 폭발적으로 뿜어져 나왔다.

"어?"

콰아아아아아아아아아!

거대한 둑에 구멍이 뚫려서 터져 나온 물처럼, 과격한 기세를 담은 황금빛의 기가 비무대를 넘었다. 그러곤 관중들의 머리를 지나 먼 소림의 전각에 그대로 틀어박혔다.

콰아아아아아아아아아앙!

"……."

그 광경을 본 중인들은 모두 할 말을 잃고 말았다.

"저, 저거……."

콰르르르르르르르릉!

전각이 무너지고 있다. 아니, 저건 무너진다는 말로는 설명하기 부적절하다. 권이 품은 와류(渦流)가 전각을 말 그대로 빨아들이고 있었다.

전각이 갈기갈기 찢기며 중앙으로 모여들더니 이내 폭탄이 터지는 듯한 소리와 함께 사방으로 튕겨 나갔다.

우르르르르르릉!

전각이 말 그대로 순식간에 폭삭 내려앉았다. 일권. 단 일권만으로.

"……."

입을 반쯤 헤 벌린 채 그 광경을 보던 조걸이 움찔움찔 몸을 떨기 시작했다.

딸꾹!

'저걸…… 맞았으면?'

등에 식은땀이 송골송골 맺혀 흘렀다. 그는 새파랗게 질린 얼굴로 아주 천천히 고개를 돌렸다. 혜연이 당황한 얼굴로 그를 보고 있었다.

"괘, 괜찮으십니까? 제, 제가 너무 당황해서……."

아, 당황해서 사람을 가루로 만들 뻔하셨군요. 거……. 거, 진짜…….

조걸의 입가에 흐뭇한 미소가 드리워졌다.

'살려 줘!'

눈앞에 괴물이 하나 더 있었다.

현종은 자신도 모르게 입을 쩌억 벌리고 비무대를 바라보았다.

"어……."

머리가 제대로 돌지 않는 것 같은 기분이었다. 머릿속에서 무언가 만들어지려고는 하는데 명확하게 나오지를 않는다.

복잡하게 뒤엉킨 머리를 풀어 준 것은 그의 옆에 앉아 있던 당군악이었다.

"방장. 혹시 아라한신권(阿羅漢神拳)입니까?"

당군악의 질문에 법정이 빙그레 미소를 지었다.

"당가주의 식견이 생각 이상이시구려. 그렇습니다."

당군악은 경악한 듯 침음 했다.

"칠십이종절예(七十二種絶藝)."

이전에도 혜연은 칠십이종절예 중 하나인 백보신권을 사용한 적이 있었다. 평생에 걸쳐 하나 익히기도 힘들다는 칠십이종절예를 혜연은 벌써 두 가지나 사용한 것이다. 경악한 것은 당군악만이 아니었다.

"아라한신권이라니."

다른 장문인들도 부릅뜬 눈으로 혜연을 바라보았다. 저 나이에 칠십이종절예를 둘이나 사용할 수 있다는 건 단순히 재능 어쩌고 하며 넘어갈 문제가 아니다.

소림은 누구도 부정할 수 없는 천하제일문파. 천하 각지에서 재능을 타고난 이들이 소림의 제자가 되기 위해 끊임없이 산문을 두드린다.

그 천하에서 몰려든 천재들도 칠십이종절예 중 한 가지를 익히기 위해선 평생을 바쳐야 한다. 그만큼이나 난해하고도 깊은 무학이 칠십이종절예였다.

한데 저 나이에 그걸 두 가지나? 이건 말도 안 된다.

무당의 장문인, 허도진인이 안색을 굳히며 법정에게 물었다.

"방장. 실례가 되지 않는다면 혜연이 익힌 칠십이종절예가 몇 가지인지 물어도 되겠습니까?"

법정이 빙그레 웃으며 답했다.

"실례랄 것도 없지요. 아마 지금은 열두 가지 정도일 것입니다."

"……."

단상 위에 싸늘한 침묵이 내려앉았다. 천하를 이끌어 가는 구파일방과 오대세가의 장문인들조차 법정의 발언에 모두 할 말을 잃고 말았다.

'열두 가지?'

'세상에…….'

그 오싹한 분위기 속에서 허도진인은 저도 모르게 아랫입술을 질끈 깨물었다.

'이 빌어먹을 화상 같으니.'

소림의 방장쯤 되는 인간이라면 뱃속에 구렁이 정도는 들어 있는 게 당연하다. 하지만 돌아가는 상황을 보니 이자의 뱃속에는 구렁이가 아니라 이무기가 들어 있는 게 분명했다.

열두 가지라니. 과거 소림제일인으로 불리던 이도 칠십이종절예 중 채 열다섯 가지를 익히지 못했다고 들었다.

물론 그 숙련도와 경지의 차이는 있겠으나, 애초에 칠십이종절예는 천하에서 가장 난해한 무공. 저 나이에 수박 겉핥기로나마 열두 가지를 이해하고 익힌다는 건 인간으로서는 거의 불가능한 일이다.

괴물. 저건 천재라기보다는 괴물에 가깝다.

'절대 패하지 않는다는 자신감이 있었구나.'

허도진인이 지금까지 가장 이해할 수 없었던 것은 단 한 가지였다. 법정이 화산을 지나치게 방치한다는 점이었다.

애초에 이 천하비무대회는 소림을 위해 준비된 것이 분명하다. 소림의 생각에 다른 문파들은 그저 소림을 빛내 주기 위한 곁다리쯤에 지나지 않았을 것이다.

하지만 막상 대회가 열리자 소림이 받았어야 할 선망의 시선은 화산이 모조리 독차지해 버렸다. 그럼에도 법정은 딱히 조치를 취하지 않고 그 상황을 방조했다. 그 느긋함이 당최 이해가 가지 않는다 싶었는데…….

'이런 생각이었군.'

그리고 그 의도를 알아챈 것은 허도진인만이 아니었다. 당군악이 가라앉은 눈으로 법정을 바라보았다.

'화산이 한창 기세를 올렸을 때, 그걸 무너뜨리고 그 명성을 모두 가져가겠다는 건가?'

대회의 결과가 뻔하디뻔한 소림의 승리로 끝나서는 불이 붙지 않는다. 청명이 결승에 올라 만인의 기대를 모을 때, 저 혜연이 청명을 쓰러뜨린다면?

사람들은 소림의 강함을 다시 한번 뼈저리게 느낄 것이고, 천하를 이끌어 갈 자격은 역시 소림에게 있음을 다시금 인정하게 될 것이다. 영웅의 등장에는 적절한 악역이 필요한 법이니까.

법정은 여전히 인자한 미소를 내걸고 있었다. 저 웃음 뒤에 무엇이 숨어 있을지를 생각한 당군악은 일순 소름이 죽 끼치는 걸 느꼈다.

한편 법정은 자신에게로 쏟아지는 시선을 받으며 살짝 입꼬리를 더 끌어 올렸다.

'등골이 섬뜩하겠지.'

아마 그럴 것이다. 그도 혜연의 재능을 이해했을 때 똑같은 느낌을 받았으니까.

세상에는 기재라 불리는 이들이 수도 없이 많고, 천재라 불리는 이들도 수없이 많겠지만, 그들 중 진정으로 하늘이 재능을 내려 주었다고 칭할 이는 오직 혜연밖에 없을 것이다.

진정한 천재란 평범한 범인의 이해를 뛰어넘는 존재. 이해했다고 생각하면 한발 앞서 나가고, 해석했다 생각하면 더욱 복잡해지는 존재다. 법정은 혜연이야말로 그 '천재'의 범주에 걸맞은 인간이라 생각했다. 혜연이라면 천년소림의 새로운 중흥을 가져오기에 부족함이 없을 터였다.

다만 한 가지. 법정은 살짝 아쉬운 눈빛으로 혜연을 바라보았다.

그가 보기에 혜연은 너무 완벽한 불자였다. 타인을 상처 입힐 줄 모르고, 다른 이를 억압하려 들지도 않는다. 천성적으로 타고난 소심한 성향은 아무리 무공을 익히고, 아무리 강해져도 도무지 달라질 줄을 몰랐다.

그렇기에 법정은 이 대회에서 한 가지를 더 노리고 있었다.

'저 아이가 호승심만 갖출 수 있다면 소림의 역사를 바꿀 수 있을지도 모른다.'

혜연을 주시하는 법정의 눈에 묵직한 기운이 내리깔렸다.

조걸은 박살이 나 버린 전각과 혜연을 천천히 번갈아 보았다. 혜연은 자신이 전각을 무너뜨렸다는 사실에 당황했는지 얼굴을 시뻘겋게 물들이고 있었다.

얼굴뿐 아니라 정수리까지 붉게 달아오른 혜연을 보고 있자니 뭔가 큰 서글픔이 밀려왔다.

'순진한 얼굴로 그런 권격 내뿜지 말라고, 이 새끼야!'

이건 청명과는 다른 의미로 기분 나쁘다. 실실 웃으면서 상상도 할 수 없는 검을 뿌려 대는 청명이나, 당황한 얼굴로 전각을 날려 버리는 권격을 내뿜는 혜연이나 둘 다 인간 같지 않은 것은 동일했다. 하지만 그 느낌은 명백하게 달랐다.

조걸이 슬쩍 고개를 돌렸다. 화산의 제자들이 그를 보며 방긋방긋 웃고 있었다.

"죽겠지?"

"죽어야지."

"에이. 저건 못 살아 오지."

"윤종아, 어서 향 피워라!"

그는 눈을 질끈 감았다.

'저 망할 인간들.'

사제가 위기에 처했는데 걱정은 못 할망정 거의 축제를 벌일 분위기다. 이걸 어찌 도가라고 할 수 있겠는가. 게다가…….

"낄낄낄낄낄."

웃고 있는 사형제들 사이에서 유난히 더 기쁜 듯 보이는 한 사람이 있었다.

'윤종 사형…….'

그 웃음을 마주한 순간 조걸은 몸을 부르르 떨었다.

'……기권하느니 죽는 게 낫다.'

이런 일이 벌어질 줄 알았다면 반만 놀릴 것을…….

화산의 제자가 창피하게 기권이나 하냐고 며칠 동안 놀려 댔으니, 여기서 기권을 한다면 조걸은 그야말로 지옥을 보게 될 것이 분명했다.

"앓느니 죽어야지. 빌어먹을."

퇴로가 사라진 조걸은 결국 검을 들고 다시 혜연을 겨누었다.

"아, 아미타불. 시주, 괜찮으신지?"

"……."

 자신에게 검이 겨눠졌음에도 혜연은 긴장하기는커녕 되레 조걸을 걱정하고 있었다.

"죄, 죄송합니다. 방장께서 이번부터는 최선을 다해도 된다고 하셔서 힘 조절이 조금……."

 그 소심한 중얼거림에 조걸의 고개가 삐딱하게 꺾였다.

"이번부터는?"

 혜연이 천천히 고개를 끄덕였다.

"화, 화산의 제자 분들은 하나하나가 결코 얕볼 수 없는 분들이니 바, 방심하지 말고 최선을 다해야 한다고."

 조걸은 흐뭇하게 웃었다.

'저 양반이 날 진짜로 죽이려고 하나.'

 이놈이 방심도 안 하고 후드려 까면 맞아 죽는 결과밖에 더 남겠는가?

 하지만 또 은근히 기분이 좋기도 했다. 다시 말하자면 저 소림의 방장이 화산을 위험한 상대로 인정했다는 뜻이니까.

 조걸이 낮게 한숨을 쉬었다. 이길 자신이 있냐고? 글쎄. 하지만 그런 건 아무런 의미가 없다. 검을 잡은 손에 힘이 들어갔다. 상대가 아무리 강하다 해도 싸우지 않고 물러날 수는 없다. 하다못해 이놈이 얼마나 강한지라도 밝혀내야 한다.

 조걸의 눈이 다시 침착함을 되찾기 시작하자 혜연도 상기되었던 낯빛을 서서히 가라앉혔다. 이윽고 그는 한 손을 자연스레 아래로 늘어뜨리더니 다른 한 손은 가슴 앞에 반듯이 세웠다.

 반장(半掌). 불가에서는 양손을 모아 예를 갖추는 것이 기본이지만, 소림만은 한 손으로 예를 표한다. 불법을 얻기 위해 스스로 한 팔을 잘라 내었다는 소림의 이조(二祖) 혜가를 기리기 위함이다.

하나 지금 혜연이 취한 이 반장은 예를 표하기 위함이 아니다. 소림 모든 무학의 기본이 되는 나한권(羅漢拳)의 기수식이 바로 이 반장에서 시작한다. 조걸은 그 모습을 보며 눈을 빛냈다.

'세상을 떨게 할 만한 위력의 무학을 지녔음에도 기본에서 시작한다라.'

보면 볼수록 청명과 닮았다. 청명 역시 모든 화산 무학의 기본은 육합(六合)이라 입이 닳도록 강조하지 않았던가.

조걸은 깊게 숨을 들이켰다. 그리고 순간적으로 혜연을 향해 쏘아져 나갔다.

'선수필승!'

사실 그의 검은 화산에서도 조금 이질적이다. 다른 이들은 자신만의 매화를 피우기 위해서 애를 쓰지만, 조걸에게는 천성적으로 그런 검술이 맞지 않았다.

쾌(快), 그리고 강(强). 빠르고 강하게 상대를 노려 가는 실전적인 검술. 아무리 애를 써도 돌고 돌아 다시 여기다!

쇄애애액!

조걸의 검이 빛살처럼 혜연의 목을 노리며 파고들었다. 하지만 반개한 혜연의 눈은 그 어마어마한 속도의 검을 보고도 조금도 흔들리지 않았다. 활짝 펴진 그의 손이 간결하게 움직인다 싶더니, 이내 날아드는 조걸의 검면(劍面)을 가볍게 강타한다.

따아아아앙!

종을 치는 듯한 맑은 소리와 함께 조걸의 검이 진동하며 튕겨 나갔다.

"큭!"

조걸은 살짝 물러서며 자신도 모르게 신음을 흘렸다.
'뭐야, 이거!'
그저 손으로 가볍게 검을 후려쳤을 뿐이다. 하지만 그의 손목에는 만근거암(萬斤巨巖)으로 내려찍은 듯한 충격이 느껴졌다. 손목뿐 아니라 팔뚝, 그리고 어깨까지 모조리 짓눌리는 느낌이었다.
간신히 경악을 추스른 조걸은 뒤로 물러난 채 태세를 정비하려 했다. 하지만 혜연은 그에게 틈을 주지 않았다.
쿵!
혜연의 발이 진각을 밟았다. 산뜻하고도 육중하게!
검을 튕겨 만들어 낸 틈으로 가볍게 파고든 혜연은 반사적으로 휘둘러지는 조걸의 검을 팔꿈치로 가볍게 튕겨 냈다. 그리고 회전하듯 몸을 뒤틀어 조걸의 가슴에 어깨를 박아 넣었다.
쿠우우우우우웅!
커다란 성문에 충차가 부딪치는 듯한 소리가 울렸다. 동시에 조걸의 몸은 아이가 던진 조약돌처럼 허공으로 튕겨 나갔다.
"걸아!"
"이런, 미친!"
화산의 제자들이 기겁하여 소리를 내질렀다. 반사적으로 몸을 날리려는 백천의 어깨를 누군가가 꾹 내리눌렀다.
"청명?"
"기다려 봐."
청명이 심드렁한 얼굴로 말했다.
"저 양반이 실력은 몰라도 근성으로는 안 져."
"……."

그 말을 증명이라도 하듯, 허공을 가르던 조걸이 몸을 빙글 뒤집었다. 그리고 활강하는 비조처럼 아래로 떨어져 내렸다.

터억!

아슬아슬하게 비무대에 착지한 조걸의 입에서 피가 울컥 게워져 나왔다. 두 눈에는 핏발이 가득 서 있었다.

'뭐야, 저놈.'

전신의 털이 곤두섰다. 상대가 되지 않는다는 건 진즉에 알고 있었다. 하지만 이건 단순히 그런 문제가 아니다.

압도적인 내력과 무시무시한 힘 앞에 휩쓸린 거라면 납득할 수 있다. 하지만 지금 조걸은 기본적인 초식의 정교함에 압도당했다. 이건 숫제 그동안의 노력이 모두 부정당하는 느낌이 아닌가.

"퉤!"

조걸은 바닥에 피가래를 뱉었다.

"이래서 천재라는 것들은."

이를 갈아붙인 그가 살기를 내뿜었다. 단 일 초식의 경합만으로 상대와의 실력 차는 확실히 알았다. 웬만한 무인이었다면 이 경합만으로도 의욕을 잃기에 충분했을 것이다. 무슨 수를 써도 통하지 않을 것 같은 벽을 보았을 테니까.

하지만 조걸은 되레 기세를 끌어 올렸다.

"너 엄청 센 건 알겠다. 그런데……."

그러더니 이를 악물고 혜연을 향해 달려들었다.

"나는 그런 놈이랑 싸우는 게 익숙한 사람이거든!"

파아아앙!

검 끝에서 채찍을 휘두르는 듯한 소리가 난다. 검이 공기를 찢으며 만들어 내는 파공음이었다. 살벌한 검기를 품은 검이 혜연을 향해 날아들었다.

쿵!

권기를 품은 혜연의 주먹이 어김없이 검을 튕겨 냈다. 하지만 조걸은 그가 검을 밀어 낸 힘을 역이용하여 몸을 빙글 회전시키며 다시 검을 휘둘렀다.

쇄애애액!

순식간에 열다섯으로 불어난 조걸의 검이 혜연의 전신을 난자할 듯 쇄도했다.

기괴망측! 머리를 노리던 검은 순간적으로 방향을 틀어 어깨를 노리고, 허리를 노리던 검은 빙글 꺾이며 배를 찔러 들어간다. 하나하나가 상대에게 반드시 치명상을 입히겠다는 살기로 가득한 검이었다. 정파의 그것이라기보다는 사파의 것에 가까운.

천하 모든 정공 중 가장 요사스럽고 가장 실전적이라 평가받는 화산의 검. 화산의 제자 중에서도 그 특성을 가장 확실하게 보여 주는 이가 바로 조걸이었다. 그러나……

쿵!

혜연은 그 폭풍 같은 검격을 보고도 되레 앞으로 한 발을 내디뎠다. 그의 우수가 새하얗게 물든다 싶더니 이내 연이어 뻗어지기 시작했다.

하나 위에 또 하나. 그 위에 또 하나. 눈 깜짝할 새에 수십 개. 아니, 수백 개의 장영이 벽을 만들어 냈다.

"천불수(千佛手)……"

청명의 입에서 신음 같은 목소리가 새어 나왔다.

카앙! 카아아앙! 카앙!

조걸의 검은 새하얀 장영으로 만들어진 커다란 장막에 모조리 막히고 말았다. 조걸의 눈에 경악이 피어났다.

'뭐, 이런……?'

그 순간.

쾅!

장영 속에서 긴 다리가 쭉 뻗어 나오더니 조걸의 아랫배를 걷어찼다.

"큭!"

황급히 검을 아래로 내려 막아 내기는 했지만, 그 힘을 모두 감당하는 건 무리였다. 조걸의 몸이 뒤로 주르륵 밀려났다. 아랫배에서 느껴지는 고통에 입술을 질끈 깨물었던 그는 본능적으로 무언가를 느낀 듯 고개를 번쩍 들었다.

그리고 그는 보았다. 소림의 기본자세. 양다리를 넓게 벌리고 허리를 곧게 편 혜연이 한 손을 옆구리에 붙이고, 다른 한 손을 가슴 앞에 모아 반장을 취하고 있었다.

"타아아아앗!"

곧이어 허리에 있던 손이 벼락같이 뻗어져 허공에 일권을 내질렀다.

작렬하는 금광(金光). 웅혼한 서기가 일시에 조걸의 시야를 가득 메웠다.

'비, 빌어먹…….'

콰아아아아아아아아!

혜연의 손에서 재현된 소림의 신권(神拳), 백보신권(百步神拳)의 권력이 미처 자세를 잡지 못한 조걸의 몸을 휩쓸어 버렸다. 파도처럼 쏟아지는 권격에 휘말린 조걸의 몸이 허공으로 쓸려 나갔다.

"아악!"

"저!"

모두가 경악하는 그 순간.

휘이이이익!

누군가 허공으로 솟아오르더니 날아가는 조걸의 몸을 낚아채 바닥으로 내려섰다.

타악.

의식을 잃은 조걸을 안아 든 이, 청명이 가만히 품 안의 사형을 내려다보다가 고개를 들었다. 그리고 비무대 위에 어정쩡한 자세로 서 있는 혜연을 노려보았다.

"……."

그의 차가운 눈을 마주한 혜연은 어색한 얼굴로 살짝 고개를 숙였다. 하지만 청명의 시선은 흔들림 없이 그에게 머물러 있었다. 이윽고 청명이 시선을 움직였을 때, 단상 위 소림의 방장 법정이 미소를 짓는 모습이 보였다.

"……웃어?"

청명의 눈에 불똥이 튀었다.

"그래. 곧 죽어도 소림이다 이거지?"

걱정하지 마. 그 잘난 대가리 내가 곧 부숴 줄 테니까.

* ❖ *

"걸이는?"

"아직 의식은 차리지 못했지만, 딱히 부상을 입은 건 아닙니다."

백천이 눈살을 찌푸렸다.

"그리 어마어마한 권력에 휘말렸는데 부상을 입지 않았다고?"

"살의(殺意)가 없었으니까요."

잠깐 침묵하던 백천이 가만히 고개를 끄덕였다. 그러고는 슬쩍 주변을 돌아보았다. 화산이 기거하는 전각 안. 언제나 떠들썩했던 이곳이 지금은 조용한 침묵으로 물들어 있었다.

'모두 충격이었겠지.'

굳어 있는 사제들의 얼굴을 보니 절로 기분이 가라앉았다. 하지만 그렇다 하여 그들을 탓하고 싶은 마음은 들지 않았다. 혜연의 무위에 충격을 받은 건 백천 역시 마찬가지였으니까.

'어떻게 사람이 그럴 수가 있지?'

물론 혜연이 강하다는 건 알고 있었다. 저 청명이 천재 중의 천재라 인정한 무인. 그러니 누구보다 강한 것은 당연했다. 하지만 정말로 백천을 충격에 빠뜨린 것은, 그 말도 안 되는 초식의 정확도였다.

혜연이 일격에 전각을 날려 버린 건 딱히 놀랍지도 않았다. 진짜 놀라운 것은, 몇 초식 되지도 않는 찰나의 경합으로 조걸을 완전하게 제압해 버렸다는 사실이다. 뒤에 이어진 백보신권은 마무리를 지은 것일 뿐, 이미 그 전에 비무는 끝나 있었다.

'내가 걸이를 상처 없이 제압하려면 최소 백 초는 필요했겠지.'

하지만 혜연은 단 삼 초 만에 조걸을 완전히 무력화시켰다. 대체 얼마나 강해야 그런 일이 가능한지 가늠조차 되질 않았다.

백천마저 인상을 굳히자 슬쩍 눈치를 보던 백상이 부자연스러울 만큼 활기찬 목소리로 입을 열었다.

"분위기가 왜 이래? 이 좋은 날에! 청명이도 유 사매도 사 강에 진출했잖아! 사 강에 둘을 올린 건 어떤 명문도 해내지 못한 쾌거라고!"

"그렇죠."

"네. 정말 좋은 성과기는 한데……."

하지만 돌아오는 대답들은 그리 밝지 못했다. 우울한 목소리를 들으며 백상은 눈살을 찌푸렸다. 그가 막 한마디 더 하려던 찰나.

쾅!

난데없는 소음에 백상의 고개가 획 돌아갔다. 저리 강렬하게 문을 열고……. 아니, 차고 들어오는 이는 화산에 단 한 놈밖에 없다.

"청명아!"

백상은 귀인이라도 만난 듯 반색하며 그에게로 얼른 다가갔다.

"얘들 좀 어떻게 해 봐라."

"응?"

청명이 고개를 갸웃하며 물었다.

"왜?"

"아니……."

백상이 한숨을 내쉬었다.

"그 비무가 충격이었는지 영 분위기가 어두침침하고 우울하다."

그 말에 청명이 슬쩍 화산의 제자들을 바라보았다. 모두 청명의 눈길을 받으며 표정을 풀려고 애썼지만, 기저에 깔린 불안감은 차마 숨기지 못했다.

"흐으으음."

청명이 씨익 입꼬리를 말아 올렸다.

"그래도 이제 병아리들은 좀 벗어난 것 같네."

"응?"

전혀 예상하지 못한 반응에 백상이 놀라 반문했다. 숨죽이며 청명의 힐책을 기다리던 이들도 눈을 휘둥그레 떴다.

'저게 뭘 잘못 처먹었나?'

'아니. 항상 잘못 처먹기는 하지. 도사가 고기만 먹고 사는데.'

'저러다가 갑자기 또 대가리 깬다고 달려드는 거 아냐?'

청명의 눈치를 살피던 이들의 시선이 일제히 백천에게로 향했다. 그 눈빛을 받은 백천이 움찔했다.

'왜?'

'뭐라고 말 좀 해 보십쇼.'

'내가 왜?'

'대사형 아닙니까.'

백천이 얼굴을 와락 일그러뜨렸다. 이럴 때만 사형이지, 이럴 때만! 이 새끼들!

"크흐흠."

하지만 결국 나직하게 헛기침을 한 백천은 넌지시 청명을 보며 입을 열었다.

"화 안 내냐?"

"응? 내가 왜?"

"아니……. 또 기죽어 있다고 한마디 할까 봐."

청명이 피식 웃었다.

"뭐. 기가 죽어 있는 게 좋은 일은 아니지만, 그걸 보고도 기가 살아 있는 것보다는 낫지."

"……응?"

혜연의 무위를 보고 기가 죽었다는 건, 그와 자신을 비교했다는 뜻이다. 당연한 일처럼 보일지 모르지만, 이건 사실 절대 당연하지 않다. 과거 화산의 제자들은 혜연은커녕 진금룡과도 자신을 비교하지 않았다.

아니, 비교할 엄두도 내지 못했다.

왜? 자신들과 다른 세계에서 사는 사람이라 생각했기 때문이다. 비교하지 않으면 절망할 일도 없다. 그리고 그편이 더 마음이 편할 것은 자명하다. 하지만 지금, 화산의 모두가 혜연과 자신을 비교하며 절망하고 있다.

'발전이라는 건 상대와 자신의 거리를 실감하는 데서 시작하는 법이지.'

압도적인 차이에 절망하는 한이 있어도, 결국은 실감해야만 발전할 수 있다. 그쪽이 압도적인 차이를 실감조차 하지 못하는 것보다 백배 낫다.

"모두 주목해 봐."

청명이 바닥을 탕탕 소리 내어 밟았다. 이미 주목하고 있던 이들이 목을 아예 쭉 빼며 청명을 바라보았다. 청명이 입을 열었다.

"그래서 하고 싶은 말이 뭔데?"

"……."

아니, 저 새끼는 지가 주목하라고 해 놓고 거꾸로 물어보네?

백천이 고개를 내젓고는 입을 열었다.

"그 소림의 혜연이라는 놈은 대체 얼마나 강한 거냐?"

"으으으음."

청명이 볼을 긁적거렸다. 이걸 뭐라고 설명해야 하나…….

청명이 살짝 망설이는 듯하자 백천이 혀를 내두르며 말했다.

"지금껏 나름 강하다는 놈들을 많이 봐 왔지만, 이렇게까지 암담한 느낌이 드는 놈은 처음이었다. 뭘 해도 이길 수 있을 것 같지가 않아. 아무리 천재라고는 하지만……."

"아. 잠깐, 잠깐."

백천의 말을 끊은 청명이 손을 내저었다.

"설마 지금 그놈은 말도 안 되는 재능을 타고났으니 우리는 아무리 노력을 해도 이길 수가 없겠구나, 뭐 이따위 생각을 하는 건 아니겠지?"

"……."

순간 찔끔한 화산의 제자들이 슬쩍 고개를 돌려 청명의 눈을 피했다.

"……내가 이런 것들을 사형제들이라고."

끄응, 신음을 흘린 청명이 한숨을 푹푹 내쉬며 말했다.

"천재고 나발이고 세상에 못 이길 놈이 어디 있냐?"

"너."

"……나는 예외고."

못 이길 놈을 발견한 청명이 재빨리 말을 바꿨다.

"여하튼! 그 땡중 놈이 대단한 건 재능이 뛰어나서가 아니야."

그러고는 고개를 휙 돌려 윤종을 보았다.

"사형!"

"응?"

"그 땡중 놈이 센 이유가 뭐야?"

"그야……."

윤종이 미간을 찌푸렸다. 강하다는 것은 알지만 그 이유를 정확히 짚어 내는 것은 쉽지 않았다.

"어마어마한 내공."

"그리고?"

"완벽한……. 어, 그래. 완벽한 초식의 운용."

"그거지."

청명이 가볍게 고개를 끄덕였다.

"재능이고 나발이고 그놈이 센 이유는 수도 없이 초식을 갈고닦아 왔기 때문이야. 아마 그놈은 그동안 사형들이 해 온 수련 같은 걸 적어도 십여 년 이상은 반복했을 거야."

"……뭐를?"

"사형들이 한 수련."

"……너랑 한 거?"

"응."

사위가 정적으로 물들었다. 그러니까…… 그들이 지난 반년간 해 온 수련을 십 년이 넘도록 해 왔다는 건가?

"……이게 더 절망적인데?"

"진짜 부처인가? 사람이면 그럴 수가 없는데?"

"미친놈 아냐? 그게 가능한 일이냐고."

오한이 든다. 지난 반년간 그들은 무자비하다 못해 가혹하기까지 한 청명의 수련을 버텨 냈다. 정말로 죽을힘을 다해서. 그 덕분에 천하의 명문들이 즐비한 이 비무 대회에서도 확실한 성적을 낼 수 있었다. 그런데 그 미친 짓을 스스로 십 년 이상 해 왔다고?

"……그럼 세야지."

"그 정도면 원숭이도 호랑이 때려잡아야지."

다들 격하게 고개를 끄덕였다. 그들이 한 수련의 반만이라도 십 년간 해 왔다면, 약한 게 이상하다. 강하지 않을 수가 없다는 의미다.

"착각하지 마."

청명이 가볍게 손을 내저었다.

"사람들은 재능이라는 걸 이해력이라는 측면으로 한정해 버리는 경향이 있어. 한 번 보고 초식을 익혀 낸다거나, 단숨에 더 높은 경지로 올라가는 뛰어난 두뇌가 천재의 상징이라고 말이야.

"……."

"하지만 그건 반쪽짜리도 못 돼. 진짜 천재는 남들은 절대 버티지 못하는 걸 아무렇지도 않게 해내는 것들이야."

청명이 눈가를 일그러뜨렸다.

"그러니 엄살 부리지 마, 얼간이들아. 다른 이가 십 년을 넘게 해 온 걸 불과 반년 만에 따라잡겠다고? 이 중에서 그 혜연을 넘어서기 위해서 십 년의 수련을 생각한 사람이 단 한 명이라도 있어?"

그의 말에 분위기가 순식간에 경건해졌다. 청명의 말대로 이 중 혜연을 따라잡기 위해 수십 년의 고련을 생각한 이는 존재하지 않았다.

모두를 둘러보는 그의 눈에, 답지 않은 차가운 냉기가 어렸다.

"언제부터 화산이 이리 대단하신 문파였지? 명문의 후예니, 뭐니 하는 놈들을 때려잡다 보니 본인들이 대단한 분이 되어 버리셨나?"

"……."

그의 냉혹한 일갈이 화산 제자들의 심장을 파고들었다. 부끄러움에 얼굴을 붉히는 이들, 그리고 스스로의 오만을 반성하는 이들까지. 여러 가지 생각이 화산 제자들의 머릿속을 스쳐 갔다.

"놈이 대단한 이유는 다른 게 아냐. 항상 정진한다는 거야. 다시 말해서."

모두가 청명의 입에서 눈을 떼지 못했다.

"정진해라. 초심을 잃지 마라. 하루하루가 마지막이라고 생각해라. 무학에 대한 열정을 잃지 마라. 최선을 다해라."

그의 입에서 나오는 말은 모두 더없이 식상한 소리였다.

"윗분들이 항상 말하는 그 뻔한 소리를 정말 해내는 놈은, 그걸 십 년 이상, 이십 년 이상 해 버리는 놈은 저렇게 된다는 뜻이야. 말 그대로 이야기 속에서 튀어나온 놈이지."

백천이 묵묵히 고개를 끄덕였다. 그들을 충격에 빠뜨린 것은 혜연의 어마어마한 내력도, 그 내력을 바탕으로 전개되는 칠십이종절예도 아니었다.

뻗어 내는 주먹 하나, 내딛는 진각 하나에 무언가 '다름'이 존재한다. 그 차이의 비밀을 이해하게 되자 혜연이 더욱 대단하게 느껴졌다.

"소림에는 천하의 다른 무학을 모두 합친 것보다 더 많은 무학이 있고, 수많은 명문의 절기보다 더 많은 비급이 존재한다. 무학이 넘쳐 나고 절기가 썩어날 만큼 많아. 그런 소림에서 첫 일 년 동안 하는 일이 뭔지 알아?"

"……글쎄?"

"마보(馬步)."

"…….."

"처음 소림에 입문한 이들은 해가 떠서 질 때까지 오로지 마보를 한다. 그걸 버텨 내면 추를 올려서 다시 마보를 하고, 그걸 버텨 내면 무게를 더 늘리지."

마보라니. 믿을 수 없는 이야기였다.

"그 후에 일 년은 다시 정권 지르기 하나만을 연습한다. 완벽한 자세가 나오고 완벽한 기세를 만들어 낼 때까지. 이게 무슨 말인지 알아?"

청명이 씹어 뱉듯 말했다.

"사람들은 소림의 화려한 절기와 그 강함에 주목하지. 하지만 소림은 그런 것에 눈을 빼앗기지 않아. 그들은 당장 눈앞에 보이는 화려함보다는 굳건한 기초를 좇는다. 혜연은 그런 소림의 철학을 가장 완벽하게 구현한 사람일 뿐이야."

백천이 깊은 한숨을 내쉬었다.
"……강함만을 좇을 게 아니라 어떻게 강해졌는지를 생각하라는 뜻이구나."
"그래도 사숙은 좀 알아먹네."
청명이 한심하다는 듯이 혀를 찼다.
"혜연이 강한 것 자체에 절망하지 마. 그건 차라리 희망이야. 지금 사형들이 가는 길을 꾸준히 걷는다면 어떻게 되는지를 바로 그놈이 증명해 주고 있잖아. 되레 기뻐해야지!"
화산 제자들의 눈에 서서히 빛이 돌아오기 시작했다. 확실히 청명의 말이 맞다.
'정진하다 보면 언젠가는 그 수준에 닿을 수 있다는 뜻이구나.'
그날이 오면 그들의 매화는 얼마나 더 아름답게 피어날 것인가.
윤종이 살짝 상기된 얼굴로 입을 뗐다.
"그런데, 청명아."
"응?"
"너는 어때? 네 말대로라면 너도 그 혜연만큼의 수련은 하지 못했잖아. 그럼 너도 혜연을 감당 못 하는 거냐?"
"뭔 개소리야."
"……응?"
청명이 배를 쭉 내밀었다.
"지가 날고뛰어 봐야 땡중이지. 어디 머리털도 없는 게 나를 이겨 먹으려 들어. 대가리를 확 마!"
"……."
안 된다. 아무리 생각해도 저건 인간이 안 된다.

모두가 혀를 차며 고개를 절레절레 저었다. 그때 청명이 돌연 얼굴을 와락 일그러뜨렸다.

"소림 저 새끼들이 지금 각본 쓰는 모양인데, 어디 마음대로 해 보라고 해. 그거 통째로 내가 꿀꺽 삼켜 줄 테니까."

"……."

모두 청명이 어떤 인간인지를 새삼 다시 깨달았다.

"그럼 네가 결승에서 혜연을 이길 거냐?"

"흐음, 글쎄."

청명이 고개를 살짝 꺾어 유이설을 바라보았다.

"그건 그 새끼가 사고를 이기고 왔을 때의 이야기 아닌가?"

"……."

모두의 시선이 유이설에게로 향했다. 부담스러울 만한 상황이었지만, 유이설은 표정 하나 변하지 않고 모두의 시선을 담담히 받아들였다.

"사매가 놈을 이길 수 있다는 뜻이냐?"

"그건 모르지."

"……그럼?"

"다만 한 가지는 확실하지."

청명이 입꼬리를 씩 말아 올렸다.

"아마 그놈도 당황하게 될 거야. 자신과 같은 길을 걸은 이는 처음 만나는 걸 테니까."

"……."

"일단은 저 잘난 소림 놈들의 콧대를 한번 꺾어 놓고 시작하자고."

청명은 씨익 미소를 지었다.

'아주 제멋대로 가지고 노시겠다?'

예전에도 그러다가 개처럼 얻어맞아 놓고. 백 년이 지나도록 배운 것도, 달라진 것도 없는 모양이었다.
 '너희 선조들이 너희에게 제대로 교훈을 남겨 주지 못했다면, 내가 다시 제대로 알려 주지.'
 세상일이 너희의 반짝이는 머리처럼 매끈하게 돌아가지 않는다는 걸 말이야.
 청명의 입에 기괴한 미소가 내걸렸다. 그 모습을 바라본 화산의 제자들은 자신도 모르게 몸을 부르르 떨었다.
 '뭔가 불안하다.'
 '저 새끼 저거, 뭘 꾸미는 것 같은데.'
 소림의 앞날에 정체 모를 커다란 먹구름이 밀려오고 있단 걸 느끼는 화산의 제자들이었다.

22장

화산은 화산의 길을 간다

　법계는 아무 말 없이 가부좌를 틀고 앉아 있는 법정을 바라보았다.
　가슴까지 기다랗게 자란 흰 수염이 인상적이라는 것을 제외하면 어디에서나 볼 수 있는 노승일 뿐이다. 소림을 상징하는 황포를 입지 않는다면 누구도 이 노승에게 관심을 주지 않을 것이다. 그만큼이나 겉으로 드러나는 법정의 모습은 평범 그 자체였다.
　하지만 때때로 법계는 그런 생각을 하게 되었다.
　'대체 이분은 얼마나 많은 것을 머리 안에 품고 계신 것일까?'
　소림의 방장, 법정. 혹자는 법정이 소림의 방장치고 그 존재감이 너무 약하다고 한다.
　천하를 이끌어 온 소림의 방장들은 역대로 강호에 깊은 발자취를 남겼다. 드높은 불법과 깊은 심계로 천하를 이끌 만한 거인들만 소림의 방장이 될 수 있었으니까.
　그런 역대 방장들에 비한다면 당대의 방장인 법정은 과히 소탈했다. 하여, 소림을 이끌기에는 그 능력이 부족하다는 평이 암암리에 돌았다.

하지만 법계만은 그리 생각하지 않았다. 법정을 가장 가까이서 지켜봐 온 그는, 이 평범해 보이는 노인이야말로 소림을 이끌기에 어떤 부족함도 없는 이라는 것을 아주 잘 알고 있었다.

아니, 어쩌면 소림의 방장이라는 측면에서는 역대 그 어떤 방장보다 뛰어날지도 모른다.

"방장."

가부좌를 틀고 있던 법정이 천천히 눈을 떴다. 가만히 자신의 앞에 앉은 법계를 본 그는 부드러운 미소를 품더니 입을 열었다.

"세간의 반응은 어떠하더냐?"

"아미타불. 방장께서 원하신 대로입니다."

"그렇구나."

법정의 목소리는 그저 담담하기만 했다. 마치 오늘도 동쪽에서 해가 떴다는 말을 듣는 것처럼. 아무것도 아닌 평범한 일을 받아들이는 것처럼 말이다. 그 담담함을 보고 나니 법계는 도무지 참을 수가 없었다.

"방장."

그의 목소리에 법정이 슬쩍 웃음을 지었다.

"네 목소리에 화(火)가 깃들어 있구나."

"……송구합니다."

"그래. 물을 것이 있으면 묻거라."

법계가 낮게 고개를 끄덕이고는 입을 열었다.

"방장께서는 처음부터 이 모든 것을 계획하셨던 겁니까?"

살짝 떨려 나오는 그의 목소리에 법정이 의뭉스럽게 웃었다.

"물음이란 우선 상대에게 정확한 뜻을 전달하는 것부터 시작해야 하지. 네가 물으려는 것이 무엇이더냐?"

"……방장께서는……."

법계는 슬쩍 시선을 내려 이제 겨우 넷이 남은 대진표를 바라보았다.

"이 그림을 처음부터 그리셨던 것이외까?"

그러자 법정이 빙그레 웃었다.

"딱히 의미도 없는 것을 궁금해하는구나. 그러면 어떻고, 아니면 또 어떠하냐? 중요한 건 일이 이리 흘러 버렸다는 것이겠지."

법계가 깊은 한숨을 내쉬었다. 말은 저렇게 하시지만, 법계는 법정이 이 모든 그림을 그렸다는 것을 확신하고 있었다.

이유? 무척 간단하다. 지금이 소림이 그릴 수 있는 최상의 상황이기 때문이다. 이 대회를 통해 소림이 노렸던 것이 무엇이던가?

'화합.'

그래. 좋게 말하면 화합이다.

"……세인들은 오해하곤 합니다."

법계가 가만히 눈앞의 방장을 보며 말을 이어 갔다.

"화합이라는 것은 서로 양보하고 이해해야 만들어지는 것이라고 말입니다."

"그것이 어찌 오해더냐?"

"중요한 한 가지를 잊었기 때문입니다."

법계의 음성에 힘이 실렸다.

"서로를 이해하고 서로 양보하기 위해서는 상대와 자신의 위치를 정확하게 이해하는 것이 선결되어야 합니다. 방장께서는 구파에게 자신들의 위치를 이해시키려 하신 게 아닙니까?"

법정은 대꾸 없이 나지막하게 불호를 외었다.

"여기까지 와 보니 방장께서 그린 것이 무엇인지 이 우둔한 놈도 알 것 같습니다. 소림을 제외한 구파는 단 한 명의 제자도 사 강에 올리지 못했습니다. 그리고 그 자리를 차지한 것은 공교롭게도 이제는 구파에서 쫓겨난 화산이 아닙니까."

소림을 제외한 구파일방이 사 강 중 한 자리도 차지하지 못했다는 것은 생각 이상으로 의미가 있다. 그리고 그 의미를 더욱 깊게 만들어 주는 것은 다름 아닌 화산의 약진이다.

만약 이대로 소림이 우승을 해낼 수 있다면, 구파는 구파일방의 북두로서 건재함을 과시한 소림과 어마어마한 속도로 치고 올라오는 화산의 사이에 껴서 이러지도 저러지도 못하는 꼴이 될 것이다.

그리된다면 구파일방은 소림이 내민 손을 잡을 수밖에 없다. 강호의 태산북두임을 다시 증명한 소림이 저들을 인정해 주는 것보다 더 좋은 명예 회복 방법은 존재하지 않을 테니까.

결국 이 대회는 처음부터 끝까지 모두 소림의 뜻대로 흘러간 것이나 다름없었다.

'아니, 소림이 아니라 방장의 뜻대로 흘러간 것이지.'

법계는 순간 등골에 살짝 소름이 돋는 걸 느꼈다. 저 부드러운 미소 속에 세상을 잡고 뒤흔드는 귀계(鬼計)가 숨어 있다. 하나 그 사실을 아는 이들이 세상에 몇이나 되겠는가? 법정의 진면목을 알지 못하는 이는 소탈하고 평이한 겉모습을 그의 본질이라 믿어 버릴 것이다.

"방장. 하나만 더 여쭙겠습니다."

"오늘 네 안에 혼란이 가득하구나. 무엇이 그리 궁금하더냐?"

"방장께서는 화산이 이리 강할 것이라 처음부터 예상하신 것이외까?"

그 질문에 법정이 빙그레 웃었다.

"그럴 리가 있겠느냐."

"그럼?"

"눈으로 보지 못한 것을 짐작할 수 있다면 내가 부처와 다를 것이 무엇이냐. 나는 그런 경지에 오르지 못했다. 하나 눈으로 보고도 알지 못한다면 그것 또한 멍청한 놈일 뿐이다."

살짝 내리깔린 법정의 눈이 어둡게 빛났다.

"나는 그저 모두에게 좋은 결과를 바랐을 뿐이다. 소림은 스스로를 증명할 수 있으니 좋을 테고, 구파일방은 깊은 오만에서 벗어나 스스로의 위치를 다시 알 수 있을 테니 장기적으로는 이득이라 할 수 있다. 그리고 화산은……."

잠깐 정적이 내리깔렸다. 뜸을 들이던 그가 다시 입을 뗐다.

"화산은 길었던 어둠에서 벗어날 수 있게 되겠지. 아미타불."

그러더니 낮게 불호를 읊조리며 법계를 응시했다.

"화(和)란 뜻(意)만으로 이루어지지 않는다. 진정한 화는 오히려 법(法)을 통해 만들어지는 법이지. 불법을 따르는 소림조차도 계율원(戒律院)을 두어 불자의 방종을 벌하는 법이거늘. 불법에 귀의하지 않은 이들에게 화합을 논하는 것은 그저 헛소리에 지나지 않는다."

"옳으신 말씀이십니다."

"이 대회가 끝나게 되면 천하의 모든 문파가 다시금 제 역할을 찾게 될 것이다."

"아미타불."

법계 역시 눈을 감고 불호를 외었다. 대체 법정의 눈에 무엇이 보이는지, 그는 감히 짐작도 할 수 없다. 다만……. 다만 한 가지.

"한데 방장."

"음?"

"그 모든 것은 소림이 이 대회에서 우승했을 때 이루어질 일이 아닙니까? 만일…… 천에 하나, 만에 하나 혜연이 그 아이를 이기지 못했을 시에는……."

"화산신룡 말이더냐?"

"예."

법정이 미묘한 표정을 지었다. 그 얼굴에 법계는 놀라움을 감추기가 어려웠다. 평소 표정 변화가 크지 않은 법정의 얼굴에 순간적으로 숱한 감정이 떠올랐기 때문이다.

안타까움과 기대. 그리고 즐거움과 슬픔.

"화산신룡. 화산신룡……. 그는 정말 인재라 하기에 모자람이 없는 이지."

법정이 가만히 고개를 내저었다.

"하나 그의 재능을 살리기에 지금의 화산은 부족한 곳이다. 화산은 각고의 노력으로 매화검법을 되살리는 데 성공했다. 이대로라면 구파일방에 복귀하는 것도 꿈은 아니겠지. 하지만 그게 전부다. 그 이상으로 나아가기 위해서는 매화검법만으로는 충분치 않다."

"……."

"아쉬운 일이지. 더없이 아쉬운 일이야. 그가 소림에 입문했다면 혜연과 더불어 천 년간 이어질 영화를 만들어 낼 수 있었을 것을."

법정의 눈에 단호함이 어렸다.

"하지만 그것이 운명이라면 그 아이도 받아들여야겠지. 그 아이가 설사 혜연을 뛰어넘는 천재라고 할지라도 마찬가지다. 매화검법으로는 결코 칠십이종절예를 감당하지 못한다. 그건 젓가락으로 장검을 상대하는 것이나 마찬가지니까."

"아미타불. 그렇다면 방장의 대계가 어그러질 일은 없겠군요."
"그래. 그리될 것이다."
법정의 눈빛이 천천히 가라앉았다.
'그리고 만약 나의 계획이 어그러진다면…….'
그가 계획한 화합은 모두 무너지게 될 것이다. 천하의 축이 소림과 화산으로 양분될 테니까. 지금은 그저 작은 균열에 불과하지만…….
'어쩌면 그 작은 균열이 천하를 다시없을 혼란으로 이끌지도 모른다.'
"아미타불."
법정이 외는 불호에 힘이 들어갔다. 결코 그런 일이 벌어지게 내버려 두지는 않을 것이다. 결코!

* ◈ *

"사매."
"네."
대답하는 유이설의 목소리가 가벼웠다. 백천은 가만히 유이설을 바라보았다.
'긴장한 기색은 없는 것 같군.'
그의 사매지만, 유이설은 참 보면 볼수록 특이한 사람이었다.
오늘 그녀가 상대해야 할 이는 다름 아닌 혜연이다. 백천은 자신이라면 어땠을까 생각해 보았다. 하지만 아무리 생각해도 그녀처럼 평온을 유지하지는 못했을 듯했다.
심지어 청명을 제외한다면 화산의 제자들 중 가장 강하다는 걸 알고 있음에도.

'하기야 사매는 언제나 그랬지.'

검수로서 지녀야 할 필수적인 자질이 냉정을 유지하는 것이라 한다면, 어쩌면 그녀는 화산에서 가장 검수다운 검수일지도 모른다. 청명이 말했던 것처럼 말이다.

"자신은?"

"없어요."

"……그런가."

말수가 적은 유이설이지만 이번만은 말을 덧붙여야 한다고 생각했는지 다시 입을 열었다.

"다만."

"음?"

유이설이 살짝 고개를 돌려 비무대를 바라봤다.

"이기기 위한 건 아니니까요."

백천은 잠깐 말없이 유이설을 보았다. 그러다 가만히 미소를 짓고 말았다.

"그래, 그렇구나. 그게 전부가 아니었지."

어느새 잊고 있었다. 이 대회는 결과를 내기 위한 곳이 아니었다는 걸. 처음 이곳으로 올 때 그들이 원했던 결과는 화산이 돌아왔다는 것을 만천하에 공표하는 것이었다. 그리고 이미 그들은 충분히 그 결과를 얻어 냈다.

그렇다면 남은 것은?

'배우는 것.'

그리고 더 성장하는 것. 화산의 대사형인 그조차 잠시 잊었던 것을 유이설만은 올곧게 잊지 않고 있었다.

'이래서야…….'
백천이 쓴웃음을 짓고는 말했다.
"사매."
"네."
"너는 무얼 위해 검을 휘두르느냐?"
별것 아닌 질문이다. 어쩌면 그저 살짝 어색해진 상황을 모면해 보고자 나온 말일 수도 있다. 하지만 그 물음에 유이설은 시선을 돌려 먼 곳을 바라보았다.
"……매화."
"매화?"
그녀의 투명한 시선이 다시금 백천에게로 향했다.
"그저 피워 내고 싶을 뿐."
"……."
"보여 줄 수 있는 매화를."
백천이 살짝 눈을 감았다. 무슨 의미인지는 전혀 이해하지 못했다. 하지만 그 말에 담긴 무거움은 충분히 전해져 온다.
그는 눈을 뜨고 굳건한 목소리로 말했다.
"이 싸움은 그 길을 앞당겨 줄 것이다."
"네."
"그러니 후회 없이 싸우고 오거라."
"네, 사형!"
유이설이 백천을 향해 꾸벅 고개를 숙였다. 그리고 곧장 몸을 돌려 비무대로 향했다.
그때 그녀의 시야에 청명이 보였다. 그는 여느 때처럼 앞자리에 앉아 팔짱을 끼고 있었다. 평소라면 멈추지 않았을 것이다. 하지만 오늘 그녀의 발은 청명의 앞에서 멈춰 서고 말았다.

청명이 슬쩍 고개를 들고 그녀를 바라보았다.

"왜?"

유이설은 아무 말도 하지 않고 그저 그를 빤히 바라보았다.

이상하지. 청명이 힘을 북돋워 주는 사람이 아니라는 건 이미 잘 알고 있다. 그리고 지금 당장 그녀가 해야 할 일이 뭔지도 이미 알고 있다. 그런데도 유이설은 청명에게서 무언가를 들어야 할 것 같은 기분이었다.

청명 역시 그녀의 그런 기분을 알고 있는지 가만히 입을 열었다.

"검은 거짓말을 하지 않아."

"……."

"사고가 지금까지 해 온 노력이 진짜라면, 검은 대답을 해 줄 거야."

딱히 응원이라고 보기엔 어려운 말이었다. 그러나 유이설은 가만히 고개를 끄덕였다. 어쩐지 그 말을 듣는 순간 마음이 차분하게 가라앉았다.

"사고!"

당소소가 걱정 가득한 얼굴로 그녀를 바라보고 있었다. 그 우려의 시선을 무표정하게 본 유이설은 저도 모르게 고개를 끄덕였다.

"지켜보고 있어."

"……네."

그거면 충분하다. 그녀는 이윽고 검을 허리에 찬 채 천천히 비무대에 올랐다. 화산 제자들의 신뢰와 걱정이 동시에 담긴 시선을 그 등으로 오롯이 받으면서.

마침내 비무대에 오른 유이설은 먼저 올라와 있는 한 사람을 바라보았다.

혜연. 소림의 정화를 이은 자. 어쩌면 상대조차 되지 않는 싸움이 될지도 모른다.

상대는 천년소림이라 불리는 강호제일의 문파에서 특별히 심혈을 기울여 키워 낸 천재. 그리고 유이설은 구파에서 쫓겨났던 화산에서조차 특이한 사람 취급을 받던 천덕꾸러기일 뿐이다.

그 둘이 승부를 겨룬다? 열이면 열, 백이면 백. 혜연의 승리를 점칠 것이다. 하나.

스르르릉.

유이설이 천천히 검을 뽑아 들었다.

매화검. 그래, 매화검. 그녀에게 남아 있는 가장 오래된 기억은 바로 이 매화검을 든 한 남자의 모습이었다. 그것에 비한다면…….

유이설이 날카롭게 벼린 듯한 눈빛으로 혜연을 바라봤다.

"화산의 유이설이에요."

"소림의 혜연입니다."

대화는 그걸로 충분했다. 이제 남은 건 그저 증명하는 것.

"후."

짧게 숨을 내쉰 유이설이 길게 숨을 들이켰다. 심장 고동이 잦아들고 근육의 떨림이 가라앉는다. 동시에 검 그 자체가 된 유이설이 물 위를 박차는 제비처럼 혜연을 향해 달려들었다.

혜연의 얼굴이 살짝 굳어졌다.

'날카롭다.'

검이? 아니. 내딛는 걸음, 취한 자세, 그리고 내보이는 눈빛까지! 어느 것 하나 날카롭지 않은 것이 없다.

'검수!'

천하십팔반병기(天下十八般兵器)에 모두 능통한 곳이 소림이지만, 사실 소림의 진정한 무학은 권장지각(拳掌指脚)에서 나온다. 병기보다는 육체를 사용하는 것에 더욱 힘을 쓰는 곳이 소림이란 의미다.

그렇기에 아무리 혜연이라고 한들, 이만한 경지에 접어든 검수를 직접 대면하는 것은 처음이나 마찬가지였다.

유이설에게서 뿜어져 나오는 예기가 혜연의 전신을 찔러 들어왔다. 마치 바늘로 피부를 찔러 대는 듯한 느낌에 그는 저도 모르게 얼굴을 굳혔다.

촤아아악!

물 위로 새가 날아오르는 듯한 소리와 함께 날카로운 검기를 머금은 유이설의 검이 일직선으로 뻗어졌다. 강호에서는 선인지로(仙人指路)라 거창하게 부르는 초식이지만, 그 실체는 그저 단순한 일자 찌르기에 지나지 않는다.

기본 중의 기본. 하지만 그 기본이 유이설의 손에서 펼쳐지자 천하의 절기나 다를 바 없었다.

쿵!

혜연이 반사적으로 진각을 내밟았다. 그리고 그의 옆구리에 붙였던 주먹에 탄성을 실은 채 일직선으로 내질렀다.

그가 사용한 초식 역시 단순한 정권 지르기. 그간 이 주먹을 얼마나 내질렀을까? 수십만 번? 아니면 수백만 번? 글쎄. 셀 수 없겠지. 미련할 만큼 반복하고 또 반복한 권은 그 자체로 하나의 형(形)이 된다.

천고의 절기라 해도 갈고닦지 않는다면 그저 껍데기에 불과한 것. 한 번, 한 번을 내지를 때마다 혼신의 힘을 다해 온 정권은 스스로 완전해진다. 딱히 의식하지 않아도 단전이 움직이고, 진각을 내디딘 발끝부터 밀려 올라온 회전력이 고스란히 주먹으로 전달된다.

화아아악!

그리고 방출! 혜연의 주먹 끝에서 황금빛 권기가 세찬 물줄기처럼 뿜어져 나왔다.

일직선으로 찌르고 들어가던 유이설은 그 모습을 보고 슬쩍 옆으로 몸을 비틀었다. 우로 일 보.

화아아아악!

권기가 유이설의 옆구리를 아슬아슬하게 스치고 지나갔다. 하지만 그걸로 충분하다. 권기를 회피해 낸 그녀는 자세를 낮추고 혜연의 거리 안으로 들어갔다.

본디 권호(拳豪)를 상대하는 검수는 거리를 벌리는 것이 상식. 그러나 유이설은 되레 무서운 속도로 거리를 좁혔다.

쇄애애액!

가볍게, 하지만 정확하게 손목을 흔든다. 손끝에서 시작된 작은 움직임은 검병을 지나 검 끝에 이르러서는 혜연의 전신을 노리는 커다란 움직임으로 화했다.

검이 흔들리며 수십 개의 검영을 그려 낸다. 그 날카롭고도 정교한 검의 형상들은 금방이라도 혜연의 몸을 난도질해 버릴 것 같았다. 그 순간.

스스슷.

혜연의 몸이 흐릿해진다 싶더니 그 자리에서 퍽 꺼지는 것처럼 사라졌다. 동시에 유이설 역시 바닥을 박차고 옆으로 몸을 날렸다.

쇄애애액!

이윽고 그녀는 아무것도 없는 허공을 향해 전력으로 검을 휘둘렀다.

얼핏 보기에는 이해할 수 없는 행동. 하지만 그 순간 유이설이 검을 휘두르는 곳에 혜연의 모습이 나타났다. 마치 적당히 휘저은 그물에 물고기가 절로 뛰어드는 것 같은 광경이었다.

천하의 혜연도 이 순간만큼은 당황했는지, 안색을 굳히며 몸을 비틀었다. 하지만 그것만으로 그녀의 매서운 검을 완전히 피해 내는 건 불가능했다.

서걱.

검이 혜연의 어깨를 스쳤다. 그 순간 그는 몸을 빙글 회전시키며 오히려 앞으로 돌진했다. 그리고 검을 휘두르느라 비어 있는 유이설의 배에 어깨를 들이받았다.

쿠웅!

유이설의 몸이 포탄처럼 뒤로 튕겨 나갔다. 끈 떨어진 연처럼 날아가던 유이설이 허공에서 두어 번 몸을 돌려 가볍게 바닥으로 착지했다.

주륵.

그녀의 입가에서 붉은 피가 한 줄기 흘러내렸다. 혜연 역시 그리 좋은 상황은 아니었다. 검이 베고 지나간 어깨의 황포 자락이 점점 붉게 물들고 있었다.

이 대결을 지켜보던 이들은 그제야 참았던 숨을 몰아쉬었다.

화산의 제자들 역시 마찬가지. 윤종은 자신도 모르게 주먹을 꽉 움켜쥐었다.

'세상에.'

따지고 보면 겨우 일 합이라고 해도 좋을 공방이었다. 하지만 그 짧은 공방 속에 얼마나 많은 것이 담겨 있었는가?

무엇보다 윤종을 놀라게 한 것은, 두 사람이 보여 준 정확한 초식과 순간적인 판단력이었다. 조금도 망설이지 않고 자신이 선택할 수 있는 최선의 수만을 선택해 나간다.

쌓아 온 것들에 대한 믿음. 자신이 걷고 있는 길에 대한 확신이 없다면 불가능한 일이었다.

"……사고가 저렇게 강했나?"

조걸이 낮은 신음을 흘렸다. 그는 혜연과 싸워 봤기에 알았다. 저 홍안의 무승이 얼마나 강한지 말이다. 그가 눈앞에서 초식을 전개할 때 조걸은 그저 바라볼 수밖에 없지 않았나.

물이 흐르는 듯 자연스러운 운용과 수도 없이 갈고닦아 군더더기라고는 일절 느껴지지 않는 움직임까지. 직접 겪은 혜연의 무위는 정말이지 충격적일 정도였다.

그런데 유이설은 그런 혜연과 어우러지고 있다. 압도하지는 못한다고 해도 밀리지는 않는다.

"사형들이 드러누워 잘 때, 사고는 검을 휘둘렀거든."

"……."

"그렇다고 오해는 하지 마. 노력이 모든 걸 해결한다는 건 아니니까. 다만 사고는 그저 먹고 자는 시간 외에 모든 것을 검에 걸었을 뿐이야."

조걸이 말을 잃고 입을 다물었다.

말은 쉽다. 하지만 그걸 진짜 실천할 수 있는 이가 누가 있는가?

청명이 그들을 지옥처럼 몰아붙인 건 사실이다. 하지만 솔직히 말해 청명이 자리를 비운 동안에도 그가 가르칠 때와 같은 수준으로 자신을 몰아붙인 이는 이곳에 누구도 없을 것이다. 유일하게 그걸 해낸 이가 지금 비무대 위에 있었다.

"지켜봐."

청명은 가라앉은 눈으로 비무를 바라보며 말했다.

"느끼는 게 있을 테니까."

유이설은 가볍게 복부를 슬쩍 만져 보았다. 내장이 뒤흔들리긴 했지만 내상을 깊게 입지는 않았다.

이 짧은 경합으로 느낀 것은 두 가지. 첫 번째는…….

'강해.'

생각했던 것 그 이상으로 강하다. 마치 철벽에 검을 휘두르는 듯한 느낌이었다. 어떤 공격도 저 사람의 방어를 뚫어 낼 수 있을 것 같지 않았다.

어깨에 상처를 입힌 것도 실전 경험이 부족한 이의 당황을 이끌어 낸 결과일 뿐, 실력으로 해낸 것이 아니다. 그리고 이제 같은 수는 통하지 않을 것이다. 그리고 두 번째는…….

'정면으로 맞붙으면 절대 못 이긴다.'

내력의 차이가 어마어마하다.

유이설의 내력도 어디에 뒤지지 않았다. 물론 화산은 기본 심공을 잃었기에 제자들의 내력을 강하게 만들지 못했다. 하지만 혼원단과 자소단을 복용한 유이설은 결코 명문의 제자보다 내력이 달리지 않는다.

그럼에도 현격한 차이가 났다. 혜연의 일 권, 일 권에 실린 막대한 내력이 몸을 으스러뜨릴 것만 같았다. 단 한 번의 권격만 허용해도 더는 싸울 수 없을 것이다.

그렇다면 결국 해야 하는 건 아슬아슬한 줄타기. 단 한 번도 상대의 공격을 허용하지 않은 채, 상대의 철벽을 뚫고 검을 박아 넣어야 한다.

할 수 있을까? 유이설의 눈가가 살짝 일그러졌다.
 - 할 수 있는 것만 하면 언제 강해지나, 언제! 해 봐야 할 수 있는지 없는지 알 거 아냐! 맨날 할 수 있는 것만 하다가 평생 그것만 반복하게? 요즘 것들은 향상심이 없어, 향상심이!
'꼰대.'
하지만 맞는 말이다.
 - 강자를 만났다고? 그럼 기뻐해야지. 내가 할 수 있는 모든 걸 다 던져도 문제없이 받아 낸다는 뜻이잖아. 그럼 있는 대로 후려 갈겨 버려.
'말하지 않아도.'
유이설의 발끝에 힘이 들어간다.
'그럴 생각!'
쩌적 하고 청석 바닥에 금이 가는 것과 동시에 유이설이 쾌속하게 혜연을 향해 달려들었다.
카앙!
전광석화처럼 내리친 일검이 혜연의 손바닥에 가로막혔다. 검기를 있는 대로 뽑아 실은 검을 맨손으로 막았는데도 생채기 하나 나지 않았다. 하지만 그건 이미 예상한 바. 유이설의 검이 혜연의 손바닥을 타고 스르륵 흘러내렸다.
강(强)에서 유(柔)로의 전환. 부드럽게 팔을 타고 흘러내린 검이 혜연의 가슴을 노렸다. 하지만 혜연도 순순히 당하고 있지만은 않았다.
퉁!
그의 팔이 반탄력을 뿜어냈다. 팔뚝을 타고 흐르던 검이 반탄진기에 튕겨 나가며 유이설의 전방이 뚫렸다. 이어지는 일권!
투웅!

가볍게 내뻗은 권이 유이설의 왼쪽 어깨에 틀어박혔다. 단 한 번으로 전신이 모두 뒤틀릴 정도의 충격이 그녀의 몸을 덮쳤다. 하지만 유이설은 선지피를 왈칵 토해 내면서도 물러나지 않았다.

콰득!

되레 앞으로 한 걸음 움직인 유이설의 발이 진각을 뻗느라 내디뎌진 혜연의 발목을 짓밟았다. 혜연의 발이 두꺼운 청석을 부수며 바닥에 틀어박혔다.

탓!

그리고 유이설은 뒤로 훌쩍 몸을 날렸다. 검이 부르르 떨리더니 이내 붉은 매화를 줄기줄기 뿜어내기 시작했다.

이 한 수! 상대를 묶어 두고 거리를 벌린다. 물론 혜연에게 있어서 바닥에 발이 박힌 정도는 그저 찰나의 지연에 불과하지만, 그녀는 그 찰나면 충분했다.

'더 완벽하게.'

이 정도로는 안 된다. 더! 더욱! 더! 살아 있는 것처럼!

단순히 정교함에 머물러서는 안 된다. 아무리 완벽한 매화를 그려 낸다고 해도 거기에 만족하면 종남과 다를 것이 없다. 그 안에 진의(眞意)를 담아내야 진정으로 화산의 매화가 되는 법!

유이설은 점차 스스로를 잊어 갔다.

'나는……'

어두운 밤. 그리고 하늘에 뜬 그믐의 달. 그 아래 한 남자가 검을 휘두르고 있다. 더없이 아름답게. 더없이 처절하게.

이어지지 못하고 뚝뚝 끊기던 검이 툭 떨궈진다. 참지 못하고 무너져 흐느끼는 모습이 눈앞에 선명히 새겨진 듯 잊히지 않는다.

'여기.'

여기에 있다. 피워 내지 못했던 매화가. 결코 개화할 수 없었던 매화가. 사내가 평생에 걸쳐 그리려 했던 매화가 지금 유이설의 손에서 펼쳐진다.

살아 숨 쉬는 것 같은 매화 잎이 검 끝에서 흘러나온 바람을 타고 소용돌이치며 혜연의 전신을 뒤덮어 갔다. 누가 보더라도 혜연이 이 검을 모두 피한다는 것은 불가능해 보였다.

하나, 그 순간.

"아미타불!"

우우우우우우웅!

혜연의 전신이 황금빛의 광채로 뒤덮였다.

반개한 눈. 자연스레 취해진 반장(半掌) 자세. 그 자세의 의미를 아는 이들이 경악하며 자리에서 벌떡 일어났다.

"무, 무상대능력(無上大能力)!"

누군가가 발작적으로 외친 목소리가 사람들의 귀를 파고들었다.

우우우우우우우우웅!

그리고 혜연의 전신이 마침내 완전한 금빛으로 물들더니, 이내 사방으로 붉은 광채를 뿜어내기 시작했다.

웅혼하고 성스럽다. 금방이라도 혜연의 전신을 난자해 버릴 것 같았던 매화는 쏟아지는 황금빛 광채 속에 햇살을 만난 눈처럼 녹아내렸다. 파사(破邪)의 기운을 품은 불광(佛光)은 모든 거짓된 것을 무너뜨렸다. 그리고 그에 머물지 않고 유이설의 전신을 밀어 내기 시작했다.

저항하지 않는다면 그저 밀려날 터. 하지만 유이설은 쉬이 물러나지 않았다.

우드드득.

전신의 뼈가 뒤틀리는 듯한 소리가 났다. 이를 악문 유이설은 코와 입에서 피를 줄줄 흘리며 한 걸음, 또 한 걸음 전진했다.

'왜?'

혜연의 눈이 흔들렸다. 이미 승부는 났다. 유이설의 검은 그의 몸에 닿지 못했고, 앞으로도 닿지 못할 것이다. 그런데 저자는 왜 전진하는가. 아무리 악을 써도 그의 몸에 생채기 하나 더 낼 수 없다는 것쯤은 충분히 이해하고 있을 텐데.

'어리석은!'

혜연이 내력을 더욱 끌어 올렸다. 저항하지 않는다면 그저 밀려나 비무대 밖으로 떨어질 뿐이다. 그런데 왜 굳이 저항해 몸을 상하게 한다는 말인가?

우드드득.

끔찍한 소리와 함께 내뻗은 유이설의 발목이 뒤틀렸다.

턱!

하지만 유이설은 그 뒤틀린 발목을 바닥에 붙였다. 그러고는 다음 발을 다시 앞으로 내디뎠다. 피가 앞섶을 완전히 적시고도 남을 만큼 줄줄 흘러내렸지만, 그녀의 눈만큼은 단 한 점의 흔들림도 없었다.

'어째서!'

이윽고 유이설이 검을 치켜든다. 팔이 무거운 검을 들어 올리는 어린아이의 그것처럼 부들부들 떨렸지만, 그녀는 결국 마지막까지 검을 들어 올렸다.

그리고 천천히 내리쳤다. 아니, 그건 내려친다기보다는 힘을 잃고 떨어지는 것에 가까웠다. 기세도 없고, 내력조차 담겨 있지 않다.

서걱.

하지만 혜연은 그 검을 피하지 못했다.

그의 가슴팍이 길게 갈라졌다. 기껏해야 피륙의 상처. 하지만 원래라면 입지 않았어야 할 상처였다.

"……닿았다."

마침내 유이설이 힘을 잃고 그 자리에 주저앉았다.

털썩.

승패는 명확하다. 하지만 유이설의 얼굴은 패한 이의 것이 아니었고, 혜연의 얼굴은 승리한 자의 것이 아니었다. 혜연은 하얗게 질린 얼굴로 자신의 상처를 내려다보았다.

'대체 어떻게…….'

어떻게 그런 상황에서도 물러나지 않고 상대에게 상처를 입힐 수 있단 말인가?

혜연이 반사적으로 고개를 돌렸다. 그의 시선이 향한 곳. 화산의 제자들 가운데에서 청명이 의미심장한 표정으로 그를 바라보고 있었다.

"등골이 서늘할 거다, 이 땡중 놈아."

혜연의 손바닥이 식은땀으로 축축이 젖어 들었다.

당소소가 바람처럼 비무대 위로 뛰어 올라왔다.

"사고!"

그리고 혜연 따위 눈에 들어오지도 않는다는 듯 달려들어 유이설을 부축했다.

"괜찮으세요?"

"……괜찮아."

유이설이 힘겹게 고개를 끄덕인다. 자잘한 부상을 입기는 했지만, 큰 부상은 아니다. 하지만 이대로 조금만 대치가 지속되었다면 아마 의식을 유지하기도 어려웠으리라.

"제가 도와드릴게요."

"……부탁할게."

당소소가 유이설을 부축한 채 몸을 일으켰다. 유이설은 그녀의 어깨에 팔을 두르고 힘겹게 걸음을 옮겼다.

"……저기."

그때, 그런 유이설의 등 뒤로 혜연의 떨리는 목소리가 들려왔다. 유이설이 뒤를 돌아보자 혜연이 붉게 상기된 얼굴로 물었다.

"어, 어떻게……."

사실 혜연은 입을 떼면서도 지금 자신이 무엇을 묻고 있는지 정확하게 알 수 없었다.

어떻게 무상대능력을 뚫고 검을 휘두를 수 있었느냐를 묻고 싶은 건지, 아니면 압도적인 차이를 절감하면서도 어떻게 포기하지 않을 수 있었느냐를 묻고 싶은 건지.

어쩌면 둘 다일지도 모른다. 멍청한 짓이란 건 알지만, 그는 물어야 했다. 이해할 수가 없으니까.

그와 유이설 사이에는 어마어마한 실력 차가 있다. 백 번을 싸운다면 혜연이 백 번 다 이기는 것은 물론이고, 그중 대부분은 상처 하나 입지 않고 이길 수 있을 것이다.

첫 번째 상처야 요행이라 치더라도, 두 번째 상처는 절대 입지 않아야 했을 상처였다. 그런데 저 화산의 유이설이라는 검수는 그의 상식을 파훼하고 그에게 상처를 남긴 것이다.

만약 유이설에게 조금만 더 힘이 더 남아 있었다면, 저 검은 분명 그에게 크고 깊은 상처를 남겼을 터.

"……어떻게?"

유이설은 말없이 혜연을 가만히 응시했다. 조금의 시간이 흐르고, 창백한 안색으로 그녀가 입을 열었다.

"닿아야 했으니까."

"……."

"그것뿐."

혜연은 그저 멍하게 그녀를 바라보았다. 말없이 다시 비무대를 내려가려던 유이설은 그것만으로는 충분치 않다고 여겼는지 다시 뒤를 돌아보았다.

"당신도 같지 않나요?"

혜연의 얼굴이 굳어졌다. 유이설은 더 이상 그 어떤 말도 없이 당소소의 부축을 받으며 돌아섰다. 비무대 아래에서 기다리고 있던 제자들이 우르르 그녀를 둘러쌌다.

"사매! 괜찮으냐?"

"사고!"

"발목은! 아까 보니 부상을 입은 것 같던데!"

유이설이 그저 담담하고 무표정한 얼굴로 고개를 끄덕였다.

"괜찮아요."

백천이 굳은 얼굴로 말했다.

"그래도 부상은 제때 치료해야 한다. 어서 의약당으로 가 보거라. 소소야, 네가 네 사고를 데리고 가라."

"예! 사숙!"

당소소가 격하게 고개를 끄덕였다. 그때 백천이 살짝 머뭇거리며 입을 열었다.

"그리고……."

그러더니 작게 헛기침을 했다.

"……훌륭했다."

유이설의 입가에 작은 미소가 피어났다. 웬만해서는 볼 수 없는 그녀의 미소를 보며 모두가 고개를 끄덕였다.

"다녀올게요."

"그래."

당소소가 유이설을 잘 부축해 의약당으로 향했다. 혹시나 하여 백상도 그 뒤를 따랐다.

'으음.'

유이설의 뒷모습을 바라보는 백천의 두 눈이 무겁게 가라앉았다.

'거기에서 한 번 더 휘두른다.'

과연 그였다면 할 수 있었을까? 글쎄. 확답할 수 없는 일이다. 이건 애초에 무위의 문제가 아니다. 의지의 문제다. 전신이 으스러지고 의식이 흐려지는 상황에서도 승리에 대한 의지를 잃지 않을 수 있는가에 대한 문제다.

"다들 봤느냐?"

"예, 사숙."

"잘 봤습니다."

다른 제자들 역시 저마다 느낀 것이 있었는지 굳은 표정으로 고개를 끄덕였다.

혜연의 실력은 압도적이었다. 그들이 그와 맞붙었다면 싸우기도 전에 의욕을 모조리 잃고 말았을 것이다. 하지만 유이설은 결국 그 압도적인 실력 차를 뚫어 내고 혜연의 몸에 일검을 그었다.

"결국……."

등 뒤에서 청명의 목소리가 들려오자 모두 고개를 획 돌아보았다.

"발전이라는 건 그 한 끗을 넘는가 넘지 못하는가에 따라 갈리는 거야."

"……한 끗?"

청명이 고개를 끄덕였다.

"있는 힘을 다하는 건 의외로 누구나 할 수 있어. 더 중요한 건 몸 안의 마지막 한 방울까지 짜낸 극한의 상황에서 마지막 한 번을 더 휘두를 수 있느냐지."

청명은 살짝 미간을 좁혔다.

"그걸 할 수 있는 이는 강해진다. 사고는 오늘 비무로 인해 더 강해질 거야."

그러고는 모두를 쓱 돌아보았다.

"사숙들은 할 수 있어?"

"……."

청명의 말을 들은 백자 배들이 일제히 입을 닫았다.

"말로 할 때는 쉬워 보이지. 의지만으로 되는 일 같으니까. 하지만 평소에 자신을 극한까지 몰아붙여 보지 않은 사람은 마지막 순간에 자신을 넘지 못해. 사고니까 할 수 있는 거야. 사고는 언제나 자신을 한계까지 밀어붙이거든."

백천이 고개를 끄덕였다.

"무슨 말인지 알겠다."

"이제 이 대회는 끝났어."

청명이 심드렁하게 말했다.

"남은 것은 이 대회에서 사숙들이, 그리고 사형들이 무얼 얻었느냐겠지. 여기서 얻은 걸 바탕으로 스스로를 몰아붙이지 않으면, 내가 끌고 가는 데도 한계가 있어."

화산 제자들의 얼굴이 더없이 진중해졌다. 그 눈빛들을 보며 청명은 슬쩍 입꼬리를 씨익 말아 올렸다.

'사고가 한 건 해 줬네.'

지금까지 화산의 수련은 청명이 목줄을 잡고 끌어온 것에 지나지 않았다. 하지만 진정한 상승의 경지로 나아가기 위해서는 스스로 정진할 필요가 있다. 이제 육체적인 노력만으로는 더 오를 수 없는 곳까지 올랐으니까.

혜연을 상대로 유이설이 휘둘렀던 일검은 화산의 제자들에게 많은 것을 보여 줬을 것이다.

'조금만 더 깊었다면 훨씬 재미있었겠지만.'

거기까지 바라서는 안 되겠지. 사실 유이설이 혜연의 무상대능력을 뚫고 그의 몸에 상처를 입힌 것도 기적 같은 일이었다. 청명도 여기까지는 바라지 않았다. 그저 포기하지 않는 모습만 보여 줘도 충분했는데.

"어떠냐, 이 땡중 놈들아!"

청명이 고개를 획 돌려 단상 위를 바라보았다.

과연 법정이 낭패한 얼굴로 이쪽을 바라보고 있었다. 그 표정을 보자니 십 년 묵은 체증이 쑥 내려가는 듯했다. 법정 역시 청명이 아닌 유이설이 혜연에게 상처를 입히는 상황은 상상조차 못 했을 테니까.

"낄낄낄낄. 머리가 반질반질해졌는걸?"

"청명아."

"으헤헤헤헷!"

"청명아."

"왜?"

"……올라가. 너 다음 비무잖아."

"응?"

아, 그랬지? 청명이 머쓱한 얼굴로 주섬주섬 검을 챙겨 들었다. 유이설의 비무에 집중하느라 아직 그의 비무가 한 번 남아 있다는 걸 잊고 있었다.

'쯧. 이런 실수를.'

그래도 나름 사 강까지 올라온 상대인데 너무 무시했다. 이건 무인으로서 좋은 자세가 아니다.

"그런데 상대가 누구라고 했지?"

"글쎄?"

"모용 뭐였던 것 같은데?"

"누구였더라?"

머리를 굴리는 다른 화산 제자들을 보며 청명은 흐뭇하게 미소 지었다.

'어쩌면 하나같이 이리 등신 같은지.'

내가 이런 놈들을 믿고, 어? 이런 것들을?

"일단 올라가라!"

"끄으응."

청명이 고개를 내저으며 비무대 위로 올라갔다.

'분위기가 조금 다른 것 같은데.'

그리고 주변을 둘러보다 입맛을 다셨다. 주변이 부산스럽기 그지없었다.

하기야 그렇겠지. 다른 이들은 조금 전의 비무를 화산의 제자들과 다른 결로 받아들였을 테니까.

혜연이 보인 무학이 무상대능력이라는 것을 알아챈 이들은 아마 지금 충격을 어찌하지 못하고 있을 것이다.

무상대능력(無上大能力). 소림 칠십이종절예 중에서도 난해하기 짝이 없어, 소림의 역사를 통틀어도 익힌 이가 몇 되지 않는다는 절기 중의 절기.

그런 절기를 바로 눈앞에서 보았으니 이어지는 비무에 집중할 수 있을 리가 없다. 전설로만 전해지던 절기를 눈앞에서 보았다는 것만으로도 흥분을 가라앉힐 수 없을 테니까.

청명의 입장에서는 그런 무상대능력을 뚫어 내고 혜연의 몸에 상처를 입힌 유이설에게 조금 더 집중해 주면 좋겠지만, 결국엔 그 무상대능력으로 혜연이 화산의 검수를 꺾어 냈다는 결과만이 남겠지.

'마음에 안 드는데.'

지금쯤 이곳에 모인 이들은, 결국 우승은 혜연의 것이라고 짐작하고 있을 것이다. 그가 보여 준 칠십이종절예가 벌써 몇 가지던가. 게다가 칠십이종절예 중에서도 상급으로 분류할 수 있는 무상대능력마저 선보였다. 객관적으로 봤을 땐 우승을 하지 못하면 이상할 정도다.

"그렇단 말이지?"

청명의 입꼬리가 씩 말려 올라갔다.

"모용세가의 모용명입니다."

"응?"

어느새 건너편에 올라온 상대가 살짝 뿔이 난 어투로 소리쳤다. 청명이 자신에게 관심을 가지지 않고 있다는 걸 눈치챈 모양이었다.

"아. 죄송, 죄송."

이것도 예의가 아니지. 예의는 진즉에 팔아먹고 남은 게 일절 없다는 평을 받는 청명이지만, 그래도 남들 눈이 있는 곳에서는 최소한의 예의를 차릴 줄 알았다.

"화산의 청명이에요."

스르르릉.

청명이 검을 뽑고 가만히 늘어뜨렸다. 동시에 검을 뽑은 모용명이 그를 바라보았다. 눈빛에 숨길 수 없는 긴장이 드러나 있었다.

하지만 두 사람이 검을 뽑았음에도 여전히 관중들이 이 비무에 집중하지 못하고 있었다. 대부분의 시선은 비무대가 아닌 소림이 있는 곳으로 향해 있었다.

"흐음."

청명이 입꼬리를 씨익 말아 올렸다. 그리고 단상 위의 법정을 슬쩍 보았다. 드물게 입매를 굳힌 그의 얼굴에서 미약한 불만이 새어 나오는 게 느껴졌다.

'욕심 많은 땡중이네.'

혜연이 세인들의 관심을 완벽히 끌고 온 것이야 그가 바라던 일이겠지만, 그 와중에 상처를 입은 것은 마음에 들지 않을 것이다. 더 압도적인 승리를 원하는 것이 틀림없었다.

청명은 피식 웃었다. 뭐, 좋다. 혜연이 중인들의 관심을 받는 건 그에게도 그리 나쁘지 않은 일이니까. 그리고 모두가 소림이 우승할 것이라고 여기는 것 역시 그리 나쁘지 않다.

"각오하시오!"

모용명이 크게 소리를 내질렀다. 그러고는 쾌속하게 청명을 향해 달려들며 검을 휘둘렀다.

쇄애애액!

사 강에 오른 이 중 실력이 떨어지는 이가 있을 리 없다. 새하얀 검기를 머금은 모용명의 검이 순간적으로 비무대 위를 가득 채웠다. 유이설이 펼쳤던 것처럼 화려하지는 않지만, 그 기세와 속도 면에선 오히려 더 뛰어난 구석이 있었다.

검이 바람을 가르는 소리가 날카롭게 울려 퍼지고, 새하얀 검기가 청명의 전신을 뒤덮어 갔다. 그리고 그 순간.

"멀었어."

청명이 자신에게로 쏟아지는 검기를 향해 되레 달려들었다.

스으으읏.

그의 몸이 흐릿하게 변한다 싶더니 이내 쏟아지는 검기의 파도를 흘려내며 모용명을 스쳐 지나갔다.

파앙!

짧은 파공음이 일었다. 미약한, 귀를 기울이지 않으면 결코 들을 수 없을 것처럼 작은.

모용명은 검을 휘두르던 자세 그대로 굳어 버렸다.

턱.

청명이 검을 회수해 검집 안에 밀어 넣었다. 그와 동시에 모용명의 몸이 바닥으로 털썩 쓰러졌다. 몸에는 단 하나의 상처조차 남지 않았지만, 쓰러지기도 전에 모용명은 이미 의식을 잃은 상태였다.

쓰러진 모용명과 홀로 서 있는 청명.

싸늘한 침묵이 비무대 위를 채웠다.

일 검. 단 일 검이었다. 그 충격적인 광경에, 집중하지 못하던 이들이 뒤늦게 혼비백산하여 비무대를 바라보았다.

"……일 검이라고?"

"세상에……."

이건 천하비무대회의 사 강이다. 그런데 어떻게 이런 말도 안 되는 결과가 나올 수 있단 말인가?

관중 모두의 경악 어린 시선을 받으며 청명은 천천히 단상 위를 보았다.

정확히는 그곳에 있는 법정을. 늘 평정을 잃지 않던 법정의 눈에 경악이 어리는 것이 똑똑히 보였다.

"우승?"

웃기고 자빠졌네. 청명이 씨익 웃었다.

"소림이고 나발이고. 남 기분 내는 거 뒤엎는 게 내 특기거든."

그쪽이 잘 차려 놓은 밥상, 내가 통째로 꿀꺽 삼켜 준다. 그럼 저 얼굴이 대체 어떤 표정으로 뒤덮일지 벌써부터 궁금해지지 않는가? 이건 성격이 나쁜 게 아니다.

- 맞는데?

아, 이럴 때만 자꾸 나오지 말라니까, 이 양반아!

청명이 낄낄대며 비무대를 내려갔다. 가라앉은 법정의 시선이 그런 청명의 등에서 떨어질 줄 몰랐다.

천하비무대회. 그 길고 길었던 대회는 소림과 화산의 결승으로 마무리되게 되었다.

수백 년간 강호의 북두로 불려 온 소림.

구파에서 퇴출당하고도 기적같이 부활한 화산.
수많은 것이 얽혀 든 비무 대회는 이제 단 한 번의 승부만을 남겨 두고 있었다.

◆◈◆

"결승이다."
"미친. 진짜 결승이네."
"……아니, 생각해 보면 너무 당연한 일이기는 한데……."
화산의 제자들은 구석에서 꾸벅꾸벅 졸고 있는 청명을 보며 고개를 내저었다.
"진짜 인간 같지 않은 놈이라니까."
생각해 보면 이 대회 이전에 우승을 노리니 어쩌니 하던 이들은 모두 떨어졌다.
남궁세가의 남궁도위는 청명의 손에 개박살이 났고, 종남의 진금룡은 심지어 백천에게 패배해 탈락했다. 무당은 나름 좋은 성적을 내긴 했지만 결국은 팔 강을 넘지 못했고, 많은 기대를 받았던 팽가조차 유이설에게 패하며 그 체면을 구겼다.
대체로 비무 대회는 이런 식이다. 강자라고 평가받는 이들이 무난하게 올라가고 우승한다면 누가 비무 대회에 관심을 가지겠는가. 비무 대회란 언제나 이변과 새로운 강자의 출현을 동반하기 마련이다. 그러니 강호인들이 모두 여기에 열광하는 것이다.
결국 비무 대회의 마지막에 남은 것은 천하제일 후기지수라 불리면서도 미묘한 저평가를 받아 온 청명과 비무 대회 이전까지는 무명이나 다름없었던 혜연이다. 대체 누가 이런 결과를 상상했겠는가?

"진짜 괴물 같은 놈이야."

"한 번씩 난 저게 정말 사람인가 싶다."

화산의 제자들이 진저리를 쳐 대었지만, 의외로 얼굴은 모두 뿌듯함으로 가득 차 있었다.

왜 그렇지 않겠는가? 화산의 괴물이 천하의 괴물이 되고 있는데.

"세상 사람들도 한 번씩 당해 봐야 해."

"그래야 우리 심정을 조금이라도 알겠지."

그 대화를 듣던 백천이 피식 웃었다. 하지만 백천의 마음 역시 그리 다르지 않았다.

'진짜 이걸 해내는구나.'

당연하다고 생각했던 것을 정말로 당연하게 해내기란 의외로 쉽지 않다. 하지만 청명은 지금 이 순간까지 별다른 위기도 없이 그 모든 것을 해내어 마침내 결승까지 섰다.

그사이 얼마나 많은 것이 달라졌는가? 소림에 입성하기 전까지는 몰락한 문파 취급밖에 받지 못했던 화산이다. 심지어 화종지회에서 종남을 꺾어 낸 실적을 가지고도 금첩도 아닌 은첩을 받았었다.

소림에 와서도 비무가 시작되기 전까지는 단 한 번도 좋은 성적을 낼 거라는 기대나 우호적인 시선을 받은 적이 없었다. 하지만 지금은 천하의 모든 문파가 화산을 주목하고 있다.

전각 앞에는 이 순간에도 선물이 그득그득 쌓이고 있고, 길을 걸으면 화산의 무복을 알아본 이들이 흠모의 시선을 보냈다. 도무지 익숙하지 않은 그 시선에 겸연쩍을 때도 있지만, 솔직히 으쓱할 때가 더 많은 게 사실이다.

'명성이라는 걸 얻었다는 것 하나만으로 이렇게까지 달라지는구나.'

어째서 강호인들이 그 작은 명성을 위해 칼부림까지 하는지 이해할 수 있을 것 같았다. 강호에서 명성이란 그저 어깨를 으쓱하게 만들어 주는 요소가 아니다. 명성이 발언권을 가져오고, 상대의 양보를 이끌어 낸다.

그들이 이곳에 왔을 때 소림이라는 이름에 눌렸던 것처럼, 이제 화산을 보는 이들도 화산이라는 이름에 중압감을 느끼고 있다.

"사매. 몸은 좀 괜찮으냐?"

백천의 물음에 유이설이 슬쩍 고개를 끄덕였다.

"괜찮아요."

옷자락 아래로 칭칭 감긴 붕대가 보였지만, 유이설은 대수롭지 않다는 듯 담담해 보였다. 하지만 당소소는 그 대답에 적잖은 불만이 있는 모양이었다.

"괜찮기는요! 의원이 한 달은 정양에 들어야 한다 했단 말이에요!"

"돌팔이."

"소림의 의약당주잖아요!"

"머리 없는 돌팔이."

"……."

어……. 혹시 이설 사고가…… 혜연과의 비무 이후로 소림에 미묘한 악감정을 가지게 되신 걸까?

당소소가 내심 의심하는 사이, 백천이 고개를 주억거리며 말했다.

"괜찮다면 다행이지만, 무리하지는 말거라. 부상은 완벽하게 치료하는 게 중요하다. 잠깐의 답답함을 참지 못하면 오랜 시간 고생하게 된다. 그게 네가 원하는 바는 아니겠지."

"명심할게요."

"그래."

그 말을 끝으로 백천이 자리에서 일어났다.

"다들 잠깐."

전각에 모여 있던 모두가 고개를 들어 그를 바라보았다. 시선이 쏠리자 그는 진중하게 입을 열었다.

"모두 고생 많았다."

부드럽지만 힘이 실린 목소리였다.

"이건 결승이 끝나고 해야 할 말일지도 모른다. 하지만 우승을 하건, 하지 못하건 이 말은 미리 해 두는 게 좋을 것 같구나. 다들 정말 고생이 많았다."

"아닙니다, 사형."

"사숙께서도 고생하셨습니다!"

"그래."

백천이 가볍게 웃고는 말을 이어 갔다.

"우리는 이곳에 와서 많은 것을 얻었다. 아직 결승이 남았지만, 결승의 결과는 중요하지 않다. 중요한 것은 우리가 이 대회를 통해 무엇을 배웠는가다. 정진하자. 이곳에서 얻은 것을 바탕으로 우리가 더 강해질 수 있다면 화산은 정말 과거의 영광을 되찾을 수 있을 것이다."

"예!"

"명심하겠습니다."

화산의 제자들이 결연한 얼굴로 고개를 끄덕였다. 그때 마침 아래층으로 내려오던 현종과 장로들이 발걸음을 멈추었다. 그리고 슬며시 다시 위층으로 올라가 속삭였다.

"굳이 저희가 말을 할 필요가 없어 보입니다."

화산은 화산의 길을 간다 181

"그렇구나."

현종이 빙그레 웃었다.

'성장했구나.'

물론 과거에도 화산의 제자들에게는 의욕이 있었다. 하지만 지금처럼 자신이 나아가야 할 곳을 똑바로 보고 걷는 느낌은 아니었다.

현종의 가슴에 훈풍이 불어왔다. 이 대회를 통해 저들은 한층 더 성장했다. 이제는 위에서 굳이 잡아끌지 않아도 스스로 자신의 길을 찾아 걷기 시작한 것이다. 그는 슬쩍 눈가를 훔쳤다.

'여한이 없구나.'

되찾고 노력하였으며, 이제는 증명했다. 화산의 선조들이 하늘에서 지켜보고 있다면 다들 웃으며 잘했다고 칭찬하지 않겠는가. 그러니 이제는 뿌듯한 마음으로…….

"뭐래?"

그 순간 산통을 대번에 깨는 소리가 들려왔다.

"……."

더없이 따뜻한 눈으로 서로를 도닥이던 장로들이 떨떠름한 눈으로 아래쪽을 내려다보았다.

"뭐? 우승을 하건, 하지 못하건? 하지 못하거어어언?"

뿔이 난 청명의 목소리를 듣는 순간 장로들은 다시 서로를 보며 푸근하게 웃었다.

"……그러고 보니 서류 정리가 덜 끝난 것 같은데."

"아, 마침 나도 할 일이 있다."

"으음. 그러고 보니 나도."

현종과 장로들은 슬쩍 시선을 교환한 뒤 약속이라도 한 듯 슬금슬금

계단에서 멀어져 저마다의 방으로 향했다.

'미안하다, 애들아.'

안타까움이 여실히 묻어나는 현종의 시선이 아래쪽으로 향했지만, 그의 다리는 단호하고 재빠르게 방으로 향하고 있었다. 아래층에서는 어느새 잠에서 깬 청명이 눈을 부라리고 있었다.

"어디 말 같지도 않은 소리를 정성껏 하고 있어?! 여기까지 왔으면 무슨 수를 써서라도 우승해야지! 죽 쒀서 개 줄 일 있어?"

백천은 청명을 보며 가만히 웃었다. 이 대회에서 화산의 많은 것이 바뀌었다. 처음 이곳에 들어왔을 때와 비한다면 모든 것이 달라졌다고 해도 과언이 아닐 만큼.

'하지만 저 인성만은 조금도 달라진 게 없구나.'

이쯤 되면 인성계의 상록수라고 봐도 될 정도다. 문제는 그 일관성이 초지일관 나쁜 방향으로 향해 있다는 정도겠지.

"청명아."

"뭐?"

"네 우승을 의심하는 건 아니다만, 내가 하고 싶은 말은 우승하지 못한다고 해도 우리가 잃을 게 그리 없다는 거다. 준우승도 훌륭한 업적이 아니더냐. 우리는 네게 부담을 주고 싶지 않……."

"뭔 말 같지도 않은 소리를 길게도 하나 했더니."

"……으응?"

청명이 눈을 희번덕댔다.

"세상은 이 등 같은 건 기억하지 않아! 오히려 일 등만을 기억하지! 화종지회에서 이 등 한 종남이 무슨 꼴을 당했는지 잊지는 않았겠지?"

"……그걸 이 등이라고 해야 하나?"

참가자가 둘인데?
"여하튼 이 등은 의미가 없어! 이렇게 된 이상 무조건 우승이다. 세상 사람들은 이 등은 꼴찌나 다름없다 생각한다고!"

강호의 만년 이 등인 무당의 장문인, 허도진인이 들으면 목덜미를 잡고 넘어갈 만한 말을 아무렇지도 않게 하는 청명이었다.

"그리고!"

"응?"

"저 땡중 놈들이 우승하면 보나 마나 재수 없게 웃으면서 '훌륭하셨습니다.'라고 지껄여 댈 건데, 나는 그 꼴 못 봐. 그 꼴 보느니 눈을 뽑고 말지!"

백천이 사형제들을 돌아보았다. 모두가 '그럼 그렇지.' 하는 듯한 얼굴로 청명을 향해 웃음을 보이고 있었다. 낮게 헛기침을 한 백천이 청명을 똑바로 바라보며 입을 열었다.

"그럼 묻겠는데."

"응?"

"너는 우승할 자신이 있냐?"

"……."

청명의 미간이 살짝 좁아졌다.

"저기, 사숙."

"응?"

"지금 뭔가 착각하는 모양인데……."

그러곤 헝클어진 머리를 거칠게 쓸어 올리며 말했다.

"여기서 우승한다고 뭔가 대단한 걸 이뤘다고 생각하는 건 아니겠지?"

"……."

"이건 그냥 말 그대로 후기지수 비무 대회에 불과해. 각 문파의 진정한 전력은 일대제자와 장로들이야. 우리가 여기서 우승한다고 해도 명성을 가져올 뿐 아직 구파의 말석에도 못 들어."

백천이 입을 닫았다. 청명의 냉정한 말이 그를 단박에 현실로 끌어내렸다.

"후기지수가 가장 강하다? 그건 훗날에 문파가 강해질 가능성이 있다는 것뿐이지, 미래를 보장해 주지는 못해. 이건 그냥 거쳐 가는 과정일 뿐이야. 이 대회를 바탕으로 사숙, 사형들이 더욱 강해지지 못한다면 나중에는 오히려 비웃음거리가 될걸?"

느슨하게 풀렸던 실이 바짝 조여지는 느낌이었다.

"이 대회는 화산의 시작점일 뿐이야. 나는 밥상에 올라온 건 단 하나도 놓치지 않는 사람이니까, 모조리 챙기고 더 높은 곳으로 올라갈 거야."

"······그렇지. 밥상 아래에 있는 술병도 놓치지 않겠지."

"헤헤. 그렇다고 그렇게 칭찬하면 조금 쑥스러운데."

"칭찬 아니다, 인마."

진심으로 쑥스러워하는 듯한 청명의 모습에 백천은 피식 웃고 말았다.

"그래. 이건 그저 과정일 뿐이지."

해야 할 일이 넘쳐 난다.

그들의 소망은 화산을 천하제일문파로 만드는 것. 그렇다면 이건 이제 겨우 시작점에 지나지 않는다.

'하지만······.'

백천은 가슴속에 싹튼 하나의 불안을 지울 수가 없었다.

'청명이 정말 혜연을 이길 수 있을까?'

이전이었다면 절대 이런 의심을 품지 않았을 것이다. 청명은 괴물이니까. 너무도 강하니까. 하지만 혜연의 무상대능력을 보고 나니 근본적인 의문이 하나 생겼다.

'화산의 무학으로 정말 소림의 칠십이종절예를 감당할 수 있나?'

이건 사람의 강함과는 별개의 문제다. 한 사람은 긴 장검을 들고, 다른 사람은 짧은 종이칼을 들었다고 가정해 보자. 이 경우, 실력과 관계없이 승패가 결정 나 버릴 것이다.

아무리 청명이 강하다고 한들, 소림의 무학이 화산의 무학을 능가한다면 혜연에게 패할 가능성도 분명 존재하지 않겠는가.

백천의 뇌리에 유이설의 검기가 혜연의 무상대능력 앞에 눈처럼 녹아내리던 광경이 다시 떠올랐다.

"청명아, 이건……."

벌컥!

그때였다. 문이 과격하게 열리더니 백상이 사색이 된 얼굴로 뛰어 들어왔다. 혼이 나간 것처럼 주변을 두리번거리던 그는 백천을 발견하고는 귀신이라도 본 것처럼 소리쳤다.

"사, 사형!"

무언가 심상치 않음을 느낀 백천이 표정을 굳혔다.

"무슨 일이냐?"

"소, 손님! 손님이 오셨습니다!"

"응?"

백천이 고개를 갸웃했다. 귀신이라도 본 것처럼 문을 박차고 들어오더니 겨우 손님이 왔다니. 대체 그 손님이 누구기에 저리 호들갑을 떤다는 말인가?

"누구?"

"그, 그게……."

그 순간, 활짝 열린 문을 통해 두 사람이 천천히 들어섰다. 그들의 면면을 확인한 백천은 그만 입을 쩍 벌리고 말았다.

"바, 방장?"

그의 눈이 틀리지 않았다면 지금 문을 열고 들어온 이는 소림의 방장인 법정이다. 그리고…….

"혜연?"

그 옆에 선 이는 분명 혜연이었다. 청명 역시 눈을 살짝 크게 치떴다.

얼레? 여기서 니들이 갑자기 왜 나오지? 으응?

들어선 두 사람을 멍하니 바라보던 백천이 불현듯 정신을 차리고 황급히 포권했다.

"바, 방장을 뵙습니다!"

덕분에 퍼뜩 정신이 든 다른 화산의 제자들 역시 일제히 포권을 했다.

"방장을 뵙습니다."

법정이 빙그레 미소를 지었다.

"연락도 없이 갑작스레 찾아온 무례를 이해해 주시기 바랍니다."

"무례라니요! 당치도 않습니다."

백천의 손바닥이 땀으로 젖어 들기 시작했다. 이건 그냥 예의상 하는 말이 아니다. 소림의 방장은 강호의 누구나 한 번쯤은 만나고 싶어 하는 이가 아니던가.

그런 이가 직접 발걸음을 해 주었으니 영광이면 영광이지, 실례가 될 수는 없었다.

"그런데 어쩐 일로 오셨는지……."

백천의 조심스러운 물음에 법정이 살짝 웃으며 답했다.

"물론 용건이야 있습니다만, 여기에서 할 말은 아닌 것 같습니다. 장문인께서는 안에 계시온지?"

백천이 화들짝 놀라 고개를 끄덕였다.

"아, 죄송합니다. 진즉에 장문인께 먼저 말씀을 드렸어야 했는데……. 백상아! 빨리 장문인께 소림의 방장께서 방문하셨다고 전하거라, 어서!"

"예, 사형!"

백상이 전력으로 질주해 이 층으로 달려갔다. 남은 이들은 대체 소림 방장을 어떻게 대해야 할지 갈피를 잡지 못하고 어정쩡하게 서 있었다. 그때 방장의 시선이 한쪽으로 향했다.

"그래."

그는 빙그레 웃으며 청명과 눈을 마주쳤다.

"결승 준비는 잘되어 가고 있소이까, 화산신룡?"

청명이 그 말을 듣고는 피식 웃었다.

"딱히 준비할 게 있나요? 어차피 싸움박질인데."

"싸움박질이라."

법정은 그 대답이 마음에 든다는 듯 가만히 고개를 끄덕였다.

"그렇지. 그저 싸움박질일 뿐이지. 그걸 혜연도 알아야 할 텐데 말입니다."

"음?"

청명이 막 반문하려는 순간 백상이 부리나케 뛰어왔다.

"이 층으로 드시지요. 제가 안내해 드리겠습니다! 청명아, 너도 따라오너라. 장문인께서 함께 오라 하셨다."

"네."

청명이 스스럼없이 몸을 일으켰다.
"이리 오시지요."
"감사하외다."
법정이 웃으며 백상을 따라 이 층으로 올라갔다. 법정과 혜연, 그리고 청명이 완전히 모습을 감추자 남겨진 화산의 제자들이 서로의 얼굴을 마주 보았다.
"왜 온 거래?"
"……글쎄."
모두가 꿀 먹은 사람처럼 네 사람이 올라간 이 층을 하염없이 바라보았다.

"어서 오십시오, 방장."
"환대에 감사드립니다."
"허허허. 거참 입장이 곤란합니다. 주인 된 입장으로 객을 받아야 할지, 객의 입장에서 주인을 받아야 할지."
현종의 말에 법정이 빙그레 미소를 지어 보였다.
"이곳이 소림이라고는 하나, 이 전각을 화산에 내어 드린 이상 제가 객이라고 할 수 있지요."
"과연."
"그러니 대접 한번 받아야 하지 않겠습니까?"
"그럼 어디 곡차라도 조금 내어 와 볼까요?"
"곡차가 있습니까?"
"농입니다. 농이에요."
"으음. 그것 아쉽군요. 농이 아니면 좋았을 것을."

"하하하하. 방장께서 그런 말씀을 하시니 이거 참 색다릅니다. 하하하하."

유들유들하게 말하는 현종을 보며 청명은 흐뭇하게 웃었다.

'땀이나 좀 닦고 웃지.'

말은 잘하고 있지만, 긴장으로 어색하게 굳은 얼굴과 이마에는 땀이 송골송골 맺혀 있었다. 정말 안쓰러울 정도로.

하지만 청명은 그런 현종을 한심하게 볼 수는 없었다. 소림의 방장과 독대하는 자리는 천하의 누구라도 힘겹고 부담스러울 테니까.

"크흠."

청명이 슬쩍 헛기침했다. 그가 여기에 있으니 그리 긴장하지 말라는 의미였다. 그러자 현종이 슬쩍 고개를 들어 청명을 바라보았다. 구겨져 있던 얼굴이 그제야 살짝 풀렸다.

"그런데."

이대로 현종에게 맡겨 두었다가는 죽도 밥도 안 되겠다 싶었던 청명은 결국 먼저 입을 열었다.

"웬일이세요?"

법정의 시선이 청명에게로 향했다.

"그야, 결승을 앞두고……."

"곧 박 터지게 싸울 사이에 친분이나 나누자고 오신 건 아닌 것 같고. 그렇죠?"

법정은 말없이 청명을 보며 미소 지었다.

'생각 이상으로 당돌하구나.'

그의 시선이 청명을 관조했다. 화산의 장문인인 현종조차도 그를 앞에 두고는 긴장한 기색을 숨기지 못하고 있다. 하지만 청명은 그와 혜연을 앞에 두고도 긴장하지 않았다. 아니, 오히려 조금 지루하다는 기색마저 내보이고 있었다.

대범한 것인가, 아니면 생각이 없는 것인가?

'어느 쪽도 아니다.'

위화감이 들었다. 그럴 리가 없을 텐데도 청명이 하는 행동을 보고 있자면, 강호에서 굴러먹을 대로 굴러먹은 노고수를 대하는 기분이 들었다.

'아니, 그보다 더한가?'

그럴 리가 없다. 당연히 그럴 리는 없겠지.

법정은 자신의 감각을 무척이나 신뢰하는 사람이다. 때로는 이치를 따져 묻는 것보다 번뜩이는 육감이 더 많은 것을 전해 줄 때가 있다고 믿었다. 하지만 이번만은 그의 육감이 말하는 것을 전적으로 받아들일 수가 없었다.

'선대를 대하는 느낌이라니.'

닮았다. 세상사에 초연한 듯하면서도 미묘하게 집착을 보이는 모습이나, 남들이 보는 시선을 조금도 신경 쓰지 않는 점 따위가. 그리고 중간중간 슬쩍슬쩍 던지는 별것 아닌 말이 미묘하게 핵심을 짚고 있는 것까지도.

이제는 일선에서 물러난 소림의 태상장로들을 대할 때 가끔씩 받던 느낌이다. 그런 감각이 이 어린 검수에게서 느껴진다는 것이 참으로 기이하지 않은가. 물론 법정은 그런 속내를 조금도 드러내지 않았다.

"화산신룡이 그리 말하니, 내 더는 너스레를 떨 수 없겠구려. 물론 소승이 이곳을 찾아온 데에는 명백한 이유가 있습니다."

그리고 고개를 들어 현종을 똑바로 바라보았다.

"장문인."

"말씀하시지요, 방장."

"장문인께서는 당금의 강호를 어찌 보십니까?"

"어찌 보냐 물으시면……."

법정이 묵직한 음성으로 말을 이어 갔다.

"이번 비무 대회에서 무엇을 느끼셨습니까?"

현종이 눈을 가늘게 떴다. 그가 무슨 말을 하려는지 짐작하기가 어려웠다. 현종의 얼굴을 잠깐 살핀 법정은 나지막이 한숨을 내쉬었다.

"본디 이 비무 대회는 문파 간의 화합을 위해 마련된 자리입니다. 하지만 이제 결승을 앞에 두고 있건만 비무 대회의 목적은 조금도 이루지 못했습니다. 문파 간의 알력은 오히려 더 심해졌고, 서로를 견제하는 움직임만 늘어나고 있습니다."

"……으음."

"불온한 움직임이 발견되고, 새외가 들끓기 시작한 상황입니다. 구파일방과 오대세가가 서로 화합하지 못한다면 우리는 다시 그 끔찍한 전쟁을 겪어야 할지도 모릅니다."

현종이 무겁게 고개를 끄덕였다. 그리고 우려를 거두지 않은 얼굴로 입을 열었다.

"한데 그 말씀을 제게 하시는 이유가 무엇입니까?"

"아미타불. 화합은 반드시 필요합니다."

법정의 눈빛이 빛난다.

"하지만 그게 자발적으로 이뤄지지 않는다면 강제적으로라도 이뤄야 합니다. 그러기 위해서 화산이 필요합니다."

"……저희가 말입니까?"

"예."

"아니……. 화산이 뭐라고……."

당황하는 현종을 보며 법정이 미묘하게 웃었다.

"장문인. 화산이 가지는 의미는 장문인께서 생각하시는 그 이상입니다."

"……으음."

"이번 대회에서 화산은 천하에 그 실력을 증명했습니다."

"하나 겨우 후기지수의 활약이 아닙니까?"

"후기지수는 문파의 미래입니다. 다시 말하자면 이 대회에서 두각을 드러낸 문파들이 향후 강호를 선도해 갈 확률이 높다는 뜻이지요. 화산은 사 강에 둘을 올렸을 뿐 아니라, 탈락한 제자들 하나하나 실력이 녹록지 않음을 증명하지 않았습니까. 이제 천하의 어떤 문파도 화산을 무시할 수는 없을 겁니다."

현종은 굳이 찾아와 이런 말을 늘어놓는 법정의 의도를 짐작해 보려 애썼다. 하나 노승의 얼굴에는 그 어떤 속내도 떠올라 있지 않았다.

"그러니 소림을 도와주십시오, 장문인. 화산이 소림을 도와주신다면 소림은 강호를 진정한 화합의 장으로 이끌 수 있습니다."

청명이 눈을 가늘게 떴다.

'그러니까 소림 밑으로 들어오라?'

이 화상 보소. 얼굴은 순진하게 생겨선, 아주 정치질이 환관 뺨치시는데?

현종이 갑작스런 제안에 대한 뾰족한 답을 찾지 못하여 침묵하는 사이, 청명이 슬쩍 선수를 쳤다.

"그런데요."

"음."

법정이 고개를 돌려 청명을 바라보았다.

"도움이라는 건 일방적일 수 없는 거죠. 서로 도와야 의미가 있지 않나요?"

"아미타불. 소도장의 말이 타당하네."

"그럼 소림은 뭘로 화산을 돕는다는 거죠? 저희는 받을 게 없어 보이는데요?"

그 당돌한 질문에 법정은 묘한 눈빛으로 그를 보았다.

"글쎄. 그게 나도 고민일세. 무엇을 도와야 할까. 흐음. 이건 어떤가?"

"……?"

"예를 들면……."

법정의 입꼬리가 슬쩍 말려 올라갔다.

"화산의 구파 복귀를 소림이 전폭적으로 지지하는 것은?"

현종의 몸이 벼락이라도 맞은 것처럼 크게 움찔했다.

"구, 구파 복귀라 하셨습니까?"

법정이 고개를 끄덕였다.

"그렇습니다."

현종의 눈이 찢어질 듯 커졌다. 물론 이 이야기가 그리 생소한 것은 아니다. 현종 역시 이대로만 간다면 충분히 가능성이 있을 거라 내심 생각해 왔으니까.

하나 그 말이 소림의 방장의 입에서 나오면 또 이야기가 다르다. 거기에 그냥 지지도 아니고 '전폭적인 지지'라는 말이 붙지 않았는가.

지금 앞에 앉아 있는 이는 다름 아닌 소림의 방장이다. 강호에서 소림이, 그리고 소림의 방장이 전폭적으로 지지하여 이뤄지지 않을 일이 대체 무엇이 있겠는가? 이건 화산이 구파일방에 다시 복귀할 수 있다는 확약이나 다름없었다.

"어찌하여 그런 약속을……."

"장문인."

법정이 사람 좋게 웃었다.

"저는 화산의 가능성을 무척이나 높게 평가하고 있습니다. 하나 그렇기에 우려를 금할 수 없습니다. 제가 있고 장문인이 있는 시대에는 소림과 화산이 서로 화합할 수 있을 겁니다. 그러나……."

그는 말을 잠깐 멈추며 혜연과 청명을 번갈아 바라보았다. 그러고는 무거운 목소리로 말했다.

"후대에는 반드시 그럴 수 있다는 보장이 없습니다."

"……."

현종은 법정의 시선이 청명에게 향했던 것을 놓치지 않았다.

'후대?'

그들이 죽고 난 직후를 의미하지 않을 것이다. 이런 자리에 굳이 혜연을 대동했다. 즉 후대라 함은 혜연이 소림의 전권을 잡을 그 날을 의미하는 것이 분명하다. 혜연이 소림의 방장이 될 때라면 화산은 당연히…….

'아니지! 아니지!'

현종은 속으로 몰래 진저리를 쳤다. 물론 청명은 굴러 들어온 복덩이고, 화산을 등에 이고 미친 듯 폭주하는 우마 같은 녀석이다. 하지만 도무지 저놈에게 화산의 장문인 자리를 넘길 엄두는 나지 않는다.

장문인은 아니겠지, 장문인은. 백천도 있고 윤종도 있으니까. 하지만 누가 장문인이 되든, 청명이 살아서 화산에 있는 한 화산의 실권자가 누구일지는 짐작하기 어려운 일이 아니다.

여하튼 그리하여 혜연의 소림과 청명의 화산이 양립하는 세상이 온다면?

'화합은 얼어 뒈질.'

기이할 정도로 구파일방에 악감정을 표출하는 청명이다. 지금도 그럴진대 실권자가 된다면 오죽하겠는가? 화합이고 나발이고 당장 전쟁만 벌어지지 않아도 다행이겠지. 그제야 현종은 지금 법정이 무엇을 우려하는지 알 수 있었다.

"너무 멀리 보시는 게 아닙니까?"

"저희가 앉은 자리가 본디 그런 자리이지요."

그 단 한 문장에 소림의 장문인이라는 자리가 얼마나 무거운지 담겨 있었다.

"소림과 화산이 화합할 수 있다면 강호는 평온할 것입니다. 하지만 그러지 못한다면, 강호는 결국 다시 분열되겠지요."

"……."

"장문인. 현재의 상황이 꼭 좋은 것이 아닙니다. 구파일방의 관계에는 미묘한 금이 가 있고, 오대세가는 구파와 알력 다툼을 하고 있습니다. 일전에 말씀드린 불길한 일도 있고, 저 사파 세력들은 지금 이 순간도 힘을 키우고 있습니다."

나직하게 불호를 왼 법정은 진중한 눈빛으로 현종을 응시했다.

"난세란 이런 조짐에서 시작하는 것이지요."

"……난세라니."

현종이 입을 다물었다. 가벼운 논의라고 생각했건만 일이 점점 커지고 무거워지는 느낌이다. 그가 감당하기 어려울 만큼 말이다.

"그러니 생각해 주십시오. 화산에서 소림을 도와주신다면 소림 역시 화산을 전폭적으로 지원하겠습니다. 그렇게만 된다면 화산이 과거의 영광을 되찾는 건 그리 어려운 일이 아닐 겁니다."

물론 그럴 것이다. 저이는 소림의 방장이니까. 강호의 북두라 불리는 소림이 다른 문파를 대놓고 지원한다면 어떤 이들이 감히 반기를 들 수 있겠는가.

실로 달콤한 제안이었다. 하지만 세상에는 그 달콤함을 영 못마땅하게 여기는 이도 있기 마련이다.

"그런데요."

법정의 고개가 슬쩍 돌아갔다. 청명이 무표정한 얼굴로 그를 바라보고 있었다.

"그걸 왜 지금 말씀하시는 거죠?"

"으음?"

"아직 결승도 남아 있는데 말이죠."

법정은 예상한 질문이었다는 듯 순순히 대답해 주었다.

"결승이 벌어지고 승패가 갈려 버린다면, 같은 말이라도 그 의미가 달라지게 되네. 그러니 소림의 진의를 전하기 위해서라면 지금이어야 했지."

하지만 청명은 피식 웃었다.

"제 생각은 좀 다른데요."

"……음?"

그를 보는 법정의 눈이 일순 날카로워졌다. 청명이 심드렁하게 말했다.

"말은 좋지만 결국 따져 보면 화산더러 소림에 머리를 숙이고 들어오라는 뜻이잖아요. 그럼 구파일방이라는 감투를 던져 주겠다, 이거죠?"

"……."

법정의 얼굴이 슬쩍 굳어졌다. 어지간한 일로는 내심을 드러내지 않는 그가 당황을 숨기지 못할 만큼 당돌하기 짝이 없는 말이었다.

다 떠나서, 한 문파의 삼대제자가 감히 장문인들의 앞에서 꺼낼 만한 말은 아니다.

"소림은 달라진 게 없네요."

"……그게 무슨 의미인가?"

법정의 물음에 청명은 대답 대신 피식 웃기만 했다.

화합? 감투? 뭐, 다 좋다. 그리 나쁜 의도에서 한 말이 아닐 거란 건 청명도 잘 알고 있다. 하지만 오히려 그 점이 문제였다.

'이 새끼들은 지들이 당연히 강호를 이끈다고 생각한다니까.'

소림이기에 당연히 가지는 오만이다.

"일없으니 돌아가세요."

법정의 얼굴이 딱딱하게 굳었다.

"아미타불. 객으로 왔으니 웬만해선 내가 참으려 했다만, 그 말은 한낱 삼대제자가 할 수 있는 말이 아니다. 본 승은 지금 네 장문인과 협의를 하고 있는 중이……."

"그렇지는 않습니다."

그의 말을 자른 건 현종이었다. 조금 놀란 법정이 그를 바라보았다. 그는 이제까지와는 다른 표정으로 미소 짓고 있었다.

"화산의 소속이라면 누구나 화산을 대표할 수 있습니다. 저 아이의 의지가 곧 제 의지이고, 또한 화산의 의지입니다."

"……장문인."

말문이 막힌 법정은 잠깐 침묵했다. 그때 청명이 싸늘하게 입을 열었다.

"소림은 언제나 강호를 주도해 왔죠. 오십 년 전에도, 그리고 백 년 전에도."

백 년 전이라는 말이 나오자 법정의 얼굴이 차게 굳었다.

"그래서, 화산이 몰락해 망해 갈 때 소림은 뭘 했죠? 백 년 전, 화산의 의기에 감사한다던 그 소림은?"

"……아미타불."

"돌아가세요."

청명의 몸에서 무거운 기세가 흘러나오기 시작했다.

"화(和)를 말할 수 있는 건 자신의 의무를 다하고 진심을 보일 수 있는 이뿐이에요. 소림에게는 그럴 자격이 없어요."

"소도장!"

"방장께서 지키려 하는 것은 천하의 화합이 아니라 소림의 위치가 흔들리지 않는 평온한 강호겠죠. 뭐, 그게 나쁘다는 건 아니에요. 소림의 방장이신 이상 당연히 그러셔야겠죠. 하나."

청명의 눈빛에 한기가 돌았다.

"입으로만 말하는 화합에는 관심 없어요. 제멋대로 이용하면 이용하는 대로 당하다가 헌신짝처럼 버려지는 경험은 더 이상 필요 없거든요."

청명을 보는 법정의 얼굴에서 표정이 싹 사라져 있었다.

"화산은 천하를 생각하지 않겠다는 의미요?"

"네."

"……대체……."

"천하를 생각해 모든 걸 희생했던 화산에게, 천하는 대체 무엇을 해 줬죠?"

"……."

"이제 와 적당한 감투 하나 던져 주면 다시 말 잘 듣는 개처럼 달라붙을 거라 생각하셨나 본데…… 과히 순진하셨다고 말씀드리고 싶네요."

"구파일방에 오르지 못한 도전자가 어찌 되는지 알고 있소?"

"공격받겠죠."

청명이 피식 웃었다.

"그런데 그게 뭐 어때서요. 화산이 종남에게 두들겨 맞고 있을 때 누구 하나 말린 문파라도 있었나요?"

"그건……."

"똑똑히 알아 두세요."

그러고는 싸늘하게 입가를 굳히며 일갈했다.

"화산이 몰락했을 때 구파는 아무것도 돕지 않았죠. 화산이 다시 힘을 되찾을 때도 구파는 무엇 하나 도움 준 게 없었어요. 그러니 화산이 다시 천하를 웅비할 때도 구파의 도움 같은 건 필요 없어요."

"……."

"그 낡아 빠진 구파일방이라는 이름에 화산이 혹할 거라 생각하신다면 오해라고 대답해 드리죠. 화산은 그저 화산! 그 자체로 충분하니까."

그의 차갑고 투명한 눈동자가 법정을 압박했다.

'개 같은 놈들이.'

이딴 말은 수도 없이 들었다.

'화산이 있어 강호가 버티고 있다.'

'화산이 있어서 수많은 이들의 목숨을 구했다.'

의기. 그래, 의기. 그 엿 같은 의기 때문에 화산이 무슨 꼴을 당했던가. 그의 사형제들이, 그의 사질들이 십만대산의 정상에서 모조리 죽어 나갈 때, 이 개 같은 것들은 제 전력을 온존하고 미래의 희망을 남겼다.

백 년이 지난 지금 소림은 여전히 소림이고, 구파는 여전히 구파이건만 화산만은 몰락하여 그 이름조차 남기지 못할 뻔했다.

그런데 뭐? 화합?

청명의 손이 부들부들 떨렸다. 생각 같아서는 당장이라도 법정에게 달려들어 저 잘난 주둥이를 찢어 놓고 싶은 심정이다.

백 년이 지났음에도 이들은 여전히 화산을 마음대로 휘두를 수 있다고 믿고 있다.

그때는 알고 있음에도 당해 주었다. 누구 하나 나서서 이끌지 않으면 강호는 정말로 망할 위기에 처해 있었으니까. 희생이 크더라도, 그 후유증이 더없이 크다 해도 강호가 마교에 지배당하는 것보다는 백배 낫다고 생각했다.

– 알아주길 바라진 않는다. 그저 해야 할 것을 할 뿐이다. 청명아, 이익도 물론 중요하다. 하나 이익에 눈을 빼앗겨 해야 할 일을 도외시한다면 너는 제자들 앞에서 고개를 들 수 있겠느냐?

'사형이 틀렸어요.'

그 대가로 화산의 선인들은 정말로 제자들 앞에서 고개를 들지 못하게 되었다. 그리고 그 위선을 저지른 것들은 여전히 떵떵거리며 잘살고 있다.

인과응보? 하늘의 그물은 성기지만 조금도 빠뜨리지 않는다고(天網恢恢 疎而不失)?

개 같은 소리. 하늘은 아무것도 돕지 않는다. 인과응보를 만들어 내야 하는 건 사람이고, 죄인에게 벌을 주어야 하는 것 역시 사람이다.

청명은 인과응보 따위는 기다리지 않는다. 화산에 죄를 지은 이가 있다면 그가 직접 벌을 줄 것이고, 화산에 은혜를 베푼 이가 있다면 직접 그 은혜를 갚을 것이다.
 하늘이 하지 않는다면 그의 손으로 한다. 그게 청명이 화산을 지키는 방법이었다.
 "소도장은 지금 소도장의 말이 어떤 결과를 낳을지 알고 있소?"
 "협박인가요?"
 법정이 깊은 한숨을 내쉬었다. 그 얼굴이 얼핏 지쳐 보였다.
 "선의를 가지고 찾아온 이를 이리 핍박하는 것이 아니오."
 "선의?"
 청명이 피식 웃었다.
 "방장."
 "……."
 청명의 목소리가 으르렁거렸다. 흡사 상처 입은 늑대 같았다.
 "최소한의 선의라도 논하고 싶었다면, 제안을 할 게 아니라 사죄를 했어야 합니다."
 "……."
 "물론 억울할 수 있겠죠. 그건 방장이 저지른 잘못이 아니니까. 하나 그게 억울하다면 지금 소림의 이름으로 방장이 누리고 있는 것 역시 내어놓아야죠. 소림이 저지른 일로 얻은 영화는 고스란히 누리면서, 그 잘못에 대해선 나 몰라라 하는 것이 진정 소림의 방식입니까?"
 법정의 수염이 파르르 떨렸다.
 생각하지 않았던 것은 아니다. 하지만 언급하지 않을 거라 생각했다. 잘못을 지적하는 것 역시 힘 있는 이가 할 수 있는 일이니까. 화산에는 소림과 척을 져 가며 대립할 힘이 아직 없으리라 생각했다.
 하지만 이 어린 도사는 그에게 이를 드러냈다. 그것도 섬뜩하리만치 날카로운 이를.

"돌아가세요."

"……."

"소림이 재편하는 질서에 화산은 들어갈 생각이 없어요. 화산은 화산의 질서를 세울 겁니다."

"화산은 그럴 힘이 없소."

"그건 두고 봐야 아는 일이죠."

청명의 얼굴이 다시 평소의 심드렁한 표정으로 돌아갔다. 그는 법정의 옆에 앉은 혜연을 바라보며 말했다.

"그리고 내일은 그걸 증명하는 자리가 되겠죠."

파르르 떨리던 법정의 얼굴이 살짝 달아올랐다. 그는 고개를 획 돌려 현종을 바라보았다.

"이 아이의 방자한 말이 정말 화산의 입장이오, 장문인?"

현종은 그 질문이 퍽 난처하다는 듯 웃었다.

"그렇기야 하겠습니까? 치기 어리고, 감정적이고, 뒤를 보지 않는 말이지요."

"그럼……."

법정이 막 말을 받으려는 찰나, 현종이 조용한 목소리로 말을 이었다.

"한데 이 아이의 말에 틀린 것이 있습니까?"

"……."

그 조곤조곤한 말에 법정은 그만 할 말을 잃고 말았다.

"물론 저도 말리고 싶습니다. 그저 고개 한 번 숙이고 없던 일로 치면 얻을 것이 너무 많은데, 왜 방장의 뜻대로 하고 싶지 않겠습니까?"

현종이 빙그레 웃었다.

"하나, 방장. 방장이 소림의 장문이듯 저 역시 화산의 장문입니다. 화산의 장문인이 되어서 어린 제자에게 옳은 것을 억누르고 이익을 따르라고 말할 수 있겠습니까?"

"……"

"화산은 그저 화산일 뿐입니다. 구파일방에 들든, 들지 못하든 화산은 그저 화산이지요. 그런 감투가 뭐가 그리 중요하겠습니까. 화산은 화산의 길을 갈 뿐입니다."

법정은 떨리는 눈을 지그시 감았다. 이들과는 말이 통하지 않는다.

'이리 답답한 이들일 줄이야.'

적어도 실리를 알고 대계를 안다고 생각했건만, 사소한 과거의 원한에 집착하여 소림이 내민 손을 걷어차다니.

"……장문인의 뜻은 잘 알았습니다."

법정은 더 이상 미련을 두지 않고 자리에서 일어났다. 그러자 지금까지 그들의 대화를 말없이 듣고 있던 혜연도 가만히 일어섰다.

법정은 몸을 획 하니 돌리며 말했다.

"배웅은 괜찮습니다. 결승이 끝난 뒤 다시 한번 대화를 할 기회가 있을 겁니다."

"방장."

"그럼."

그러고는 홀연히 방을 빠져나가 버렸다. 하지만 법정과는 달리, 혜연은 걸음을 옮기지 않고 빤히 청명을 바라보고 있었다. 청명이 고개를 들어 그 시선을 마주했다.

"뭐?"

"……시주."

마침내 조곤조곤 입을 연 혜연의 시선은 다소 싸늘했다.

"시주가 잘못되었다 말하지는 않겠습니다. 모든 이는 자신만의 뜻이 있고 그 뜻을 논할 수 있는 법이지요. 하나."

혜연이 작게 반장 한다.

"그 뜻을 전함에 있어서는 예와 배려가 필요한 법입니다. 그리고 조금 전 시주에게는 그 예의가 없었습니다."

"……그래서?"

"무례는 오만에서 나오는 법이라 했습니다. 하여 저는 내일 시주의 오만함을 조금 눌러 주려 합니다."

"호오?"

이거, 내일 너를 개처럼 때려잡아 주겠다는 도발인가?

청명은 그런 혜연을 빤히 바라보았다. 언제나 소심하게 시선을 내리깔고 있던 혜연의 표정에서 숨길 수 없는 노기가 드러났다. 심지어 눈빛에는 명백한 적의마저 어려 있었다.

청명에게 화산이 그러하듯, 혜연에게도 소림은 더없이 중요한 곳일 터. 그런데 그 소중한 소림의 방장이 화산의 새파란 삼대제자에게 망신을 당했으니, 그 꼴이 혜연에게 어떤 감정을 주었을지는 쉬이 짐작할 수 있었다.

청명은 피식 웃었다.

"해 보시든가."

"아미타불!"

혜연은 강한 어조로 불호를 외고는 살짝 입술을 깨물었다. 그러더니 몸을 획 돌렸다.

"각오하고 나오시는 게 좋을 겁니다."

그 말을 끝으로 방을 나서려는 혜연을, 청명이 차가운 목소리로 불러 세웠다.

"어이."

그러자 혜연이 뒤를 돌아보았다.

"그 말 기억해 둬."

"뭘 말이오?"

"오만을 눌러 주겠다는 말."

"……."

"그 말 그대로 돌려줄 테니까."

그는 이윽고 입술을 꽉 깨문 채 밖으로 나갔다.

방 안에 덩그러니 남겨진 두 사람은 말없이 서로의 얼굴을 마주 보았다.

"……음."

청명이 슬쩍 현종의 눈치를 보다 머리를 긁적였다.

"장문인, 저는……."

"괜찮다."

"아니, 그게…… 열이 너무 올라서."

"괜찮다 하지 않았더냐."

뒤늦게 민망한 얼굴로 사과하려는 청명을 말리며 현종은 빙그레 웃었다.

"청명아."

"예, 장문인."

"나는 몰락하는 화산을 보며 한 가지를 절절하게 느꼈다. 그게 무엇인지 아느냐?"

"……잘 모르겠습니다."

"뜻을 관철하기 위해서는 힘이 있어야 한다. 힘이 없는 의기는 아무런 의미를 담지 못한다."

청명이 말없이 고개를 끄덕였다.

현종은 그런 그에게 진중하게 물었다.

"너는 그 힘을 증명할 수 있느냐? 우리의 뜻을 천하의 모든 이들에게 알리고, 관철할 수 있겠느냐?"

청명이 입꼬리를 씨익 끌어 올렸다.

"그건 제 특기죠."

실로 자신만만한 표정이었다. 현종은 가만히 웃었다.

"그래. 그걸로 됐다. 보여 주자꾸나. 화산은 더 이상 누구의 도움도 필요로 하지 않음을 말이다."

"예!"

의지 견정하게 고개를 끄덕이는 청명을 보며 현종은 지그시 눈을 감았다.

'청명아.'

이 아이의 저 슬픔은 어디에서 오는가? 이 아이의 저 분노는 또 어디에서 오는가? 알면 알수록 알 수 없는 아이다.

'언젠가는 말을 해 주겠지.'

언젠가는 청명이 자신의 속에 품은 슬픔을 이야기해 주는 날이 올 것이다.

그날이 오면, 화산에는 짙은 매화주의 향이 진동하겠지. 옅은 웃음과 아련한 슬픔을 담고.

· ❖ ·

창밖에서 햇살이 밀려들었다. 이른 새벽부터 일어나 침상에서 명상하던 청명은 얼굴을 간질이는 햇살을 느끼고야 눈을 떴다.

'오늘이로군.'

가만히 창밖을 보던 그는 손을 뻗어 침상 옆에 놓인 검을 들었다. 천천히 검을 뽑아 검면을 손끝으로 살짝 튕기자 맑은 소리가 울려 퍼졌다. 그는 기분 좋은 미소를 지으며 침상에서 몸을 일으켰다.

"자, 그럼 어디 가 볼까?"

재미있는 하루가 되겠지. 아주 재미있는.

청명은 세안을 마치고 의관을 정제했다. 평소에는 이런 것에 그리 신경 쓰지 않지만, 오늘은 모든 준비를 끝내는 데 평소보다 두 배의 시간이 걸렸다.

딱히 오늘을 경건히 준비해야 한다 생각한 건 아니지만, 왠지 그래야 할 것 같은 기분이었다.

모든 준비를 마친 청명은 천천히 아래층으로 내려갔다. 일 층에는 이미 모든 화산의 문도가 준비를 끝내고 그를 기다리고 있었다. 모두의 시선을 받은 청명이 어깨를 으쓱했다.

"일찍 나오셨네요."

그 천연덕스러운 말투를 들은 현영이 슬쩍 미소를 지었다.

'긴장될 만도 할 터인데.'

실력이 있다고 해서 긴장을 안 하는 건 아니다. 오히려 실력이 확고한 이들은 반드시 이뤄야 할 것이 있다고 생각하기에 평범한 이들보다 더 긴장하기도 한다. 하지만 청명의 얼굴은 평소와 그리 다를 것이 없었다.
"잘 잔 모양이구나."
"네. 푹 잤죠."
현영이 빙그레 웃으며 고개를 끄덕였다.
'녀석 참.'
저 천연덕스러운 표정을 보고 있으니 바짝 긴장했던 마음이 풀리는 느낌이었다. 다른 화산의 문도들도 같은 느낌을 받은 건지, 분위기가 순식간에 훈훈해졌다. 현종이 가만히 입을 열었다.
"청명아."
"예, 장문인."
"너는 이 말을 마음에 들어 하지 않겠지만, 나는 네게 굳이 우승을 바라지는 않는단다."
청명은 말없이 현종의 다음 말을 기다렸다.
"그저 이곳에 모인 이들에게 화산이 더는 무시받을 문파가 아님을 증명해 준다면, 나는 그걸로 족하단다."
청명은 빙그레 웃었다.
"그리될 겁니다, 장문인."
시원한 대답이었다. 현종은 그를 보며 마주 웃었다.
'기이한 일이지.'
사고뭉치. 언제나 화산을 소란스럽게 만드는 녀석. 하지만 이런 순간에는 어쩔 수 없이 가장 믿음직한 녀석이다.
"자, 그럼……."
현종이 모두를 돌아보았다. 결승에 오른 것은 청명이지만, 청명 홀로 이 상황을 만들어 낸 것은 아니다.

다른 화산의 제자들이 이토록 활약해 주지 못했다면, 청명이 결승에 올랐다 해도 그저 작은 파란 정도로 여겨졌을 것이다. 화산의 제자들이 좋은 성적을 거둬 준 덕분에 청명의 결승 진출이 화룡점정을 찍을 수 있었다.

이제 누구도 화산을 무시하지 못한다.

'화산은 강해졌다.'

살짝 눈을 감고 마음을 진정시킨 현종은 고개를 돌려 활짝 열린 전각의 문을 바라보았다.

"다들 어깨를 펴거라."

"예. 장문인."

"세상 사람들이 우리를 기다리고 있을 것이다. 너희의 동작 하나, 눈빛 하나까지도 잊지 않고 기억하려 할 것이다. 그러니 가자꾸나. 가서 보여 주자꾸나."

숨소리조차 들리지 않는다. 모두가 두 눈에 의지를 담고 현종을 바라보고 있었다. 그 반짝이는 눈빛들을 보며 현종은 자신도 모르게 웃고 말았다.

'결과 따위는 조금도 중요한 게 아니지.'

삼 년 전에는 이 아이들에게 이런 눈빛을 기대할 수 없었다. 하지만 이제는 아니다. 화산이 이 대회에서 얻은 가장 큰 성과는 명성도, 실리도 아닌 '자신감'.

"가자."

"예!"

현종을 필두로 화산의 제자들이 보무도 당당히 전각을 나섰다.

◆

 "아! 밀지 말라고!"
 "여기 안 밀리는 사람 어디 있어?! 유난 떨지 말고 그냥 참아!"
 "세상에. 사람이 이리 많이 모인 건 살다 살다 처음 보는군!"
 소림은 말 그대로 터져 나가고 있었다. 대회 내내 발 디딜 틈 없이 붐볐지만, 오늘은 결승이다 보니 평소보다 그 인원이 배로 많은 것 같았다. 그로도 모자라 아직도 소림으로 몰려드는 행렬이 끊이질 않았다.
 "역시나 우승은 소림의 혜연 아니겠는가. 나는 아직도 그가 보여 준 무상대능력을 잊을 수 없네. 정말 강렬했지!"
 그 말을 들은 이가 눈살을 찌푸리며 반박했다.
 "모르는 소리! 화산의 화산신룡은 사 강에서 단 일검만으로 승리를 거머쥐었네. 그리고 혜연은 화산의 제자에게 상처를 입지 않았던가? 사 강에 오른 이들의 수준을 고려한다면 저 화산신룡은 혜연보다 한 차원 위의 강자라고 봐야 하는 법이지!"
 "실력이라는 게 어디 그런 식으로 견주어진다던가? 직접 붙어 보기 전에는 알 수 없는 걸세!"
 "이런, 빌어먹을! 그 옹이구멍 같은 눈깔로 대체 뭘 보고 그런 말을 하나?"
 "뭐야, 이 자식아?"
 처음엔 점잖은 척 대화하던 이들이 감정이 격해지자 서로의 멱살을 틀어잡기 시작했다. 하지만 주변에선 말리기는커녕 찰나의 관심도 주지 않았다. 모두 결승이 언제 시작되는지에만 신경이 쏠려 있었다. 게다가 이미 곳곳에서 비슷한 일이 벌어지고 있으니, 딱히 특별할 것도 없었다.

소림의 분위기는 달아오르다 못해 과열되고 있었다. 이곳저곳에서 비무 대회 전반에 대한 평과 우승자 예측이 폭풍처럼 쏟아져 나왔다. 저마다의 논리와 근거로 제 주장을 늘어놓으며 모두가 마지막 비무 대회를 즐기고 있었다.

사람들이 바삐 도박 좌판에 판돈을 걸고, 먹을 것을 사고, 우승자를 예측하며 왁자지껄한 시간을 보내는 사이에 마침내 해가 중천에 올랐다. 소림이 미리 예고했던, 결승의 시간이 온 것이다.

떠나갈 듯 시끄러웠던 소림 경내가 점점 조용해지기 시작했다. 그리고······.

"소림이다!"

"소림이 온다!"

"우와아아아아아아아아!"

중인들의 시선이 순식간에 한곳으로 집중되었다. 저 멀리 전각 사이로 소림의 황포를 입은 이들이 위풍당당하게 걸어오고 있다. 그 무거운 기세를 온몸을 느낀 이들이 더욱더 열광하여 소리를 질러 댔다.

"역시 소림이다!"

"어차피 우승은 소림이 하게 되어 있어!"

"방장께서 직접 소림을 이끄신다!"

쏟아지는 환호성 속에서도 소림 문하들의 발걸음은 조금도 흐트러지지 않았다.

수많은 세월, 소림은 강호의 북두 자리를 태산같이 지켜 왔다. 그 오랜 시간 동안 어찌 그들에게 도전하는 이가 없었을 것이며, 어찌 부침이 없었겠는가.

하지만 소림은 그 모든 도전을 이겨 냈고, 그 모든 부침을 극복해 냈다. 그렇기에 강호의 모든 동도가 소림을 천하제일문파로 인정하고 존중하는 것이다.

소림을 바라보는 이들의 눈빛에는 신뢰가 어려 있었다. 화산의 도전이 거세기는 하지만, 오늘도 소림은 결국 승리를 쟁취할 것이다. 그리고 소림이 천하제일문파임을 다시 한번 세상에 각인시킬 것이다.

그 신뢰 어린 눈동자가 소림과 그들의 가운데서 걸어오고 있는 혜연에게로 향했다. 하나 이내 그 환호성은 또 다른 환호성 앞에 무색해져 버렸다.

"화산이다아아아아!"

"화산이 온다! 화산신룡이다!"

"화산! 천하제일검문이다!"

그 환호는 소림에게로 쏟아지던 것보다 훨씬 더 컸다.

당연하다면 당연한 일. 대부분의 사람들은 고정된 체계를 좋아하지 않는다. 언제나 새로운 변혁의 바람이 불어오기를 원한다. 설사 그 변혁이 끝끝내 이뤄지지 못한다고 해도, 새로운 물결을 만들어 내는 이들은 응원과 지지를 받기 마련이었다.

지금 이곳에서는 화산이 그 새로움의 상징이었다. 소림, 그리고 구파일방과 오대세가. 수백 년을 이어 온 강호의 체계를 상징하는 이들. 화산은 그 낡고 둔해진 체계에 도전하는 존재였다.

구파일방의 오랜 집권에 염증을 느낀 이들은 모두 화산에 환호했다. 강호라는 거대한 집단에서 구파일방과 오대세가는 겨우 한 줌에 불과하다. 그 한 줌에 속하지 못한 이들은 당연히 화산을 응원할 수밖에 없는 것이다.

"화산신룡! 소림을 쓰러뜨려 줘!"

"구파일방 놈들의 코를 납작하게 눌러 줘라!"

"저 빌어먹을 땡중 놈들을 쓸어 버려라!"

중앙에 위치한 비무대를 끼고, 좌우로 열린 길을 따라 소림과 화산이 천천히 걸어오고 있었다. 사방에서 그들을 향한 함성이 우레처럼 쏟아졌다.

윤종은 걸음을 옮기면서도 주변을 둘러보며 마른침을 삼켰다. 그의 걸음이 조금 둔해지자 조걸이 의아한 눈으로 물어 왔다.

"왜 그러십니까, 사형?"

"아니, 다름이 아니라……."

윤종은 어색하게 미소를 내보이며 말했다.

"이상하지 않으냐. 화산이 이토록 많은 이들에게 환호를 받다니."

"……."

조걸도 그 말에 입을 다물었다.

이상하다? 그래, 이상하지. 불과 몇 년 전만 하더라도 화산은 사람들의 기억에서 잊혀 가는 문파였다. 심지어 화산에 입문하여 검을 익히고 있던 윤종과 조걸조차도 화산이 다시 일어설 거란 희망 따윈 품지 않았었다. 그저 인연이 이끌었으니 그 인연을 지켜 나갈 생각이었을 뿐.

하지만 지금 화산은 천하가 주목하는 문파가 되었다. 이 쏟아지는 환호가 거짓말 같기만 했다.

'결국은 그때가 시작이었지.'

조걸은 청명이 처음 화산에 들어왔을 때의 모습을 떠올렸다. 그 작고 꾀죄죄하던 아이. 조걸의 방을 둘러보고 있던, 툭 치면 부러질 것 같았던 그 모습.

조걸은 이내 고개를 들어 앞에 선 청명의 등을 바라보았다. 그리 넓지 않은 등. 그렇지만 저 등이 지금 화산의 모두를 이끌고 있다.

이런 날이 오리라고 누가 상상이나 했을까? 저 청명이 이끄는 대로 따라가고자 결심했을 때도 여기까지 올 수 있을 거라고는 생각도 못 했는데.

"사형."

"음?"

"……아무것도 아닙니다."

"싱겁기는."

윤종은 가볍게 미소를 지었다. 조걸이 하고픈 말이 뭔지는 듣지 않아도 알고 있다. 하지만 그걸 말로 표현하는 건 쉽지 않을 것이다. 윤종 역시 격정이 가슴에 차올라 말을 잇기 힘드니까.

"사형. 청명이 놈은 대체 어디까지 갈까요?"

"……글쎄."

윤종이 다시금 청명을 바라보았다.

어디까지라……. 그건 누구도 알 수 없겠지. 하지만 단 한 가지만은 확신할 수 있다.

"청명이 놈이 어디까지 가든, 어떤 세상을 걷든, 그 옆에는 우리가 있을 것이다."

윤종의 말에 조걸이 가만히 고개를 끄덕였다.

그래. 그들뿐만 아니라 청명의 곁에는 화산이 함께할 것이다.

이윽고 비무대에 다다른 청명이 위를 올려다보았다. 옆에서 걷던 백천이 담담한 표정으로 입을 열었다.

"청명아."

"음?"

"지금 이 상황에서 할 말은 아닌 것 같긴 하지만……."
"뭔데?"
백천이 미묘한 미소를 지었다.
"나는 네게 얻어맞았던 그날부터 지금까지, 단 한 번도 너를 능가하는 놈이 있을 거라고 생각해 본 적 없다."
"……뭐래."
"그러니……."
백천이 무겁게 고개를 끄덕이며 나지막이 말했다.
"내 생각이 틀리지 않았다는 걸 증명하고 돌아와라."
청명이 뭐라 한 소리를 하려는데, 유이설이 뒤에서 저벅저벅 다가왔다. 그러더니 그의 머리를 향해 손을 뻗었다.
"엥?"
툭툭. 가볍게 청명의 머리를 두 번 두드린 그녀가 고개를 끄덕였다.
"이겨."
"…….'
윤종과 조걸도 다가와 청명의 어깨를 주물렀다.
"할 수 있다, 청명아."
"네가 지는 건 말이 안 되지!"
당소소와 백상, 염진을 비롯한 청자 배, 그리고 백자 배들까지도 모두 다가와 그의 어깨를 가볍게 두드렸다.
"이기고 와라."
"믿는다."
"네가 지는 건 상상도 안 된다. 당연히 이길 거다!"
그 모든 행동에, 청명은 어이없다는 듯 웃었다.

"아니, 이 양반들이……."

하지만 무안을 주려던 그는 이내 모두의 눈빛을 보고 입을 다물었다.

그저 믿음만 가득한 눈빛. 단 한 치도 흔들리지 않는, 신뢰의 눈빛. 그가 이런 눈빛을 받은 적이 있었던가?

"……."

물론 과거의 화산도 그를 신뢰했다. 그의 실력만은 그 누구도 의심하지 않았다. 하지만 이 눈빛들은 그때와 조금 다르다. 실력을 떠난 신뢰. 그들을 이끌어 가는 이에게 보내는, 존중이 가득 담긴 눈빛이다.

"……거참."

청명이 고개를 저었다.

"뭐, 별것도 아닌 걸로 유난 떨고 있어."

그리고 몸을 다시 슬쩍 돌려 비무대를 바라보았다.

"여기서 기다려."

그런 그의 옆얼굴에 화산 제자들의 눈이 고정되어 있었지만, 그는 더 이상 그들에게로 시선을 돌리지 않았다.

"돌아올 때는 화산이 최고가 되어 있을 테니까."

다만, 담담한 선언을 마지막으로 비무대를 향해 올곧게 걷기 시작했다.

'조금 이상한 기분이네.'

자꾸만 고개가 뒤를 향하려 했지만, 의식적으로 시선을 앞으로 고정했다. 지금은 뒤를 돌아볼 때가 아니니까.

'장문사형.'

때때로 그럴 때가 있었다. 청문이 홀로 앞서서 걸어갈 때가.

그럴 때면 화산의 누구도 그의 곁에 서려 하지 않았다. 뒤에 서서 이끄는 자의 등을 보는 것만으로 괜스레 힘이 나고 의지가 솟아나는 법이니까.

그리고 지금 화산의 제자들은 모두 청명의 등을 보고 있다. 과거 청문이 했던 역할을, 이젠 청명이 하고 있는 것이다.

무겁다. 그래서 이상하다. 온 천하의 기대를 받으며 마교와 싸울 때도 청명은 조금도 무거움을 느끼지 못했다. 물론 적은 더없이 강했고, 그의 능력에는 한계가 있었다. 하지만 그때 청명이 느꼈던 부담은 지금 그가 느끼는 무거움과 그 결이 다르다.

누군가의 신뢰를 받는다는 것. 그게 이토록 사람의 어깨를 무겁게 할 줄은 상상도 하지 못했다. 다만…….

'그것만은 아니야.'

밀어 준다. 저 신뢰 가득한 눈빛들이 청명의 등을 밀어 주고 있었다. 그러니 그에 보답해야겠지.

멈춰 선 청명이 앞을 응시했다. 혜연이 비무대로 올라오고 있었다. 청명의 입꼬리가 살짝 말려 올라갔다.

"목은 씻고 왔겠지, 문어 대가리?"

이제 세상을 뒤엎을 시간이다.

각 파의 장문인들이 모인 단상의 중앙은 허도진인이 차지했다. 본디 법정이 있어야 할 자리지만, 오늘은 법정과 현종 모두 단상에 오르지 않고 자파의 제자들과 함께하고 있었다.

"으음."

비무대를 바라보는 허도진인의 눈빛이 침중하게 가라앉았다.

"허허. 마침내 결승입니다."

"정말 훌륭한 기재들이 아닙니까? 누가 이기더라도 좋은 일이지요."

주변에서 나누는 대화에, 허도진인의 눈이 못마땅한 듯 가늘어졌다.

'좋은 일이라고?'

웃기는 소리. 둘 중 누가 이기더라도 구파일방에 좋은 일 따위는 벌어지지 않는다.

소림의 혜연이 우승을 한다면 소림의 지배 체제는 더욱 공고해질 것이고, 화산의 청명이 우승을 한다면 구파는 아래로부터 치고 올라오는 화산에 시달리게 될 것이다.

'이 승부가 향후 수십 년을 가를 것이다.'

결승에 오르지 못한 구파의 장문인들과 오대세가의 가주들은 대부분 후기지수 비무 대회에 불과하다며 이 승부의 의미를 평가절하하려 들었다. 하지만 허도진인은 그럴 수 없었다.

'그럴 리가 없지.'

소림의 혜연도, 화산의 청명도 결코 평범한 후기지수가 아니다. 혜연은 그 소림에서도 몇백 년에 한 번 나올 인재로 평가받고 있고, 청명 역시 마찬가지다. 냉정하게 말해, 저 두 사람이 강호를 쥐고 흔드는 날까지 그리 오래 남지 않았을 것이다.

그러므로 이 비무는 차후 강호 전체의 향방을 결정함과 동시에, 훗날의 천하제일인 후보 중 누가 더 그 자리에 근접해 있는가를 가리는 기회가 될 것이다. 이 의미를 어찌 작게 볼 수 있겠는가?

허도진인은 슬쩍 주변을 둘러보았다. 입으로는 평온한 말을 해 대고 있지만, 비무대를 바라보는 장문인들의 눈빛은 날카롭기 짝이 없었다. 이 승부의 결과로 어디에 줄을 댈지를 결정하겠다는 의미겠지.

그 눈빛의 의미를 파악한 허도진인은 묘한 미소를 지으며 비무대 앞에 앉아 있는 법정을 바라보았다.

'일이 생각대로 풀리지 않아 속상하시겠소, 방장.'

구파일방의 배제와 소림의 완전한 승리. 아마 그것이 법정이 이 비무대회를 시작하며 준비한 각본일 것이다. 물론 구파일방의 배제에는 성공했다 할 수 있다. 사 강에는 소림을 제외한 구파일방의 제자가 단 하나도 오르지 못했으니까. 하지만 완전한 승리는?

'이 비무의 결과에 따라 달라지겠지.'

혜연이 승리한다면 법정의 계획은 완벽해진다. 아니, 오히려 처음 짜 놓은 것 이상으로 화려하게 이루어질 것이다. 하지만 패한다면?

'오히려 이 상황을 만들어 내지 않은 것만 못해지겠지.'

다른 구파일방에게 패한다면 나름 체면치레라도 할 수 있다. 하지만 구파일방에서 쫓겨났던 화산에게 패해 우승을 내어 준다면 소림에 대한 책임론이 불거지기 시작할 것이다.

모든 화제를 끌어모았던 만큼 그에 대한 책임 역시 소림이 온전히 져야 한다. 만약 이 결승에서 패한다면, 소림은 얻는 것 하나 없이 많은 것을 잃게 될 것이다.

그래서일까, 저 법정의 표정이 그리 밝아 보이지 않는 것은?

허도진인의 시선이 비무대 위로 향했다. 청명과 혜연. 두 사람이 서로를 마주 보고 서 있었다.

'재미있구나.'

저 둘 중 누가 훗날의 강호를 대표하는 이가 될지 모르겠지만, 누가 되었든 후인들이 저들의 업적을 논할 때는 이 비무 대회부터 시작하게 될 것이다. 이곳에서 패한 이는 필연적으로 상대를 빛내 주는 악역이 되겠지.

"역사란 그런 것이니까."

그럼 둘 중 누가 화려한 양지로 나설 것인가?

조금은 즐기는 심정이 된 허도진인이 의자에 등을 깊게 기대었다.

주위가 고요해졌다. 처음에는 귀가 먹먹할 만큼 환호성이 쏟아졌지만, 두 사람의 대치가 길어질수록 그 소리가 점점 잦아들었다. 그리고 이내 이 많은 사람이 모여 있다고는 믿을 수 없을 만큼 조용해졌다.

그 정적 속에서, 청명은 말없이 혜연을 바라보았다. 혜연의 눈빛은 무겁게 가라앉아 있었다. 때때로 비무대 위에서 보이던 수줍음은 찾아볼 수 없다. 되레 중이라는 신분이 어색하게 느껴질 만큼 투지로 넘쳐 나는 눈빛이었다.

'악당을 보는 눈인가?'

그렇겠지. 네 입장에서는 당연히 그렇겠지.

천하를 웅비하는 소림의 방장이 직접 상대에게 손을 내밀었다. 그렇다면 고사하더라도 최소한의 예의를 갖춰야 한다. 자신이 하늘처럼 여기던 방장이 새파란 삼대제자에게 무안을 당했으니 받아들일 수 없었을 것이다.

입장을 바꿔 다른 문파의 삼대제자에게 장문사형이나 현종이 타박을 받는 걸 그가 보았다면? 그날로 그 문파는 현판을 내려야 한다. 청명이 입에 거품을 물고 개처럼 미쳐 날뛸 테니까. 그러니 혜연의 입장은 당연히 이해한다. 오히려…….

'나는 그러지 못했지.'

그래야 한다는 것을 알면서도, 장문사형이 말하는 의기와 대의를 그대로 지키려 했다. 천하와 강호라는 이름을 화산의 앞에 두는 것을 말리지 못했다. 그렇기에 지금 혜연의 모습은 청명에게 묘한 감회를 불러왔다.

'너는 틀리지 않았다.'

이런 자리가 아니었다면 오히려 훌륭하다고 칭찬해 주었을 것이다. 다만…….

청명의 눈이 혜연을 넘어 비무대 뒤에 앉은 법정에게로 향했다. 굳은 얼굴. 평소의 그답지 않게 불편함을 감추지 못하고 있는 모습이다. 그 표정을 보고 있으니 뒤틀렸던 속이 조금 풀리는 기분이었다.

'그렇게 화난 표정으로 보지 말라고.'

정말 화를 내야 할 사람은 이쪽이니까.

그때, 혜연이 먼저 입을 열었다.

"시주께서는 선을 넘으셨소."

청명은 심드렁한 표정으로 귀를 후볐다.

"뭐래. 대머리가."

그러고는 가볍게 고개를 끄덕인 뒤 딱히 감정이 실리지 않은 목소리로 말했다.

"선 넘은 건 그쪽이지."

"시주!"

변하지 않는 청명의 태도에 결국 혜연의 얼굴에도 노기가 어렸다. 최대한 좋게 좋게 말을 해 보려 했지만, 이자는 도무지 말이 통하지 않는다. 한때 명문검파로 천하를 호령했던 화산파의 제자라고는 생각할 수가 없다.

"어찌 그리 경망…….'

"아가리 닥쳐, 멍청한 새끼야."

"……."

혜연이 두 눈을 부릅떴다. 청명은 허리에 찬 검을 검집째 뽑아 들었다.
"뭐 대단한 소리라도 지껄이고 싶은 모양인데, 잘난 소림에 들어가 온 갖 귀여움 다 받고 자란 놈한테 훈계 듣고 싶은 생각 없어."
"이 무도한……!"
"네가 지껄이는 말이 어디에서 나온다고 생각하나?"
"……."
혜연의 눈빛에 의혹이 차올랐다. 어디에서? 그게 대체 무슨 말인가?
그런 혜연을 바라보는 청명의 눈은 더없이 싸늘했다.
"네가 소림의 제자가 아니었다면 너는 지금 내 앞에서 고개도 들지 못 했겠지."
네가 거들먹거릴 수 있는 이유야 간단하다. 너는 소림의 제자니까. 천하제일문파, 소림.
하지만 그 소림이 지금껏 떵떵거릴 수 있게 만들어 준 건 다름 아닌 화산이다. 본인은 모르겠지만. 그 훈계가 올바른 것이든 아니면 헛소리든, 그런 건 아무 상관 없다. 확실한 건 단 하나.
"너희는 나를 훈계할 자격이 없어."
구파일방이라는 이름하에 있는 이들은 감히 청명의 앞에서 입을 놀려서는 안 된다. 아니, 감히 화산의 앞에서 주둥이를 나불대서는 안 되는 법이다.
"너는 모르겠지."
몰라. 절대 알 수 없지. 청명이 왜 이렇게까지 화가 났는지를 말이다.
단 한 곳이라도, 구파일방과 오대세가가 모두 모인 이 소림에서 단 한 문파만이라도 먼저 화산을 찾아와 존중을 보였다면 이렇게까지 화가 나지는 않았을 것이다.

화산은 화산의 길을 간다 223

단 한 곳. 그저 단 한 곳만이라도 말이다.

하지만 그런 곳은 존재하지 않았다.

청명의 시선이 단상 위로 향했다. 거들먹거리며 아래를 내려다보고 있는 구파일방의 장문인들을 보자니 속에서부터 살의(殺意)가 끓어오른다.

'불과 백 년 전의 일이다.'

잊히기에는 너무 짧은 시간이다. 적어도 구파일방의 장문인들이라면 화산이 어떤 희생을 치렀는지, 그들이 어떤 잘못을 저질렀는지 모르지 않을 것이다.

하지만 그 누구도 다시 돌아온 화산에게 형식상으로라도 사과하려 들지 않았다.

철저한 무시, 그리고 외면. 화산이 좋은 성적을 거두고 나서야 아무 일도 없었다는 듯 선물을 보내오며 과거를 묻으려 했을 뿐이다. 청명을 정말 참지 못하게 만드는 것은 바로 그 점이었다.

무얼 위해 죽어 갔는가? 그의 사형제들은 대체 무얼 위해서 그런 희생을 치렀는가? 저 개 같은 것들이 편히 삶을 즐기게 만들기 위해 그 생때같은 목숨을 내던졌던가?

청명은 기다렸다. 비무 대회 내내. 그 긴 시간 동안 억지로 웃고 떠들고, 소리치며. 이곳에 모인 누구라도 이곳에 화산이 있다는 것을 똑똑히 알 수 있도록, 떠들썩하게.

하나 부질없는 짓이었다. 화산에 대한 이야기가 파다하게 퍼지고, 그들이 좋은 성적을 내보이고, 과거의 실전된 무학을 복구하여 스스로를 다시 증명하는 와중에도 저들은 화산을 그저 부활하는 과거의 문파로 치부했을 뿐이다.

그 누구도, 그 어느 곳에서도 화산 사형제들의 죽음을 의미 있게 만들어 주려 하지 않았다. 단 한 명도 화산의 희생을 가치 있게 만들어 주지 않았다.

그저 한마디면 족했다. 화산이 있어 강호가 여기까지 올 수 있었다고.

대단한 찬사도 필요 없다. 눈물겨운 읍소도 필요 없다. 그저 그 한마디면 됐다.

하지만 저들은 그 한마디조차 입에 담지 않았다. 모든 일이 마치 존재하지 않았던 양 입을 닦고 기특하다는 듯이 화산을 내려다보았다. 그 개 같은 상황이 청명을 참지 못하게 만들었다.

입을 닫는다는 건, 저들에게 아주 작은 행동이었을 것이다. 하지만 그 침묵이 사형제들의 숭고한 죽음을 개죽음으로 만들었다. 개죽음으로…….

"……뭐, 됐어."

쿠우웅!

청명이 검을 검집째 비무대에 그대로 박아 넣었다. 단단한 청석이 쩌적쩌적 갈라졌다. 그 괴이한 행동에 모두가 고개를 갸웃거렸다.

'뭘 하려는 거지?'

그리고 이어진 청명의 행동도 상식과 예상을 모두 가볍게 벗어나 있었다. 그가 바닥에 꽂은 검을 내버려둔 채 앞으로 한 발짝 나선 것이다. 마치 검 없이 혜연을 상대하겠다는 듯이.

"……시주?"

혜연의 의아한 목소리에, 청명은 싸늘한 목소리로 입을 열었다.

"이제는 굳이 알아주길 바라지 않아. 어차피 결과는 같을 테니까."

선의를 내보이며 고개를 숙일 생각이 없다면 강제로 그렇게 만들어 주지.

"힘으로 때려눕히고, 강제로 머리를 바닥에 처박아 조아리게 만드는 것도 그리 나쁘지는 않아. 물론 장문사형은 싫어하겠지만, 어차피 나는 옛날에도 그 양반 말 안 들었거든."

혜연이 안색을 굳혔다.

"대체 무슨 말을 하는 건지는 모르겠지만, 검 없이 소승을 상대하려 드는 것은 만용이오."

"만용?"

청명은 피식 웃어 버렸다.

"검을 드시오. 그리고 제대로······."

그 순간이었다. 청명의 몸이 그 자리에서 퍽 꺼지듯 사라졌다. 순간적으로 청명의 종적을 놓친 혜연은 기겁하여 감각을 있는 대로 끌어 올렸다.

'찾았······!'

청명의 종적은 발견했다. 하지만 혜연은 그 사실에 기뻐할 수가 없었다. 그의 감각이 신호를 보내기도 전에 청명이 바로 코앞에 나타나 있었기 때문이다.

반사적으로 주먹을 뻗은 혜연의 턱에 청명의 주먹이 틀어박힌다.

쿠웅!

예상도 하지 못한 일격에 튕겨 나간 혜연이 바닥을 뒹굴었다. 몇 번을 구르고서야 비무대의 끝을 잡고 멈출 수 있었다.

혜연은 경악 어린 시선을 보냈다. 황망하기 그지없다는 표정이었다. 청명은 그저 차갑게 일갈했다.

"일어나."

혜연은 소림이 심혈을 기울여 만들어 낸 인재다. 다시 말하자면 소림의 자존심이고, 저 콧대 높은 구파의 자존심을 대변하는 존재다. 그러니 여기에서 시작한다.

"일어나."

망연해진 혜연의 눈과 싸늘한 청명의 눈이 허공에서 서로 마주쳤다. 하나 청명이 보고 있는 건 혜연뿐만이 아니었다. 뒤에서 혜연만큼이나 적잖이 당황한 법정은 물론, 그 노승을 지키고 있는 소림의 제자들까지 모조리 시야에 담고 있었다.

청명이 씹어 뱉듯 말했다.

"일어나. 그 알량한 자존심이란 걸 아주 제대로 뭉개 줄 테니까."

강한 욱신거림에, 혜연은 저도 모르게 턱을 감싸 쥐었다. 하지만 지금 그에게는 통증보다 황당함과 놀라움이 더욱 컸다.

'막아 내지 못했다.'

소림의 권은 정도이자 활인(活人)의 권. 상대를 쓰러뜨리는 것보다 자신의 중심을 세우고 상대의 공격을 막아 내는 것을 우선시한다. 그 소림의 권을 부족함 없이 익혀 냈다는 평가를 받는 혜연이다. 그런데 그런 그가 상대의 일 권을 있는 그대로 얻어맞는다?

'기습?'

아니, 그럴 리가. 비무대 위에 기습이란 말은 존재하지 않는다. 서로 싸우기 위해 오른 곳에서 어떻게 기습이 존재할 수 있단 말인가? 이건 명백한 실력이다.

당황한 혜연이 살짝 주춤했다. 그때 등 뒤에서 날카로운 일갈이 꽂혔다.

"혜연!"

그는 그 준엄한 목소리에 움찔하여 뒤를 돌아보았다. 소림의 방장 법정이 차가운 눈빛으로 노려보고 있었다.

"정신 차리거라! 너는 소림의 혜연이다!"

혜연이 입술을 질끈 깨물고는 벌떡 몸을 일으켰다. 그러고는 청명을 똑바로 바라보며 자세를 잡았다. 얼음장 같은 눈빛으로 자신을 바라보는 청명이 시야에 들어왔다.

선득하다. 전신의 체온이 차갑게 식는 느낌이었다.

'어째서?'

혜연은 이 상황을 도무지 이해할 수 없었다.

그는 소림의 제자. 그의 대련 상대가 되어 주던 이들 역시 다들 쟁쟁한 소림의 일대제자들이었다. 심지어는 장로들마저 그를 친히 지도해 주기를 마다하지 않았다. 그런데…….

'장로님들에게서도 느껴 보지 못했던 중압감이 어째서 이자에게선 전해진단 말인가?'

이 상황이 단순한 대련이 아니기 때문에? 천하비무대회의 결승이라는 상황에 그 자신이 부담을 느끼고 있기 때문에? 정말 그런 것들로 이 상황을 설명할 수 있는가?

'……그것도 아니라면…….'

혜연은 입술을 질끈 깨물었다.

있을 수 없는 일이다. 이건 결코 있을 수 없는 일이다. 상식적으로 생각해 볼 때, 눈앞의 상대가 소림의 장로보다 뛰어나다는 게 말이나 되는 소린가?

무력이든, 그게 아니면 무인으로서의 자세든 마찬가지다. 이제 겨우 약관을 넘긴 듯한 새파란 청년이 평생 동안 불법과 무학을 닦아 온 소림의 장로보다 뛰어날 수는 없다. 결코!

'마음이 흔들리는 이유는 내가 부족하기 때문이다.'

부동심을 유지했다면 청명의 공격에 맥없이 당하지 않았을 것이다. 그리고 설사 공격을 허용했다 하더라도 이리 큰 격동을 겪지는 않았으리라.

"아미타불."

나직하게 불호를 외어 마음을 진정시킨 혜연은 흔들림을 억누르며 자세를 잡았다. 어깨너비보다 조금 넓게 다리를 벌리고, 좌수를 옆구리에 붙인다. 그리고 우수는 손바닥을 편 채, 가만히 가슴 앞에다 붙였다.

반장세(半掌勢). 소림 무학의 근본이 되는 자세이자, 소림의 기초 권법인 나한권의 기수식이다. 익숙한 자세를 취하자 잡념이 사라지고 마음이 가라앉기 시작했다.

'나는……'

그는 깊게 심호흡했다.

- 네가 나약한 마음을 버리고 진정으로 호승심을 얻을 수 있다면, 세상 그 누구도 너의 적수가 되지 못할 것이다. 바로 세워야 할 것은 너의 육신이 아니라 마음이다.

'흔들리지 않는다.'

그의 두 발이 굳건하게 대지를 짓눌렀다. 청명은 그런 혜연을 보며 미묘한 표정을 지었다.

'잘 배웠네.'

배웠다기보다는 타고난 것에 가깝지만.

소림은 저게 무섭다. 화산이 화려한 매화를 피워 내는 산 정상의 거목이라면, 소림은 그야말로 만년거암이다. 화려하지 않지만, 그 어떤 풍파에도 흔들리지 않는다.

부동(不動). 소림을 상징하는 말. 소림의 무학을 완성하는 데 오랜 세월이 필요한 이유는 아주 간단하다. 무학은 재능과 노력을 통해 극복할 수 있지만, 부동심(不動心)만은 세월이 아니면 해결할 수 없기 때문이다.

수많은 풍파를 겪고, 세상 어느 것에도 흔들리지 않는 곧은 마음을 세운 뒤에야 진정으로 소림의 무학은 그 힘을 발하는 법이다. 하나 지금 혜연은 저 어린 나이에도 그 부동의 끝자락을 붙들고 있었다.

그러니 천재다. 하늘이 내린 천재라 할 만하다. 단…….

"부동이라고?"

청명의 입가에 비웃음이 걸렸다.

"너희가?"

가증스럽다. 지금의 소림에서 그 누가 부동을 논할 자격이 있나?

굳건하게 흔들리지 않는 마음이란 건, 그 방향이 올곧을 때나 의미가 있다. 뒤틀린 채 흔들리지 않는 것을 부동이라 칭할 수 있겠는가? 그건 그저 악(惡)의 또 다른 모습일 뿐이다.

물론 청명에게 악을 심판한다는 의무감이나 정의감 같은 건 존재하지 않았다. 그러나 한 가지 확실한 것은, 현재 천하에 소림과 구파일방의 위선을 단죄할 권한을 가진 이는 오로지 청명과 화산뿐이라는 사실이다.

청명은 차가운 눈빛으로 혜연을 응시했다. 마음에 들지 않는다. 저 올곧은 눈이. 자신은 한 점 부끄럼 없이 옳은 길을 걷고 있다고 믿는 저 눈이 청명의 배알을 뒤틀리게 만든다.

'그 눈을 가져야 할 이는 네가 아니었어.'

화산의 제자들이 저런 눈을 가져야 했다. 자신의 문파에 대한 자부심으로 넘쳐 나는 눈. 선조들이 이룬 일을 한없이 자랑스러워하며 그 의지를 지켜 나가려는 눈.

그래. 그건 화산의 것이어야 했다.

으드득.

질끈 깨문 청명의 입술에서 핏물이 흘러내렸다. 어찌할 수 없는 노기가 머리끝까지 차올랐다. 혜연이 소림의 모든 지원을 받으며 온실 속에서 꽃처럼 피어나는 동안, 본디 그걸 누렸어야 할 화산은 풍파 속에 깎이고 깎이며 움츠러들었고 고통에 신음했다.

제아무리 청명이라 해도 그 시간을 되돌릴 수는 없다. 화산을 다시 정상으로 이끈다 한들 그들이 겪었던 고통을 없애 줄 방법은 그 어디에도 없다.

그게. 그게 참을 수가 없다.

"타아아아아앗!"

쿠우웅!

혜연의 발이 바닥을 파고들었다. 더없이 강렬한 진각을 밟아 낸 그는 발끝에서 만들어 낸 회전력에 내력을 담아 주먹으로 뿜어내었다.

완전한 발경(發勁). 황금빛으로 빛나는 주먹의 형상이 청명의 얼굴을 향해 쾌속히 날아들었다. 초식을 전개하는 과정은 그리 빠르다고 할 수 없으나, 날아드는 권력(拳力)의 속도만큼은 가히 어마어마했다. 그러나.

쿵!

짧은 폭음과 함께, 날아들던 권력이 과격한 속도로 옆으로 튕겨 나갔다. 비무대 바닥에 처박힌 나한권의 권력이 단단한 청석을 찰흙처럼 뭉개 버렸다.

하지만 혜연은 자신의 권력이 빚은 광경 쪽으로는 시선조차 주지 못했다. 그저 경악하며 청명을 바라볼 뿐이었다.

'튕겨 낸다고?'

나한권을 저리 간단하게?

그의 시선이 청명의 우수로 향했다. 청명의 손끝에서 뿜어져 나온 녹색의 기운이 마치 칼날처럼 날카롭게 벼려져 있었다.

한편 아래에서 비무를 지켜보던 현상은 자신도 모르게 입을 쩍 벌렸다.

"……죽엽수(竹葉手). 그것도 극성의……?"

'대체 저 아이가 언제 죽엽수를?'

검을 익히기도 빠듯한 시간이다. 그렇기에 검을 제외한 다른 무학은 전수할 엄두도 내지 못했다. 그런데 대체 언제 죽엽수를, 그것도 극성까지 익혀 냈다는 말인가?

'대체 저놈은…….'

현상은 거세게 흔들리는 눈으로 청명을 바라보았다. 하지만 청명은 별 대단한 것도 아니었다는 듯 죽엽수의 기운을 담은 손을 가볍게 떨쳐 냈다. 싸늘하게 가라앉은 그의 시선이 혜연을 무겁게 짓눌렀다.

"이게 전부냐?"

"…….'

"겨우 이 정도로 만용을 입에 담은 건 아니겠지?"

반장세를 취하고 있는 혜연을 향해, 태연한 신색의 청명이 천천히 다가가기 시작했다.

'더 보여 봐라.'

너는 스스로의 강함을 증명해야 한다. 네가 소림이 만들어 낸 천하의 기재이고, 세상 무엇과도 바꿀 수 없는 중요한 존재라는 것을 내게 납득시켜야 한다. 그게 아니라면…….

"겨우겨우 지켰던 천하가 만들어 낸 것이 고작 이 정도면 안 되지."

혜연이 진각을 밟고 다시금 청명에게 달려들었다. 빠르지만 무겁게. 단단히 세운 허리가 그의 올곧음을 말해 주는 듯했다. 하지만 청명의 눈은 오히려 사납게 일그러졌다.

그의 배를 향해 쾌속한 일권이 내질러졌다. 수도 없는 반복, 뼈를 깎아 내는 수련으로 완벽에 완벽을 추구한 초식에는 일체의 군더더기도 없었다. 그건 정말이지 아름다울 지경이었다. 하나.

"약해."

쿵!

날아들던 혜연의 주먹은 청명의 죽엽수에 가로막히고 말았다. 혜연의 눈빛이 짧게 흔들렸다. 마치 거대한 철벽을 두드린 것 같은 느낌이었다. 아무리 힘을 주어 밀어도 단 한 치도 밀려날 것 같지 않았다.

이게 가능한가? 그의 내력은 다른 일대제자를 능가하여 장로들과 견줄 수준이다. 천하 어디를 뒤진다고 해도 그보다 내력이 강한 후기지수는 존재하지 않을 것이다. 그런데 이대제자도 아닌 삼대제자가 그의 권을 이리 간단히 막아 내다니. 말이 되지 않는다.

"이잇!"

혜연이 이를 악물었다. 뻗은 주먹을 회수하고, 다시 짧게 끊어 쳤다. 굳건한 하체를 바탕으로 일시에 삼 연격을 날린 그는 결과를 확인하지도 않고 몸을 뒤틀며 청명의 몸에 어깨를 들이받았다.

아니, 들이받으려 했다. 하지만 그가 채 앞으로 밀고 들어가기도 전에 청명이 내디딘 그의 발을 내리밟는다.

콰드드득!

발이 바닥으로 완전히 파고들었다. 순간 무게 중심이 흔들리자 어깨에 온전하게 힘을 실어 내지 못했고, 그 결과는 너무도 빨랐다.

쿠웅!

힘이 빠져나간 어깨가 청명의 손에 가로막혔다. 청명은 발이 묶인 혜연의 무릎을 짓밟고는 허리가 꺾인 그를 그대로 걷어차 버렸다. 혜연이 아이가 걷어찬 공처럼 바닥을 굴렀다.

촤아아아악.

황포 자락이 바닥에 끌리는 소리가 생경하게 들린다. 누군가 머리채를 잡고 끌고 가기라도 하는 듯 뒤로 밀려나던 혜연은 다시 발작적으로 바닥을 박차며 튀어 올라 자세를 잡았다.

"후욱! 후욱! 후욱!"

자세는 흔들리지 않는다. 하지만 표정만은 온전한 부동심을 유지하지 못했다. 당혹감이 어린 그의 눈이 파르르 떨리며 청명을 좇았다.

'지금 무슨 일이 벌어지고 있는 거지?'

저자는 검수다. 화산은 검문. 과거에도 화산은 천하제일을 다투는 검문이었지, 권에 두각을 나타낸 문파가 아니었다.

그런데 어떻게, 어떻게 그가 화산의 제자에게 권각술에서 밀릴 수 있단 말인가? 대체 어떻게?

이해할 수가 없다. 어떻게 해도 이해할 수가 없다. 하지만 그중에서도 가장 이해하기 힘든 것은, 일련의 경합으로 완전한 우위를 점한 저 청명이 혜연보다 몇 배는 더 화가 나 보인다는 사실이었다.

"고작 이거냐?"

그의 표정을 보며, 청명은 이를 갈았다. 그러더니 혜연을 향해 걸어갔다. 걸음마다 분노가 끓어 넘친다. 눈에 핏발이 서기 시작했다.

저들은 화산이 누려야 할 것을 앗아 갔다. 저들은 화산이 얻어야 할 것을 빼앗았다.

청명이 살아남았다면. 아니, 청명이 아닌 청자 배 중 몇이라도 살아남았다면 저들이 누렸던 영광과 영화는 모두 화산의 것이 되었으리라.

그랬다면 세상은 달라졌겠지. 지금 혜연이 서 있는 자리에 백천이 있었을 수도 있다. 저 자리에 혜연이 아닌 유이설, 혹은 윤종이나 조걸이 서 있었을 수도 있다. 청자 배의 지도를 받은 그들은 구파일방의 기대주로서 세상의 사랑을 받으며 더없이 훌륭한 검수로 자라났을 것이다.

"그런데 고작 이거라고?"

그렇게 아득바득 양심을 누르고 외면해 가며 만들어 낸 것이 고작 이것인가? 고작?

화산이 온전했을 때 키워 내었을 인재보다 나을 게 없는 실력이다. 이것이 청명을 더욱 화나게 했다.

"더 해 봐."

청명이 핏발 선 눈으로 혜연을 노려보았다.

"더 해 봐, 이 멍청한 새끼야. 겨우 이 정도는 아니어야지!"

혜연은 피가 나도록 입술을 깨물더니 이내 기합을 내질렀다.

"하아아아아아앗!"

우우우우우웅!

순간 혜연의 온몸이 황금빛의 서기로 물들기 시작했다. 마치 금불(金佛)이 현신한 것처럼 웅혼한 황금빛. 이윽고 일순 뿜어졌던 빛들이 혜연의 주먹으로 모여들었다.

"배, 백보신권!"

"청명아!"

이미 몇 차례 견식 한 적이 있는 수법이 아니던가. 혜연이 백보신권을 펼친다는 것을 알아챈 화산의 제자들이 반사적으로 비명을 질렀다.

하지만 그들의 목소리가 채 비무대에 닿기도 전에, 혜연의 주먹이 터진 둑에서 쏟아지는 것 같은 막대한 권력을 뿜어내었다.

멀지 않은 거리. 이미 상대를 다치지 않게 만들 여유는 잃은 지 오래였다. 혜연이 전력으로 전개한 백보신권이 청명의 전신을 삽시간에 뒤덮었다.

그리고 두 눈을 부릅뜬 화산 제자들의 눈에 기이한 광경이 보였다. 황금빛의 경기 사이로 붉디붉은 기운이 뻗어 나오기 시작한 것. 그 붉게 솟아난 기운은 신권(神拳)이라 불리는 백보신권의 권력을 환상처럼 갈라 버렸다.

'어떻…….'

용솟음치는 황금빛 권력을 뚫고 나온 청명은 채 자세를 잡지 못한 혜연을 걷어차 날려 버렸다. 각법(脚法)에 실린 힘을 감당하지 못한 혜연의 몸이 튕겨 나가 바닥을 굴렀다. 적지 않은 타격에도 기어코 다시 고개를 든 혜연의 눈동자에는 이제껏 없던 감정이 배어 있었다.

"일어나."

청명이 손을 휘둘러 바닥을 베어 냈다. 그의 차디찬 시선이 혜연을 넘어 그의 바로 뒤에 있는 법정에게로 꽂혔다.

"화산이 겪은 거에 비하면 이건 아무것도 아니야."

그 싸늘한 목소리가 법정의 귀를 날카롭게 파고들었다.

대회장의 분위기가 싸늘하게 식어 가기 시작했다.

이곳에 든 이들은 무엇을 기대했던가. 후대의 강호를 책임질 후기지수들이 제 모든 것을 걸고 승부를 겨루는 광경을 보고자 했다. 빛나는 젊음이 서로 맞부딪치는 데엔 강호를 호령하는 강자들의 비무에서는 볼 수 없는 순수함이 있기 마련이니까.

하지만 지금 비무를 보기 위해 모여든 이들 앞에 펼쳐진 광경은 기대와 전혀 달랐다.

'지금 대체 무슨 일이 벌어지고 있는 거지?'

모두 당혹감을 감출 수가 없다. 저 청명이 검도 쓰지 않고 소림의 혜연을 일방적으로 몰아붙이는 것? 그리고 칠십이종절예 중 하나이자 소림을 대표하는 권인 백보신권을 맨손으로 파훼해 버린 것?

물론 이 사실들 역시 당혹스럽다. 하지만 지금 이곳에 모인 이들을 가장 당황케 한 것은 비무대에 내려앉은 무거운 분위기였다. 저 무겁고 음울한 분위기가 지켜보는 이들을 미묘하게 짓눌렀다.

그러나 단상 위의 장문인들이 느끼는 것에 비하면 그건 아무것도 아니었다.

"으음."

허도진인이 결국은 참지 못하고 나지막이 신음했다.

– 화산이 겪은 것에 비하면 이건 아무것도 아니야.

그 말이 허도의 폐부를 날카롭게 찌르고 들어왔다. 그는 저도 모르게 슬쩍 주변의 눈치를 살폈다.

영문을 모르겠다는 표정으로 비무대를 바라보는 이, 그리고 허도처럼 내심 찔리는 듯 불편함을 감추지 못하고 있는 이. 그 두 부류의 사람이 뒤섞여 무척이나 미묘한 분위기를 만들어 내고 있었다.

하나 허도진인을 진정으로 놀랍게 만든 것은, 영문을 모르는 듯한 장문인들이 태반이란 점이었다.

'잊었는가?'

이토록 많은 이들이 벌써 잊었는가.

"허허."

허도진인이 헛웃음을 흘렸다. 고작 백 년밖에 지나지 않은 일이다. 허도진인에게 있어서 화산은 심장에 박힌 가시 같은 문파였다. 겉으로는 드러나지 않지만 볼 때마다 어딘가 한구석이 따끔따끔해 오는 그런 문파 말이다.

'한데…… 감추는 게 아니라 아예 잊은 곳도 있단 말인가.'

하긴, 그럴 수도 있겠지. 전해지지 않았을 테니까. 전하지 않았을 테니까.

자신들의 치부를 온전히 후대에 전하는 것이 쉬웠을 리가 없다. 더구나 화산은 몰락하던 상황. 그저 입을 다물고 외면한 채 세상을 뜬다면 문파의 치부가 함께 묻힐 거라 생각했겠지.

하지만 화산은 기어코 그 절망 속에서 다시 기어 올라왔다. 그리고 지금 그들에게 묻고 있다.

정말 떳떳하냐고.

허도진인이 천천히 고개를 내저었다. 그의 시선은 노기를 참지 못하는 청명에게 고정되어 있었다. 저 분노. 저 울분. 어찌 이해하지 못하겠는가. 허도진인이 청명과 같은 입장이었다면 어떠했겠는가?

무당이 천하를 구하기 위해 모든 것을 희생했는데, 그 덕을 받은 천하가 무당을 외면하고 무시했다면? 그리하여 멸문의 위기까지 겪었다면? 더 생각할 것도 없다.

'나는 수라가 되었을 것이다.'

구파를 단죄하고 무너뜨리기 위해서라면 악마에게 영혼이라도 팔았을 것이다. 새삼 화산이 얼마나 의지 견정하게 자신의 길을 걸어왔는지 알 것 같다. 소외받고 외면당하던 이가 상대를 저주하지 않고 정도를 걷는다는 건 정말 어려운 일이다.

'그리고…… 그 눌러 온 울분이 지금 저 아이를 통해 폭발하고 있는 거겠지.'

"무량수불……. 무량수불."

낮게 도호를 왼 허도진인의 귀로 싸늘한 목소리가 파고들었다.

"저 말을 단순히 소림에게만 한 건 아닐 겁니다."

그는 슬쩍 고개를 돌렸다. 당가의 가주인 당군악이 냉랭하기 짝이 없는 표정으로 비무대를 응시하며 다시 입을 열었다.

"물론 문파를 이끌어 가는 입장에서는 정도를 알면서도 고개를 돌려야 할 때가 있습니다. 하지만 고개를 돌렸다 하여 가슴이 저리지 않는다면 정파를 자처할 자격이 없지요."

그 날카로운 말이 단상의 분위기를 내리눌렀다. 사정을 아는 이는 알기에 침묵했고, 사정을 모르는 이는 모르기에 입을 열지 못했다. 그저 모두가 짓눌린 듯한 느낌을 받으며 청명을 응시할 뿐이었다.

"일어나라."

고저 없는 목소리에 혜연이 본능적으로 움찔하며 몸을 일으켰다. 그의 이마에 식은땀이 송골송골 맺혀 있었다.

'백보신권이 먹히지 않는다.'

단 한 번도 생각해 본 적 없는 일이다. 신권(神拳). 말 그대로 신이 깃든 권. 산을 부수고, 바다를 가른다. 하지만 산을 부수는 권력도, 바다를 가르는 경기도, 저 정체불명의 수강(手罡) 앞에서 힘없이 찢겨 나갔다.

그의 눈이 갈 곳을 모르고 흔들리기 시작했다.

"자세를 잡아."

귀를 파고드는 목소리가 가슴을 차게 울리는 것만 같다. 목소리에 어린 한기가 지금껏 혜연이 느껴 본 적 없는 감정을 이끌어 냈다.

'이게……'

공포. 소림의 품에서 자라 온 그가 느껴 볼 일 없던 감정. 그 섬뜩한 공포가 그의 전신을 뻣뻣하게 굳혔다.

"어깨가 굳었어."

"……"

"이봐."

청명이 이를 드러냈다.

"안 들리나? 어깨가 굳었다고."

"아……"

혜연은 그제야 움찔하며 정신을 차리고 자신의 상태를 살폈다.

'이, 이런……'

과연 전신에 힘이 바짝 들어가 있었다. 근육이 움츠러들다 못해 바위처럼 굳어 버릴 만큼.

또오옥.

그의 턱을 타고 흘러내린 땀이 비무대로 떨어졌다.

"긴장해서 제 실력을 발휘하지 못했다는 변명 같은 건 듣고 싶지 않다."

혜연이 멍한 눈빛으로 청명을 바라봤다.

"펼쳐 봐라. 네가 할 수 있는 모든 걸 보여 봐. 그래야 내 분이 조금이라도 풀릴 것 같으니까."

혜연의 머릿속이 엉망진창으로 헝클어졌다.

'아까부터 대체 저자는 무슨 말을 하고 있는 거지?'

이해가 가지 않는다. 왜 저토록 분노를 뿜어내는지. 그리고 어떻게 사람이 저런 선득한 살기를 품을 수 있는지. 아니, 무엇보다…….

쿵!

그 순간 청명이 짧게 진각을 밟았다. 혜연은 머릿속의 생각을 미처 정리하지도 못한 채 반사적으로 청명을 향해 달려들었다.

"타아아아아앗!"

혜연의 얼굴은 이제 굳어지다 못해 살짝 일그러져 있었다. 그는 소림의 자존심을 걸고 이곳에 서 있다. 소림의 누구도 그가 저자를 쓰러뜨리고 우승할 것이라는 사실을 의심하지 않는다.

그의 어깨에는 소림의 기대가 얹혀 있다. 천하를 이끌어 가는 곳은 누가 뭐라 해도 소림. 천하를 등에 짊어진 자가 다른 이들과 같을 수는 없는 법이다. 그러니 질 리가 없다. 져서는 안 된다!

파아아아앙!

허공을 격하며 내질러진 주먹이 공기를 터뜨리며 날카로운 파공음을 만들어 냈다. 쾌속하기 짝이 없는 권. 닿는 것을 모조리 부숴 버릴 듯 강맹한 기운을 한껏 담은 주먹이 청명의 얼굴을 향해 날아들었다.

하지만 청명은 그 주먹이 자신의 얼굴에 거의 닿기 직전까지 그저 차가운 시선으로 혜연을 노려볼 뿐이었다.

탁.

얼굴 바로 앞까지 날아든 주먹에 청명의 손바닥이 닿았다. 그리 강하지 않은 힘으로 가볍게 밀어낸 것뿐이지만, 혜연의 주먹은 이내 방향을 잃고 허공을 갈랐다.

하지만 이번에는 혜연도 당황하지 않았다. 상대의 실력이 결코 얕볼 수 없는 경지에 이르러 있단 건 이미 확실하게 이해했다.

허공을 가른 주먹을 축으로 몸을 빙글 돌린 혜연은 곧바로 청명의 옆구리를 돌려 찼다. 나한권 중 복호퇴(伏虎腿)의 수법이었다.

터억!

하나 그 발이 미처 다 돌기도 전에 청명의 주먹이 정확하게 혜연의 오금을 내려쳤다. 곧게 뻗지 못하고 접힌 다리는 힘을 싣지 못하고 허무하게 도로 튕겨 나갔다.

이어지는 삼연퇴(三聯腿). 청명의 발이 아직 자세를 잡지 못한 혜연의 허벅지와 옆구리, 그리고 어깨를 연이어 걷어찼다. 경황이 없는 와중에도 허벅지와 옆구리로 날아드는 발은 어찌어찌 막아 냈지만, 어깨로 날아드는 일격은 허용할 수밖에 없었다.

빠악!

커다란 쇠몽둥이로 후려친 듯한 고통이 어깨를 넘어 전신을 저릿저릿하게 만들었다.

"큭!"

혜연은 입술을 질끈 깨물고 반격을 시도했다. 하지만 청명의 발이 다시 한번 그의 얼굴을 향해 더욱 빠르게 날아들었다.

쇄애애액!

필사적으로 몸을 숙인 혜연의 머리 바로 위로 청명의 발이 스쳐 지나갔다.

모골이 송연한 느낌. 하지만 혜연은 혜연이었다. 그저 당하고 있을 리는 없었다. 빠르게 손으로 바닥을 짚은 혜연이 나한권 중 와불입신(臥佛立身)을 펼치며 회전하듯 청명의 턱을 올려 쳤다.

파아아아앙!

혜연의 주먹이 아슬아슬하게 청명의 턱 앞을 스치고 지나간다.

'피할 거라 생각했다.'

혜연은 입술을 질끈 깨물었다. 피한다. 이자라면 반드시 피한다. 하지만 저리 허리를 뒤로 젖힌 자세로는 지금부터 이어지는 연격을 감당할 수 없으리라.

그는 몸을 앞으로 내던지며 열린 청명의 가슴을 거세게 들이받았다.

쿠웅!

양팔을 교차한 청명이 혜연의 어깨를 막아 냈지만, 그 안에 실린 힘을 온전히 해소해 내지는 못한 듯 뒤로 주르륵 밀려났다.

"하아아아압!"

쿠우우웅!

바닥이 부서져라 진각을 밟은 혜연의 발끝에서 웅혼한 불광(佛光)이 뿜어지기 시작했다. 이윽고 그의 몸이 바닥에서 스르륵 솟아오른다 싶더니 도움닫기도 없이 가공할 속도로 청명을 향해 날아들었다.

"무상각!"

허도진인이 외치며 두 눈을 부릅떴다. 저 아무것도 아닌 것처럼 보이는 발차기가 바로 소림 칠십이종절예(少林七十二種絶藝) 중 하나인 무상각(無上脚)이다.

단순함 속에서 불법을 추구하는 소림의 절예들은 겉으로는 평범해 보이나 그 안에 심오한 무리(武理)를 품고 있다. 먹이를 향해 활강하는 매처럼 날아든 혜연이 불광을 머금은 발로 청명의 머리를 걷어찼다.

콰아아아아!

쏟아져 나온 강맹한 경기가 마치 폭포가 쏟아지는 듯한 소음을 내며 청명의 상반신을 그대로 휩쓸어 버렸다. 이걸로 끝이 아니었다. 혜연은 즉시 그 반동으로 몸을 허공에 띄웠다.

우우우우우웅.

반장을 취한 혜연의 몸이 더욱 밝은 금빛으로 물들어 갔다.

"아미타불!"

소림 전체가 떠나갈 듯 커다랗게 불호를 왼 혜연의 우수가 환상처럼 앞으로 내밀어졌다.

"저!"

그 무학을 알아본 이들이 모두 자리에서 벌떡 일어났다.

"설마!"

"세상에……!"

허도진인은 핏발 선 눈으로 혜연을 노려보았다. 그의 입에서 신음과도 같은 목소리가 흘러나왔다.

"여래신장(如來神掌)?"

소림에서도 백 년 내에는 아무도 익힌 자가 없다는, 칠십이종절예 중에서도 최상위 장법. 그것마저 익혀 냈단 말인가?

혜연의 우수에서 뿜어져 나온 황금빛 손의 형상이 순식간에 사람보다 더 크게 확대되는 모습이 똑똑히 보였다. 현세에 강림한 여래(如來)가 그 손으로 직접 가르침을 내리는 듯했다. 거대한 손의 형상이 밀려 나간 청명의 몸을 그대로 뒤덮어 버렸다.

콰아아아아아아앙!

비무대가 통째로 터져 나간다. 단단한 청석이 말 그대로 산산조각 나 사방으로 비산했다. 지켜보던 관중들은 마른하늘에 날벼락을 맞았다. 부서진 청석들이 관중들에게로 쏟아진 것이다.

"으아악!"

"피해!"

관중들 사이사이에서 비무를 관전하던 고수들이 허공으로 솟구쳐 날아드는 파편들을 튕겨 내고 걷어 내었다. 몇몇 파편들은 완전히 막아 내지 못해 애먼 이들에게 틀어박혔지만, 다행히 큰 부상을 입은 이는 없었다.

그런 소동에도 불구하고, 주변은 소란스러워지지 않았다. 중인들은 소란을 피우기는커녕 더 숨죽이며 비무대에서 눈을 떼지 못했다.

그럴 수밖에. 비무대에 찍힌 커다란 장영을 보며 감히 누가 딴청을 피울 수 있겠는가.

"……세상에."

족히 몇백은 올라설 수 있을 만큼 거대한 비무대. 단단하기가 이루 말할 수 없다는 청석으로 만들어진 그 거대한 비무대 위에 마치 천신이 내려찍은 듯한 거대한 손자국이 새겨져 있었다.

'저게 사람의 무학인가?'

'……이게 소림의 힘.'

혜연의 몸을 빌어 재현된 여래신장의 힘 앞에, 지켜보던 모두가 할 말을 잃고 말았다. 어떻게 소림이 강호의 태산북두로서 수백 년간 그 자리를 지켜 왔는지를 확연히 깨달을 수밖에 없었다.

심지어 화산의 제자들마저도 대경실색하여 넋을 잃었다. 멍한 눈빛으로 박살 난 비무대와 혜연만 번갈아 보았다.

그때, 누군가가 나지막하게 중얼거렸다.

"……청명이는?"

그 말에 화산의 제자들이 모두 움찔하여 뒤를 돌아보았다. 윤종이 흔들리는 눈빛으로 비무대를 보며 소리쳤다.

"처, 청명이……!"

"조용."

하지만 차갑게 들려온 한마디가 윤종을 막아 세웠다. 백천이었다. 그는 한껏 굳은 얼굴로 앉아 비무대를 응시하고 있었다.

"사숙!"

"조용히 해라."

백천이 씹어 뱉듯 말했다.

"혜연의 표정을 봐라."

모두 비무대에 새겨진 손자국과 자욱한 먼지만을 보다 그제야 혜연에게로 시선을 돌렸다. 그리고 깨달았다.

'질려 있어? 파랗게?'

저만한 위력의 장력을 뿜어낸 이라면 한껏 의기양양한 표정으로 서 있어야 마땅할 터. 그래도 누구도 그를 두고 오만하다 손가락질하지 못할 것이다.

하나 혜연의 얼굴은 마치 무언가에 쫓기는 사람처럼 새파랗게 질려 있었다. 그 말인즉.

들썩.

부서진 청석 잔해가 들썩인다 싶더니 그 밑에서 청명이 천천히 몸을 일으켰다.

"퉤!"

그러더니 피 섞인 침을 뱉어 내며 풀어 헤쳐진 머리를 쓸어 넘겼다. 헝클어진 머리가 뒤로 넘어가자 무시무시한 광망이 어린 눈이 드러났다.

움찔.

그 눈빛을 받은 혜연은 일순 몸을 움츠리며 한 발 뒤로 물러났다.

"후욱……."

전신이 땀으로 젖은 그는 이제 공포를 숨기려는 시도조차 할 수 없었다.

여래신장. 완벽히 펼쳐 내기만 한다면 그 위력을 한낱 인간이 버텨 낸다는 건 불가능하다. 아니, 불가능했어야 한다. 한데 어찌 저자는 저리도 꼿꼿하게 서 있을 수 있단 말인가?

우두둑. 우두두둑.

청명이 천천히 잔해 속에서 걸어 나온다. 으스러진 돌들이 그의 발에 밟히며 마치 뼈가 부러지는 듯한 섬뜩한 소리를 자아냈다.

"잘 봤다."

그러고는 이를 드러내며 웃었다. 머리를 타고 흘러내린 피가 그의 얼굴을 적시고 떨어진다. 피에 젖은 얼굴에 새하얀 이가 드러나는 광경은 섬뜩함이라는 말 외에는 달리 표현할 길이 없었다.

"그러니……."

청명이 우수를 옆으로 뻗었다. 부서진 돌들이 들썩이며 요동친다 싶더니 그 안에 파묻혀 있던 청명의 매화검이 절로 날듯 청명의 손안에 들어와 잡혔다.

"이제 끝내자."

스르르릉.

매화검이 천천히, 아주 천천히 뽑혀 나왔다. 검집을 바닥으로 내던진 청명은 손에 든 매화검을 아래쪽으로 늘어뜨리고 가만히 하늘을 올려다보았다.

'장문사형.'

치기 어리다고 하지 마세요. 나도 지금 하고 있는 게 그리 어른스럽다고 생각하지는 않으니까요. 다만…….

청명이 살짝 눈을 감았다. 짧은 침묵. 이윽고 그가 다시 눈을 뜬 순간, 그의 손에 들린 검이 마치 환상처럼 부드러운 곡선을 그리기 시작했다. 모두의 시선을 빨아들일 만큼 아름다운 곡선을.

'이럴 수는 없다.'
법정은 혼백이 다 달아나는 기분이었다.
완벽했다. 혜연이 펼친 여래신장은 결코 부족하지 않았다. 물론 그 화후(火候)가 깊다고 할 수는 없으나, 작게 피어난 꽃 역시 꽃이듯 이제 겨우 초입에 들어선 여래신장이라 해도 그 위력은 무시할 수 없다.
그런데 그걸 버텨 냈단 말인가?
'대체 어떻게?'
혜연에게는 마교와의 전쟁 후, 힘겹게 회복해 낸 소림의 모든 정화가 녹아 있다.
저 아이에게 얼마나 많은 노력이 들어갔던가. 마교와의 전쟁에서 상처 입은 자존심을 회복하고 다시 강호의 북두로 굳건히 일어서기 위해서, 소림은 혜연에게 모든 것을 걸었다. 그런데 그 아이가 지금 화산의 제자에게 속절없이 밀리고 있다.
'어떻게 하면 이런 일이 벌어질 수 있는가.'
소림은 천하제일문파다. 소림이 천하제일문파의 자리를 수백 년간 굳건히 지켜 올 수 있었던 이유는, 무학이 천하의 그 어떤 문파와도 비교할 수 없을 만큼 뛰어나기 때문이다. 그런데 그 소림의 무학을 온전히 익혀 낸 혜연이 타 문파의 제자에게 밀린다고?
'있을 수 없다! 절대 있을 수 없는 일이다!'
더구나 저 청명은 이미 몰락한 화산의 삼대제자가 아닌가.

이래서는 안 되는 일이다. 이 자리는 여전히 소림이 천하의 북두임을 천하에 선언하는 자리다.

"혜여어어어어어언!"

법정이 자리에서 벌떡 일어나 소리쳤다. 하지만 그 순간 그는 보았다. 청명의 검이 이제껏 보지 못했던, 더없이 아름다운 곡선을 그려 내는 것을.

소림의 방장이라는 중책을 맡으며 스스로를 거의 버렸던 법정이지만, 그 역시 결국엔 무학에 평생을 바친 자. 무학을 잊고 살아왔다 한들, 그 황홀한 선 앞에서 혼을 빼앗기지 않을 도리가 없었다.

'저건······.'

청명의 검을 보는 그의 눈이 몽롱하게 풀리기 시작했다.

검을 잡은 손이 더없이 자연스럽다. 평생을 휘둘러 온 검. 휘두르고 또 휘두르다 보면 어느 순간 손에 검이 잡혀 있다는 것마저 잊게 된다. 몸에 팔이 달린 것처럼, 다리가 달린 것처럼. 검도 본디 그러했던 것처럼 자연스러워진다.

새로운 몸을 얻으면서 생겨났던 위화감은 시간이 흐르며 어느덧 사라졌다. 청명의 눈빛이 낮게, 또 낮게 가라앉는다.

소림은 자신의 모든 것을 보여 주었다. 지난 백 년간 무엇을 쌓아 왔고, 무엇을 만들어 왔는지 혜연을 통해 증명했다. 하지만 헛되다.

'고작 그걸 위해?'

고작 저따위 것을 만들기 위해 화산의 검을 버렸던가?

그러니 보여 주어야지. 저들이 놓은 것이 무엇이었는지. 저들이 버린 것이 무엇이었는지.

청명의 검이 아래에서 위로 부드러운 호선을 그렸다. 태초(太初)는 원(圓). 완벽이란 말로도 표현하기 어렵다. 반원을 그려 낸 청명의 검이 하늘을 가리키며 멈춰 섰다. 그리고 천천히 아래로 떨어졌다.

원(圓)의 형태로 뭉쳐 든 무극(無極)은 반으로 나뉘어 음(陰)과 양(陽)이 되어 태극(太極)을 이룬다. 이윽고 그의 검 끝이 정중앙을 가리키며 멈춰 섰다.

양은 하늘이 되고, 음은 땅이 된다. 그 하늘과 땅 아래에 오롯이 선 것은 그저 인간. 아무리 하늘이 아름답고 아무리 땅이 굳건하다 해도 그 중앙에 사람이 없다면 그저 무용(無用)할 뿐.

하늘과 땅에 인간이 더해져, 천지인(天地人)이 삼재(三才)를 이룬다. 하늘과 땅, 그리고 사람. 검술이란 그저 사람을 죽이는 방법에 불과한 것. 하나 그 살인술에 도(道)를 담아낼 수 있다면 검법은 그저 검에만 머무르지 않는다.

이곳에 있다. 화산이 그 오랜 시간 동안 추구해 온 것이. 누군가의 손에서 시작하여 전해지고 전해진다. 더해지고 또 더해져 수많은 날 동안 발전해 온 화산의 검도(劍道)가 백 년의 시간을 넘어 청명의 손에서 재현되고 있었다.

시작은 육합(六合). 천지사방(天地四方). 천지사방을 검에 담는다는 것은 곧 세상의 만물을 담는다는 것과 같다. 검에 세상을 담아낼 수 있다면 그 자체로 우주라 할 수 있지 않겠는가.

그렇기에 검을 든 이는 소우주(小宇宙)가 된다. 그것이 인간이고, 그것이 검이다. 청명의 검이 천천히 위로 향하다 가만히 아래로 내려앉았다.

아무것도 아닌 동작. 그저 허공에 검을 단 한 번 내리그었을 뿐이다. 하나 혜연은 그 검 속에 빨려 들어가는 느낌을 받았다. 그리고…….

서걱.

그의 멍한 눈이 천천히 아래를 내려다보았다. 어느새 잘린 그의 소맷자락이 나비처럼 나풀대며 바닥으로 떨어지고 있었다.

'언제?'

검기도 없었다. 베인다는 느낌조차 받지 못했다. 하나 저 검이 휘둘러진 순간 그는 이미 베여 있었다. 그의 표정이 망연해진다.

'심검(心劍)?'

아니, 그런 게 아니다. 그저 완벽할 뿐이다. 극한까지 갈고닦아 완벽에 이른 검은 일체의 낭비조차 허용하지 않는다. 하늘을 가르는 검기도, 바다를 가르는 패도도 필요하지 않다.

그저 베어 낸다. 최소한의 힘만으로 원하는 결과를 구현한다. 그것이 검의 극의(極意).

혜연의 심장이 느리게 뛰기 시작했다. 대체 얼마나……. 얼마나 검을 갈고닦아야 저런 경지에 오를 수 있단 말인가?

몸이 떨려 온다. 이 순간 혜연은 본능적으로 깨달을 수 있었다.

무도(武道)란 무엇인가. 그저 더 강한 힘으로 상대를 짓누르는 것이 무도인가? 더 강한 파괴력을 추구하고 빠른 속도를 추구하는 것이 무도인가?

그렇지 않다. 무도란 무를 통해 육체를 이상에 닿게 하는 것. 마음으로 그려 낸 것을 그 몸을 통해 세상에 구현해 내는 것이다. 말하자면 그것은 혜연이 언젠가 도달하고자 했던 경지. 내력의 힘을 벗어나, 초식의 형태를 벗어나, 끝끝내 무(武) 자체에 이르는 경지다.

지금 그의 앞에 그 경지가 있다. 수십 년을 더 호되게 수련해도 닿을 수 없을지 모른다 의심했던, 그리고 의심해야 했던 그 무도(武道)가 지금 그의 앞에서 펼쳐지고 있었다. 아득하게까지 느껴지는 거리를 몸으로 실감한 순간 혜연의 가슴속 어딘가가 무너져 내리기 시작했다.

'나는…….'

입술을 질끈 깨문 혜연은 절규에 가까운 소리를 내지르며 발작처럼 달려들었다.

"나는 소림의 혜연이다!"

이대로 가다가는 손도 써 보지 못하고 당한다. 조급한 마음은 그가 가장 자신 있어 하는 초식을 찾게 만들었다.

콰아앙!

그의 진각이 비무대를 부쉈다.

우우우우우우웅.

이미 한번 선보인 적 있는 백보신권이 펼쳐졌다. 청명을 향해 거대한 권기(拳氣)가 날아들었다.

청명이 반개한 눈으로 자신을 향해 날아드는 황금빛 권기를 바라보았다. 그의 검이 위로 살짝 들렸다 다시 천천히 아래로 내리그어졌다.

촤아아악.

가른다. 너무나 당연한 것. 검은 베고, 찌르기 위해 존재하는 것. 갈고 또 닦아 나가면 종래에는 세상 무엇도 가르지 못할 리가 없다.

도가의 검은 그러한 것. 베어 낸다. 공기를 가르고, 나무를 가르고, 기를 가르고, 종내에는 사람을 묶고 있는 오욕칠정과 세상의 이치마저 벤다.

쏟아지는 폭우에 불어난 급류처럼 청명을 덮쳐 온 황금빛 권기는 청명의 검에 좌우로 갈라져 방향을 잃고 여기저기로 뿜어졌다.

콰아아아아아앙!

비무대와 관중들을 넘어 날아간 권기가 커다란 전각을 일격에 날려 버렸다.

경이로울 정도의 내력. 하지만 아무리 강한 힘이라 해도 닿지 않는다면 의미가 없다. 그가 뿜어낸 권기는 단 한 올도 청명의 몸에 닿지 못했다.

"아아아아아아아!"

그러나 혜연의 주먹은 지칠 줄 모르고 황금빛 불광을 뿜어냈다.

아라한신권(阿羅漢神拳). 아라한이 마귀를 멸하기 위해 시전 했다는 권(拳)을 형상화한 소림 칠십이종절예. 무겁디무거운 권의 압력만으로 상대를 굴복시키는 최상승의 절기가 혜연을 통해 구현되기 시작했다.

우우우우우우우웅.

쇠가 구부러지고, 단단한 청석이 짓눌려 으깨질 정도의 압력이 비무대 위를 뒤덮었다. 압력에 소매 끝이 삭아 부스러지더니 흘러내린 머리카락이 솟구치듯 휘날렸다. 하지만 청명은 그 압력 속에서도 그저 초연했다.

가느스름하게 뜬 그의 눈은 여전히 깊게 가라앉아 있었고, 쏟아지는 압력 속에서도 그의 검 끝은 흔들리지 않았다. 세상 그 어떤 것도 청명의 자세를 흐트러뜨릴 수는 없을 것처럼 보였다.

'그 안에 무엇이 있더냐?'

세상의 모든 중생을 구원하려던 부처의 가르침이 소림에 있는가? 그게 아니라면 중원의 중생들을 구제하기 위해 스스로 고초를 마다하지 않았던 달마의 가르침이 소림에 있는가? 스스로의 팔을 잘라서라도 깨달음을 얻으려 하던 이조 혜가의 가르침이 너희에게 남아 있는가?

헛되다. 스스로 이(利)를 추구하며 불법(佛法)을 좇지 못한 순간, 소림은 더 이상 소림이라 불릴 자격이 없다. 저곳에 있는 것은 그저 아집에 눈이 먼 이들일 뿐.

세상 모든 것은 언젠가 영화를 누린다. 하지만 그 영화가 이어지면 언젠가는 그 성세가 쇠하고 흐려지기 마련. 화무십일홍(花無十日紅)이요, 물극필반(物極必反)이라.

하나 그럼에도 삶은 이어진다. 화려했던 꽃이 진다 해도 언젠가 꽃은 다시 피어난다. 피고 지고. 또다시 피는 게 꽃이 아니던가.

그러니 피어난다. 누구도 돌보지 않았던 절벽 위의 고목도 긴 겨울을 버텨 내고 나면 다시 꽃을 피우리라.

"피어라."

마침내 청명의 검 끝이 꽃을 그려 낸다. 그를 그려 내고, 화산을 그려 내었다.

시린 눈 속에서도, 부드러운 봄볕 속에서도, 스스로를 잃은 불자의 권기 속에서도. 꽃은 결국 피어나는 법. 세상 어디에 꽃이 피지 않는 곳이 있던가.

'개죽음이 아니야.'

장문사형. 당신이 지켜 내려던 천하에서, 화산은 다시 피어날 것입니다. 설령 세상 누구도 알아주지 않는다고 해도. 땅속에 뻗은 뿌리는 누구에게도 보이지 않지만, 결국 나무를 키워 내고 꽃을 피우는 것처럼, 헛된 것이 아닐 겁니다. 그러니 보십시오.

허공에 작은 꽃이 그려진다. 작고 소담스러운 꽃봉오리는 쓸쓸하고 서글프게 보였다.

'제가 아닙니다.'

하나 그의 검 끝에서 연이어 새로운 꽃들이 피어나기 시작했다. 홀로 피어난 매화는 그저 쓸쓸한 것. 하지만 그 곁에 수많은 꽃이 피어난다면 매화는 온 산을 붉게 물들이고, 세상을 붉게 물들인다.

청명의 시선이 가만히 옆으로 향했다. 지켜보고 있다. 그의 사형들이, 그의 사숙들이. 그리고 그저 안쓰럽기만 한 그의 사숙조와 장로들, 그의 새로운 장문인이. 두 주먹을 움켜쥐고 입술을 질끈 깨문 채 지켜보고 있다. 마치 그의 등을 밀어 주듯이.

'피어나라.'

저 하나하나가 화산의 매화다. 아직 봉오리에 불과하지만, 언젠가는 화산을 붉게 물들이고, 천하를 붉게 물들이겠지.

청명의 입가에 작은 미소가 맺혔다.

장문사형은 기뻐할까, 그의 매화에?

'아니.'

그럴 리 없겠지. 청명의 매화는 망령과도 같은 것. 이미 져서 사라져야 할 것이 원혼처럼 남아 있는 것에 불과하다. 그러니 기뻐할 수 없을 것이다. 그러나…….

조걸이 피워 낸 매화에는 주먹을 쥐었을 것이다. 유이설이 피워 낸 매화에는 박수를 보냈을 것이고, 백천이 피워 낸 매화에는 눈물을 흘렸을지도 모르지.

말라붙었던 화산이라는 땅에 새로운 매화들이 피어난다. 먼저 스러져 간 꽃잎들을 양분 삼아 다시금 매화는 피어난다. 그러니 어찌 꽃잎이 떨어졌다 해서 헛되다 할 수 있겠는가.

'사형.'

청명의 검 끝에서 매화가 만발한다. 작고 크고, 조금은 덜 여물어 부끄러이 웅크린 매화부터 활짝 피어나 만개한 매화까지. 어느 하나도 같은 것이 없다.

 서로 다른 이들이 모여 문파를 이루듯, 무엇 하나 같은 것이 없는 매화가 모여 매화림을 이룬다. 이윽고 불어온 부드러운 훈풍(薰風)에 색색의 꽃잎이 환상처럼 휘날리기 시작했다.

 혜연은 두 눈을 부릅떴다. 세상이 붉은 꽃잎으로 가득 차는 듯했다. 하나 아무리 눈을 부릅뜨고 마음을 다잡아도 저 꽃잎의 환상에서 벗어날 수가 없었다.

 "삿되다!"

 버럭 소리를 지른 혜연이 반장을 한 채 크게 불호를 외었다. 그와 동시의 그의 몸에서 장엄한 금빛 서기가 쏟아져 나왔다.

 불광보조(佛光普照). 불법이란 세상 모든 사특한 것들을 밀어 낸다. 진정으로 불법을 깨달은 이는 어떤 현혹에도 스스로를 잃지 않는다. 하나…….

 '어째서냐?'

 혜연의 눈빛이 뒤흔들렸다. 사라지지 않는다. 금빛의 서광에 닿은 꽃잎들은 사라지지 않고 외려 불광을 감싸듯 부드럽게 밀려들어 왔다.

 "어째서……?"

 혜연의 시선이 망연하게 청명을 좇았다. 세상을 뒤덮은 매화의 꽃잎 속에서 청명의 검은 유려하게 허공을 수놓았다. 취한 듯 검무를 춰 대는 그의 모습은 마치 한 폭의 그림 같았다.

 '무엇이 환상이고 무엇이 현실인가.'

 그저 그러한 것. 그래. 그저 그러한 것(自然)이다.

 꽃잎이 환상처럼 혜연을 스치고 지나갔다. 풍길 리 없는 매화향이 코끝으로 스며들고, 있을 리 없는 매화 꽃잎이 세상을 붉게 물들인다.

이윽고, 환상인지 아닌지 모를 광경이 모두 사라졌을 때. 소림의 정화를 이은 초인의 목 끝에는 매화가 소담스레 새겨진 장검이 겨누어져 있었다.

"……이겼다."

백천이 떨리는 목소리로 입을 열었다.

이겼다. 저 청명이 마침내 소림의 혜연마저 꺾었다.

"저 망할 놈이……."

백천은 입술을 질끈 깨물었다. 기뻐해야 한다. 밀려드는 기쁨에 날뛰어야 한다. 하지만 백천은 그럴 수가 없었다. 다시 입을 열면 그 순간 눈물이 터져 버릴 것 같았기 때문이다. 입술을 꽉 깨물고 옷자락을 움켜쥔 채 눈물을 참는 것만으로도 필사적이었다.

"사숙!"

모두 비슷한지, 그의 어깨를 움켜잡은 윤종의 목소리에도 물기가 묻어났다.

얼마나 가슴을 졸였던가. 청명은 절대 패하지 않는다. 그건 화산의 제자들에게 있어 절대 꺾이지 않는 믿음이었다. 그렇기에 더욱 가슴을 졸였다.

물론, 설령 청명이 패하고 돌아온다고 해도 그들의 믿음은 조금도 흔들리지 않을 것이었다. 하지만 청명 본인이 그 패배를 받아들이기 힘들 것이 분명했다. 그렇기에 어떻게든 이기기를 바랐다.

저 작은 등에 화산을 짊어지고 묵묵히 걷는 이의 무릎이 꺾인다면, 그걸 지켜보는 그들은 무릎을 잘라 내는 것 이상으로 고통스러웠으리라.

"……이겼습니다, 사숙! 저놈이 이겼다고요!"

조걸이 두 주먹을 불끈 쥐고 소리쳤다.

"그래, 이겼……."

그런데 그 순간, 가만히 비무대를 바라보던 유이설이 가라앉은 목소리로 말했다.

"……평소와 좀 달라."

"……응?"

백천이 의아하다는 듯 그녀를 보았다.

"그게 무슨 소리냐?"

"……저거."

유이설의 표정은 평소와 달리 다소 미묘했다.

"나쁜 생각 중."

"……."

"응?"

백천의 고개가 비무대를 향해 휙 돌아갔다.

서, 설마?

혜연에게 검을 겨눈 청명을 바라보며 허도진인은 놀라움에 시선을 떼지 못했다. 그리고 놀란 것은 단지 그뿐만은 아닌 모양이었다.

"……방금 그건 불광보조(佛光普照) 아니었습니까?"

"세상에. 불광보조마저 익히고, 그걸 펼쳤음에도……."

장문인들이 말을 잇지 못했다. 불광보조는 칠십이종절예 중 최고의 방어 초식으로 치는 무학이다. 물론 혜연이 아무리 천재라 해도 나이가 어리니 아주 완벽하게 익히지는 못했을 것이나, 그렇다 해도 불광보조는 불광보조다.

그런데 청명은 그 최고의 방어를 뚫고 혜연을 무릎 꿇리는 데 성공한 것이다.

"……진짜 천재는 따로 있었군요."

"그러게나 말입니다."

"천하제일 후기지수라 불렸다고는 하나, 명성에 과한 면이 있다고 생각했거늘……. 되레 그 칭호가 저 아이를 제대로 표현해 주지 못했단 느낌입니다."

찬사가 쏟아졌다. 하지만 허도진인은 그 말속에 숨어 있는 미묘한 감정의 흐름을 읽어 낼 수 있었다.

고소함. 그리고 부끄러움. 거금을 들여 천하비무대회를 준비한 소림이 화산에 그 영광을 넘겨주게 되었다는 데서 비롯한 고소함. 그리고 청명의 발언 이후로 내심 찔리는 것이 있었던 이들이 느끼는 부끄러움. 이를 숨기기 위해 더욱 과장되게 늘어놓는 찬사들.

'결국, 사람이란 이런 게지.'

허도진인은 알고 있다. 구파일방의 장문인이니 다들 떵떵거리기는 하지만, 이곳에 있는 이들도 결국은 사람이다. 지위가 높다 해서 딱히 수준이 높을 것도 없고, 대단한 진리를 아는 것도 아니다.

그저 조금 더 강하고, 조금 더 머리가 좋아 장문인 자리를 차지한 이들일 뿐이다. 혹은 배분이 높았거나.

"생각과는 조금 다른 결과가 나왔습니다. 방장의 머릿속이 꽤 복잡하겠습니다그려."

"그러게나 말입니다."

허도진인이 슬쩍 법정을 바라보았다. 아니나 다를까, 노승의 얼굴은 이 이상 참혹할 수 없을 만큼 굳어져 있었다.

'그럴 만도 하지.'

이리될 바에야 차라리 결승에 오르지 않는 편이 나았다. 천하의 모든 강호인이 주목하는 결승에서 화산에 패하느니 말이다.

이제 소림이 혜연에게 주기 위해 준비했던 모든 영광은 화산과 화산신룡의 것이 될 터. 정성 들여 준비한 만큼 더 많은 것을 내어놓아야겠지.

'게다가…… 이것으로 무림의 판도도 흔들린다.'

천하제일 후기지수를 보유했다는 것은 절대 작게 생각할 일이 아니다. 게다가 화산은 본파의 후기지수들이 천하제일임을 증명했다. 이 우승은 그 증명에 찍는 방점이 될 것이다. 후대의 천하제일인과 당대 최강의 후기지수들을 보유한 문파가 훗날 어찌 되겠는가?

당장 이곳에 있는 이들만 해도 어떻게 화산에 줄을 대야 하는가를 고민하고 있을 것이다. 이 눈덩이가 가파르게 굴러간다면…….

'구파일방과 오대세가로 대변되던 강호의 질서가 무너질 수도 있다.'

어쩌면 이건 구파일방이 저지른 죄악의 대가일지도 모른다. 화산이 지금까지 구파일방에 소속되어 있었다면 이 비무 대회의 결과는 그저 구파일방 내의 서열이 요동치는 수준에서 끝날 문제였을 것이다.

하지만 지금 화산은 구파일방이 아니고, 화산을 다시 끌어들이기 위해서는 하나의 문파를 내쫓아야 한다. 누가 그 일을 하겠는가? 화산에 밀려 주도권을 내어 준 소림이?

허도진인이 미묘한 미소를 지으며 법정을 물끄러미 응시했다.

'방장, 속이 말이 아니시겠구려.'

황포 자락 안에 감춰진 법정의 주먹은 거의 피가 날 정도로 꽉 쥐여 있었다. 혜연의 목에 검을 겨눈 청명의 모습을 보고 있음에도 도무지 믿을 수 없었다.

'이 일을 어찌해야 한다는 말인가, 아미타불.'

이곳에 모인 모두가 소림의 자존심이 꺾이는 모습을 두 눈으로 똑똑히 보았다. 발 없는 말은 천 리를 쉬지 않고 달리는 법. 오늘 일은 모두의 입을 타고 순식간에 천하로 퍼져 나갈 것이다.

법정은 얼굴을 구기며 입술을 깨물려다 애써 표정을 갈무리했다.

'여유를 보여야 한다.'

패배에도 불구하고 여유를 보일 수 있다면 세상 사람들은 소림이 여전히 힘을 간직하고 있다고 믿을 것이다. 소림이 건재하다 믿을 준비가 된 이들에게는 그저 여지를 던져 주는 것만으로도 충분하다.

법정은 하얗게 질려 있던 주먹을 서서히 풀었다. 지금 그가 해야 할 것은 아주 간단하다. 저 화산신룡을 상찬하는 것. 패자에게도 패자로서 지켜야 할 품위가 있다.

청명의 존재를 인정하고 그의 격을 올려 줌으로써 승리한 이도 정당함을 가지게 되고, 순순히 패배를 인정한 소림의 격도 지킬 수 있을 것이다.

법정이 천천히 자리에서 일어났다.

'우선은 화산신룡의 승리를 선언하고 패배를 인정한다.'

계획이 틀어진 이상 시간은 더 걸리겠지만, 잘 수습할 수만 있다면 결국은 소림의 힘이 발휘되는 날이 올 것이다.

"이 비무는……."

법정이 막 청명의 우승을 선언하려는 그 순간이었다.

획.

청명이 검을 회수하더니 몸을 획 돌렸다. 법정의 입이 어색하게 다물어졌다. 뒤돌아 걸어가는 이에게 승리를 선언하는 건 모양새가 좋지 않으니까. 그가 멈춰 서야만 우승을 선언하는 목소리에 힘이 실릴 게 아닌가.

물러선 청명은 주위를 두리번대더니 바닥에 떨어진 매화검의 검집을 주워 검을 밀어 넣었다. 그러더니 검을 옆구리에 차고 의관을 다시 정비했다.

'그래도 화산의 제자로구나.'

법정은 무겁게 고개를 끄덕였다. 그 언행이 거친 면은 있지만, 정당히 싸운 비무를 마무리할 줄은 아는 모양이다.

법정의 생각이 그리 틀리지 않았는지 의관을 정제한 청명이 자세를 바로 했다. 그러고는 양손을 모았다. 이제 저 손을 내밀어 포권 하고 나면 법정이 청명의 우승을 선언하면 된다. 당분간은 청명이 모든 영광을 가져가겠지만, 언젠가는…….

'음?'

그 순간이었다. 양손을 모은 청명이 슬쩍 법정을 바라보았다. 사실 딱히 이상할 것 없는 행동이다. 비무가 벌어지는 내내, 아니, 그 전부터 화산신룡은 법정을 의식하는 듯한 모습을 보여 주었으니까.

그럼에도 법정이 순간 당황한 이유는 청명의 입가에 살짝 비뚜름하게 걸린 미소 때문이었다.

'미소?'

물론 웃는 게 이상한 것은 아니다. 천하비무대회의 우승이 확정된 순간이니 웃지 않는 게 더 이상한 일이다. 하나 저 미소는 이상하리만치 법정을 불안하게 만들었다.

청명과 법정의 시선이 다시 한번 마주쳤다. 미묘한 호선을 그리는 청명의 눈을 보는 순간, 법정의 가슴이 덜컥 내려앉았다.

'안 돼!'

정확하게 무슨 짓을 하려는지 알 수는 없지만, 저놈이 분명 일을 벌이려는 게 분명하다. 그 꼴만은 볼 수 없단 일념으로, 법정은 발작하듯 소리치려 했다.

하지만 그의 입이 채 열리기도 전에 청명이 양손을 내밀어 혜연에게 포권 하며 크게 외쳤다.

"화산의 청명은 부족함을 알고 이 승부에서 기권합니다."

법정의 몸이 그 자리에서 돌처럼 굳어 버렸다. 포권을 받은 혜연도 이 상황을 이해하지 못한 듯 멍한 표정으로 청명을 바라보았다.

정적. 바늘 떨어지는 소리도 들릴 것 같은 정적이 소림 전체에 내려앉았다.

그리고…… 백천은 손을 뻗어 자신의 얼굴을 감쌌다.

"……저질렀다."

그러자 옆에 있던 유이설이 작은 목소리로 중얼거렸다.

"꼴통."

윤종과 조걸은 입을 쩌억 벌린 채 아무런 말도 하지 못했다. 뒤에서 비무대를 바라보던 백상은 허탈하게 웃고 말았다.

"허허허……. 제정신이 아닌 것도 정도껏이어야지……. 저 미친놈 같으니."

화산의 제자들도 충격을 받았지만, 법정이 받은 충격에 비할 바는 아니었다. 그의 눈에 실핏줄이 잔뜩 섰다. 소림의 방장의 입에서 나온 것이라고는 믿을 수 없을 만큼 거친 노호가 터져 나왔다.

"그, 그게 무슨 소리요! 기권이라니!"

"말 그대로예요. 기권한다고요."

청명은 심드렁하게 귀를 후비고는 손가락을 입으로 훅 불더니 영혼 없는 목소리로 말했다.

"축하드려요. 우승은 소림이네요."

"이……."

법정은 금방이라도 넘어갈 것처럼 온몸을 파들파들 떨었다. 핏기가 사라진 얼굴과 경련을 멈추지 못하는 몸, 그리고 얼마나 힘을 주었는지 핏줄이 터지며 빨갛게 물들어 가는 눈은 지금 그가 얼마나 큰 노화에 휩싸였는지 여실히 드러내 주었다.

'저, 저 지옥에 떨어질 놈이…….'

기권이라니. 그게 말이나 되는 소린가?!

눈이 옹이구멍이 아닌 이상에야 누가 이겼는지 모를 수가 없다. 그리고 이곳에 모인 이들에게 달린 건 당연히 옹이구멍이 아니다.

그런데 다 이겨 놓고 되레 기권을 해 버린다? 이보다 더 우승자가 우스워지는 상황이 세상에 존재하겠는가?

"이, 이……. 이!"

이 사실이 퍼져 나가면 소림은 말 그대로 천하의 비웃음거리가 될 것이다.

"이……!"

노호를 내지르려던 법정의 몸이 순간 뻣뻣하게 굳었다.

"방장!"

"방장! 정신 차리십시오, 방장!"

"우웨에에에엑!"

내기가 뒤틀렸는지 법정은 끝내 바닥에 피까지 토했다. 당황한 소림의 제자들이 황급히 모여들었다. 청명은 그 광경을 보며 피식 웃었다.
"이상한 양반이네. 왜 혼자서 피 토하고 난리래."
그러고는 혜연과 법정을 한 번씩 바라보더니 주저 없이 돌아섰다.
객기? 그럴지도 모르지. 하지만 이건 단순히 소림을 망신 주기 위한 행동만은 아니다.
'이딴 건 필요 없어.'
이 대회는 처음부터 끝까지 소림이 준비한 것. 이 대회의 우승자가 가질 영광 역시 소림이 공증하기 때문에 생기는 것이다. 그런데 지금 화산더러 소림이 주는 영광을 넙죽 받아먹으라고?
'웃기는 소리.'
세상의 그 어떤 좋은 것이라 해도, 소림이 주는 거라면 필요 없다. 소림이 주는 명예를 받아들인다는 건, 구파일방과 오대세가로 대표되는 현 강호에 순응한다는 것이나 다름없다. 청명은 더 이상 그 길을 갈 생각이 없었다.
"화산은 화산의 길을 간다."
물론 쉽지 않을 것이다. 어쩌면 지금까지 그가 겪어 온 것보다 더 험한 길이 될지 모른다. 하나.
청명의 시선이 이쪽을 멍하게 바라보는 화산의 제자들에게로 향했다.
'못 할 것도 없잖아?'
그렇죠, 장문사형?
- 이 망둥이 같은 놈아!
내 욕할 줄 알았지. 에이.
청명은 피식 웃으며 그를 기다리는 화산의 제자들에게로 걸어갔다.
- 잘했다.

청명의 시선이 저 높은 하늘로 향했다. 구름 한 점 없이 유독 푸른 하늘이 그를 내려다보고 있었다.

그 하늘을 향해 씨익 미소 지은 청명은 달리듯 화산의 제자들에게로 뛰어들었다.

천하비무대회. 긴 시간 동안 치러진 그 대회의 우승은 모두가 처음 예상했던 대로 소림에게 돌아갔다.

다만, 대회의 파급력은 전혀 다른 방향으로 흐르기 시작했다.

"기권?"

"……기권을 한다고? 여기서?"

구파와 오대세가의 장문인들은 어느새 모두 자리에서 일어나 멍하니 비무대를 바라보고 있었다.

'이. 이게 대체 뭔……?'

'세상에……. 경우가 없는 것도 정도가 있지.'

기권이라니. 이건 전례가 없는 일이다. 기억을 더듬고 또 더듬어 봐도, 이만한 권위가 있는 대회에서 결승에 오른 이가 기권했다는 말은 들어 본 적이 없다.

'팔이 잘리고 다리가 부러져도 어떻게든 결승만은 치르려고 하는 게 보통이 아니던가.'

그런데 기권을 한다고? 그것도 다 이겨 놓은 상황에서?

산전수전을 다 겪었다고 할 수 있는 각 파의 장문인들조차 지금 눈앞에서 벌어지고 있는 이 사태를 도무지 이해할 수가 없었다.

"그, 그럼 이제 어떻게 되는 거요?"

누군가가 묻자 모두의 시선이 반사적으로 허도진인에게로 향했다. 법정이 이곳에 없는 이상 장문인들을 대표하는 건 무당의 장문인인 허도진인이니까.

허도진인은 살짝 난감한 표정으로 장문인들과 청명을 번갈아 바라보다 그만 헛웃음을 흘리고 말았다.

"어찌 되긴 뭘 어찌 됩니까. 혜연이 우승한 것이지요."

"……아니, 누가 봐도…….'

"그럼 어떻게 하겠습니까? 승자를 선언하기 전에 기권해 버렸는데 '그게 아니고 사실은 네가 이긴 거다.'라고 설득이라도 하겠습니까?"

"허어…….'

모두 살짝 시선을 교환하였다.

"하나 비무를 지켜본 중인들이 그걸 받아들이겠습니까?"

"그럴 리 없지요."

"그럼……."

하지만 반박이나 질문은 더 이어지지 않았다. 사실 이리 대화를 나누는 것은 그들이 머리가 나빠서가 아니다. 너무 황당하여 주변의 의견을 구하지 않고서는 참을 수가 없었을 뿐이다. 결국 명확하게 보이는 상황은 이것뿐이었다.

'……이런 개망신이 있나.'

'소림의 권위가 바닥으로 추락하겠군.'

자신이 주최한 대회에서 준우승을 하는 것도 망신이다. 물론 다른 문파라면 체면치레는 하겠지만, 주최가 소림이니 문제다. 준우승만으로도 그 권위에 상처를 입을 수 있다.

그런데 우승이 거의 확실시되었던 이가 소림이 주는 우승의 권위를 냅다 걷어차 버리고 돌아선다? 이건 소림의 얼굴에 썩은 거름을 퍼붓는 것과 다를 바가 없었다.

허도진인은 당혹스러운 얼굴을 감추지도 못하고 청명을 보았다.

'이제껏 소림에게 이리 큰 망신을 준 이가 존재했던가?'

기억을 더듬어 봐도 도무지 생각이 나지 않는다. 심지어 저 소림의 체면을 나락까지 떨어뜨려 버린 이가 무당도 아니고 심지어 마교도 아닌, 화산의 어린 제자라는 사실이 너무 당혹스러웠다.

"하하하하하하하하하하!"

그 순간, 옆쪽에서 커다란 웃음이 들려왔다. 그쪽을 돌아본 허도진인은 미간을 찌푸렸다.

'당군악?'

다른 사람도 아니고 사천당가의 가주인 당군악이 배를 움켜잡고 웃고 있었다.

허도진인의 얼굴이 슬쩍 일그러졌다. 당군악은 무겁고 진중한 성격으로 알려진 이다. 그런 이가 아이처럼 웃어 대고 있었다. 눈물이라도 흘릴 기세로 말이다.

"아. 아……. 죄송합니다. 하하하."

그러더니 눈가를 훔치더니 천천히 자리에서 일어났다.

"소림도 소림이지만, 어찌할 바를 모르는 장문인들을 보고 있으니 자꾸 웃음이 나서 말입니다."

"……으음."

"크흐흠!"

장문인들이 일제히 헛기침하며 시선을 피했다. 당군악의 말속에 뼈가 있다.

망신을 당한 것은 소림이다. 하지만 그게 어디 소림만의 망신이겠는가? 구파일방이 소림을 그들의 수장으로 받아들이고 그 명성과 함께해 온 이상, 이 일은 구파일방과 더 나아가서는 오대세가 전체의 망신이라 해도 과언이 아니다.

그 증거로 그들은 이 단상 위에서 비무 대회를 지켜보지 않았던가. 여기에 올랐다는 것은 그들이 이 비무 대회에 자신들의 권위를 더하겠다는 선언과 다르지 않다.

결국, 지금 이 자리에서 그 오랜 시간 동안 천하의 질서를 지켜 온 구파일방과 오대세가의 권위가 부정당한 것이다. 저 화산의 젊은 제자에게 말이다.

당군악의 말에 현실을 파악한 이들이 노기와 당혹감이 뒤섞인 표정으로 화산을 응시했다. 당군악은 휙 몸을 돌렸다. 다른 장문인들의 반응은 이제 더 볼 것도 없었다.

'시작될 것이다.'

저들에게 청명의 말은 그저 어린 천재의 치기로 들렸으리라. 하지만 당군악은 알고 있다. 저 아이가 아무런 계획 없이 움직일 이가 아니라는 것을.

이미 그는 청명의 식견에 진정으로 놀란 적이 있지 않은가. 일단 검부터 휘두르고 보는 그 급박한 성정 뒤에는 그도 차마 따라갈 수 없는 깊은 혜안이 감춰져 있었다.

"쯧."

화산은 이제 단순히 섬서에 머무르지 않을 것이다. 화산이 구파와 다른 길을 걷기로 결정했다면, 천하는 반드시 요동친다. 그 혼란스러운 난세를 저들이 과연 버텨 낼 수 있을까? 당군악은 그 사실이 벌써부터 흥미로웠다.

'물론 당가도 이제 대비를 해야겠지.'
그는 사형제들 앞에 선 청명을 물끄러미 보았다.
'저 화산신룡이 만들어 낼 새로운 질서에.'
그 눈빛이 낮게 가라앉아 있었다.

"……."
백천은 멍한 눈빛으로 청명을 바라보았다.
"너……."
"응?"
"하……."
하지만 뭔가 말을 하려는 듯 입을 몇 번 뻐끔대던 그는 결국 입을 다물고 고개를 저어 버렸다.
"아니……."
"비켜 봐. 지금은 사숙이 나설 때가 아니야."
"응?"
청명이 가볍게 백천을 밀어 냈다. 그러곤 화산의 문하 중 유일하게 자리에 앉아 있던 현종의 앞으로 걸어갔다.
저벅. 저벅.
단호한 걸음으로 현종의 앞에 선 그는 뒷머리를 한차례 긁었다. 그러고는 고개를 깊고 힘차게 숙였다.
"멋대로 굴어서 죄송합니다!"
"……."
다시 고개를 살짝 들고 씨익 웃는 그의 얼굴에는 장난기가 묻어났다.
"벌은 받겠습니다. 대신 참회동에 가두지는 말아 주세요. 벽곡단은 지굿지굿하거든요."
　현종이 그런 청명을 가만 바라보다 입을 열었다.
　"청명아."
　"예, 장문인."
　"네 마음이 가는 대로 행한 것이더냐?"
　청명은 곧장 대답하지 않고 허리를 폈다. 그러고는 슬쩍 하늘을 올려다보았다. 마음이라…….
　"네, 장문인."
　청명의 입에서 부드러운 음성이 새어 나왔다. 현종은 그제야 한없이 자애로운 미소를 지으며 고개를 끄덕였다.
　"그래. 그럼 되었다."
　그리고 천천히 자리에서 일어나 청명의 어깨를 두드려 주었다. 그 다정한 손길에 반쯤 장난기가 묻어 있던 청명의 눈빛이 진지해졌다. 현종은 말했다.
　"나는 네가 결코 아무런 생각 없이 일을 벌일 녀석이라고는 생각하지 않는다."
　"……."
　"그러니 굳이 설명할 것 없느니라. 말하지 않았더냐. 네 뜻이 곧 화산의 뜻이다."
　"장문인……."
　"훌륭했다."
　현종이 시선을 돌렸다. 여전히 각 파의 장문인들과 관중들은 충격에서 헤어나지 못한 듯 입을 벌린 채 멍하니 이쪽만 응시했다.
　소림 쪽은 더 심각했다. 다른 제자들은 어찌할 바를 모르고 우왕좌왕

하고, 혜연은 아예 넋이 나간 채 비무대에 주저앉아 있었다. 현종은 청명에게로 시선을 돌리며 말했다.

"청명아. 너는 저들에게 화산의 검을 분명히 보여 주었다. 그거면 된 것이다."

청명이 씨익 웃으며 머리를 긁적였다.

"그렇죠. 헤헤."

그 웃음을 보니 현종의 마음도 편안해졌다.

'참 여러모로 대단한 아이다.'

방식이야 어쨌건 지금 이곳에 모인 모두가 오로지 청명 하나에 집중하고 있다. 설사 우승을 하여 모두의 환호를 받았다 해도 이보다 더 주목을 받기란 어려웠을 것이다.

그때, 곁에서 듣고 있던 백천이 참지 못하고 버럭 소리를 질렀다.

"아니, 그래도 정도가 있지 않습니까, 장문인!"

정말로 기가 막히고 화가 치미는 듯한 얼굴이었다. 평소 현종에게 우는소리조차 내지 않던 윤종도 드물게 언성을 높이며 말을 보탰다.

"지금 칭찬할 일이 아니잖습니까! 이는 혼을 내셔야 할 일입니다!"

"그렇습니다! 아니, 물론 사고야 칠 줄 알았지. 그래, 솔직히 그것까진 예상했지! 그런데 사고도 적당히 쳐야 하는 것 아닙니까!"

조걸 역시 백천의 등 뒤에서 삿대질을 해 대었다. 유이설은 말없이 퉁한 눈으로 청명을 바라보다가 고개를 내저어 버렸다.

하지만 현종이 무어라 대답을 하기도 전에 뒤에 있던 현영이 단호하게 일갈했다.

"시끄럽다, 이놈들아!"

"장로님!"

"장문인이 그러하다 하시면 그런 것이다. 어디 머리에 피도 안 마른 놈들이 장문인께 이래라저래라 하는 것이냐? 운검! 운검이는 어디에 있느냐!"

"히익!"

"자, 잘못했습니다!"

"저희가 생각이 짧았습니다!"

백매관주 운검의 이름이 나오자 연신 구시렁거리던 제자들이 기겁을 하며 몸을 움츠렸다. 그러자 어느새 현영의 뒤에 숨은 청명이 낄낄대며 웃었다.

'죽이고 싶다.'

'진짜 딱 한 대만 패면 소원이 없겠다! 진짜!'

저 망할 놈. 저 대책 없는 놈. 그리고…….

그런 청명을 노려보던 백천은 허탈하게 웃고 말았다.

'그래. 하기야, 저놈은 원래 그런 놈이었지.'

애초에 이 대회의 우승 같은 건 청명에게 아무런 의미도 없었을 것이다. 저놈은 그저 달라진 화산을 세상에 선보이고 저 구파일방의 대가리를 깨 놓는 걸로 만족할 놈이었다.

"……좀 과하게 깨긴 했지만."

그는 넋이 나간 혜연을 흘끗 보았다.

천재. 소림이 심혈을 기울여 육성한 인재. 그토록 대단해 보이던 자가 지금은 너무도 초라하기 그지없다. 하지만 당연하다면 당연한 일. 무인에게 있어서 저보다 더 큰 굴욕이 있겠는가.

백천이 고개를 내젓고는 청명을 바라보았다.

"악귀 같은 놈."

"또 왜?"

"……아니다."

말해 뭐 하겠는가.

그때 현종이 천천히 앞으로 걸어 나왔다.

"돌아가자꾸나."

"이렇게 말입니까?"

현상이 당황하며 물었다. 그러자 현종이 어깨를 으쓱한다.

"본래대로라면 시상도 했어야 할 것이고, 이리저리 일이 많았겠지만……."

그는 말끝을 흐리며 슬쩍 주변을 향해 턱짓했다.

"뭘 할 상황이 아니구나."

"……그도 그렇습니다."

"그럼 가야지. 더 있어서 뭐 하겠느냐? 돌아가자꾸나."

"예, 장문인."

현종이 손을 뻗어 청명의 뒷덜미를 살짝 움켜쥐었다.

"엥?"

"이리 오거라, 청명아."

"……예?"

그는 빙그레 웃으며 말했다.

"앞에서 걷거라."

"에이."

청명은 냉큼 고개를 도리도리 저었다.

"문파의 선두에는 장문인이 서셔야죠. 뒤에서 따르겠습니다."

"그럼 같이 서자꾸나."

"……네?"

현종이 그의 어깨를 두어 번 두드렸다.

"너에게는 그럴 자격이 있다. 아니, 그래야 한다."

청명은 적잖이 당황했다. 장문인의 옆에 서는 건 상상해 본 적이 없었다. 움찔하여 뒤로 물러서려 했지만, 살짝 발을 빼려는 순간 등에 무언가 닿았다.

"응?"

뒤를 돌아보니 백천 일행이 손을 뻗어 그가 물러나지 못하도록 막고 있었다.

"나가."

"앞에 서."

"못 물러나."

"……."

아니, 이것들이? 눈을 부라려 제압해 보려 했지만, 그들은 더더욱 단호한 눈빛으로 그를 몰아붙였다. 쉬이 물러서진 않을 게 분명했다.

결국 청명은 깊은 한숨과 함께 앞으로 나가 현종의 옆에 섰다. 그러자 장로들이 그 뒤에 서고, 남은 화산의 제자들이 도열했다.

"가자꾸나."

현종이 걸음을 떼었다. 그를 따라 화산의 제자들이 함께 걷기 시작했다. 비무장에서 빠져나가는 길의 좌우로 군중들이 빼곡하게 자리를 채우고 있다.

들어올 때, 화산은 저들의 환호를 받았다. 하나 지금은 뭔가 괴이한 것이라도 본 양, 다들 얼이 빠진 표정이었다. 화산 제자들은 모두 자신도 모르게 살짝 입꼬리를 올렸다. 저 면면들을, 반응을 보는 기분이 썩

나쁘지 않다. 아니, 오히려 조금 들뜰 정도였다.
그렇게 힘 있는 발걸음을 계속하여 옮기던 그때였다.
"멈추시오!"
화산 제자들의 고개가 일제히 돌아갔다.
"쿨럭!"
"방장!"
"무리하시면 안 됩니다!"
"놓거라!"
하늘이라도 무너진 양 주저앉았던 소림의 방장 법정이 이쪽을 향해 노기 띤 눈빛을 보내고 있었다. 평소의 그 평온한 모습이 아니다. 창백한 안색, 그리고 붉게 젖어 있는 수염과 앞섶은 그가 얼마나 격노했었는지를 말해 주고 있었다.
"이대로 간단 말이오?"
"……."
현종이 어깨를 으쓱하며 답했다.
"그럼 달리 뭐 할 것이 있겠습니까, 방장."
"어찌……. 어찌!"
법정이 입술을 파르르 떨며 노호했다.
"지금 그대들이 무엇을 하는지는 알고 있는 게요? 이건 소림뿐 아니라 천하를 무시하는 처사요!"
"……."
"화산의 오만함이 하늘에 닿았구려! 이런 행위가 감히 용납될 것이라고 생각하시오?"
현종은 슬쩍 시선을 돌려 청명을 보았다. 그러자 청명이 기다렸다는 듯 어깨를 으쓱하며 말했다.

"왜 저희가 용납을 받아야 하죠?"

"……뭐라고?"

법정을 보는 그의 눈빛은 심드렁하기 그지없었다.

"착각하는 모양인데, 그건 용납을 받고 어쩌고 할 일이 아니에요. 오만한 건 우리가 아니라 소림이죠. 이런 일 하나조차 소림의 허락을 받아야 한다고 생각하니까 그런 말이 나오는 것 아닌가요?"

"이…….”

말을 잇지 못하는 노승을 향해 청명은 씨익 웃으며 손을 살래살래 저었다.

"보중하세요. 거 갑자기 피도 토하시는 걸 보니 건강도 안 좋아 보이시던데, 남한테 지적을 하기 전에 건강부터 챙기는 게 우선 같네요. 화산에 가면 남는 산삼 쪼가리라도 보내 드릴게요."

"이, 이 상종 못 할! 쿨럭!"

법정이 다시금 피를 토하며 몸을 웅크렸다.

"방장!"

"뭐 하느냐! 어서 방장을 의약당으로 뫼셔라!"

얼마나 울화가 극심하면 내상까지 입는단 말인가. 청명은 고개를 내저었다.

"무인으로서는 몰라도, 중으로는 정말 실격인 사람이네요."

그 말에 백천이 아주 나지막하게 말했다.

"……네 주둥아리가 과한 것이란 생각은 해 보지 않았느냐?"

"전혀요?"

"……그래."

백천이 납득하고 고개를 끄덕였다. 현종은 쓴웃음을 지었다.

'이걸로 소림과는 진정으로 틀어질 수밖에 없겠구나.'

우려가 안 된다고 하면 거짓일 것이다. 하지만…….

현종은 오히려 가슴을 폈다. 바른길을 걷고자 하는 이들에게 현실을 보라 말하고 싶지 않다.

'나는 화산의 장문인이다.'

어른이 해야 할 일은 아이들이 바른길을 걸을 수 있게 해 주는 것이다. 현실의 칼이 화산을 찌른다면 그가, 그리고 화산의 장로들이 그 칼을 맞을 것이다. 이 아이들이 올곧게 자라 언젠가는 화산의 거목이 될 때까지 말이다.

"가자꾸나."

"예, 장문인!"

모두의 어깨와 등허리가 곧게 펴졌다. 옮기는 걸음마다 힘과 자부심이 넘쳐 난다. 모두가 아는 것이다. 이럴 때는 당당한 뒷모습을 남겨야 한다는 것을.

한 점의 미련도 없이 비무장을 벗어나는 그들의 모습에 관중들은 눈을 떼지 못했다. 그리고 어느 순간.

짝. 짝짝짝. 짝짝짝짝짝!

누군가 박수를 치기 시작하자, 하나둘씩 손을 들어 박수를 치기 시작했다. 곧 그 박수는 이내 소림을 모두 뒤덮어 버릴 정도로 커다란 소리로 화했다. 이때까지의 환호와는 달랐다. 응원이 아닌 '인정'이 담겨 있는 박수였다.

그 소리에도 화산의 제자들은 뒤를 돌아보지 않았다. 절로 올라가는 어깨, 꽉 쥐어지는 주먹, 상기된 얼굴.

이제 천하의 모두가 알게 될 것이다. 세상을 호령하던 매화검문, 화산파가 다시 강호로 돌아왔음을 말이다.

"어, 맞다! 나 판돈 챙기고 가야 하는데? 잠깐, 나 저기 갔다 오면 안 돼요?"

"……."

"장문인?"

"……에라, 이 망둥이 같은 놈아!"

조금……. 조금 묘한 모습으로 돌아오긴 했지만 말이다.

매화검문(梅花劍門). 화산파(華山派).

수백 년의 역사를 이어 온 명문 화산파가 천하에 그 귀환을 선포하는 순간이었다.

23장

내가 네게 용서를 논할 자격은 없겠지만

 발 없는 말이 천 리를 간다. 사람의 힘으로 막을 수 없는 것이 소문인 법. 천하비무대회가 소림의 우승으로 끝났다는 소문은 순식간에 천하로 퍼져 나갔다. 처음 그 말을 들은 이들은 다들 고개를 끄덕였다.
 "역시 소림이지! 그럴 줄 알았어."
 하지만 뒤이어 전해지는 상황을 들은 이들은 다들 고개를 갸웃거릴 수밖에 없었다.
 "응? 이긴 건 화산이나 다름없다고? 그게 무슨 소린가?"
 그리고 마침내 모든 사정을 듣게 된 이들은 하나같이 입을 쩍 벌리며 경악했다.
 "뭐? 우승을 제 발로 걷어차고 나갔다고?"
 당최 믿을 수 없는 이야기였다.
 "세상에, 그 소림이 완전 개망신을 당했구먼."
 "대체 화산신룡이라는 이는 뭐 하는 작자기에 그런 짓을 할 수 있단 말인가?"

"허어, 소림……. 소림이……."

사람들은 소문을 좋아한다. 그중 특히나 좋아하는 건 누군가의 추문이나, 콧대 높던 이들이 망신을 당했다는 종류의 것이다. 수백 년간 천하의 태산북두 자리를 지켜 오던 소림이 망신을 당했다는 소문은 지금껏 퍼졌던 소문들과는 전혀 다른 속도로 천하로 퍼지고 있었다.

그 과정에서 자연히 화산의 이름도 수없이 회자되었다.

"그런데 화산이라니. 어찌 되었건 화산이 결승까지 올랐다는 말이 아닌가."

"그뿐 아니지. 결승은 물론이고 이번 대회에서 가장 좋은 성적을 거둔 것도 화산이라는군. 후기지수들로만 따진다면 화산을 능가할 문파가 존재하지 않는다지 않는가."

"허허. 나는 화산이라는 이름을 이번에 처음 들었는데, 이리 강한 문파였다니."

"과거에는 화산이 구파일방이었네. 그 자리에 해남이 대신 들어간 게지. 여하튼 저 화산이 과거의 위상을 되찾고 있으니 앞으로도 재미있는 일들이 벌어질 걸세."

"가만, 가만! 이 일을 나만 알고 있을 수는 없지! 나도 이 일을 빨리 알려야겠네!"

"어허! 그리 뛰다 다치네. 이 사람아, 거!"

소문을 들은 이들은 저마다 들은 소식을 전하기 위해 동분서주했다. 덕분에 화산에 대한 소문은 살까지 잔뜩 붙어 천하로 퍼져 나갔다.

그리고 이 소문의 주인공인 화산파는 불편한 소림을 떠나 최대한 빨리 섬서를 향해 출발…….

"……했어야 했는데."

눈앞에 펼쳐진 광경에, 현상의 수염이 파르르 떨렸다.

'이래도 괜찮을까?'

물론 보기 나쁜 광경은 아니다. 우승을 거머쥔 것은 아니나, 천하비무대회에서 준우승을 하는 것도 보통 경사가 아니다. 이 대회에 처음 참가할 때 감히 그런 성적을 기대했었던가?

게다가 그 준우승이라는 것도 실질적으로는 거의 삼켰던 당과를 뱉어낸 것이나 다름없다. 어쩌면 우승보다 더 값진 준우승이라 할 수 있을 것이다. 그러니…….

'저 고기들과 음식들이야 이해할 수 있지.'

현영은 제자들을 아낀다. 말투야 조금 날카로운 편이지만, 그가 제자들을 진정으로 아낀다는 것은 화산의 누구도 의심하지 않는다. 그러니 고생한 제자들에게 맛있는 것을 먹이고 싶었겠지. 물론 거기까지는 이해한다. 하지만…….

"저…… 장문인."

"으음?"

곁에 있던 현종이 슬쩍 고개를 돌렸다. 현상은 애써 침착한 목소리로 말했다.

"저는 물론…… 축하하는 연회 정도는 얼마든지 할 수 있다고 생각합니다."

"그렇지."

"그리고 연회에는 음식이 빠질 수도 없다고 생각하고요."

"그런데 왜?"

"그런데……."

현상이 파르르 떨리는 목소리로 입을 열었다.

"그런데 여기는 소림이 아닙니까. 정말 이래도 괜찮은 겁니까?"

현상의 눈에 주저육림이 보인다. 게걸스레 고기를 뜯는 제자들까지야 이해할 수 있다. 그동안 나름 어떻게든 고기를 먹이기는 했지만, 숨겨 들어오는 것에도 한계가 있었으니까. 어차피 이리 떠나 버리면 소림으로 다시 올 일도 없으니, 고기 정도야 먹을 수 있겠지. 다만…….

전각 밖에 지펴진 모닥불과 그 위에 올라간 통돼지.

'……이건 너무 나간 것 아닌가?'

절간에서 고기를 먹는 것만으로도 인간의 도리를 벗어난 느낌인데, 통구이라니. 이건 불문에 대한 예의를 넘어서서 도사로서 넘지 말아야 할 선을 넘어 버린 느낌이…….

'아니, 뭐 그래. 거기까지도 그렇다 치자.'

어차피 고기는 고기. 미리 구운 것을 먹으나, 이 자리에서 구워 먹으나 뭐 그리 다르겠는가? 문제는…….

"크으! 한잔 받으십쇼, 사형!"

"좋지! 좋지! 너도 받거라!"

"걸아! 팔 강까지 가느라 수고가 많았다!"

"헤헤헤헤! 제가 따라 드리겠습니다, 사숙!"

꼴꼴꼴꼴.

"……."

꼴꼴꼴꼴.

"카아아아아아! 죽인다!"

"이게 얼마 만의 술이냐! 크으으으!"

현상의 수염이 다시 파르르 떨렸다.

'정말 이래도 되는 걸까?'

신성한 소림의 경내에서 저렇게 대놓고 술과 고기라니. 세상 모든 일에는 정도가 있는 법이 아니던가.

'통구이에 말술이라니. 여기가 산이라고는 해도 숭산인데.'

누가 보면 언제부터 산적이 숭산을 차고앉았냐고 삿대질을 해 댈 것이다. 영 속이 이상해진 현상이 슬쩍 현종을 설득하려 운을 뗐다.

"장문인, 저는 아무래도 이게 좀……."

하지만 그가 뭔가를 말하기도 전에 현영이 딴지를 걸어왔다.

"또, 또 무슨 고리타분한 소리를 하려고 그러십니까!"

"…….."

"고생한 애들 좀 먹이겠다는데!"

"아니, 내 말은…… 애들이 고생하지 않았다는 게 아니라……."

"이제 와서 소림의 체면이라도 세워 주실 생각은 아니시겠지요? 그런다고 저놈들이 고마워하겠습니까?"

"끄으으응."

현상도 알고 있다. 청명이 비무 대회에서 저지른 일을 생각하면 화산과 소림은 이미 돌이킬 수 없는 관계가 되었다고 봐야 한다. 거기에 이런 술자리 하나 더하든 말든 달라질 것은 없다. 그럼에도 곤란해 보이는 현상을 보며 현종은 빙그레 웃었다.

"괜찮지 않겠느냐?"

"……장문인."

"저 아이들은 지금껏 정말 잘해 주었다. 하지만 그건 비무 대회 이전부터 해 온 긴 수련으로 쌓인 피로를 풀 새도 없이 대회를 치렀다는 말과도 같지."

현상이 고개를 끄덕였다. 대회를 치른다는 것이 생각보다 훨씬 힘든 일이었다. 직접 비무를 한 적도 없는 현상마저도 몸이 녹는 듯한 짙은 피로감을 느끼고 있는데, 저 아이들은 오죽하겠는가.

"섬서로 가는 길은 멀지 않으냐. 그 길을 떠나기 전에 아이들을 조금이라도 풀어 주고 싶구나. 네가 조금만 이해하거라."

"제 생각이 짧았습니다."

현상이 고개를 숙이자 현종은 빙그레 웃으며 그의 어깨를 두드렸다.

"알고 있다. 문파에는 너처럼 말해 주는 이도 있어야 하는 법이지. 다만 오늘은 조금 내려놓자꾸나."

"예, 장문인."

"보거라. 저 아이들이 저리 좋아하는 모습을 볼 수 있는데, 그깟 예의가 대수겠느냐?"

"그렇습……."

살짝 흐뭇해진 표정으로 현상이 주변을 둘러보았다. 주둥이에 아예 술병을 꽂고 고개를 한껏 젖힌 청명의 모습이 보였다.

"……."

꼴꼴꼴꼴꼴.

목울대가 꿀렁거릴 때마다 식도를 타고 술이 삽시간에 넘어간다. 청명은 비어 버린 술병을 입에서 뽑아내더니 새 술병을 지체 없이 입에 꽂아 넣었다.

꼴꼴꼴꼴.

"……."

저러다 죽지 않을까?

"청명이가 기분이 무척 좋은 모양이구나."

네? 그냥 고주망태에 주정뱅이 같은데요, 장문인?

"하하하. 영웅은 본디 술을 좋아하는 법이지요."

응? 영웅? 저게?

현영의 말에 쉬이 공감하지 못하며, 현상은 청명을 다시 슬쩍 보았다. 평소라면 그 옆에서 잔소리를 늘어놓는 사람이 분명 있었을 것이다. 분명히 그럴 텐데……

"으히히히히힛!"

"……"

하지만 안타깝게도 오늘은 예외인 모양이었다. 평소라면 청명을 말렸을 윤종과 조걸이 오히려 더 크게 판을 벌이며 죽어라고 술을 마셔 대고 있었다.

'윤종이 저 아이까지……?'

화산에서 가장 도인의 본분을 지키려 하는 이는 누가 뭐라 해도 윤종이다. 무인으로서야 백천을 더 높이 평가하겠지만, 화산의 도를 지켜 나갈 도인으로는 윤종이 좀 더 맞는 그릇이라 할 수 있었다.

평소의 윤종이라면 다른 이들이야 술을 마시든 말든 적당히 자제하고 주변을 살폈을 것이다. 하지만 오늘 윤종은 허리끈을 풀어 놓고 술을 부어 대고 있었다. 조걸이야 그런 윤종의 두 배는 들떠서 연신 술을 넘기고 있고…….

"으응?"

유이설은 한쪽 구석에서 탁자에 머리를 박고 잠이 들어 있다. 그리고 당소소는 잠든 사람을 붙들고 내내 횡설수설 말을 늘어놓고 있었다.

"허허……"

그나마 정신을 차리고 있는 사람이 백천이었지만, 그도 딱히 멀쩡해 보이지는 않았다. 시뻘겋게 달아오른 얼굴로 사형제들의 잔을 받느라 정신이 없는 듯했다.

"허······. 허허."

난장판을 보며 할 말을 잃고 만 현상이 헛웃음을 흘렸다. 그때 현종이 가만히 입을 열었다.

"다들 많이 힘겨웠을 게다."

"그야······."

"화산의 재건이 자신들에게 달려 있다는 것을 저 아이들이라고 해서 어찌 몰랐겠느냐."

현상이 입을 다물었다. 현종의 목소리가 조금 씁쓸하다.

"다들 이제야 무거운 짐을 잠깐 내려놓은 게지. 그러니 저리 편히 웃고 떠들 수 있는 게다. 이제야 말이다. 이제야."

현종이 안쓰러운 얼굴로 제자들을 바라보았다. 위에서 제대로 짐을 짊어지지 못하여 죄 없는 아이들이 고생한다 생각하니, 속이 영 편치 않았다.

그때, 누군가가 그의 상념을 끊고 들어왔다.

"장문인께서도 혼자 너무 깊이 들어가지 마십시오."

"으응?"

현영이었다. 그는 고개를 내저으며 말했다.

"짐이야 평소에는 고통이 되지만, 내려놓고는 보람이 되는 법입니다. 아이들이 진정으로 무거움을 짊어지지 않았더라면 지금 저리 기뻐할 수 있었겠습니까?"

"으음."

"물론 우리는 아이들에게 죄인입니다. 하지만 그렇다 해서 저 아이들을 불쌍하다 말하지는 마십시오. 그건 오히려 저 아이들을 무시하는 일입니다. 천하비무대회에서 가장 좋은 성적을 거둔 자랑스러운 아이들이 아닙니까."

현종이 가만히 고개를 끄덕였다.

"그래. 네 말이 옳다."

자랑스럽지. 자랑스럽고말고.

그는 가만히 눈가를 훔쳤다. 저 기특한 녀석들을 보고 있으니 자꾸만 눈가가 아려 왔다. 저 기특…….

"으히히히히히히힛!"

그 순간, 청명이 벌떡 자리에서 일어나더니 앞에 있는 백상의 입에 호리병을 쑤셔 넣었다.

"읍! 읍읍!"

"마셔! 마셔! 오늘 먹고 죽는 거야!"

"으으으읍!"

백상이 저항하며 버둥거렸지만, 청명은 끝내 술을 그의 입에 꼴꼴 쏟아붓고는 낄낄대며 다음 희생자를 찾아 나섰다. 그리고 마침내 한 명이 청명의 망에 걸려들었다.

"사숙?"

"……."

"동룡이?"

"……."

이미 술기운에 전신이 시뻘겋게 변한 백천이 떨리는 눈으로 청명을 바라보았다.

"아, 안 돼. 나 더 먹으면 죽…….”

하지만 청명은 말이 끝나기도 전에 그의 입에 술병을 꽂아 넣었다.

"괜찮아, 괜찮아. 안 죽어. 그리 쉽게 죽지 않아."

"끄르르르."

백천이 입에 술병을 꽂은 채 뒤로 넘어갔다. 그 순간 정신이 돌아온 듯 고개를 번쩍 든 유이설이 풀린 눈으로 청명을 빤히 바라보았다.

"꼰대."

쿵.

그러더니 다시 탁자에 머리를 박고 죽은 듯이 잠들었다.

'개판이네.'

현상이 빙그레 웃었다. 이게 어딜 봐서 도가 문파의 연회란 말인가. 평소 술을 즐겨 자셨다던 태상노군도 이 꼴을 보면 고개를 돌리고 말 것이다.

'장문인께서 뭐라 하셔도 너무 과해지기 전에 적당히 말려야…….'

그 순간이었다. 불그스름한 얼굴로 주위를 두리번거리던 청명의 고개가 우뚝 멈췄다.

"…….."

"헤헤. 장문인?"

"…….."

"장로님?"

악마……. 아니, 청명이 양손에 술병을 들고 슬금슬금 다가오기 시작했다.

그의 입가에 더없이 환한 미소가 맺히는 순간 현상은 자신도 모르게 눈을 질끈 감고 말았다.

◆ ◈ ◆

"아미타불."

한 사내가 전각 앞에 서서 나직하게 불호를 외었다. 몇 차례 망설이던 그는 한숨을 푹 내쉬고는 무거운 손길로 문을 두드렸다.

"계십니까."

작은 목소리. 그래서인지 대답은 들려오지 않았다. 그는 한숨을 더 크게 내쉬고는 조금 더 세게 문을 두드렸다.

"계십니까!"

하지만 이번에도 돌아오는 대답은 없었다.

"음?"

사내, 법계가 고개를 갸웃하며 안쪽으로 귀를 기울였다.

'벌써 떠난 것인가?'

아닌데. 분명 사람의 기척이 느껴지는데? 잠깐 고민하던 그는 가만히 문을 밀어 보았다. 걸쇠가 잠기지 않았는지 끼익 소리와 함께 문이 천천히 열리기 시작했다.

"아미타불. 소림의 법계이옵니다. 장문인 계시는……. 뭐, 뭐야, 이거?"

안쪽으로 고개를 슬쩍 들였던 법계가 기겁을 하며 뒤로 물러났다.

'전쟁이라도 났나?'

커다란 전각 안이 완전히 난장판이었다. 중앙으로 모아 놓은 탁자에는 쑥대밭이 된 음식 접시와 빈 술병들이 어지러이 널려 있고, 바닥에는 습격이라도 받은 듯이 화산의 제자들이 널브러져 있었다.

'지, 진짜 습격은 아니겠지?'

가슴팍이 오르락내리락하는 것으로 보아 다행히 죽은 건 아닌 모양이었다.

"저…… 저?"

잠깐 멍하니 상황을 살피던 법계가 일순 눈을 부릅떴다. 이제야 안쪽의 상황이 일목요연하게 보였다.

"술? 그리고…… 고기?"

그러고 보니 마당에 앙상하게 남아 있는 저건 돼지의 뼈가 아닌가.

마당에 남은 모닥불의 흔적을 발견한 법계는 목뒤를 탁 움켜잡았다.

"대, 대체 이 문파는……!"

무도한 것도 정도가 있지, 대체 무슨 생각이란 말인가! 그는 벌겋게 달아오른 얼굴로 버럭 소리를 지르려다 황급히 입을 틀어막았다.

– 절대 충돌해서는 안 된다. 절대!

이곳에 오기 전 법정이 했던 말을 가까스로 떠올린 것이다. 일단은 누구라도 깨워야겠다 생각하며 그는 한숨을 푹 내쉬었다. 그때.

빼꼼.

바닥에 널브러져 있던 것 중 하나가 고개를 살짝 들어 올렸다. 그러더니 눈을 가늘게 떴다.

'기분이 나쁜 건가?'

하지만 놈은 이내 소매로 자신의 눈을 마구 비비기 시작했다. 잠이 덜 깨어 앞이 잘 보이지 않는 모양이었다.

'술 좀 먹었기로서니, 무인이 숙취로 앞을 못 봐?'

내공은 뒀다가 국 끓여 먹을 것도 아니고! 심지어 법계를 더욱 속 터지게 하는 건, 저 눈을 비비고 있는 놈이 '그' 청명이라는 점이었다. 혜연을 때려잡은 놈이 저런 꼴이라니.

청명은 여전히 반쯤 누운 채 고개를 갸웃하더니 낮게 잠긴 목소리로 물었다.
"어……."
"…….."
"누구세요?"
"…….."
법계의 입에서 또다시 한숨이 터져 나왔다.
"본승은 법계라고 하네. 장문인 계시는가?"
"어……. 장문인이 그러니까……."
청명은 잠깐 고개를 휘휘 돌리더니 손을 뻗어 한쪽을 가리켰다.
"저기 계시네요."
"응?"
그 손끝을 따라 고개를 돌린 법계는 그만 그 자리에 굳어 버렸다. 봉두난발에 삐딱하게 도관을 쓴 현종이 계단 난간에 널려 있었다.
"…….."
"깨워 드려요?"
"……아니, 기다리겠네."
"네. 그러세요."
법계는 속으로 연신 불호를 외어 댔다.
'아미타불.'
이런 놈들에게 졌다니. 소림은 대체 어디로 가고 있는가.
"아미타불!"
법계의 입에서 신경질적인 불호가 튀어나왔다. 그때 늘어지게 하품을 한 청명이 물었다.

"그런데…… 장문인은 왜 뵈려고?"
법계는 한숨을 내쉬며 답했다.
"방장의 말씀을 전하러 왔네."
청명의 눈이 살짝 가늘어졌다.

"……그리하여 방장께서는…….'
"끄으……."
"장문인과 다시 한번 대화를……."
"끄으으으."
"……장문인, 듣고 계십니까?"
법계의 물음에 현종이 하얗게 뜬 얼굴로 손을 내젓고는, 힘없이 고개를 돌리며 다 죽어 가는 목소리로 말했다.
"처, 청명아. 마, 마실 것. 뭐라도 마실 것 좀 있느냐?"
"여기요."
청명이 미리 준비했다는 듯 새하얀 호리병을 내밀었다. 하지만 그 호리병을 본 현종은 되레 입을 틀어막고 구역질을 해 댔다.
"끄윽……. 수, 술은 아니겠지?"
"물이에요, 물."
"끄으으응."
이제는 저 흰 병만 봐도 진저리가 날 정도였다.
'무식한 놈 같으니라고.'
아무리 기분이 좋아도 그렇지, 장문인에게 술을 먹여 기절하게 만들다니. 이게 어디 도가의 제자가 할 짓이던가? 하기야 그걸 넙죽넙죽 받아먹다가 의식을 잃은 그가 할 말은 아니지만.

약간 찝찝한 마음으로 청명이 내민 물을 쭉 들이켠 현종은 그제야 속이 좀 풀린다는 듯이 가슴을 쓸어내렸다. 깊게 한숨을 쉰 그는 법계를 보며 입을 열었다.

"흉한 꼴을 보여 면목이 없소이다."

"……."

보통 이런 말을 들으면 '괘념치 마십시오.'라는 말로 받아 주는 게 예의겠지만, 법계는 도무지 그 말을 입에 올릴 수가 없었다.

'이게 그냥 흉한 꼴이라는 말로 넘어갈 일이어야 말이지.'

방장의 당부가 아니었다면 벌써 소리를 질러도 몇 번을 질렀을 것이다. 태연하게 소림의 경내에서 고기를 굽고 술을 먹는 인간들이 대체 어디 있단 말인가. 이건 소림이 생긴 이후로 단 한 번도 없었던 일이다.

'모든 것이 전대미문이구나.'

이제는 이 화산이라는 문파를 도무지 어떻게 해석해야 할지 의문이었다.

"그래서…….."

현종이 조금 여유로워진 얼굴로 입을 열었다.

"무슨 일이라고 하셨소이까?"

법계가 반장을 하며 입을 열었다.

"방장께서는 장문인과 다시 대화를 하고자 하십니다."

"흐음. 일전에 나누었던 이야기라면, 더는 할 말이 없을 것 같습니다만."

"아닙니다, 장문인. 방장께서는 이전에 누구와도 나눈 적이 없는 말이라고 하셨습니다."

"음?"

현종이 조금 의문 어린 눈빛으로 법계를 바라보았다.

"그리고 이 일은 오직 화산만이 할 수 있는 일이니, 서로의 불편한 마음일랑 잠시 접어 두고 강호의 미래와 안녕을 위한 대화를 나누고 싶다고 하셨습니다. 그러니……."

그때 옆에서 가만 듣고 있던 청명이 고개를 불쑥 내밀며 퉁명스레 물었다.

"뭐가 그렇게 거창하대요?"

미처 말을 마무리 짓지 못한 법계가 슬쩍 언짢은 얼굴로 청명을 바라보았다.

'예의라고는 찾을 수가 없군.'

하지만 어떠한 분쟁거리도 만들지 말라는 법정의 신신당부가 다시 한 번 귓가를 스쳤다. 살짝 심호흡한 그는 청명의 말을 애써 무시하며 말을 이어 갔다.

"자세한 일은 방장께 들으실 수 있을 겁니다. 그리고 될 수 있으면 화산신룡도 함께 보고자 하셨습니다."

"흠."

현종이 가만히 고개를 끄덕였다.

"알겠소이다. 내가 곧 찾아뵙겠다고 전해 주십시오."

"예, 그럼."

법계는 이곳에 한시도 더 머무르기 싫다는 듯 자리에서 벌떡 일어났다. 그리고 청명을 흘끗 보더니 미련 없이 몸을 돌려 방을 빠져나갔다.

"살벌해라."

청명이 과장되게 한숨을 쉬며 너스레를 떨었다.

"청명아."

"예, 장문인."

"어찌 생각하느냐?"

현종의 물음에 청명은 어깨를 으쓱했다.

"뭐, 뻔한 소리나 늘어놓지 않을까요?"

"흐으음. 뻔한 소리라."

"저쪽에서야 할 수 있는 게 몇 없으니까요."

현종이 가만 턱을 쓸어내렸다. 청명의 말에도 일리가 있지만, 현종은 그와는 달리 방법이 아닌 '방식'에 집중했다.

'법정.'

소림의 방장.

'이제 겨우 하루가 지났을 뿐이다.'

청명의 행동에 피까지 토하며 쓰러진 게 바로 어제인데, 불과 하루 만에 이리 적극적으로 움직인다고?

"허어."

그 성정이야 어쨌건 이 대단한 행동력만은 인정하지 않을 도리가 없었다. 이쯤 되어야 소림이라는 거대한 문파를 이끌어 갈 수 있는 모양이었다.

"나도 반성을 해야겠구나."

"네, 너무 드셨죠. 좀 과하긴 했어요."

"……."

그건 너 때문이잖아, 인마!

"……다녀……오십시오, 장문인……."

"청명아……. 우욱. 너도…… 너도 조심하거라."

"장문……. 우웨에에엑."

현종은 숙취로 반쯤 시체가 된 제자들의 배웅을 받으며 고개를 내저었다.

"그리 오래 걸리지 않을 것 같으니. 미리 출발할 준비를 하고 있거라."

"예, 장문인……."

그는 한숨을 푹 내쉬고는 청명을 대동한 채 전각을 나섰다.

"으음."

그렇게 둘이 가만히 전각 사이를 걷던 도중, 현종은 주변을 둘러보다 낮게 침음성을 흘렸다.

"어제와는 완전히 다른 곳 같구나."

"관람을 왔던 이들이 다들 돌아갔을 테니까요."

"그렇겠지."

그 말인즉슨 지금 그들이 보고 있는 것이 평소 소림의 모습이라는 뜻이다. 곳곳에 향화객이 보이기는 하지만, 전체적으로 조용하고 경건한 분위기가 흐르고 있었다.

하지만 현종은 중간중간 스쳐 가는 소림승들의 눈에 담긴 작은 적의를 놓치지 않았다.

'역시나 좋은 눈으로는 보아 주지 않는군.'

그는 천천히 걸음을 옮기며 입을 열었다.

"청명아."

"예, 장문인."

"너는 방장이 무슨 말을 할 것이라 생각하느냐?"

"……음."

"아니, 그 전에."

현종의 목소리가 조금 가라앉았다.

"이제부터 화산이 어찌해야 한다고 생각하느냐?"

어쩌면 한 문파의 장문인과 삼대제자가 나누기에는 적절하지 않은 대화일지 모른다. 하지만 현종은 지금까지 청명을 단순한 삼대제자라고 생각한 적이 없었다.

"흐음."

청명은 볼을 긁적이며 빙그레 웃었다.

"모르겠는데요?"

"그래. 역시 모르……. 응?"

현종의 고개가 천천히 청명에게로 돌아갔다.

"……몰라?"

"네."

"……그럼 그 비무대에서 한 말은 무엇이었느냐?"

"뭐가요?"

"화, 화산은 화산의 길을 간다고 하지 않았느냐?"

"그냥 내키는 대로 가면 그게 길이죠, 뭐. 꼭 정해 놓고 갈 필요가 있나요."

"……."

현종은 머리가 지끈거리기 시작했다. 이놈을 믿은 게 정말 잘한 짓이었을까?

현종의 표정을 본 청명이 피식 웃었다.

"여하튼 하나는 확실하죠."

"음?"

"소림과는 함께할 게 없어요."

"……그렇구나."

현종 역시 그 사실은 잘 알고 있었다. 문제는 그걸 알고 있는 것은 법정 역시 마찬가지일 거란 사실이었다. 그럼에도 그들을 만나고자 했단 것은 그 모든 상황을 뛰어넘을 만한 제안이 있다는 뜻. 그 제안을 들어 보기 전까지는 숭산을 떠날 수가 없었다.

"어디 한번 들어 보자꾸나. 저들이 무슨 말을 하는지."

"어서 오십시오."

법정이 반장을 하며 현종과 청명을 맞이했다. 안색은 살짝 창백해 보였지만, 그래도 입가에는 미소가 걸려 있었다. 현종이 가만히 포권 했다.

"몸은 좀 괜찮으십니까, 방장."

안부를 묻는 말에 법정이 천천히 고개를 끄덕였다.

"걱정해 주신 덕분에 별 탈 없이 수습할 수 있었습니다. 못난 꼴을 보여 드린 점 사과드립니다."

법정이 부드럽게 말하며 앞쪽을 가리켰다.

"앉으시지요."

"예."

현종이 나직하게 헛기침을 하며 자리에 앉았다. 이곳에 방문한 것도 이번이 두 번째다. 소림에 처음 입산했을 때 이곳에서 법정과 환담을 나누다가 청명이……. 아니, 화산의 제자들이 해남파의 제자들을 신나게 까고 있다는 말을…….

'아니. 그러고 보면 그때도 결국에는 이 녀석 때문에 제대로 된 대화를 하지 못했었구나.'

돌이켜 보면 전화위복이라고 할 수는 있겠지만…….
 여하튼 불과 보름 정도의 시간이 흘렀을 뿐이건만, 마주 앉은 두 사람의 입장은 그 짧은 기간이 믿기지 않을 만큼 변해 있었다.
 법정이 가만히 잔에 차를 따랐다. 그리고 잔을 두 사람에게 내밀었다. 딱히 다도(茶道)랄 것도 없이 평범하고 소탈한 모습이었다.
 "드시지요."
 "예."
 현종은 차를 받아 든 뒤, 꿈쩍도 안 하는 청명의 옆구리를 쿡쿡 찔렀다. 그제야 청명이 마지못해 불뚝대는 표정으로 잔을 들었다. 평소에도 차를 마시느니 냉수를 먹겠다던 청명이니 더욱이 마음에 들지 않을 것이다.
 법정이 그 모습을 보다가 가만히 웃으며 대뜸 말했다.
 "좋은 밤을 보내신 모양입니다."
 "……무슨 말씀이신지?"
 되묻는 현종을 보며 법정은 미묘하게 미소 지었다.
 "주향(酒香)이 풍기는 듯하여."
 현종의 얼굴이 민망한 듯 슬쩍 붉어졌다.
 "죄송합니다. 제자들을 달랠 필요가 있을 듯해서 그만."
 "그렇지요. 그럴 수도 있지요."
 나름 큰 무례를 저질렀다 할 수 있는 일이지만, 법정은 딱히 탓할 생각이 없어 보였다.
 "그런데 무슨 일로?"
 "예. 본론을 바로 말씀드리지요."
 법정이 낮게 한숨을 쉬더니 살짝 무거운 목소리로 입을 뗐다.

"장문인."

"예."

"어제 대회에서 화산이 한 행위로 인해 소림의 입장이 무척이나 곤란해졌습니다."

현종은 대답하지 못하고 어정쩡하게 미소 띤 얼굴로 가만히 법정의 다음 말을 기다렸다. 괜히 미안하다는 말을 하여 이쪽의 입장을 정할 필요는 없다.

"하나 소림은 그 일에 대해 화산을 원망하지 않습니다."

"……예?"

"따지고 보면 소림이 시작한 일입니다. 아니, 강호가 시작한 일이라고 할 수 있지요. 염치가 있다면 어찌 화산을 탓할 수 있겠습니까?"

현종이 살짝 놀란 얼굴로 그를 보았다. 그때 옆에서 심드렁한 목소리가 들려왔다.

"그게 대회 전에 나온 말이면 의미가 있었을 텐데요."

"……"

"하다못해 결승전 전에라도 말이죠."

법정의 눈가가 살짝 꿈틀댔다. 하지만 그는 금세 평온한 안색을 되찾았다.

"소도장의 말이 그리 틀리지 않습니다. 다 제가 미욱한 탓이지요."

의외의 반응에 청명이 흥미롭다는 듯 살짝 입꼬리를 말아 올렸다.

'이것 봐라?'

그래도 소림의 방장. 호락호락하지는 않다 이 말이렷다?

이쯤 되자 청명도 궁금해지기 시작했다. 저 소림의 방장이 자존심마저 굽혀 가며 하려는 말이 무엇인지 말이다.

'일단은 어떻게든 다시 손을 잡아 보려고 할 것 같은데.'

그게 의미가 없다는 걸 모를 사람은 아니다. 그럼 화산이 절대 거부하지 못할 제안이 있다는 뜻이리라.

'이제 와 구파의 복귀가 어쩌고 하는 헛소리를 늘어놓진 않을 테고.'

만약 그딴 말이 나오면 저 반짝이는 대머리에 직접 매화 문신을 새겨 줄 심산이었다.

청명이 눈빛으로 재촉하자, 법정은 낮게 헛기침을 하고는 입을 열었다.

"이리 장문인을 청한 이유는 소림에서 화산에 요청할 만한 급한 일이 생겼기 때문입니다."

"급한 일이라 하시면?"

법정이 슬쩍 고개를 돌려 문 쪽을 바라보았다.

"잠시 실례하겠습니다. 법계, 안으로 들여라."

"예!"

문밖에서 단호한 대답이 들리더니 이내 문이 좌우로 활짝 열렸다. 그리고 무언가 커다란 나무 상자가 방 안으로 들어왔다.

사람 둘이 겨우 들 수 있을 만큼 커다란 나무 상자. 그 물건의 정체가 관이라는 것을 알아챈 현종의 얼굴이 삽시간에 굳어졌다.

"방장?"

"……잠시만 기다려 주십시오."

현종은 도통 영문을 알 수가 없단 얼굴로 관과 법정을 번갈아 보았다. 할 말이 있다더니 대체 왜 관을 들여온단 말인가.

법계는 관을 내려놓더니 반장을 하고 곧장 다시 나갔다. 세 사람과 관 하나. 방의 분위기가 미묘하게 가라앉았다.

"아미타불."

법정은 나직하게 불호를 외고는 두 사람을 가라앉은 눈으로 응시했다.

"소림의 속가는 천하에 퍼져 있습니다."

"그야 당연한……."

"지금 이 관에 들어 있는 시신은, 소림의 속가 중 하나인 삼광문(三光門)의 제자입니다. 그는 소림의 요청으로 북해를 정찰하는 임무를 맡았었지요."

"……북해(北海)라 하셨습니까?"

"예. 북해입니다. 다만 그래 봐야 기껏 북해의 초입 정도를 확인해 보는 역할이었지요. 중원인은 이제 더 이상 북해로 들어갈 수 없으니까요."

"……한데, 어째서 이리 시신이 되어 돌아왔단 말입니까? 설마 북해빙궁과 충돌이라도 있었던 것입니까?"

그럼 정말로 보통 일이 아니다. 새외사궁과 중원은 작은 문제만으로도 금세 전쟁이 벌어질 수 있을 만큼 감정의 골이 깊고 또 깊었다. 그렇기에 청명과 그 일행도 운남에 들어가기 위해 그리 개고생을 했던 게 아닌가.

하지만 법정은 고개를 저었다.

"그럼 차라리 나을 것입니다."

"……차라리?"

그럼 대체? 현종과 청명의 눈에 의문이 어렸다. 법정은 다시 한번 낮게 불호를 외고는 자리에서 일어나 관을 향해 다가가서는 망설임 없는 손길로 관의 뚜껑을 열었다.

"음!"

현종의 얼굴이 일그러졌다. 누가 시신을 코앞에서 보며 그리 유쾌할 수 있겠는가.

'그런데 왜 이런……'

그 순간이었다. 움찔 놀란 현종이 획 옆을 돌아보았다. 옆에 앉은 청명에게서 이제껏 단 한 번도 느껴 본 적 없는, 어마어마한 살기가 뿜어져 나오고 있었다. 하지만 그 살기는 미처 확인할 틈도 없이 신기루처럼 훅 사라졌다.

'착각인가?'

그런데 그때 청명이 자리에서 천천히 일어나더니, 관에 아주 가까이 다가갔다. 차갑기 짝이 없는 시선이 관에 들어 있는 시신을 면밀히 확인했다.

역시, 시신의 창백한 피부 위로 붉고 검은 반점들이 선명하게 돋아 있었다.

"……마화(魔花)."

으드드득!

청명이 이를 갈아붙이며 법정을 노려보았다. 흡사 굶주린 짐승 같은 눈빛이었다.

"마교?"

"아미타불. 소림도 그렇게 의심하고 있네."

이를 악문 청명의 턱에 힘줄이 솟았다. 사실 의심이고 자시고 할 것도 없었다. 이건 마화(魔花). 마공에 당한 이들의 몸에 생겨나는 상처다. 심지어 황 대인 사건 때 보았던 것처럼 어설픈 마화가 아니다. 과거에 수도 없이 보았던 '진짜' 마화다.

"마교……"

청명의 입가가 잔인하게 일그러졌다.

"설명해 보세요."

그의 목소리에서는 한기가 뚝뚝 흘렀다.

"무슨 일이 벌어지고 있는 건지."

· ◆ ·

법계가 다시 돌아와 관을 옮겨 나갔다. 시취(屍臭)가 채 가시지 않은 방안, 세 사람은 무거운 분위기로 서로를 마주 보았다.

"아미타불."

불호를 왼 법정이 현종을 보며 말했다.

"장문인께서는 아시겠지만, 이미 십만대산에서 마인의 종적이 발견된 바 있습니다."

청명이 슬쩍 현종을 돌아보았다.

"그래요?"

"음. 비무 대회가 시작되기 전 장문인들끼리 따로 모인 자리에서 그런 이야기가 나온 적이 있었다."

"마인의 종적이라……."

청명은 잠깐 생각에 잠겼다. 그것도 분명 중요한 이야기라 할 수 있다. 하지만 마인의 종적이 발견된 것과 죽은 이에게서 마화의 흔적이 발견된 것은 전혀 다른 차원의 문제다.

"소림은 다른 문파들보다 한발 앞서서 이 정보를 손에 넣지 않았습니까. 그리고 알게 된 이상 나름의 행동에 나서지 않을 수 없었습니다."

"속가들에게 주변을 다시 살피라 명하신 거로군요."

"예. 개방과 연동하여 마인들의 종적을 쫓기 시작했습니다. 그 명이 떨어진 것은 대회 전입니다. 그런데…… 북해빙궁 주위를 살피던 이와 연락이 끊겨 확인해 보니……. 아미타불."

마공에 당해 죽어 있는 제자를 발견했다는 뜻이겠지.

청명은 슬쩍 미간을 찌푸렸다.

'북해에 마교가?'

아니, 속단할 일은 아니다. 지금 이 정보만으로는 아무것도 알 수 없다. 제대로 상황을 알아보기 전에는 그 어떤 것도 지레짐작해서는 안 된다. 마교는 그런 곳이니까.

"마교의 종적을 발견한 것은 더없이 중차대한 일입니다. 우리는 이미 끔찍한 전쟁을 겪었습니다. 이 일을 좌시하게 되면 결국 또 다른 전쟁을 불러올지도 모릅니다. 그러니 중원은 반드시 북해와 북해빙궁을 조사해 봐야 합니다."

"으음."

현종이 무겁게 고개를 끄덕인다. 마교에 관련된 일은 강호의 누구라도 그냥 넘길 수 없는 일이다. 특히나 화산에게는 더더욱 그러했다. 천하에 아무리 많은 문파가 있다 한들 화산만큼 마교에 원한이 깊은 곳이 존재하겠는가?

"한데……."

현종이 살짝 인상을 쓰며 낮게 헛기침하고는 입을 뗐다.

"마교의 종적이 발견되었다는 건 분명 중요한 일입니다. 하지만 방장께서 이런 이야기를 왜 굳이 저희에게 하시는지 저는 잘……."

"장문인."

법정이 단호한 어조로 말했다.

"소림의 장문으로서 화산에 한 가지를 요청드리고 싶어서 뵙자 하였습니다."

그는 현종과 청명을 지그시 바라보았다. 그 눈빛이 어둡게 가라앉아 있으니 도통 무슨 생각을 하는지 짐작할 수도 없었다. 마침내 그가 무겁게 입을 열었다.

"화산에서 북해를 조사해 주시지 않겠습니까?"

"……예?"

현종이 눈을 치떴다.

"……북해빙궁을 말씀이십니까?"

"그렇습니다."

느리게 고개를 주억거린 법정이 나직한 목소리로 불호를 외더니 말을 이었다.

"물론 쉽지 않은 일이라는 것은 잘 알고 있습니다. 하지만 화산이 아니고서는 이런 일을 해낼 곳이 없습니다."

"그러나……."

현종은 조금 당황한 듯 말끝을 흐렸다. 명쾌하게 대답을 내어 놓기 어려운 문제였다.

"방장께서 화산을 너무 과대평가하시는 것 같습니다."

"과대평가가 아닙니다."

법정은 심유하기 짝이 없는 눈빛으로 현종을 응시했다.

"아시다시피 새외사궁과 구파일방은 관계가 좋지 못합니다. 정확히는 원수에 가깝다고 해야겠지요."

현종이 나직하게 한숨을 내쉬었다. 정확하게 말하자면 서로 원수지간인 게 아니라, 새외사궁이 중원에 일방적인 원한을 가진 것이다. 하지만 지금은 굳이 그런 부분을 지적할 필요는 없을 것이다.

"새외사궁은 구파일방을 넘어 중원인들에 대한 적개심마저 가지고 있습니다. 때문에 새외사궁의 영역에 중원인들이 출입하지 못한 지가 벌써 백 년입니다."

듣고 있던 청명의 눈이 살짝 가늘어졌다. 이제야 왜 법정이 자존심을 굽혀 가며 그를 보자 했는지 알 것 같았다. 아니나 다를까, 법정이 덧붙였다.

"한데 최근 새외사궁의 영역에 발을 들인 문파가 있습니다. 그저 간단히 인사를 나눈 정도가 아니라 그들과 좋은 관계를 맺고 교류를 시작한 문파가 말입니다."

현종의 눈이 가늘어졌다.

"남만야수궁과 우리 화산을 말씀하시는 것이로군요."

"그렇습니다."

법정이 크게 고개를 끄덕였다.

"장문인. 쉽지 않은 일이라는 것은 알고 있습니다. 하지만 지금 중원의 문파 중 새외사궁과 조금이라도 좋은 관계를 만들어 낸 곳은 화산이 유일합니다."

현종이 뭔가 말을 하려 했지만, 법정은 그럴 틈을 주지 않았다.

"물론 북해빙궁과 남만야수궁은 다르다는 걸 저도 알고 있습니다. 하지만 그들에게는 새외사궁으로서의 유대가 있습니다. 남만야수궁의 친구라면 북해빙궁도 완전히 박대하지는 못할 터. 오직 화산만이 북해빙궁에 충돌 없이 들어설 가능성이 있습니다."

법정이 양손을 내리고 가만히 현종을 향해 고개를 숙였다. 불문의 예가 아니라 인간의 예다.

"부탁드립니다, 장문인. 천하를 위해 용단을 내려 주십시오."

"으으음."

현종이 침음을 흘렸다. 아무리 관계가 틀어졌다고는 하나, 소림의 방장이 저리 자세를 낮추는데 매정하게 거절하는 것도 도리는 아니다. 게다가 이 일은 천하를 위한 일이 아니던가.

'어찌해야 하는가?'

생각지도 못한 제안에 현종이 고민에 빠지려는 찰나, 옆에서 단호한 목소리가 들려왔다.

"마교의 종적은 어떻게 된 거죠? 이게 전부인가요?"

청명을 바라보는 법정의 눈에 살짝 이채가 어렸다. 소림에게 명백한 적의를 드러내던 아이가 마교라는 말이 나오는 순간부터 소림을 밀어 두고 마교에 적의를 드러내고 있다.

"아직은 확실한 것이 없다네. 다만 하나 짐작할 수 있는 것은, 그만한 마화(魔花)를 남길 정도라면 손을 쓴 이의 마공의 화후가 굉장히 높다는 것 정도지."

청명은 손가락으로 가볍게 볼을 두드렸다.

'뭐, 사실 굉장한 것까진 아니고.'

하지만 무시할 수준도 아니다. 중요한 것은 그 정도의 마공을 익힌 이가 북해를 누비고 있다는 것. 그리고 어쩌면 중원과 북해의 관계가 단절된 상황을 마교가 이용하고 있을지도 모른다는 것.

"최악은요?"

"북해빙궁 자체가 마교에 장악되었을 경우네. 그렇다면 이다음엔 마교가 북쪽에서 중원을 향해 남하하게 되겠지."

"흐음."

청명이 눈을 가느스름하게 떴다. 가능성이 없는 이야기는 아니다. 다만…….

"네. 뭐, 잘 알았고요."

그가 허리를 늘어져라 쭉 폈다. 그러더니 평소처럼 생기가 돌아온 눈빛으로 현종과 법정을 번갈아 바라보았다.

"할 말 다 끝났으면 이제 가도 되나요?"

"……으음?"

놀란 법정이 고개를 번쩍 들었다.

간다고? 지금?

"소, 소도장. 아직 이야기가 끝나지 않았네."

"네. 뭐, 아는데요."

청명은 심드렁하게 귀를 후비며 대꾸했다.

"대충은 알았어요. 그러니까 북해에 마교가 나타났고, 화산이 가서 그걸 확인해 달라는 이야기잖아요. 다른 중원인들은 새외오궁의 영역에 들어갈 수 없는데, 화산은 남만야수궁의 영역에 들어가 친분을 쌓은 경험이 있으니까."

"그렇지. 그 말이네."

"그런데요."

청명이 손가락을 훅 불었다.

"우리가 왜요?"

"……."

법정의 표정이 넋을 놓은 듯 멍해졌다.

"……왜냐니? 마교가 나타났다고 하지 않았는가."

"에이. 그건 저도 들었죠. 제 말은, 마교가 나타났는데 왜 화산이 가야 하냐는 거예요. 소림도 있고, 무당도 있고, 다른 문파가 수도 없이 많은데. 왜 하필 화산이냐는 거죠."

"그건 이미 설명하지 않았는가?"

"아, 경험이 있으니까?"

청명은 마치 우스운 거라도 본 양 피식 웃었다.

"해 보셨어요?"

"음?"

청명이 심드렁하게 법정을 바라보며 입을 열었다.

"화산이라고 뭐 대단한 게 있어서 야수궁과 친구가 되었겠어요? 어찌어찌하다 보니 된 거지."

"……."

"그러니까 소림도 할 수 있어요. 제가 해 봐서 아는데, 이게 사람이 노력하면 안 되는 게 없더라고요. 그러니까 소림도 노력하면 분명히 할 수 있을 거예요."

법정은 자신도 모르게 입을 쩍 벌리고 말았다.

이놈이 대체 지금 무슨 말을 하고 있는 건가?

"노, 노력?"

"네. 노력하는 소림에 비하면 화산 같은 건 아무것도 아니죠. 괜히 이 중차대한 일에 저희가 나섰다가 일이 틀어질까 겁나네요. 그러니까 저희는 그냥 섬서로 돌아가서 소림이 일을 처리하는 걸 지켜보고 박수나 치는 게 나을 것 같아요. 그렇죠, 장문인?"

현종은 살짝 당황한 표정으로 청명과 법정을 번갈아 바라보았다. 하지만 그도 잠시, 이내 현종의 얼굴 역시 평소의 평온함을 되찾았다.

"그렇습니다, 방장."

법정은 애써 침착함을 가장하며 둘을 향해 말했다. 하지만 말에 섞인 한숨까지는 숨기지 못했다.

"천하를 위한 일입니다."

"네, 알아요. 예전에도 그랬죠. 그렇지 않나요?"

청명의 말이 법정의 폐부를 파고들었다. 그리고 법정은 이 말에 반박할 수 없었다.

"괜한 시간 낭비할 것 없이 그만 가 볼게요. 빙궁도 사람이 사는 곳인데 잘하면 대화가 통할 거예요. 그럼."

"잠시."

청명이 반쯤 몸을 일으키자 법정이 단호히 손을 들어 만류했다.

"잠시 기다리시게."

그 눈빛이 사뭇 진지해 보였다. 청명은 두말없이 엉덩이를 다시 바닥에 붙였다. 법정이 작게 고개를 끄덕이며 나지막이 불호를 외었다.

"알고 있네. 아니, 알고 있습니다. 장문인, 소림은 감히 화산에 훗날 그 공에 대한 보답을 해 주겠다는 말을 할 자격이 없는 곳입니다. 그러니 지금 장문인과 소도장의 반응도 십분 이해합니다."

청명의 눈이 의심으로 살짝 가느스름해졌다.

'이 민머리가 또 무슨 수작질을 하려는 거지?'

솔직히 이쯤이면 물러날 만도 하다. 아무리 평온을 가장하고 있다고는 해도 법정이 화산을 보는 눈이 좋을 리는 없으니까. 그런데 여기서 대화를 더 이어 간다? 그럼 아직까지 숨겨 놓은 수가 있다는 뜻이다.

"신뢰를 잃은 이가 의뢰를 하기 위해서는 보상을 먼저 꺼내야 하는 법이지요. 그것이 순리이거늘 소승이 순서를 지키지 못했습니다."

"보상이요?"

"그렇네."

"호오."

청명이 슬쩍 미소를 지었다. 지금까지는 그저 개소리에 불과했지만, 보상이라는 말이 붙는다면 헛소리 정도로는 여겨 줄 여지가 있다.

"그래서 그 보상이라는 게?"

"법계."

법정이 조금의 지체도 없이 부르자 다시 문이 열리고 법계가 안으로 들어왔다.

'저 사람 엄청 바쁘네.'

아까는 관을 가지고 들어오더니 이제는…….

"응?"

청명이 고개를 갸웃거렸다. 화산의 제자들을 저 먼 북해까지 보내는 일이다. 그렇다면 그 보상이 어지간하지 않은 이상 대화 자체가 성립하지 않는다. 그런데 법계의 손에 들린 것은 보상이라기에 너무 작고 초라해 보였다.

상자. 길쭉한 상자는 그리 크지 않았다. 저 안을 황금으로 가득 채운다고 해도 청명이 생각한 보상에는 전혀 미치지 못할 듯했다.

"여기 있습니다, 방장."

"음."

법정은 법계가 내민 상자를 받아 가만히 앞에 있는 다탁 위에 올려 두었다.

"그럼."

법계가 반장을 하고는 밖으로 나갔다. 자신은 감히 저 상자가 열리는 모습도 볼 자격이 없다는 듯 말이다.

그 경건한 태도를 보니 더욱 짐작이 가질 않았다. 청명은 상자를 뚫어져라 바라보았다.

'대체 뭐지?'

지금까지 저들의 행동은 청명의 손바닥을 그리 크게 벗어나지 못했다. 빤한 말과 행동. 하지만 지금 이 순간만큼은 제아무리 청명이라도 해석하기 어려웠다. 대체 저 상자 안에 뭐가 들어 있다는 말인가.

"보상은 이것입니다."

"그 상자요?"

"정확히는 상자 안에 든 물건이지요."

"……돈도 아니라 물건이라."

청명의 눈이 다시 한번 가느스름해졌다. 그가 뭔가 고심하는 것을 알아챈 현종은 그를 대신해 넌지시 물었다.

"방장께서는 사람을 너무 놀리지 마시고, 그 상자 안에 무엇이 들었는지 보여 주십시오."

"당연히 그럴 것입니다."

법정이 상자의 뚜껑을 움켜잡았다. 그러더니 곧장 뚜껑을 여는 대신, 의미심장한 미소를 지었다.

"이 물건이 대가라면 장문인께서는 당연히 이 제안을 받아들이실 겁니다. 너무나도 남는 장사이기 때문이지요."

"……."

현종이 뭐라 대답하기도 전에 법정이 상자를 열어젖혔다.

'뭐지?'

물건을 본 현종은 미간을 찌푸렸다. 눈부신 광채도, 놀라운 물건도 없었다. 비단이 깔린 상자 안에는 그저 고풍스러워 보이는 검 하나가 검집째 들어 있을 뿐이었다.

'뭐라 적혀 있는 거지?'

검집에 용사비등(龍蛇飛騰)한 필체로 어떤 글귀가 새겨져 있었지만, 세월 때문인지 닳아 버려 정확하게 읽어 내기가 힘들었다.

"방장. 이 검은 대체……."

그때였다.

"어?"

청명이 얼빠진 소리를 내며 움찔했다.

'응?'

그와 동시에 현종도 움찔했다. 청명이 이렇게나 당황하며 놀라는 모습을 처음 본 까닭이었다.

청명은 눈을 끔벅이며 상자 안에 놓은 검을 멍하니 보았다. 그러더니 어이가 없다는 듯 중얼거렸다.

"아, 아니……. 이게 왜 여기서 기어 나와?"

현종은 그저 고개를 갸웃거리는 수밖에 없었다. 대체 이 검이 무엇이기에 이 아이를 이토록 당황시키는 것인가.

그때 법정이 가만히 손을 뻗어 그 검을 들었다. 그리고 천천히 검집에서 뽑아내었다.

현종은 그 순간 저도 모르게 손으로 눈을 가리고 말았다. 세월의 흔적이 가득하던 고풍스런 검집과 달리, 모습을 드러낸 검날에선 밝고 청아한 빛이 쏟아져 나왔다. 이 빛을 본다면 누구도 이 검이 신병이기임을 부정할 수 없을 것이었다.

법정은 두 사람을 빤히 바라보다가 빙그레 웃었다.

"이 검의 이름은 자하(紫霞)라 합니다."

역시. 청명의 눈빛이 삽시간에 깊디깊게 가라앉았다. 그리고 그 이름을 들은 현종 역시 얼굴을 굳혔다. 방장은 그 모습을 보며 덧붙였다.

"자하신검(紫霞神劍). 화산파를 상징하는 신물이지요. 과거 화산의 장문인이었던 대현검(大賢劍) 청문의 애병입니다."

"아……. 아아……."

격정에 찬 현종의 두 눈이 폭풍을 맞는 갈대처럼 뒤흔들렸다.

아직도 손에 잡힐 듯이 생생하다. 칠흑처럼 검은 머리. 풍성하게 내려온 수염. 정광을 담아 반짝이는 눈과 더없이 온화해 보이는 미소.

그리고…… 그 허리춤에 언제나 함께하던 자하신검.

청명의 눈이 자하신검에 꽂혀 떨어질 줄을 몰랐다.

'이게 여기서 나온다고?'

그는 어이없다는 듯 웃어 버렸다. 뭐가 나올지 이것저것 예상을 했었는데, 정말 이게 나올 거라곤 생각도 못 했다. 자하신검이라니…….

청명은 허탈하게 웃었지만, 현종은 격정을 어찌하지 못하고 자하신검을 바라보았다.

"대현검 청문……."

어찌 그 이름을 모르겠는가? 화산의 전성기를 이끌었던 이. 화산의 역사에서 사라지지 않을 그 이름.

"어, 어찌! 어찌 이 물건이 소림에 있다는 말입니까!"

좀처럼 화를 내지 않는 현종이 노기를 숨기지 않고 크게 역정을 내었다. 하지만 법정은 그런 현종을 무례하다 탓하지 않았다. 입장이 바뀐다면 그 역시 같은 행동을 했을 테니까. 그만큼 이 자하신검은 화산에게는 더없이 중요한 물건이었다.

신물(神物). 문파를 상징하는 신령스러운 물건. 신물은 그 문파의 권위를 대변한다. 소림의 녹옥불장(綠玉佛杖)이 때때로는 방장의 권위 이상으로 힘을 발휘하는 것처럼 말이다.

당연히 화산에도 화산의 권위를 상징하는 신물이 존재한다. 그것이 바로 이 자하신검. 문파의 입장에서는 장문령부(掌門令符)와 함께 결코 잃어서는 안 되는 물건이었다.

"자하신검은 십만대산에서 유실되었을 텐데, 그동안 소림이 이 물건을 보관해 오고 있었다는 뜻입니까?"

"그럴 리가 있겠습니까."

법정이 고개를 저었다.

"이 물건을 발견한 것은 최근의 일입니다. 그리고 소림은 이 신검을 손에 넣기 위해서 막대한 대가를 치러야 했습니다."

현종의 수염이 파르르 떨렸다. 이 검은 화산의 역사와 함께해 온 검이자, 화산의 권위를 상징하는 검이다. 과거로부터 남은 것이 거의 없는 화산이기에 반드시 회수해야 하는 물건이기도 했다.

"이 일의 대가로 화산에 자하신검을 돌려드리겠습니다."

"……."

현종은 입술을 질끈 깨물었다. 북해에 가서 상황을 알아본다는 건 결코 쉬운 일이 아니다. 하지만 저 자하신검을 이대로 놓고 물러나는 건 더더욱 쉬운 일이 아니었다.

법정이 그런 현종의 마음을 짐작한다는 듯 빙그레 웃었다.

"대가가 자하신검이라면 화산의 입장에서도 나쁜 거래는 아닐 겁니다."

법정의 미소에는 자신감이 있었다. 그리고 그 자신감의 근거는 확실했다.

문파에 있어서 신물은 결코 잃어서는 안 되는 것. 신물을 잃은 문파는 그 권위에 치명적인 타격을 입는다. 달리 얘기하자면 잃은 신물을 회수하는 것만으로 문파의 권위가 확고해질 수 있다는 뜻이다.
 지금 화산은 더없는 기세로 그 세를 불리고 있다. 그런 문파에게 자하신검을 회수한다는 상징적인 의미는 결코 작을 수 없다. 그러니 현종은 이 제안을 거부하지 못할 것이다. 절대로.
 자하신검을 다시 검집에 밀어 넣은 법정이 상자를 치우고 검을 다탁 위에 올렸다. 그러고는 현종 쪽을 향해 쭉 밀었다.
 "원한다면 지금 이 검을 가져가셔도 됩니다."
 "……지금이라 하셨습니까?"
 "솔직히 말해 소림과 화산이 지금 좋은 관계는 아닐 것입니다. 하지만 저는 화산이라는 문파를 신뢰합니다. 신뢰하는 이에게 보상을 먼저 하는 것이 무엇이 어렵겠습니까?"
 현종의 엉덩이가 살짝 들썩였다. 알고 있다. 법정은 절대 좋은 의도만으로 저 검을 내어 주지 않았을 것이다. 음모를 꾸미는 것까지야 아니겠지만, 북해를 조사하는 것이 법정이 말한 것보다 힘들 수 있다.
 그럼에도 현종은 쉬이 결정을 내리지 못했다. 저 검은 과거 화산의 영화를 상징하는 검이다. 문파의 신물인 동시에 지금은 그저 추억할 수밖에 없는 화려한 화산의 상징이다. 그런데 어찌 쉽사리 포기할 수 있다는 말인가.
 현종이 입술을 질끈 깨물고 대답을 하려는 순간, 가만히 상황을 지켜보던 청명이 손을 불쑥 내밀어 자하신검을 잡아 들었다.
 "음?"
 태연하게 검을 가져온 그는 천천히 검을 뽑아 들었다. 완전히 그 모습을 드러낸 자하신검이 방 안으로 비치는 햇살을 받아 새하얗게 빛났다. 가만히 그 검신을 바라보던 청명이 천천히 손을 뻗어 그 검면에 손가락을 가져다 대었다.

현종과 법정은 동시에 숨을 죽였다. 이유는 알 수 없지만, 지금 그를 방해해서는 안 될 것 같은 느낌이 든 것이다. 기세가 아니다. 뭐라 말로 설명할 수 없는 그의 표정이 두 거인의 입을 막았다.

'청명아.'

현종은 그저 말없이 청명을 바라보았다. 때때로 이 아이는 이런 모습을 보여 준다. 그리고 그럴 때마다 현종은 청명이 가지고 있는 알 수 없는 무거움 앞에 침묵해야만 했다.

청명은 서서히 눈을 감았다. 마치 한 폭의 그림 같은 모습이었다. 검면에 손을 올린 채 눈을 감은 그는 한참 후에야 아주 천천히 눈을 뜨고 고개를 들었다. 그 모습에 현종은 비로소 마음을 굳혔다.

'자하신검은 화산에 있어야 한다.'

청명이 저 검을 든 모습을 보니 확신이 섰다. 저 검은 언제고 청명의 손에 들려 천하를 누벼야 한다.

"화산은 방장의 요청을……."

탁!

그 순간 청명이 검을 검집에 소리 나게 꽂아 넣더니, 다탁 위에 올렸다. 그러더니 살짝 고민하는 듯한 표정으로 검을 뚫어져라 보았다.

"흐으으음."

법정은 조용히 웃었다. 지금까지 소림과 관련된 일이라면 일단 걷어차고 시작했던 청명이 저만한 반응을 보이고 있단 것만으로도 이미 승부는 난 것이나 마찬가지이지 않은가.

"소도장. 원한다면 지금 이 자리에서 자하신검을 내어 줄 수도 있네. 그 대가는 강호의 안녕을 위한 것이니 소림이 화산에 명을 내리는 것도 아니네. 그렇지 않은가?"

청명이 고개를 주억거렸다. 법정의 말이 틀리지 않았다는 듯 말이다. 그러더니 고개를 슬쩍 들어 법정을 보며 입을 열었다.

"그리고요?"

"……으응?"

그리고? 무슨 그리고?

"말의 의미를 잘 모르겠네만?"

법정의 물음에 청명이 심드렁하게 다시 물었다.

"또 뭘 주실 건데요."

"……또?"

이번에는 법정이 고개를 갸웃했다.

"화산의 신물을 주겠다는데 또 다른 것이 필요하다는 말인가? 소도장, 신물이 어떤 의미를 가지는……."

법정이 말을 하다 말고 입을 다물었다. 청명의 얼굴이 일그러지는 게 확연히 보였기 때문이었다.

"방장."

"……."

청명은 잠깐 고개를 좌우로 까딱거렸다. 그러더니 이내 한쪽으로 확실히 기울이며 말했다.

"방장께서 이 깊은 산속에서 사시다 보니 영 현실 감각이 없으신 모양인데."

"……."

깊은 산속? 현실 감각?

청명이 다탁 위에 놓인 자하신검을 툭툭 건드렸다.

"뭔 낡아 빠진 철 쪼가리 하나 들고 와서 대가가 어쩌고 그러십니까. 거 가만히 앉아 있으면 향화객들이 와서 돈 주고 가니까 세상일이 다 그리 만만해 보이시는 모양인데. 개방 거지 놈들도 그렇게 구걸하다가는 쪽박 깨지고 쫓겨납니다. 예?"

"처, 철 쪼가리?"

법정의 눈이 휘둥그레졌다. 지금 화산의 신물을 두고 철 쪼가리라 말한 것인가?

"이, 이보시게. 화산신룡. 잘 이해가 안 되나 본데, 이것은 화산의 신물이네."

"그게 왜요?"

"……모르겠는가? 화산파의 신물이라니까!"

"아, 알아요. 그런데 그게 뭐 어쨌는데요?"

청명이 심드렁하게 귀를 후볐다.

"문파에서 신물이 가지는 의미가 무엇인지 모르는가?"

"거참 이상한 분이시네?"

"……뭐?"

법정이 멍한 얼굴로 청명을 바라본다.

"아니! 내가 화산파 사람인데, 저 검이 화산에서 어떤 의미가 있는지를 왜 방장이 결정합니까. 남의 집 밥그릇 개수 정해 주는 것도 아니고."

"어……."

법정은 꿀 먹은 사람처럼 되고 말았다. 혹시나 하여 현종을 보았지만, 그 역시 크게 다르지 않았다. 현종 또한 어처구니가 없다는 표정으로 청명을 멍하니 보고 있었다.

"처, 청명아. 아니, 그래도 조사의 신물인데……."

"뭐 신물이 별거예요? 문파랍시고 모여서 티격태격하던 양반들이 대충 비싸고 예쁜 것 있으면 '이제부터 이게 우리 상징이다.' 하고 정하는 게 신물이지. 뭔 신물이 하늘에서 점지해 줘서 내려오는 것도 아니고."

청명이 심드렁하게 말했다.

"물건은 그냥 물건이죠. 뭔 물건에 그렇게 의미를 부여해요? 저게 없다고 화산이 화산이 아닌 것도 아니고, 저게 있다고 화산이 대단해지는 것도 아닌데. 미쳤다고 검 쪼가리 하나 받자고 북해를 가요, 북해를?"

슬슬 청명의 눈이 희번덕거리기 시작했다. 현종은 움찔하며 생각했다.

'아, 아니. 그래도 조사의 신물인데…….'

'대체 이놈은 뭘 배우고 자란 거지?'

두 사람의 당황스러운 눈빛이 청명에게로 쏟아졌다. 하지만 청명은 그저 태연하게 이죽거렸다.

"뭐 물론 손에 들어온다면야 돈 받고 팔아먹거나 하진 않겠지만, 그렇다고 신물 때문에 제자들이 위험에 뛰어드는 건 말이 안 되는 일이죠. 어느 선조가 제자보다 신물 따위를 귀하게 여기겠어요?"

"……."

이쯤 되니 법정도 더는 할 말을 찾을 수 없었다. 그럴 의욕도 사라졌다. 청명은 그런 그의 눈앞에 슬쩍 엄지와 검지를 말아 동그랗게 만들어 보였다.

"뭐 다른 거 없어요? 돈이라든가. 아니면…… 돈? 아, 어음도 괜찮겠네요. 전표나, 아니면 보석……."

"청명아, 그거 다 같은 것이지 않으냐?"

"어. 그렇죠. 그런데……."

청명이 피식 웃으며 다시 한번 자하신검을 법정 쪽으로 쭉 밀었다.

"생각해 보니 웬만큼 받아서는 수지가 맞지 않을 것 같네요. 이게 참 좋은 검 같은데, 잘 됐다가 쓰세요."

청명은 더 이상 나눌 말이 없다는 듯 자리를 털고 일어났다. 그러자 현종도 뒤따라 어정쩡하게 몸을 일으켰다.

"그럼."

청명이 휙하니 돌아서자 법정이 다급하게 손을 뻗으며 외쳤다.

"소도장! 이리 끝낼 일이 아니잖은가!"

"그럼요?"

그는 적지 않게 당황한 모양으로, 말이 점차 빨라졌다.

"제시한 대가가 마음에 들지 않는다면, 바꾸어 주겠네. 이건 천하를 위한 일일세."

"아, 그렇죠. 천하. 그거 참 중요하죠."

청명이 몸을 획 돌리더니 자세를 반듯하게 세우곤 더없이 진지한 얼굴로 법정을 향해 포권 했다.

"과거 화산이 천하를 위해 최선을 다했던 일은 화산 제자들의 가슴에 무한한 자부심으로 남아 있습니다, 방장."

법정이 입을 다물었다. 다시 아픈 곳을 찔린 것이다.

"물론 그 일은……."

"과거를 들춰 내고자 하는 말이 아닙니다. 화산은 많은 것을 잃었으나, 또한 많은 것을 얻었습니다."

"……."

"그러니……."

청명이 씨익 미소를 지었다.

"그러니 그 자부심을 소림도 꼭 한번 느껴 봤으면 좋겠네요."

"……."

그의 얼굴에 걸린 웃음은 말문이 막힐 만큼 밝았다.

"소림이라면 분명 무리 없이 해낼 수 있을 겁니다! 제가 섬서에서 최선을 다해 응원할 테니 반드시 저 간악한 마교의 종적을 밝히고, 강호를 도탄에서 구해 주십시오!"

"아, 아니……."

"이 일을 소림이 아니면 감히 어느 문파가 할 수 있겠습니까? 그쵸, 장문인?"

현종이 멍한 얼굴로 고개를 끄덕였다.

"그, 그렇지."

"크으. 그렇죠, 그렇죠. 이건 소림 정도는 돼야 할 수 있는 일이죠. 힘내십시오, 방장! 혹시 마교랑 싸우실 때 저 자하신검 쓰실 일 있으면 잘 써 주세요. 검날이 아직 살아 있더라고요. 그럼."

청명은 손까지 살래살래 흔들더니 벌컥 방문을 열고 나갔다. 현종이 홀린 듯한 표정으로 그 뒤를 따르는 걸 보며, 법정은 또다시 다급하게 외쳤다.

"정말 선조의 신물을 포기할 셈인가? 그게 화산의 선택인가?"

돌아가려던 청명이 고개를 돌렸다. 한심하다는 듯한 그의 눈빛에 법정이 움찔하자 청명이 피식 웃었다.

"신물은 얼어 죽을."

검은 검. 그저 검일 뿐이다. 설사 저 검이 화산의 신물이었다 해도, 저 검이 장문사형의 애병이었다 해도, 검은 그저 검에 지나지 않는다.

화산의 뜻은 저따위 검에 어려 있지 않다. 화산의 제자들이 이어 가는 것이 화산의 뜻이고, 화산의 검법에 녹아 있는 것이 화산의 뜻이다. 한낱 철 쪼가리 따위가 무슨 수로 그 깊은 마음을 담을 수 있단 말인가. 그리고 결정적으로…….

'내가 선조다, 인마.'

어디 청명 앞에서 선조를 운운하는가. 선조의 뜻이 여기에 있는데, 쇠붙이를 신물 운운하는 게 우습기 짝이 없다.

"그 좋은 신물 소림이 잘 쓰시죠."

미련 없이 걸음을 옮기던 청명은 눈앞에 펼쳐진 푸른 하늘을 보며 씩 웃었다. 설사 청문이 직접 저 말을 들었다 해도 결과는 바뀌지 않았을 것이다. 한낱 쇠붙이가 뭐가 중요하다고!

- 아니, 인마! 그래도 저건 회수해야지!

어? 아냐?

"그럼 와서 직접 회수하시든가."

아이고, 나는 몸이 쑤셔서 못 하겠네. 낄낄낄낄낄.

법계가 노기를 어찌지 못하는 표정으로 방장의 거처 안으로 들어왔다. 그의 시선이 저 멀리 사라지는 현종과 청명에게로 향했다.

"……방장."

울분을 참아 내는 듯한 법계의 목소리에 법정은 슬쩍 고개를 들어 그를 보았다. 법계가 물었다.

"어찌하실 생각이십니까?"

"무엇을 말이더냐."

"화산 말입니다!"

법정은 슬쩍 한숨을 내쉬었다.

"불자라는 이가 노기에 마음을 빼앗겨 그리 높은 목소리를 내다니. 너나 나나 아직은 멀었구나."

"하나, 방장!"

"목소리를 낮추거라."

준엄한 목소리에 법계가 입을 꾹 다물었다. 속에서 노기가 치솟아 오르지만, 방장의 말을 들을 수밖에 없다. 그가 불자이기 때문이기도 하지만, 사실 지금 가장 속이 타는 이는 법정이리란 걸 아는 탓이었다.

"그리 화낼 것 없다."

법정이 가만히 미소를 지으며 불호를 외었다.

"저들은 결국 우리가 원하는 대로 움직이게 될 것이다."

"……그리되겠습니까?"

"어찌할 수 없을 것이다."

법정은 자신의 앞에 놓인 자하신검을 가만히 쓰다듬었다.

"신물이라는 건 그저 문파의 상징이 아니다. 그 문파의 역사와 얼이 담겨 있는 물건이지. 너는 소림의 녹옥불장을 타 문파에서 보관하고 있다 하면 어찌하겠느냐?"

"그 문파와 소림, 둘 중 하나가 망하는 것 외에는 다른 길이 없습니다."

"그렇지."

법정이 천천히 고개를 끄덕였다.

"하나 저들의 말은 다르지 않았습니까?"

"지금의 화산은 소림과 다른 길을 가기 위해서 모든 것을 걸고 있다."

법정의 목소리가 조금 낮아졌다.

"그러니 앞에서는 허세를 부릴 수밖에 없었을 것이다. 특히나 화산은 지난 마교와의 전쟁으로 과거의 많은 것을 잃었다. 전통이 끊긴 이들은 더더욱 전통에 집착하기 마련. 지금이야 저리 말하지만 내일쯤 되면 제 발로 나를 찾아오게 될 것이다."

법계는 괜히 문 쪽을 흘끔 돌아보았다. 방장의 말을 의심하는 건 아니다. 하지만 차오르는 미묘한 불안감을 어찌할 수가 없었다.

"그리고 이것은 소림의 사사로운 욕심을 채우기 위한 일이 아니다. 오로지 천하를 위한 일이지. 정파를 자처하는 이들이 천하를 위한 일을 거부한다면 어찌 정파라 할 수 있겠느냐?"

법정이 불호를 외더니 잠깐 차를 한 모금 마셨다.

"화산의 장문인인 현종은 그리 많이 알려진 바가 없지만, 군자이자 도인이라 들었다. 그런 이가 천하를 도탄에 빠뜨릴 수 있는 일을 좌시하지는 않을 것이다."

"정말 그리되겠습니까?"

"내 말이 언제 틀린 적이 있더냐?"

법계는 살짝 대답을 망설였다. 과거였다면 그는 망설임 없이 대답했을 것이다. 하지만 지금은 아니다. 법정의 예상이 화산에 한해서는 계속 맞아떨어지질 않고 있으니까.

아직 조금 미심쩍어하는 듯한 법계의 표정을 보며 법정은 가만히 미소를 지었다.

'실수는 누구나 저지르는 법이다.'

중요한 것은 그 실수를 어떻게 수습하느냐다. 화산이 소림에게 큰 망신을 준 것은 사실이다. 하나, 이 상황을 잘 수습해 화산을 소림의 영향력 아래로 끌어들일 수만 있다면 그 망신은 이내 망신이 아니게 된다.

그리고 이건 단순히 체면의 문제가 아니다. 대체 어떤 수를 썼는지 모르겠지만, 화산이 저 남만야수궁의 마음을 녹인 것은 명백한 사실. 그건 소림뿐 아니라 천하의 어떤 문파도 하지 못했던 일이다.

'마교의 종적은 결코 놓쳐서는 안 된다.'

그러기 위해서는 반드시 화산의 협조를 끌어내야 한다. 개인적인 감정은 접어 두고서라도 말이다.

"부모 잃은 자식은 부모를 그리워하기 마련이다. 화산은 너무 많은 것을 잃은 문파지. 그런 이들이 화산의 최고 전성기를 이끌었던 대현검의 애병이자 화산의 신물을 포기할 수 있을 리가 없다. 아미타불."

"……."

"매화검존의 유진(遺塵)을 수습할 수 있었다면 좀 더 확실했겠지만, 대대현검의 애병 역시 화산에는 작지 않은 의미를 가진다. 두고 보거라. 지금이야 기분 좋게 나갔지만, 오늘 밤 저들은 잠을 이루지 못할 것이다. 그리고 내일 아침쯤이 되면 제 발로 이곳으로 찾아오게 되겠지."

여유로운 법정의 얼굴을 보며 법계는 천천히 고개를 끄덕였다. 법정이 저리 자신하는 것을 보면 이번 일도 결국은 그가 안배한 대로 흘러가게 될 것이다. 반드시 그리될 것이다.

그러니까……. 그리되어야 했는데…….

다음 날 아침.

"……갔다고?"

맹세코, 법계는 법정의 저런 얼굴을 처음 보았다. 언제나 현기로 넘치던 법정이 멍청하게 입을 벌리고, 고개를 뒤틀고 있었다.

"……예."

"아, 아니, 그게 무슨 소리냐? 갔다고?"

법계가 눈을 질끈 감았다.

"어찌하고 있나 확인을 하러 가 보았더니, 전각은 이미 텅텅 비어 있었습니다."

"……."

법정의 눈이 지진이라도 난 듯이 뒤흔들렸다.

"아, 아니. 자, 잠시……. 잠시. 아미타불. 아미타불!"

그는 도무지 생각이 정리되지 않는 듯 연신 불호만 외어 댔다. 그러더니 물었다.

"어디, 어딜 갔단 말이더냐?"

"……그야 화산으로 돌아가지 않았겠습니까?"

"이 상황에 그냥 가 버렸다고……?"

법계는 대답 대신 멍한 표정으로 법정을 바라보았다. 방장이 이런 멍청한 질문을 연이어 해 대는 꼴도 단언컨대 살면서 처음 보았다.

"전각을 맡은 소동(小童)의 말로는 해가 뜨기 무섭게 전각을 나섰다고 합니다."

"……."

법정의 고개가 더욱 삐딱해졌다.

"가? 아, 아니. 이게 이럴 리가 없는데. 절대 이럴 수가 없는데? 이 상황에 그냥 가 버린다고? 이 상황에서?"

법정은 정말로 당황한 듯 몸을 벌떡 일으켰다. 그러더니 방 안을 걸어다니며 정신 나간 사람처럼 불호만 주야장천 외었다.

"아미타불. 아미타불! 아미타불!"

법계는 심란한 표정으로 그런 그를 바라보았다.

'나름 대단한 것 같기는 한데.'

이리 흔들리는 와중에서도 중심을 잡기 위해 애쓰는 모습을 보면 역시나 소림의 방장…….

"아미타불. 아미타불! 아니, 빌어먹을! 아미타불이고! 아미나발이고!"

"……."

아니네. 아니야.

법정의 눈에 화르륵 불꽃이 타올랐다.

"아니, 저 화산인지 뭔지 하는 미친놈들은 대체 무슨 생각이냐! 여기서 그냥 가 버린다면 소림과는 척을 지고, 천하는 도탄에 빠질 상황인데! 이대로 그냥 손 놓아 버리면 뒷수습은 누가 한단 말이더냐!"

그야 우리가 하겠죠. 몰라서 물으십니까?

법계는 입을 뚫고 나오려는 말을 꾹꾹 눌러 삼켰다. 평생 그래 본 적은 없지만, 지금 함부로 입을 열었다가는 방장이 다탁에 놓인 목탁을 집어 들고 그의 머리를 깨 버릴 것 같았다.

"아니, 화산 이 미친놈들이!"

"진정하십시오, 방장. 듣는 귀가 많습니다."

"내가 지금 진정하게 생겼느냐? 이 지옥 불에 떨어질 것들!"

입에서 불이라도 뿜을 듯 소리를 질러 대는 법정을 차마 더 보지 못하고 법계는 두 눈을 질끈 감았다.

'하여튼 화산이 문제구나.'

대회 시작부터 결승까지, 화산이 엮인 일은 하나부터 열까지 소림의 생각처럼 돌아가지 않았다.

이 대회를 통해 얻으려 했던 명예는 땅에 떨어지다 못해 저 깊은 지하에 처박혀 묻힌 수준이고, 이 대회를 발판 삼아 천하를 웅비하길 바랐던 혜연은 결승의 충격을 이기지 못하고 수련동에 처박혀 버렸다. 그리고 이제는 소림의 방장마저 화산 때문에 이성을 잃고 욕지거리를 마구 내뱉고 있다.

'마구니가 낀 것이야, 마구니가.'

법계의 눈앞에 낄낄대는 청명의 얼굴이 어른거렸다. 화산도 문제지만 그 마귀만은 도무지 어떻게 손을 써 볼 수가 없었다. 그리고 그 마귀가 들어앉아 주변을 물들이는 이상, 앞으로도 화산은 반드시 소림의 앞길을 막아 대는 존재가 될 것이다.

슬쩍 숭산 아래로 시선을 주는 법계의 등 뒤에서 노한 법정의 고함이 터져 나왔다.

"잡아! 당장 잡아라! 아니다! 내가 직접 간다!"

"지, 진정하십시오. 방장! 방장께서 떠나는 이들을 따라가 잡으면 소림의 체면이 무엇이 됩니까."

"지금 체면이 문제더냐! 저 미친놈들! 화산! 화산신룡. 화······. 어억!"

"방장! 정신 차리십시오! 방장!"

결국 법정이 목덜미를 잡고 넘어가자 법계가 기겁하며 달려들었다. 무위가 높아도 혈압만은 어쩔 수 없는 모양이었다.

◆ ❖ ◆

백천이 눈살을 찌푸리며 고개를 돌렸다. 그리고 어느새 많이도 멀어진 숭산 쪽으로 시선을 던졌다.

"방금 무슨 소리가 들린 것 같은데?"

"무슨 소리?"

"뭔가 비명 같은 게…….."
"늙은 너구리가 제풀에 엎어지는 소리겠지."
"응?"
 백천이 그게 무슨 말이냐는 듯한 얼굴로 돌아보았지만, 청명은 반질반질한 얼굴로 배부른 미소만 지을 뿐이었다.
 '중 새끼가 어디 화산을 호구로 보고.'
 뭐? 천하? 그거야 니들이 알아서 할 일이고.
 청명은 더 이상 화산의 제자들이 그 의미도 없는 천하라는 이름에 휘둘리기를 원하지 않았다. 천하를 위해 모든 것을 바쳐도 돌아오는 게 없다는 것을 뼈저리게 경험했는데, 미쳤다고 저들 좋은 짓을 하겠는가.
"크으. 속이 시원하네."
 청명이 호리병을 들고 술을 꼴꼴꼴 마셔 댔다. 그 모습을 보며 백천이 눈을 가늘게 뜬다.
 '아니, 대체 소림 방장과 무슨 이야기를 한 거지?'
 분명 뭔가 중요한 이야기가 오고 갔던 것 같은데, 아무리 캐물어도 청명은 무슨 일이 있었는지를 말해 주지 않았다. 그리고 평소라면 제자들에게 미소와 함께 설명을 해 주었을 현종도…….
 백천은 슬쩍 현종을 향해 곁눈질했다. 그는 저 뒤쪽에서 터덜터덜 느리게 따라오고 있었다. 자애로운 눈으로 그들을 따뜻하게 바라보고 있어야 할 현종이 지금은…… 뭐랄까…….
 '뭔 죄라도 지은 사람 같은데?'
 심지어 그는 연신 초조한 얼굴로 숭산을 돌아보았다. 그러고는 망연자실한 표정으로 뭔가를 자꾸 중얼거렸다.
"회수…… 회수해야 하는데……. 회수. 서, 선조께서…… 선조께서 이

걸 아시면……. 무량수불. 무량수불! 아이고, 무량수불!"

몇 발짝 걷던 현종이 또 크게 움찔하더니 도로 뒤를 돌아보았다. 그러더니 갑자기 발작하듯 숭산을 향해 내달리기 시작했다. 하지만 그는 몇 걸음 가지 못했다. 옆에서 현종을 감시하고 있던 현영과 현상에게 가로막혀 질질 끌려온 것이다.

"놔라! 놔라, 이 무도한 놈들아! 세상에, 그게 어떤 물건인데!"

"장문인. 일단 화산에 가서 이야기하십시다."

"청명이 놈이 절대 장문인을 소림으로 보내지 말라고 했습니다. 가시지요."

"아이고……. 아이고, 그건 안 된다! 아이고, 이놈들아. 아이고오오오!"

장로들과 장문인이 하는 모양새를 가만 보던 백천은 묘한 시선으로 청명을 바라보았다.

"청명아."

"응?"

"……장문인께서는 왜 저러시는 거냐?"

"글쎄? 뭐 숭산에 중요한 거라도 두고 오신 모양이지."

"중요한 거?"

"낄낄낄낄. 뭐 중요할 게 있겠어? 중요한 건 저기 다 챙겼는데."

청명이 무언가를 손으로 쭉 가리켰다.

덜컹. 덜컹. 덜컹.

"…….''

화산의 제자들 뒤로 따라오는 커다란 수레가 네 대. 저마다 뭔가가 잔뜩 실려 있고 그 위로는 커다란 천이 덮여 있었다.

'그러니까 저게 다 돈이란 말이지?'

정확하게 말하면 저게 다 이번에 화산과 청명이 벌어들인 돈이다. 더욱 소름 돋는 점은 화산이 번 돈은 겨우 한 수레에 불과하고, 나머지는 모두 청명이 번 돈이라는 사실이었다.

"사숙. 이번 소림행은 성과가 많았어."

"……그렇지."

"중놈들이 자비가 많다더니, 아낌없이 퍼 주네. 잘 먹고 갑니다. 낄낄낄낄."

백천이 눈을 질끈 감았다.

'마귀 놈 같으니.'

소림의 실수는 단 하나다. 화산에 이런 아수라도 돌아누울 놈이 있다는 것을 모르고 감히 비무 대회를 연 것. 아마 소림은 그 대가를 앞으로 톡톡히 치러야 할 것이다.

"여하튼……."

백천은 살짝 진중한 눈빛으로 청명에게 말했다.

"고생 많았다."

"응?"

"이번 대회는 네가 아니었으면 이리 좋은 성적을 낼 수 없었을 것이다. 네가……."

"뭐래?"

청명이 눈을 찌푸렸다.

"거 애새끼들 노는 비무 대회 가지고 뭔가 이룬 듯이 말하지 마, 사숙."

"……."

청명의 반응은 심드렁하기 짝이 없었다.

"구파의 무학은 정공이야. 정공은 그 깊이가 깊어질수록 급격하게 강해지는 법이지. 이대제자 따위는 그 문파의 힘을 대변할 자격도 없어. 각 문파의 진짜 힘은 장로와 일대제자지. 그러니까……."

그는 어깨를 으쓱하며 말했다.

"이번 대회에서 제일 망한 해남파조차도 아직은 화산보다 강해. 아직까지는 말이지."

백천이 가만히 고개를 끄덕였다.

"그래. 그렇겠지."

"앞으로도 해야 할 게 많아. 죽어라고 구르고 굴러야지. 그럼 언젠가는……."

말을 하던 청명이 고개를 들어 먼 곳을 바라보고는 중얼거렸다.

"그래. 언젠가는."

백천은 굳이 그 뒷말을 묻지 않았다. 그저 청명의 옆모습을 보며 미소를 지을 뿐이었다.

그래. 언젠가는 화산이 천하제일문파로 당당히 서는 날이 올 것이다. 이 사악한 놈과 함께라면 말이다.

"가자! 화산으로!"

"그래!"

길고 길었던 임무를 마친 화산의 제자들이 보무도 당당하게 섬서로 향했다.

• ✦ •

쾅!

문을 박차고 들어간 청명이 버럭 소리를 질렀다.

"점소이이이이이이이!"

"예에에에에에에엡!"

그 당당한 목소리를 더없이 활기찬 목소리가 받았다.

"지금 갑니다요오오오!"

입구로 달려오는 점소이의 눈이 번쩍거렸다. 이렇게 과하게 환영하는 이유가 있었다. 커다란 객잔의 내부가 텅텅 비어 파리만 날리고 있었던 것이다.

'이게 얼마 만에 온 손님이냐.'

천하무림대회가 끝나고 숭산으로 몰렸던 이들이 우르르 빠져나가며, 낙양마저 객잔을 찾는 이들이 줄어들었다. 물론 그들이 제 집으로 돌아가는 와중에야 나름 객잔이 꽉꽉 들어찼지만, 이제 빠질 사람은 다 빠졌다 보니 평소보다 손님이 더 줄어든 느낌이었다.

"밥! 아니! 방!"

"예입! 방 말씀이시지요? 혼자 묵으십니까?"

"아니."

청명이 슬쩍 뒤쪽을 돌아보며 턱짓했다.

"저 사람들 다."

"……히익!"

점소이가 행복에 겨운 비명을 내질렀다. 객잔을 향해 대략 오십 명은 되어 보이는 인원이 우르르 걸어오고 있었다.

거의 정수리로 땅을 뚫어 버릴 기세로 인사한 점소이가 잽싸게 말했다.

"예이! 제가 바로 방을 준비하겠습니다."

"잠깐."

"예?"

"저 수레 말인데."

청명이 가리킨 건 일행의 뒤를 따르는 수레였다.

수레쯤이야 문제도 아니지! 점소이는 눈을 빛내며 눈치 있게 고개를 끄덕였다.

"예! 수레는 마구간에……."

"마구간 내려앉는 소리 하지 말고. 저 수레가 묵을 방도."

"……예?"

"수레가 묵을 방. 아니, 수레를 넣을 방!"

잘못 들었나 잠깐 멈칫한 점소이는 고개를 갸웃하며 물었다.

"어, 그러니까…… 수레를 방에 넣겠다는 말씀이십니까?"

그러자 청명이 씨익 웃었다.

"당연하지. 저 수레가 사람보다 중요해."

"……."

뭔가 이상한 사람들을 받았다고 생각하는 점소이였다.

"화산이라고?"

"정말 저 사람들이 그 화산파란 말인가."

"오……."

객잔에서 일을 하는 사람들은 물론이고, 간간이 객잔에 들른 손님들까지도 힐끔힐끔 화산의 제자들을 훔쳐보았다.

과거에는 검은 무복에 눈에 띄는 매화 무늬를 새겨 넣어도 그들이 누구인지를 알아보는 이들이 없었다. 그런데 이제는 굳이 말을 하지 않아도 많은 이들이 화산파를 알아보고 경외의 눈빛을 보내온다.

"저 탄탄한 체구 좀 보게!"

"오오. 저 정광이 넘치는 눈빛."

"과연 구파일방과 오대세가를 제치고 천하비무대회에서 최고의 성적을 낸 화산파답구먼."

"저 훌륭한 체격이 뛰어난 검술의 비결인가."

갈 때는 산적패 취급을 받았는데 올 때는 체구가 훌륭한 검수 취급을 받고 있다. 이래서 수많은 이들이 명성을 얻기 위해 발버둥 치는 것이다. 같은 행동, 같은 모습이라도 그 사람이 어떤 위치에 있느냐에 따라 평가가 달라지는 법이니까.

대로변에서 구걸하는 이가 평범한 거지라면 사람들이 눈살을 찌푸리지만, 그가 개방의 방주라면 흠모의 시선을 보내는 것과 같다. 다만…….

'아, 씨.'

'왜 자꾸 저리 보지.'

'신경 쓰여 미치겠네.'

안타깝게도 화산의 제자들은 쏟아지는 눈길을 그리 즐기지 못했다. 꼼꼼히 수레를 단속하고 아래로 내려온 청명은 사람들의 눈이 최대한 닿지 않는 구석에 콕 박혀 있는 다른 제자들을 보며 얼굴을 구겼다.

"뭐 해?"

"……아니…….”

백천이 어물쩍거리며 말했다.

"뭔가 익숙지가 않다고 해야 하나……. 한 번도 저런 시선을 받아 본 적이 없어서."

"소림에서는 그 많은 사람들 앞에서도 잘 싸우더만."

"그건 비무대 위잖아."

백천이 뒷머리를 긁었다.

"워낙 산속에 처박혀 있는 생활이 익숙하다 보니 다른 사람들을 만나는 것만으로도 어색한데, 저리 빤히들 보니 뭘 하지를 못하겠구나."

"……가지가지 한다."

청명이 한심하다는 듯 혀를 찼다. 하지만 그래도 이건 나름 이해할 수 있는 일이었다. 지금이야 명성을 얻고 나름 고개를 뻗댈 수 있지만, 얼마 전까지만 해도 화산은 섬서에 있는 쭈그리 문파 아니었던가.

그러니 저렇게 사람들의 시선을 부담스러워하는 것도 이해가 갔다. 심지어 그냥 시선도 아니고 저런 초롱초롱한 눈빛을 쏴 대니.

청명은 피식 웃으며 고개를 돌려 모두를 바라보았다. 어색해하는 기색과 미묘하게 의기양양한 표정이 뒤섞여 있었다.

'익숙해져야지.'

명성을 얻으면 관심은 자연히 따라온다. 비무 대회 전까지는 누구도 화산에 관심을 주지 않았지만, 이제 행보 하나하나를 천하가 주목할 것이다. 이런 시선 정도는 아무것도 아닐 정도로 말이다.

'생각해 보면 옛날에는 엄청났네.'

예전에 청명이 사형제들과 섬서를 떠나 다른 곳에 들를 때면, 가는 곳마다 강호를 아는 이라면 모두 그들을 보기 위해 몰려나왔었다.

하기야 당시의 청명은 천하삼대검수로 이름을 날리던 사람이었다. 천하에 셋밖에 없다는 검의 대가를 볼 기회가 평생에 몇 번이나 있겠는가.

"쯧쯧쯧. 이 정도는 당연하게 받아들여야지. 사람이 그렇게 숫기가 없어서야!"

청명이 배를 쭉 내밀며 소리쳤다. 하지만 그 허세는 그리 오래가지 못했다.

"저 사람이 그 화산신룡인가?"

"이번 비무 대회의 준우승자라는군. 실제로는 우승이나 다름없다고 하던데."

"나도 들었네. 후대의 천하제일인에 가장 가까운 이라는 말까지 있던데. 과연! 그래서인지 기도(氣度)가 남다르지 않은가."

"……."

청명의 어깨가 미묘하게 올라가기 시작했다.

"크, 크흠."

헛기침을 한 청명이 다시 근엄한 표정을 지었다.

"나 때는……."

"소림의 혜연도 몇백 년에 한 번 나올까 말까 한 인재라고 하지 않는가. 그 어려운 칠십이종절예를 몇 가지나 익혔다던데. 그런데 화산신룡이 그 혜연을 일방적으로 몰아붙였다는군."

"그렇지, 그렇지. 화산과 소림의 차이를 감안한다면, 몇백 년 만에 나왔다는 인재는 오히려 저 화산신룡이 아니겠는가."

"……헤헤."

청명이 결국 참지 못하고 히죽 웃으며 뒷머리를 긁적였다. 그 모습을 보는 백천 일행의 얼굴은 조금씩 썩어 들어갔다.

"좋단다."

"저거, 저거. 누가 당과 준다고 하면 묻지도 따지지도 않고 따라갈 놈입니다, 저거."

"……사람이 저리 칭찬에 약해서야."

"바보."

쏟아지는 맹렬한 비난에 청명은 크게 헛기침했다.

아니, 좋은 걸 뭘 어쩌라고?
"자자! 여기 주문하신 음식 나왔습니다!"
청명이 고개를 획 돌렸다. 점소이들이 양손과 팔에 접시를 잔뜩 얹고 달려 나오고 있었다.

"낙양까지 꽤 빨리 왔습니다."
"······그렇구나."
"······정신 좀 차리십시오, 장문인."
"끄으으응."
현종이 괴로운 표정으로 머리를 감싸 쥐었다.
"대체 뭐 때문에 그러시는 겁니까?"
"아니······. 아무것도 아니다."
현종은 눈물 고인 눈으로 고개를 저었다. 이제 와 자하신검의 존재를 말한다고 해도 소림으로 돌아가기엔 늦었다. 그보다·······.
'이놈들이 내 편을 들어 줄까?'
현종이 묘한 눈으로 앞에 선 장로들을 바라보았다. 모든 사실을 있는 대로 털어놓는다면 어쩌면 현상은 은근히 그의 편을 들어 줄지도 모른다. 하지만 현영은 옛것이나 좇는 늙은이가 애들 앞길 막는다고 길길이 날뛰겠지.
'그 꼴을 보느니······.'
현종은 에잉, 하고는 고개를 저어 버렸다. 사실 미련이야 끔찍할 정도로 남아 있다. 그러나 화산의 장문인인 그가 무엇을 선택해야 할지는 이미 정해져 있는 것이나 다름없었다.
청명의 말대로다. 그 어떤 신물도, 그 어떤 귀물도 화산의 제자들보다 중요하지 않다. 그깟 신물 하나 얻자고 저 위험한 북해로 제자들을 보내서는 안 된다. 그건 화산의 장문인으로서 있을 수 없는 일이었다. 설사 훗날 죽어 선조들을 만나 석고대죄를 드리는 한이 있어도 말이다.

"그렇기는 한데 도무지 미련이……."

"예?"

"아니……. 아니다."

현종은 생각을 털어 내려는 듯 격하게 고개를 젓고 입을 열었다.

"아이들은 어떠하더냐?"

"다소 피곤해하는 듯하지만, 잘 버텨 주고 있습니다. 그래도 일단 화산으로 돌아가는 길에 무슨 일이 벌어질지 모르니, 걸음을 재촉하는 쪽이 좋을 것 같습니다."

현상의 말에 현종이 고개를 끄덕였다. 대부분의 사고는 이런 상황에서 발생한다. 좋은 성적을 거두었으니 어쩔 수 없이 해이해지기 마련이고, 이럴 땐 평소에 저지르지 않던 짓을 저지를 위험도…….

"별걱정을 다 하십니다."

그때 현영이 심드렁하게 말했다.

"자꾸만 우리 제자들을 애 취급 하지 마십시오. 저 녀석들이 어디 그럴 놈들입니까?"

현영의 말에 현종이 빙그레 미소 지었다. 현영에게는 제자들에 대한 확고한 믿음이 있다. 때로는 장문인인 그보다 더욱 제자들을 믿는 것 같지 않은가.

"무엇보다도 청명이 놈이 그 꼴을 보고 있겠습니까? 저놈들 사이에 청명이 있는 이상, 사고를 치는 놈은 화산까지 줄에 묶여 끌려갈 각오를 해야 할 텐데요."

아……. 애들을 믿는 게 아니구나.

조금 서글픈 것은 지금 현영이 한 말에 현종 역시 공감하고 있다는 사실이었다.

"화산으로 돌아가면 해야 할 일이 많을 겁니다. 그러니 지금은 그런 데 신경 쓰지 마시고 더 먼 곳을 보십시오. 그게 장문인께서 하실 일이 아닙니까."

현종이 미소를 지으며 맞받았다.

"그래. 그리고 그런 나를 돕는 것이 너희가 할 일이겠지."

"물론입니다, 장문인."

현자 배들이 서로를 보며 마주 웃었다.

안다. 아직은 축배를 들 때가 아니다. 그리고 설사 그때가 오더라도 그 축배를 드는 이들은 여기에 있는 현자 배가 아닐 것이다. 그럼에도 이 뿌듯함을 감출 수 없었다.

"오늘은 일찍 침소에 들자꾸나. 내일부터 또 부지런히 가야 할 테니 말이다."

"예, 장문인. 그럼 편히 주무십시오."

현상과 현영이 고개를 꾸벅 숙이고는 장문인의 방을 나섰다.

'좋은 표정이로군.'

홀로 남은 현종은 가만히 미소 지었다. 저들이 저리 편한 표정으로 웃는 걸 보니 정말 화산이 과거와는 달라졌다는 생각이 들었다.

'아직은 실감은 나지 않지만.'

때때로 현종은 허공에 떠 있는 듯한 느낌을 받았다. 지금 벌어지고 있는 모든 일들이 여전히 꿈결 같기만 했다.

'저 아이가 와 줘서 다행이구나.'

하지만 너무 깊은 생각에 빠지는 건 좋지 않다. 현종은 침소를 정리하려 몸을 일으켰다. 그런데 그때.

"음?"

현종은 문 쪽을 바라보다 슬쩍 미간을 찌푸렸다.

"들어오너라."

끼이이이익.

그의 말에 문이 조심스레 열리더니 누군가가 들어왔다.

"무슨 일이더냐."

"……장문인."

유이설. 의외의 손님이었다. 그녀는 도통 속내를 짐작할 수 없는 얼굴로 현종을 바라보았다. 현종은 잠깐 그녀를 바라보다 이내 머릿속을 스치는 생각에 '아!' 하고 작게 탄성을 내었다.

"그러고 보니 지척이로구나."

그러자 유이설이 천천히 고개를 끄덕였다.

"……그래. 그렇구나. 그러고 보면 네가 그곳에 들르지 못한 지도 꽤 오래되었겠구나. 미안하다. 장문으로서 내가 신경을 썼어야 했는데."

"아닙니다."

"그래."

현종은 느리게 고개를 끄덕이고는 나직하게 말했다.

"다녀오거라. 대신 너무 늦지 않도록 하고. 내일 우리는 먼저 출발할 테니 화산에 도착하기 전에 합류하거라."

"……예. 그럼."

유이설은 살짝 고개를 숙이고는 가만히 밖으로 나갔다. 현종의 눈빛이 무겁게 가라앉았다.

"음."
 잠깐 방 안을 서성이던 그는 결국 자리를 털고 천천히 방을 나섰다.

 끼익.
 아직 어둠이 내린 새벽. 채비를 마친 유이설이 객잔을 빠져나왔다. 서늘한 새벽 공기가 폐부를 파고들었다.
 유이설이 슬쩍 뒤를 한번 돌아보고는 걸음을 재촉하려는 찰나였다.
 "준비는 끝나셨습니까?"
 느닷없이 들려온 목소리에 유이설이 우뚝 멈춰 섰다.
 "……윤종?"
 윤종과 조걸, 그리고 당소소가 어느새 먼저 나와 그녀를 기다리고 있었다. 유이설이 의혹 어린 시선을 보내자 윤종은 가볍게 웃었다.
 "장문인께서 사고를 호위하라 하셨습니다. 뭐 사실 호위는 반쯤 핑계고, 길동무나 하라는 것이죠."
 "……."
 "어렵겠습니까? 사고께서 진정 원하지 않으시면 가지 않겠습니다."
 유이설은 물끄러미 그들을 바라보았다. 그리고 아직 어둑어둑한 하늘을 올려다봤다.
 "괜찮아."
 "……사고?"
 "남이 아니니까."
 그녀의 시선은 어느새 다시 윤종에게로 올곧게 뻗었다. 윤종과 조걸이 흐뭇하게 웃었다.
 "사고! 저도 갈래요!"

"……얘는 같이 가라는 말이 없었습니다만."

"저도요! 저도!"

"그래. 따라와."

"네!"

당소소가 활짝 웃으며 주먹을 불끈 쥐었다. 그 모습을 보며 유이설이 고저 없는 목소리로 물었다.

"그럼 이제 가면 돼?"

"아뇨. 잠시만……."

마침 객잔 문이 벌컥 열리더니 오만상을 쓴 백천이 누군가의 뒷덜미를 잡고 질질 끌고 나왔다.

"말 좀 들어 처먹어라, 이 망할 놈아! 술 좀 그만 처먹고! 언제 또 술은 이렇게나 처먹어 가지고!"

"……음냐."

"에라이!"

결국 참다못한 백천이 청명을 번쩍 들어다 유이설 앞에 냅다 던졌다. 그녀는 빠르게 떨어지는 청명을 반사적으로 툭툭 쳐서 얌전히 바닥에 내려놓았다.

"이놈은 꼭 데리고 가시는구나. 장문인께서는 무슨 생각을 하시는 건지."

"……."

유이설이 어느새 다 모인 인원들을 빤히 바라보다 가볍게 웃고 말았다.

"갈게요."

"걸아! 업어라!"

"……제가 차라리 소는 업고 가겠는데."

"됐으니 업어라."

"끄응."

조걸이 청명을 주섬주섬 주워 들고는 등에 대충 걸쳐 업었다. 그러고는 일그러진 얼굴로 한숨을 내쉬며 말했다.

"그래서 어디까지 가야 하는 겁니까?"

누구도 왜 가야 하는지는 묻지 않는다. 현종이 미리 말해 준 것도 아니건만, 모두 약속이라도 한 것처럼.

"산."

"……산?"

"응. 멀지 않은 곳."

백천이 고개를 끄덕였다.

"그럼 출발하자. 가 보면 알겠지."

"네."

유이설을 선두로 화산의 제자들이 어둠 속을 내달리기 시작했다.

◆ ◈ ◆

위립산이 계속 뒤쪽을 흘끗흘끗 바라보았다. 그렇게 한참을 망설이다 조심스레 옆에 있는 장문인을 보며 입을 뗐다.

"저기…… 장문인."

"음?"

현종이 위립산과 눈을 마주치며 물었다.

"왜 그러느냐?"

"……화영문으로 가려면 저희는 이쯤에서 길을 달리해야 할 것 같습니다."

"허허. 그래, 그렇구나."

그 말에 현종은 가만히 고개를 끄덕였다.

"하나, 위 문주."

"예! 장문인!"

"이 기회에 제자들에게 화산의 모습을 보여 주는 것도 나쁘지 않은 일 아니겠는가?"

"물론입니다. 그건 저뿐만 아니라 제자들 역시 바라마지 않는 일일 것입니다. 다만 저희가 이리 함께 따라가면 괜히 본산에 누가 되지 않을는지……."

"그런 걱정일랑 하지 말게나."

현종이 흐뭇하게 웃으며 말을 이으려는데, 뒤에서 불쑥 누군가가 끼어들었다.

"위 문주가 이번에 소림에서 벌어다 준 돈이 얼만데 누 같은 말을 하는가. 아무 걱정 마시게나."

"……."

현영이었다. 현종의 얼굴이 슬쩍 일그러졌다. 거 좀 에둘러서 좋게 말할 수도 있는데, 저놈은 왜 이렇게 요즘 입만 열면 돈 이야기란 말인가.

아니, 하긴 예전에도 입만 열면 돈 이야기였지. 예전에는 돈이 없다고 역정을 냈고, 요즘은 돈을 번다고 박수를 쳐 댄다는 정도의 차이가 있을 뿐.

"그런데……."

"음?"

"소도장들은 어디로 간 것입니까? 아침부터 보이지 않는 것 같던데."

위 문주의 물음에 현종이 조금 씁쓸한 미소를 머금었다.

"해야 할 일을 하러 간 것이네."

"……."

그 표정이 무거워 보여 위립산은 차마 더 묻지 못했다.

"그보다……."

현종이 뒤쪽을 슬쩍 바라보았다.

"앞으로는 길이 조금 험해질 테니, 수레를 좀 더 잘 지키도록 하세나. 녀석이 돌아왔을 때 수레에 문제가 생겼거나 돈이 빠진 일이 있다면 끔찍한 일이 터질 걸세."

잠깐 멈칫한 위립산이 몸을 부르르 떨었다. 그리고 얼른 고개를 크게 끄덕였다.

"걱정 마십시오, 장문인. 제가 엽전 하나 흐르는 일 없이 지키겠습니다."

"부탁하네."

위립산과의 대화를 마친 현종은 먼 하늘을 바라보았다. 가만히 옆에서 듣고만 있던 현상이 넌지시 물었다.

"장문인."

"……왜 그러느냐."

"이설이를 보낸 것까지는 좋습니다. 하지만 굳이 아이들을 함께 보낼 필요가 있었겠습니까?"

그 물음에 현종은 낮게 침음을 흘리다 답했다.

"그 아이들도 보아야지."

"……."

"진정 힘이 되어 주기 위해서는 서로가 서로를 이해해야 한다. 언젠가는 그 아이들이 화산을 이끌어 나갈 것인즉, 그 아이들이 이설이의 아픔을 이해해 줄 수 있기를 바랄 뿐이다."

현상이 가만히 고개를 끄덕였다.

'이설아…….'

가만히 눈을 감은 현종은 입속으로 조용히 도호를 외었다.

• ❖ •

'어디까지 가는 거지?'

백천이 살짝 미간을 찌푸리며 앞서 달리는 유이설을 바라보았다. 이른 새벽에 출발을 했건만, 벌써 해가 서산 너머로 느릿하게 넘어가고 있었다. 그런데도 유이설의 발은 멈출 생각이 없어 보였다.

'산이라.'

앞쪽에 보이는 건 모두 산이라 유이설이 말하는 산이 어디인지 알 수가 없었다.

백천은 새삼 자신이 유이설에 대해 아는 것이 없다는 생각을 했다. 당소소는 당가주의 딸이고, 조걸은 사천의 상가 출신이다. 윤종은 어린 시절 고아가 되어 화산의 장로가 주워 온 아이고, 청명은…….

'그냥 거지지 뭐. 초삼이 새끼.'

하지만 유이설에 관해서만은 아는 것이 거의 없었다. 유이설은 자신에 대한 이야기를 잘 늘어놓지 않는 사람이었다. 청명이 들어온 이후에야 말수가 좀 늘었지, 예전에는 한 달 동안 채 두세 마디도 하지 않는 경우가 흔했다.

그저 같은 화산의 문도라면 그걸로 충분하다고 생각했지만, 이렇게 그녀의 뒤를 따르다 보니 새삼 과거가 궁금해지는 백천이었다. 그리고 청명의 과거도…….

"……뭐가 이렇게 멀어?"

"내려와, 이 새끼야!"

"거 말이 말도 하네."

"사숙! 이 새끼가 등에서 안 내립니다! 이 새끼 좀 어떻게 해 주십시오!"

아니, 저 새끼의 과거는 궁금하지 않다. 알면 속만 터질 것 같으니까.

해가 서산 너머로 완전히 넘어갈 즈음에야 유이설이 뜀박질을 멈추었다. 그녀는 꽤 험준해 보이는 커다란 산의 초입에 서서 뒤를 돌아보았다.

"여기."

"……올라가면 되는 거냐?"

그녀는 말 대신 고개를 끄덕였다. 백천은 흔쾌히 말했다.

"그럼 올라야지."

그때 청명이 심드렁하게 입을 열었다.

"근데 대체 뭐 한다고 하루 종일 달려와서 산까지 오르는 건데? 날도 저무는구만."

"너는 안 달렸잖아, 이 새끼야!"

조걸이 버럭 소리를 지르자 청명이 슬쩍 시선을 내렸다.

"사형, 사형."

"응?"

"내가 사형이 하체가 부실한 것 같아서 일부러 단련이라도 시켜 주려고 이러고 있는데, 자꾸 이렇게 비협조적으로 나오면 적당한 바위도 하나 올려 줄 수 있어."

"……산 정상까지 아늑하고 편안하게 모시겠습니다."

"쯧."

유이설은 그런 청명을 흘끗 보더니 곧장 산을 오르기 시작했다. 나머지도 모두 그런 그녀의 뒤를 따랐다. 바로 뒤에 있던 당소소가 그녀의 곁으로 다가가 물었다.

"사고. 많이 올라가야 하나요?"

"정상까지는 아니야."

조용한 대답에 당소소는 고개를 끄덕이며 유이설의 눈치를 살폈다. 다른 이들이야 저 무표정한 얼굴에서 별다른 차이점을 찾아내지 못할지도 모른다. 하지만 당소소의 눈에는 그녀의 표정이 조금씩 굳어 가는 게 확실하게 보였다.

'기분이 나쁜 건 아닌 것 같은데.'

뭔가 복잡한 감정이 동시에 느껴진다. 기쁨, 그리움, 아련함, 슬픔. 유이설의 표정에서 이토록 다양한 감정이 드러나는 모습은 처음 보았다.

'이 앞에 대체 뭐가 있기에 유 사고를 저리 동요시킬 수 있는 걸까?'

항상 굳건한 마음을 유지해 오던 유이설이다. 저 청명조차도 검수로서의 마음가짐은 유이설이 화산제일이라 평하지 않았던가.

궁금증이 점점 커져만 갔다. 그런 당소소의 의문을 풀어 주겠다는 듯, 유이설의 걸음이 점점 느려졌다. 경공 전개 속도를 줄여 천천히 뛰더니 이내 걷기 시작했다. 따르던 이들 역시 그런 유이설에게 보조를 맞추었다.

저벅. 저벅.

나무가 점점 줄어들더니 우거진 숲도 조금씩 그 자취를 감추기 시작했다. 이윽고 화산의 제자들의 눈에 들어온 광경은 딱히 특별할 것이 없는 너른 공터였다.

"……사매?"

백천의 의문 어린 목소리에도 유이설은 이렇다 할 대답을 해 주지 않았다. 대신 한곳으로 시선을 고정한 채 홀린 듯 걸을 뿐이었다. 못 들은 걸까 싶어 백천이 다시 입을 뗐다.

"사매, 대체 이곳은…….”

"사숙, 잠시."

하지만 그의 등 뒤에서 낮은 목소리가 들려왔다.

"저기…….”

"음?"

윤종의 목소리에 그가 눈을 가늘게 떴다.

'아…….'

그리고 이내 입을 다물고 말았다. 유이설이 향하는 곳에, 살짝 솟아난 둔덕 같은 것이 있었다. 자세히 살피지 않으면 제대로 보이지 않을 만큼 그 높이가 낮았다.

"…….”

그것은…… 무덤이었다. 산 한가운데에 만들어진 작은 무덤. 그걸 보는 순간 그녀가 왜 이곳을 찾았는지 알 수 있었다.

사그락. 사그락.

유이설이 걸음을 옮길 때마다 풀 밟는 소리가 모두의 귀를 파고들었다. 풀벌레가 우는 소리, 바람이 스쳐 지나는 소리, 그리고 발에 밟히는 풀 소리까지. 누구도 섣불리 입을 열지 못했다. 이윽고 무덤 앞에 도착한 유이설은 가만히 봉분을 바라보다가 낮은 목소리로 입을 열었다.

"다녀왔어요."

그녀의 눈이 천천히 감긴다.

"……아버지."

타닥타닥.

다 쓰러져 가는 오두막 앞에 모닥불이 타오르고 있었다. 봉분에서 꽤 떨어져 있는 오두막을 정비한 이들은 하루 묵어가기 위해 간단히 짐을 풀었다.

"어우, 추워."

청명이 어깨를 부르르 떨며 모닥불에 바짝 붙어 앉으며 금방이라도 쓰러질 것 같은 오두막을 흘끗 바라보았다.

얼마나 방치된 걸까? 오 년? 아니, 그렇다고 하기엔 지나치게 낡았다.

'최소 십 년은 된 것 같은데.'

중간중간 무너지지 않게 손을 본 흔적은 보이지만, 사람이 살지 않은 지는 십여 년이 넘은 게 분명했다.

'다시 말하면 십 년쯤 전에는 여기에 사람이 살았다는 건데.'

기이한 일이다. 산 중턱에 자리를 잡고 산다는 것은 생각처럼 쉬운 일이 아니다. 특히나 이곳은 사람이 살기에 적합한 땅이 아니었다. 고행을 위해서 자신을 몰아붙이는 사람이나, 사람과 마주쳐선 안 될 죄인이나 숨어들 만한 곳이다.

청명은 유이설을 물끄러미 바라보았다. 아마 그녀는 과거 이곳에서 살았을 것이다. 그 무덤의 주인과 함께.

모닥불 타들어 가는 소리만 무심하게 이어졌다. 누구도 차마 입을 열지 못했다. 분위기가 사람을 짓누른다고 느껴질 즈음, 유이설을 제외한 화산의 제자들이 백천을 빤히 바라보기 시작했다.

'……왜?'

'빨리 물어보십쇼.'

'…….'

눈으로 대화를 마친 백천은 한숨을 푹 내쉬고는 조금 난감한 얼굴로 입을 열었다.

"사매."

"네."

"조금 전 그 무덤은?"

"……아버지예요."

"아, 그렇구나……. 음."

백천이 '됐지?' 하고 묻는 듯 슬쩍 화산 제자들을 돌아보자 모두가 도끼눈을 뜨고 고개를 저었다.

'망할 것들.'

여기서 뭘 더 물어보는 게 사람이 할 짓이냐, 이것들아?!

백천은 어물쩍거리다 다시 입을 열었다.

"그럼 사매는 예전에 이곳에서 아버지와 살았던 건가?"

"네."

짧은 대답이었다. 그는 살짝 머뭇거리다 눈을 질끈 감았다. 솔직히 이제는 그도 궁금해서 참을 수가 없었다.

"여긴 사람 살기에 적합하지 않은 곳 같은데, 어쩌다가 이런 곳에서 살았던 거지?"

유이설이 고개를 들고 백천을 빤히 바라보았다. 조금 당황한 백천은 얼른 덧붙였다.

"아, 아니. 대답하고 싶지 않으면 안 해도 돼. 이제 와서 그런 건 중요하지 않으니까."

그 말이 끝나기가 무섭게 유이설이 자리에서 벌떡 일어났다. 백천이 움찔했다.

"아니, 사매. 내가……."

그런데 오두막 안으로 들어간 그녀가 대뜸 한쪽 구석의 바닥을 파기 시작했다.

'응?'

손으로 바닥을 삽시간에 파낸 그녀는 무언가를 끄집어냈다. 나무로 만들어진, 반쯤 썩은 궤짝이었다. 손이며 옷에 흙이 묻는 것도 신경 쓰지 않고 궤짝을 소중히 들고 나온 그녀는 화산의 제자들 앞에 그것을 내려놓았다.

"이게……."

모두가 그것을 바라보자 유이설이 궤짝을 열었다. 궤짝 안에는 서책들이 한가득 들어 있었다.

'서책?'

'비급인가?'

하지만 그 많은 서책 어디에도 제목이라 할 만한 것이 보이지 않았다. 이윽고 유이설은 서책들을 모두 꺼내기 시작했다. 무심한 손길이었다.

그렇게 수십 권을 모조리 바닥에 내려 둔 그녀의 손이 어느 순간 살짝 멈칫했다. 하지만 이내 다시 궤짝 안으로 손을 뻗었다. 그녀의 손에 두 권의 책자가 들려 나왔다. 그중 한 권은 갈가리 분해됐던 것을 이어 붙인 듯 누더기가 되어 있었다.

청명의 눈이 살짝 가늘어졌다. 누더기 같은 서책의 군데군데에 검은 얼룩이 보였는데, 이게 피가 말라붙어 생긴 흔적이라는 것을 알아챘기 때문이다. 그리고 다른 하나는…….

"사매…… 그건?"

반쯤 불타 버린 서책. 아니, 불타 버린 부분이 너무 많아서 서책이라고 부르기도 애매한 종이 쪼가리. 앞면에는 제목이었던 걸로 보이는 글자 몇 개만이 흐릿하게 남아 있었다.

이십사(二十四)와 매(梅). 그리고 법(法). 완전하지는 않지만, 이 글자들만으로도 이 서책의 정체가 무엇인지는 능히 짐작할 수 있었다.

"……이십사수매화검법."

모두가 놀란 기색을 감추지 못했다. 사문이 그토록 찾아다녔던 이십사수매화검법의 비급이 바로 여기에 있었던 것이다. 물론 반 이상이 불타 버려 더는 비급이라 불릴 수 없게 되어 버렸지만.

그녀는 자신의 양손에 들린 서책들을 바라보다 조용히 바닥에 내려놓고는 자리에 앉아 모닥불을 바라보다 마침내 입을 열었다.

"아버지는……."

고요하게 흘러나오는 그녀의 목소리는 평소보다 조금 더 가라앉아 있었다.

"아버지는 화산의 제자였어요."

윤종이 마른침을 삼켰다. 평소 같지 않은 유이설의 목소리가 그를 빨아들이는 느낌이었다.

"달아난 화산의 제자. 화산의 제자로 살고 싶지 않았던 사람. 그래서 문파를 뒤로하고 도망친 사람."

"……."

"그러면서도……."

유이설은 가만히 눈을 감았다.

"정말로 화산을 잊고 살 수는 없었던 사람. 화산을 뒤로했음에도 마지막까지 화산을 버리지는 못했던 사람. 그러니까……."

바보 같은 사람이었다.

아직도 눈을 감으면 떠오른다. 어두운 밤. 말로 표현할 수 없을 만큼 고통스러운 얼굴로, 검을 휘두르고 또 휘두르던 아비의 모습이.

그는 빗속에서도, 눈 속에서도 언제나 검을 휘둘렀다. 손아귀가 터져 피를 흘리면서도, 입술이 갈라져 부르틀 지경이 되어도. 언제나. 언제나. 그녀의 기억 속 아비는 언제나 검을 휘두르고 있었다.

무엇이 그리 아비를 몰아붙이는지 어린 유이설은 알지 못했다. 기억이 있을 무렵부터 그는 그저 언제나 검을 휘두르고 있었다. 눈을 뜨면 검을 휘두르고, 해가 지도록 휘두르고 또 휘두른 뒤, 지쳐 쓰러질 지경이 되면 다 타 버린 비급을 부여잡고 흐느꼈다. 때로는 고뇌하고, 때로는 화를 내고, 그리고 때로는 짐승처럼 울부짖었다.

— 나는 돌아간다.

그는 어린 유이설을 부여잡고 말했다. 언제고 완벽한 매화를 피워 낼 수 있게 된다면, 네 손을 잡고 화산으로 돌아갈 것이라고. 그리고 사문의 어른들께 용서를 구할 것이라고.

— 나는 매화를 피울 것이다.

유이설이 가만히 눈을 떴다.

"화산으로 돌아가고 싶어 했어요, 아버지는."

"……."

"그러기 위해서는 명분이 필요하다고 생각했던 것 같아요. 아버지는 사문을 등지고 버렸으니까. 그런 사람이 빈손으로 돌아가 용서를 빌 수는 없으니까."

"……그럼 저 비급이……."

유이설이 가만히 고개를 끄덕였다.

"아버지는 복원할 생각이었어요. 저 비급을 복원해서 화산에 매화를 돌려준다면, 달아난 자신을 용서해 줄 거라고."

그 말에 백천은 저도 모르게 신음을 흘렸다. 복원? 저걸로?

'말도 안 되는 짓을……'

복원이라는 것은 원형을 짐작할 수 있을 때나 의미가 있다. 반 이상 소실되어 버린 비급을 바탕으로 그 원형을 추적한다는 것은 사막에서 단 하나의 모래알을 찾아내는 것과 별다를 게 없다.

"흐음."

청명이 살짝 한숨을 내쉬고는 유이설을 바라보았다.

"그래서?"

그녀는 가만히 서책들을 내려다보았다. 저 수십 권의 서책은 아버지가 이십사수매화검법을 연구하고 또 연구한 결과물이었다. 그리고 그 모든 정화들은 마지막 한 권의 서책에 모아졌다.

"나날이 쇠약해져 갔어. 불가능한 일에 매달리는 것은 사람을 갉아먹 으니까."

"……."

게다가 쇠약해진 것은 몸만은 아니었다. 숨이 다하기 전, 아버지는 거의 광인이나 다름없었다. 겨울철 나뭇가지처럼 말라비틀어진 팔로 검을 휘두르고, 시체처럼 움푹 꺼진 눈으로 비급을 미친 듯 읽었다. 새로운 것을 수도 없이 써 내려가고 다시 그 모든 것을 정립하기를 반복했다.

하나, 그녀의 아버지는 끝끝내 화산의 검에 닿을 수 없었다.

아득할 만큼 눈이 퍼붓던 날. 눈보라를 맞으며 미친 듯이 검을 휘두르던 그녀의 아버지는 바닥에 몇 번이고 피를 토했다. 그러곤 그동안 자신이 정립해 오던 비급을 갈기갈기 찢어발겼다.

- 나는 닿을 수 없다. 나는! 나는…… 나는 닿을 수 없어…….

처절하게 흐느끼던 아비의 모습은 유이설의 기억에 화인처럼 새겨져 있었다.

- 이설아…….

죽어 가던 그는 유이설의 손을 부여잡고 말했다.

- 네가 매화를 피워 내야 한다. 아니, 너는 절대 매화에 집착해서는 안 된다! 아니야. 아니야. 네가……. 아니! 너는 안 된다. 너는 나처럼 되어서는 안 돼.

어린 유이설로서는 이해할 수 없던 말.

- 사문은 나를 용서할까……. 그들을 버리고 떠난 나를 이해해 줄까……. 화산의 매화가 보고 싶구나……. 매화가…….

그게 아비의 유언이었다. 유이설은 며칠을 그 오두막에서 시신과 함께 지냈다. 먹지도, 마시지도 않으며 싸늘하게 식은 아비의 곁에서 찢어 발겨진 서책을 하나하나 맞추었다.

그러던 도중 누군가가 오두막을 찾았다. 최후를 직감한 아비가 마지막으로 보낸 연통을 받고 달려온 현종이었다. 그는 거의 아사 직전의 유이설을 발견하고 그 자리에서 대성통곡했다.

- 이 멍청한 사람아……! 어쩌자고! 어쩌자고!

현종은 어린 그녀를 부여잡고 한참을 흐느꼈다. 그의 손에서 느꼈던 온기가 아직도 그녀의 등허리에 고스란히 남아 있었다. 아직도.

유이설이 무감한 듯한 목소리로 말했다.

"아버지는 바보였어."

"……."

"화산을 버렸지만 버리지 못했지. 화산을 뛰쳐나올 때는 무언가 다른 삶을 바랐던 모양이지만, 아버지는 그 누구보다 화산에 집착하는 사람이었어. 그래서 평생을 후회하고 고통스러워했어."

그녀의 시선은 활활 타는 모닥불에 고정되어 있었다.

여전히 아비를 이해하기 힘들었다. 그토록 소중하게 여겼다면 왜 화산을 버렸는가. 버렸다면 잊었어야지, 왜 놓지 못했는가. 그리고 그토록 그리웠다면 왜 고개를 조아려 돌아가지 못했을까. 여전히 그녀에게는 이해하기 힘든 일이었다.

"……사고."

입을 열었던 당소소가 차마 말을 잇지 못하겠다는 듯이 다시 꾹 다물었다.

어떤 말을 해야 할까? 적어도 지금 이 순간만큼은 유이설에게 해 줄 말을 찾을 수 없었다. 저 담담한 목소리에 얼마나 많은 것이 담겨 있는지 이해하기 때문이었다.

그때, 잠자코 이야기를 듣고 있던 조걸이 입을 열었다.

"하면……."

그의 시선은 잔뜩 쌓인 비급들로 향해 있었다.

"장문인께서는 어째서 저 비급을 회수하지 않으신 걸까요? 아무리 반쪽도 안 되는 비급이라지만 그래도 이십사수……."

"저건 못 써먹어."

청명이 심드렁한 목소리로 말했다.

"괜히 저걸 화산에 가져갔다가는 자신들도 복원을 해 보겠다고 설치는 이들이 나왔겠지. 그럼 화산은 정말 망했을 거야. 불가능한 일에 매달려 모두가 고통받았을 테니까."

어설픈 희망은 고통스러운 절망보다 더욱 잔혹할 때가 있다. 그때의 화산에 저걸 바탕으로 이십사수매화검법을 복원할 수 있는 이는 존재하지 않았다.

아니, 이건 천하의 누구라도 불가능했을 일이다. 설사 청명이라 해도 이십사수매화검법을 알지 못한 채 저 비급을 복원했다면 원형과는 전혀 다른 청명만의 검술이 새로 태어날 뿐, 매화검법의 원형에는 닿지 못했을 것이다.

'멍청한 짓을…….'

청명은 입술을 살짝 깨물었다. 한없이 멍청하고, 한없이 미련하다. 하나…….

'그만큼 간절했겠지.'

화산에 돌아가 화산과 함께 죽어 갈 생각은 없었을 테니까. 어떻게든 화산을 부활시킬 열쇠를 찾아내고 싶었을 것이다. 설령 그게 헛된 집착이라 해도 말이다.

"사고는 그래서……."

"아니."

유이설이 고개를 저었다.

"나는 아버지를 옹호하지 않아. 아버지는 화산을 버렸어. 화산의 제자인 나로서는 용서할 수 없는 일이야."

"……사고."

"장문인께서는 용서한다고 하시지만, 용서받을 수 있는 일이 아니야. 사문을 버린 이가 무슨 수로 용서를 받아. 그러니……."

그녀는 평소답지 않게 오래도록 말을 하다 말고 눈을 감았다.

"괜한 소리를……."

무거운 침묵이 내려앉았다. 어설픈 위로는 오히려 값싼 동정이 될 수 있다는 것을 알기에, 그들은 모두 그저 서로를 바라보며 침묵했다. 그때 청명이 불쑥 말했다.

"됐으니까 자자."

제자들의 시선이 그에게로 향했다.

"할 말은 다 한 것 같고, 뭐 그리 대단한 이야기도 아니잖아. 결론만 보면 그냥 지나는 길에 아버지 무덤에 들렀다. 뭐 그 정도의 이야기 아닌가?"

"청명아!"

백천이 노한 표정으로 자리에서 벌떡 일어났다. 하지만 정작 유이설은 태연한 얼굴로 고개를 끄덕였다.

"맞아."

당사자가 그러니 백천도 잠깐 할 말을 잃었다. 유이설은 담담하게 말했다.

"그냥 들르고 싶었어. 어쨌든 화산이 옛 모습을 되찾고 있단 걸 알면 기뻐할 것 같아서."

하지만 청명은 심드렁한 태도로 자리에서 일어났다.

"죽은 사람은 죽은 사람일 뿐이야."

"……알아."

"뭔 대단한 이야기라도 하려나 했네. 나는 잔다. 내일 아침에 출발할 거면 다들 빨리 자 둬. 하루 낭비한 만큼 더 빨리 달려야 할 테니까."

그는 뒤도 돌아보지 않고 오두막으로 저벅저벅 걸어 들어갔다. 남은 화산의 제자들은 불편하기 짝이 없는 표정으로 그런 그의 뒷모습을 바라보았다.

"사형."

"응?"

"저희도 자요."

"……그래. 그러자꾸나."

유이설의 말에 백천이 가만히 고개를 끄덕였다. 잠이 올 것 같지는 않지만, 청명의 말대로 이 이야기를 계속 꺼내는 것도 그녀에게 썩 좋지 않을 것이었다.

"……말해 줘서 고맙다."

"아니에요."

그녀의 시선이 다시금 어두운 밤하늘로 향했다.

"남이 아니니까."

이제는.

유이설은 문득 눈을 떴다. 그러고는 조금 당황한 얼굴로 주변을 돌아보았다. 오두막 안, 여기저기 늘어져 잠든 화산의 제자들이 보였다.

'……언제?'

잠든 기억이 나지 않았다. 다 함께 오두막에 들어와 누운 기억까지는 나는데…….

'많이 피곤했던 건가?'

그런 모양이었다. 실제로 모두 세상모르고 잠든 것 같았고.

그때, 바로 옆에서 목소리가 들렸다.

"……사고."

돌아보니 당소소가 눈을 감은 채 뭔가를 중얼거리고 있었다.

"……사고……."

잠꼬대를 하는 모양이었다. 곤히 잠든 그 옆모습을 보던 유이설은 다시 눈을 감았다. 하지만 이내 작은 위화감을 느끼고 부스스 몸을 일으켰다.

'없어.'

오두막에 누워 자고 있는 이들 중 청명이 보이지 않는다.

'어디?'

유이설이 가만히 자리에서 일어나 조심스레 오두막을 빠져나왔다. 거의 꺼진 모닥불 근처에도 청명의 모습은 보이지 않았다. 주변을 두리번거리던 유이설이 슬쩍 얼굴을 굳히더니 홀린 듯 바삐 걸음을 옮기기 시작했다.

졸졸졸졸.

독한 화주가 무덤에 뿌려졌다. 듬성듬성 풀이 자라난 무덤이 축축이 젖어 들기 시작했다. 이내 한 병이 모두 비워지자, 청명이 새 술병을 꺼내 뚜껑을 열었다. 그러고는 다시 무덤에 뿌렸다.

한참을 그렇게 술을 뿌리던 청명은 이내 술병을 입가로 가져갔다. 지체 없이 술을 꼴꼴 넘긴 청명은 크으, 하는 소리와 함께 입을 훔치더니 나직한 목소리로 씁쓸하게 중얼거렸다.

"멍청한 놈 같으니."

그는 이놈을 이해할 수 없었다. 그랬다면 화산을 버리지도 않았겠지만, 어쨌든 망해 가는 문파를 버리고 나왔다면 잘살기라도 해야 한다. 더구나 어린 딸까지 딸린 놈이 불가능한 일에 매달려 목숨까지 내던진 것은 어떤 말로도 옹호받을 수 없는 일이다.

멍청하고, 한심하고, 병신 같다. 하지만……

"그런데 나는 대체로 병신들을 좋아하거든."

청명이 피식 웃었다. 가만히 웃던 청명의 표정이 점점 변해 갔다. 무덤 앞에 주저앉은 그는 술을 들이켜고는 길게 탄식했다. 그 탄식의 끝에, 진심이 튀어나왔다.

"……미안하다."

알고 있다. 이것은 청명의 죄. 무너져 가는 문파를 버리고 떠난 이들에게 무슨 죄가 있겠는가. 세상 누가 무너져 가는 문파를 부여잡고 함께 죽어 가 달라고 요구할 수 있겠는가? 남은 이들이 대단한 것이지, 남지 않은 이들이 잘못된 게 아니다.

"왜 그랬느냐. 이 멍청한 놈아……."

버렸으면 잊어야지. 왜 멍청하게 버려 놓고도 잊지 못하고 후회했느냐. 멍청한 놈아.

"나는……."

청명은 봉분에 기대어 하늘의 별을 바라보았다.

"사실 북해로 가고 싶었다."

마교라는 말을 듣는 순간부터 피가 거꾸로 솟았다. 옆에 현종이 없었다면 법정의 멱살을 부여잡고 거기가 어디냐고 악을 썼을 것이다. 세상에 마교와 관련된 것은 단 하나도 남겨 두고 싶지 않았다. 아직도 눈만 감으면 십만대산의 정상에서 죽어 간 사형제들의 모습이 떠오른다. 아직도.

"그래도 갈 수가 없지. 그래도……."

혹여 그가 해를 당하기라도 한다면, 남겨진 화산은 다시금 과거처럼 몰락할 것이다. 청명이라는 구심점을 잃는다면 지금의 화산은 구파일방과 오대세가의 견제를 감당할 힘이 없으니까.

화산은 다시 몰락할 것이고, 유이설의 아버지 같은 이들이 다시 나타나겠지. 그래서 갈 수 없었다. 그래서. 같은 실수를 반복할 수는 없으니까.

속이 문드러지고 찢겨 죽는 한이 있더라도 그 모습만은 다시 볼 수 없다. 화산이 다시 몰락하는 순간이 온다면. 죽어서도 눈을 감지 못할 것이다.

"내가 네게 용서를 논할 자격은 없겠지만……."

청명의 손끝이 젖은 봉분 위를 가만히 쓰다듬었다.

"……이제 쉬어라. 화산에는 다시 매화가 필 테니까."

그러더니 술병을 문 채 격하게 고개를 젖혔다. 독한 화주가 목을 긁는 감각이 오늘따라 서글프게 느껴졌다.

"그래."

던지듯 술병을 내려놓은 그는 휘청이며 자리에서 일어났다.

"매화가 보고 싶다고 했지?"

스르르르릉.

검 뽑히는 소리가 고요한 산속에 울렸다.

"보고 싶으면 봐야지. 그렇게 오랫동안 보고 싶어 했는데, 내가 보여 줘야지. 그래."

취한 듯 휘청이던 청명이 가만히 검을 아래로 내리고는 느리게 눈을 감았다.

보이는 것만 같다. 이 인적 없는 산속에서 검을 휘두르고 또 휘두르는 이의 모습이. 버리지 못한 미련과 어찌할 수 없는 현실에 고통받으며, 오로지 검 하나에만 집착하는 누군가의 모습이. 그건 마치…….

스으으읏.

청명의 검이 천천히 움직이기 시작했다. 이내 매화점개(梅花漸開)를 시작으로, 이십사수매화검법이 펼쳐진다. 어떤 기교도 없는, 완벽한 원형 그대로의 매화검법. 유이설의 아버지가 평생에 걸쳐 피우려 했던 화산의 매화가 지금 청명의 검 끝에서 그 자태를 드러내고 있었다.

봐라, 이 멍청한 놈아. 이게 네가 그토록 보고 싶어 했던 화산의 매화다.

한 번은 지고 말았던 것. 다시 피기 위해서 너무도 오랜 세월을 보내야 했던 것. 완전한 매화검법이 그려 낸 화산의 매화가 척박한 땅을 붉은 매화의 숲으로 바꾸어 놓기 시작했다.

화산의 매화가 피는 곳이라면 그곳이 화산. 그러니 이곳도 그저 화산이다.

흐드러지게 피어난 매화의 숲에서 한 검수가 검무를 춘다. 아직 차마 보내지 못한 미련을 잘라 내듯이. 아름답게 움직이는 검 끝은 단호하지만 서글펐다.

그리고…… 멀리서 환상처럼 피어나는 매화를 바라보던 유이설은 가만히 눈을 감았다.

'아버지…….'

내리깔린 그녀의 속눈썹이 떨리더니 이내 한 방울의 눈물이 흘러내렸다.

─ 너의 매화를 찾았느냐?

아직, 아직은 아니에요. 하지만…….

유이설이 눈을 떴다. 환상과도 같은 매화의 숲이 펼쳐져 있었다.

'언젠가는…….'

그녀의 검 끝에서도 완벽한 매화가 피어나는 날이 올 것이다. 그리되면 죽은 그녀의 아버지도 마침내 편히 잠들 수 있을 것이다.

언젠가는. 그래, 언젠가는.

　　　　　　・◈・

"저기 옵니다, 장문인."

"으음. 그렇구나."

저 멀리서 달려오는 백천 일행을 보며 현종은 살짝 복잡한 심정으로 고개를 끄덕였다.

'생각보다 조금 오래 걸렸구나.'

시간이 걸린 만큼 무슨 일이 있었던 것은 아닌지 걱정이 들었다. 서로가 서로를 잘 이해해 줄 수 있다면 좋겠지만, 유이설의 아버지에 관한 일은 그녀에게 너무도 민감하고 가슴 아픈 일이니까.

그럼에도 굳이 저 아이들을 함께 보낸 이유는 그런 유이설의 아픔을 이해해 주기를 바라서였다. 사문의 어른들이 채워 줄 수 없었던 마음의 공허를 저 아이들이 채워 줄 수 있을지도 모르니까. 하지만 아픔을 공유한다는 것은 때때로 관계에 해가 되기도 하니…….

현종은 살짝 긴장한 얼굴로 유이설의 표정부터 살폈다.

'아…….'

그리고 마침내 다가오는 그녀를 본 현종은 마음속으로 탄성을 내질렀다. 안도에서 오는 미소가 그의 만면에 어렸다. 어느새 앞까지 다가온 백천이 선두로 나서서 보고했다.

"장문인. 전원 무사히 복귀했습니다."

"그래. 다들 고생이 많았다."

"예!"

현종의 시선이 유이설에게로 향했다.

"잘 다녀왔느냐?"

"네, 장문인."

현종은 가만 그녀의 얼굴을 살폈다. 확실히 출발하기 전과는 달라져 있었다.

"좋은 표정이구나."

무표정 속에 감춘 미묘한 불안함이 사라지고, 보는 사람이 절로 편안해지는 얼굴이었다. 물론 유이설을 잘 모르는 사람에게는 같은 무표정으로 보이겠지만 말이다.

"마음은 조금 편해졌느냐?"

"네."

"그래. 그걸로 됐다."

현종이 고개를 끄덕이자 유이설은 묵례를 해 보이곤 곧장 몸을 돌렸다. 그러고는 그새를 못 참고 아웅다웅하는 백천 일행 사이로 자연스레 스며들었다. 그런 그녀를 보자니 현종은 절로 웃음이 났다.

'제자리라는 겐가.'

과거의 유이설은 화산의 어디에도 섞여 들지 못했다. 현종의 손을 잡고 화산에 오른 순간부터, 유이설은 화산의 제자가 되어 살아감을 천명으로 받아들였다. 하지만 그럼에도 화산의 제자들을 완전히 친인으로 여기지는 못했다.

물론 그런 유이설이 잘못되었다 여기는 건 아니었다. 그런 삶의 방식 역시 있을 것이다. 현종은 굳이 유이설의 삶에 옳고 그름을 나누고 싶지 않았다. 그가 바라는 모습이 아니라고 해도 유이설의 삶은 그 자체로 존중받을 가치가 있다. 다만…….

현종이 가만히 미소를 지었다. 그럼에도 저리 아이들과 함께 있는 유이설의 모습이 더 좋아 보이는 것은 어쩔 수 없는 일이다.

'결국 저 아이가 이설이를 바꿔 놓은 것이겠지.'

현종의 시선이 청명에게로 향한다. 유이설이 변하기 시작한 시점은 청명이 화산에 들고부터다. 청명의 어떤 점이 그녀를 바꾸었는지 현종은 알지 못한다. 하지만 이유야 아무래도 좋지 않은가.

'저 아이는 대체 화산을 얼마나 더 바꿔 놓을 것인가?'

지금까지도 너무 많은 것이 바뀌었다. 하지만 청명은 결코 이 정도에서 멈추지 않을 것이다. 앞으로 더욱 많은 것들이 바뀌게 되겠지.

현종이 흐뭇한 표정으로 청명을 바라보았다. 도착한 순간부터 청명은 혼자 곧장 수레로 달려가 실린 물건을 점검하고 있었다.

'꼼꼼하기도 하지.'

그렇지, 그렇지. 문파를 이끄는 이라면 저런 부분도 필요한 법…….

"백상 사숙."

그 순간 청명이 고개를 비딱하게 꺾으며 몸을 휙 돌렸다.

"으, 으응?"

갑자기 지목당한 백상이 떨떠름한 눈으로 그를 바라보았다. 청명은 눈을 가느스름하게 뜨며 말했다.

"동전이 하나 비는데?"

"……."

백상이 세상 억울하다는 표정을 지으며 항변했다.

"그럴 리가 없다! 자는 시간 말고는 개미 새끼 한 마리도 접근하지 못하게 지켰단 말이다!"

"뭐? 돈을 앞에 두고 잠을 자? 이 양반이 정신이 나갔나! 어디 돈 지키는 사람이 잠을 자고 있어!"

"……."

입이 삐쭉 나온 백상이 툴툴대며 말한다.

"아니……. 뭐 대단한 거 없어진 것도 아니고, 동전 하나 가지고……."

"뭐? 동전 하나?"

청명의 눈이 휙 돌더니 희번덕거리기 시작했다.

"사숙을 판다고 동전 하나 나올 것 같아? 어? 화산이 언제부터 부자였다고 동전 하나를 우습게 봐? 그것도 재경각 소속이? 호오오오?"

"아, 아니."

당황한 백상이 장문인 쪽으로 고개를 돌렸지만 현종은 그저 흐뭇한 얼굴로 시선을 돌렸다.

'모르는 척하자.'

군자는 삿된 것을 보지 않는 법이다. 아암.

현종은 쉴 새 없이 길을 재촉했다. 여러 가지 이유가 있겠지만, 가장 큰 이유는 장문인 없이 화산을 너무 오래 비워 두었기 때문이다.

장문이나 장로들이 자리를 비워도 대신해 줄 이가 넘쳐 나는 다른 명문들과는 다르게, 화산은 현자 배 셋이 빠지면 문파가 제대로 돌아가지 않게 된다. 운자 배들이 그들의 빈자리를 메우기 위해 필사적으로 애썼겠지만, 아무래도 한계가 있을 수밖에 없을 것이다. 그러니 한시라도 빨리 화산으로 돌아가고 싶었다.

"장문인, 저기!"

"오."

현종이 고개를 들어 앞을 바라보았다. 쉼 없이 달려온 덕분인지 마침내 저 멀리 화산의 모습이 보이기 시작했다.

"……화산이다."

시간으로 따지면 겨우 한 달에 불과한 시간이지만, 몇 년은 떠나 있었던 것 같은 기분이 들었다. 조금 지쳐 있던 제자들의 걸음에 다시 힘이 들어가기 시작했다. 백천 역시 눈앞의 화산을 보며 환하게 미소 지었다.

"드디어 돌아왔구나."

"정말 길지 않았습니까, 사숙?"

"그래, 길었지. 누구 때문에 훨씬 더 길게 느껴졌지. 나는 저놈이 사고 치지 않을까 하루하루 노심초사하느라 몇 년은 늙은 기분이다."

"따지고 보면 사고는 사숙이 치지 않았습……. 아닙니다."

눈을 부라리는 백천에게서 슬그머니 시선을 돌린 윤종이 속으로 구시렁거렸다. 이 양반도 예전에는 온화한 척이라도 하더니 이제는 대놓고 힘으로 사람을 겁박하려 든다.

'다들 물들어서는.'

이래서야 화산의 위계가 제대로 서겠는가.

"여하튼 서두르자꾸나. 오늘 내로는 화산에 올라야지."

"예! 사숙!"

모두가 설레는 마음으로 발걸음을 재촉하려던 그때였다.

"……그런데 사숙."

"응?"

백천이 조걸을 돌아보았다. 조걸은 어쩐지 얼굴이 시커멓게 죽어 있었다.

"왜 그러느냐?"

"……저거 말입니다."

"응? 뭐?"

"저거요. 저거."

조걸이 턱짓했다. 그가 가리킨 것은…… 수레와 그 위에 드러누운 청명이었다.

"새삼스럽게 저건 왜?"

"청명이 말고 수레 말입니다."

"……수레? 수레는 또 왜?"

조걸이 정말 입에도 담기 싫다는 듯 잠깐 머뭇거리다 말했다.

"설마 저걸 끌고 화산을 오르는 건 아니겠죠?"

"……."

수레가 한 대도 아니고 자그마치 네 대. 짐과 돈이 한껏 실려 봉긋하게 솟아 있는 그 위풍당당한 모양새를 보며 백천은 빙그레 웃었다.

에이, 설마…….

◆

"슬슬 오실 때가 되지 않았을까?"

"오늘은 도착하시겠지."

화산의 제자들이 산문 앞에서 초조하게 손을 비볐다. 시일을 따져 보면 오늘쯤에는 도착해야 맞는다.

"오늘 안 오시는 것 아닙니까? 일정대로라면 오늘 아침에 도착했어야 하는 것 아닙니까."

"조금만 더 기다려 보자꾸나."

운암이 살짝 걱정스러운 얼굴로 산 아래쪽을 내려다보았다.
'분명 오늘은 도착한다고 연통이 왔는데.'
본디 여행이란 이런저런 변수를 동반하니, 하루나 이틀쯤 지체되는 건 일도 아니다. 그럼에도 기다리는 입장에서 가슴을 졸이게 되는 것은 어쩔 수 없었다.
"준비는 다 끝났느냐?"
"몇 번을 물어보십니까. 애초에 끝내 놓았습니다."
조금 퉁명스러운 그 대답에 운암은 빙긋 웃었다.
'현영 장로님께서 왜 그리 음식을 준비하느라 애를 쓰셨는지 이제 알겠구나.'
과한 게 아닌가 종종 생각했었는데, 막상 그가 모두를 기다리는 입장이 되자 그 마음이 십분 이해가 되었다. 백 년간 다시없을 큰 공을 세우고 돌아오는 이들이다. 마음 같아서는 하나하나 업고 화산을 돌아다니고 싶지만, 그럴 수 없으니 따뜻한 밥이라도 준비하고 싶었다.
"장문인께서도 먼 길에 지치셨을 테니 기쁘더라도 적당히 환영하고 오늘은 쉬게 해 드리자꾸나."
"예, 사숙!"
"걱정 마십시오, 사형!"
산문에 길게 도열한 화산의 제자들이 살짝 상기된 얼굴로 고개를 끄덕였다. 화산이 비무 대회에서 준우승을 하고, 가장 좋은 성적을 거두었다는 소식을 미리 전해 들었다. 모두가 하늘을 날 것 같은 기분이었다. 다들 이 영광을 쟁취해 온 사형제들을 세상 다시없을 기쁨으로 환영해 줄 준비를 끝마쳤다. 그래. 더없이 즐거운 자리가 될 것이다.
그때 가장 앞쪽에 서 있던 이가 손을 번쩍 들며 아래를 가리켰다.

"저, 저기!"
"엇, 저, 정말! 저기! 저기 올라옵니다, 사숙!"
"오?"
운암이 재빨리 앞쪽으로 달려 나갔다.
"오오오!"
마치 날아오르는 듯 산을 올라오는 네 사람이 보였다.
현종과 현영, 현상, 그리고 그 뒤로는 운검이 따르고 있었다.
"장문인!"
"장로님들!"
"관주님!"
화산의 제자들이 재빨리 허리를 낮추며 예를 표했다.
"장문인을 뵙습니다!"
"고생 많으셨습니다, 장문인!"
살짝 상기된 얼굴로 다가가자, 현종이 인자한 얼굴로 미소를 지었다.
"내가 늦어 너희를 고생시킨 모양이구나. 뭐 하러 이리 나와 있었느냐."
"당연한 일입니다, 장문인."
운암이 더없이 환한 웃음으로 그를 반겼다. 큰 공을 세우고 돌아오는 이들을 환영하는 자리다. 하루쯤 서 있는 것이 무어가 대수겠는가.
"정말, 정말 고생이 많으셨습니다. 장문인께서 아이들을 이끌고 이룬 일에 제자들 모두가 더없이 기뻐하고 있습니다."
"허허허."
현종이 사람 좋게 웃음을 터뜨렸다.
"나는 아무것도 한 것이 없다. 다 저 아이들이 한 일이지."

"장문인께서 이끄셨기에 가능한 일이 아니겠습니까."
현종이 고개를 저었다.
"아니다. 나는 정말 한 게 없다. 칭찬을 하려거든 저 아이들에게 해 주거라."
"하하."
늘 그랬듯 모든 공을 아이들에게로 돌리는 장문인을 보며 운암은 빙그레 웃었다. 그런데 어째 뒤로 따라와야 할 사람들이 보이질 않았다.
"……그런데 아이들은?"
그의 물음에 현종이 슬쩍 시선을 돌리며 말했다.
"곧 올라올 것이다. 아! 그, 그럼 나는 안에 볼일이 있어서 이만."
"예?"
"이따 보자꾸나."
현종이 잽싸게 처소 쪽으로 걸음을 옮겼다. 장로들 역시 부리나케 그런 그의 뒤를 따랐다.
'으응?'
심지어 운검조차도 고개를 푹 숙인 채, 그런 장로들을 뒤따랐다.
"사제?"
"소, 소피가 급해서. 이따 뵙겠습니다, 사형."
"응?"
허둥지둥 안으로 들어가는 운검을 보며 운암은 도대체 그 연유를 짐작할 수도 없었다.
아니, 왜 다들 저리 급히…….
"옵니다!"
"오!"

운암이 고개를 획 돌렸다. 어째 분위기가 조금 이상하긴 하지만, 장문인의 말대로 맹활약을 한 이들은 화산의 백자 배와 청자 배들이다. 그러니 당연히 그들을 환영해 주어야 한다. 그는 환히 웃으며 두 팔을 벌렸다.

"다들 어서……. 응?"

하지만 그의 말은 뚝 끊어졌다. 앞을 보는 그의 눈이 점점 커졌다. 반쯤 기듯 화산의 절벽을 타고 올라오는 제자들의 모습이 보였다.

"끄으으으으……."

"끄으으! 망할! 산은 왜 이렇게 가팔라서!"

"저, 절벽에서 세 번은 떨어질 뻔했어."

두 눈에 핏발 선 제자들이 몸에 긴 줄을 친친 감고 힘겹게 산을 오르고 있었다.

'저 줄은 뭐…….'

그리고 기듯이 산에 오른 이들의 뒤로 줄에 감긴 커다란 수레가 불쑥 솟구치듯 모습을 드러냈다. 운암이 입을 쩌억 벌렸다.

'저걸 메고 올라왔다고? 미친.'

화산으로 이어지는 산길 곳곳은 까마득한 낭떠러지다. 평범한 사람은 감히 오를 엄두도 내지 못하고, 심지어 무공을 익힌 이들도 왕왕 낙사하는 곳이 바로 화산의 험로(險路) 아니던가. 그런데 그 길을 수레를 메고 올랐다고?

심지어 수레는 한 대가 아니었다.

"으아아아아아악!"

절벽 끄트머리를 움켜잡고 고개를 내민 조걸이 두 눈을 희번덕거리며 악을 썼다.

"망할! 망할! 어차피 그냥 돈인데! 전표로 바꾸거나 전장에 맡겨 버리면 되지! 미쳤다고 이걸 여기까지 끌고 올라오냐, 이 망할 놈아!"

"거, 말이 많다."

조걸이 빽빽 기며 절벽을 오르자 다른 청자 배들도 핏발이 서 시뻘게진 얼굴로 줄줄이 산을 기어 올라왔다. 그리고 그들에게 매여 있는 줄을 따라 커다란 수레가 차례로 그 모습을 드러냈다.

그 수레 위에…… 청명이 있었다. 한 손에는 술병을 든 채 드러누운 그를 보며 운암의 입이 떡 벌어졌다.

"……."

운암은 새삼 한 가지를 깨달았다.

'아, 얘들 원래 이랬지.'

그리고 마음 깊이 실감했다. 화산에서 훈훈하고 정상적인 환영 행사 같은 게 벌어질 리 없다는 것을.

• ❖ •

"끄아아아아아악! 이 망할 놈아!"

조걸이 비명을 지르며 벌렁 드러눕자 청명이 피식 웃었다.

"거 수련도 하고 겸사겸사 좋은 거지! 별것도 아닌 비무 대회에서 활약 좀 했다고 어디 편히 먹고살려고 해? 내 눈에 흙이 들어가기 전에는 그 꼴 못 보지!"

"흙? 흙이면 되냐?"

고함을 내지르며 아래에서 솟구친 백천이 바닥의 흙을 움켜잡고 청명에게 달려들었다. 하지만 달려들기가 무섭게 뻥 걷어차여 다시 절벽 아래로 떨어졌다.

"아아아아아아악!"

까마득하게 멀어지는 비명을 들으며 모두 서글프게 고개를 숙였다.

'그 용기는 잊지 않겠습니다, 사숙.'

'저 양반도 갈수록 대책이 없어지네.'

'살았으려나?'

청명이 그 모습을 보며 혀를 끌끌 찼다.

"쯧쯧. 다들 빠져 가지고."

그러고는 술을 꼴꼴 마시더니 수레에서 훌쩍 뛰어내렸다. 함께 절벽을 기어 올라온 다른 제자들은 완전히 탈진했는지 바닥에 엎어져 고개도 들지 못했다. 운암은 결국 참지 못하고 묻고 말았다.

"……청명아."

"응?"

"좀 더 편한 길이 있지 않았느냐?"

"에이. 그럼 수련이 안 되죠."

"……."

아, 그렇지. 이놈이면 이렇게 대답하는 게 당연하지.

새삼 청명이 돌아온다는 게 어떤 의미인지를 깨닫는 운암이었다.

"여, 여튼 잘 돌아왔다."

"네, 사숙조. 잘……."

뭔가 말을 하려던 청명이 입을 다물고는 눈을 찌푸렸다. 그러곤 운암의 뒤에 도열해 있는 백자 배와 청자 배들에게 다가갔다.

모두가 영문을 몰라 숨을 죽였다. 청명은 손을 뻗어 도열해 있는 제자들의 허벅지와 팔뚝을 쿡쿡 찔러 보더니 얼굴을 와락 구겼다.

"아니, 이것들이! 내가 없는 동안 뭘 했기에, 몸뚱어리가 반으로 줄었어?"

"……."

운암이 멍한 얼굴을 했다.

반? 어지간한 산적은 다 씹어 먹을 인상들인데 반이라니……. 저 팔뚝과 옷이 터져라 솟아 있는 가슴 근육은 다 뭐란 말인가.

"내가 시킨 수련만 제대로 했어도 이럴 리는 없었을 텐데?"

"어……. 그치만……."

그들의 얼굴에 더없이 억울한 기색이 떠올랐다. 하지만 안타깝게도 변명의 기회는 주어지지 않았다.

"그래. 뭐 사람이 쉴 때도 있어야지."

"그, 그렇지?"

"그런데 저 뒷사람들도 그리 생각할지 모르겠다."

"……응?"

수레를 끌고 절벽을 기어 올라온 이들이 모두 독기가 넘실거리는 눈으로 노려봐 오고 있었기 때문이다.

"우리가 이 꼴을 당할 동안 다들 편하게 놀고먹었다 이거지?"

"저 팔뚝 얇은 것들 보소. 두드리면 부러지겠네."

"죽여야 돼! 저것들 죽여야 돼!"

아무 죄도 없는 화산의 제자들은 그저 이곳에서 편히 있었다는 이유만으로 질타의 대상이 되었다.

"……그게……."

그때, 한 사람이 빙그레 미소를 지으며 앞으로 걸어 나왔다.

"사숙!"

"백상 사숙!"

모두가 구세주라도 본 눈으로 그를 간절히 보았다. 하지만 백상은 한없이 인자하고 푸근하게 웃으며 건너편 봉우리를 가리켰다.

"연화봉 한 명."

"예?"

"……뛰어."

서로의 눈치를 보던 이들 중 몇몇이 연화봉을 향해 부리나케 뛰기 시작했다. 그러자 나머지도 그제야 상황을 파악했는지 전력을 다해 연화봉으로 달려 나갔다.

"비켜라아아아아!"

"아니, 이게 뭔 개짓이야! 환영 행사 하는 거 아니었어?"

"환영 행사고 나발이고 비키라고!"

서로 엉키고 엎어지면서도 연화봉으로 달려가는 제자들을 보며, 절벽을 올라온 이들이 힘겹게 수레를 움켜잡았다.

"……일단 들어가자. 일단."

끼이이익. 끼이익.

수레바퀴 구르는 소리가 더없이 처량하게 들려왔다.

"쯧. 여하튼 자리를 못 비운다니까."

앞서 걷는 청명과 넝마가 되어 수레를 밀고 들어가는 화산의 제자들. 그들을 지켜보던 운암은 한 가지 깊은 고민을 하지 않을 도리가 없었다.

'왜…… 아무도 절벽에서 떨어진 백천을 신경 쓰지 않지?'

이제야 그가 알던(?) 화산이 돌아온 것을 느끼며 그는 자신도 모르게 고개를 내저었다.

◆

"감축드립니다, 장문인!"

"정말 고생 많으셨습니다."

"으음."

현종이 더없이 인자한 표정으로 고개를 끄덕였다. 긴 여정으로 쌓인 피로와 묵은때를 목욕으로 벗겨 낸 그의 얼굴에는 숨길 수 없는 만족감이 드러났다.

"다들 내가 없는 동안 화산을 지키느라 고생이 많았구나. 별다른 일은 없었느냐?"

"고생이랄 게 무어가 있겠습니까. 장문인께서 그리 먼 길을 다녀오셨는데 저희가 어찌 감히 고생이라는 말을 입에 올려서는 안 되지요. 그보다, 소림에서 화산이 활약했다는 소문이 이 섬서까지 들려오니 들뜨는 마음을 주체할 수 없었습니다."

"허어. 소문이 그리 빨랐단 말이더냐?"

"예. 모두가 한마음으로 응원하고 또 기뻐하였습니다."

언제나 침착함을 유지하던 운암의 얼굴이 시뻘겋게 상기되어 있었다. 장문인 앞이라 경거망동할 수 없을 뿐, 속으로는 기쁨을 주체할 수 없는 모양이었다.

"허허허허."

현종이 너털웃음을 터뜨렸다. 이룬 일을 자평하는 것과 다른 이의 입으로 듣는 것은 확실히 다른 면이 있다. 게다가 다른 이도 아닌 저 운암이 저리 신이 난 것을 보니 얼마나 대단한 것을 이루고 왔는지 더욱 실감이 났다.

"좋은 일이지. 우리가 오기도 전에 섬서까지 그 소문이 퍼졌다면, 천하로 소문이 퍼져 나가는 데 얼마 걸리지 않겠구나."

현상의 말에 운암이 격하게 고개를 끄덕였다.

"물론입니다, 장로님. 오시면서 보셨겠지만, 화음은 난리가 났습니다! 다들 화산이 옛 명성을 되찾고 있음에 기뻐 어쩔 줄을 모릅니다."

"그래. 좋은 일이다."

현상이 흐뭇하게 웃었다. 그때 현영이 살짝 날카로운 목소리로 입을 열었다.

"자, 그럼 자찬은 거기까지 하시고."

그야말로 매서운 장로의 모습이었다.

"우리가 자리를 비운 동안 별일은 없었느냐?"

"크게 문제가 될 만한 일은 없었습니다. 운남과의 교역 때문에 몇 가지 일을 은하상단과 조율해야 했지만, 크게 바뀐 부분은 없으니 확인하시고 명을 내려 주십시오."

"알겠다. 그 외에는?"

"그 외엔 제가……."

"아아아아아아아아아악!"

"……."

운암이 말을 하다 말고 놀라 고개를 돌렸다. 문밖에서 처절한 비명이 연신 들려왔다.

"크흠. 그 외에는……."

어떻게든 무시하며 대화를 이어 가려 애써 보았지만, 그가 말을 할 만한 상황은 쉽게 오지 않았다.

"아아아아아아아악!"

"저 새끼 왜 돌아왔어! 왜!"

"오자마자 이게 뭐 하는 거냐! 으아아아아, 빌어먹을!"

살짝 몸을 부르르 떤 운암은 결국 자리에서 일어나 문을 열어젖혔다. 장문인과 이야기를 나누는데 이리 밖에서 야단법석을 피우니 무어라 꾸짖을 참이었다.

"……."

하지만 그는 말을 잃고 말았다. 단 한 시진 만에 시커메진 화산의 제자들이 침을 흘리며 바닥을 구르고 있었다.

'탄광에라도 넣고 굴렸나.'

분명 조금 전만 해도 뽀송뽀송했는데…….

개방 거지들이 형님 할 몰골로 굴러 대는 제자들의 뒤로 뒷짐을 진 청명이 고개를 까딱거리고 있었다.

"이 양반들이 빠져 가지고! 사람이 없다고 한 달을 내리 놀아 젖혀?"

"수, 수련했다고! 나름 열심히 했다고!"

"나름? 나르으으음? 마교 새끼들이 칼로 쑤셔도 내가 나름 열심히 막아 봤다고 할 것들이네! 한 달이면 검법 하나를 익히고도 남을 시간인데 그 시간을 그대로 날려? 오냐. 내가 사형들이 잃은 시간을 되찾아 주지!"

"사, 살려……. 으악!"

눈앞의 참혹한 광경을 망연히 바라보는 운암의 귀에 인자한 목소리가 스쳤다.

"운암아."

"아? 예! 장문인."

운암은 현종을 획 돌아보았다. 현종은 부드럽게 웃으며 고개를 끄덕였다.

그래, 가서 말려야…….

"닫아라."

"……네."

장문인의 지시대로 조용히 문을 닫은 운암은 아무 일도 없었다는 듯 자리에 도로 앉았다. 더 서글픈 것은 장로들과 운검은 정말 아무 일이 없다는 듯 앉아 있단 점이었다.

'뭔가 좀 변하신 것 같은데.'

정확히 뭐가 변했는지는 모르겠지만, 확실히 뭔가 느낌이 좀…….

"여하튼 그래서……."

회의를 이어 가는 내내 그들의 귓가에는 제자들의 비명 소리가 떠나질 않았다.

◆ ◆ ◆

"놀아?"

"……."

"사람이 죽을 고비를 넘기며 소림에서 칼 맞고, 주먹 맞는 동안 신나게 놀아 젖혔다 이 말이렷다?"

화산 제자들의 눈에 물이 차올랐다. 물론 욕을 먹는 건 이해할 수 있다. 나름 열심히 수련을 하기는 했지만, 그 '나름'이라는 게 애매하다는 걸 그들도 알기 때문이다.

그들이 아무리 열심히 수련을 했다고는 하지만, 청명이 있을 때와 같은 강도로 수련을 했다고는 죽어도 말할 수 없었다. 그러니 욕까지는 먹을 수 있다. 욕까지는.

하지만 그들을 정말 슬프게 하는 것은 지금 앞에서 눈을 희번덕대며 길길이 날뛰는 이가 '그' 청명이 아니라 바로 백천이라는 점이었다.

지옥……. 아니, 절벽 아래로 떨어졌다가 살아 돌아온 백천은 말 그대로 살기를 줄줄이 내뿜으며 제자들의 귀에 피가 나도록 잔소리를 쏟고 있었다.

'절벽이 덜 높았나.'

'그냥 거기서 죽지.'

그리고 그와 함께 소림에 다녀온 다른 제자들도 하나같이 두 눈을 부라리며 그들을 노려보았다. 나갈 때는 산적 같았던 것들이 소림에 가더니 마귀가 되어 돌아왔다.

'대체 그 비무 대회에서 무슨 일이 있었던 거지?'

실력이란 재능으로도 갈리지만, 수련을 얼마나 해 왔는가로 많은 부분이 정해지는 법이다. 그렇다 보니 소림에 다녀온 이들은 대부분 각 항렬에서 배분이 높은 이들이었다. 그러니 반항도 못 하겠고 말 그대로 죽을 맛이다.

"다들 들어라."

"예! 사형!"

군기가 바짝 들어간 백자 배와 청자 배들이 허리가 뒤로 꺾일 정도로 상체를 젖혀 대며 크게 대답했다.

"이번 소림에서 우리는 많은 것을 느끼고 돌아왔다. 단순한 경험만이 아니다. 타 문파의 무학을 눈으로 견식 한다는 것은 확실히 많은 도움이 되었다."

"예!"

"그런데……."

백천이 혀를 내밀어 입술을 핥았다.

"그런 좋은 경험을 너희만 하지 못한다는 건 사형으로서 참 안타까운 일이 아닐 수 없다."

"……."

"이가 없으면 잇몸으로라도 때워야 하는 법이지. 내가! 이 내가! 지난 한 달 동안 보고 느낀 것을 너희의 몸에 확실히 새겨 줄 것이다! 이 경험으로 차이가 벌어져 너희가 의욕을 잃는 일은 절대 만들지 않을 테니 걱정하지 않아도 된다! 알겠느냐?"

"……."

아니……. 저희 괜찮은데요…….

"……알았냐고."

"예!"

화산이 떠나갈 듯 우렁차게 대답하는 화산 제자들을 보며 백천이 고개를 삐딱하게 꺾었다.

"딱히 우리가 누구 때문에 개처럼 고생할 동안 너희들만 편히 지냈다고 이러는 게 아니다. 절대로!"

'맞구만.'

'누가 봐도 맞는데.'

'예전에는 청명이 놈만 지랄이더니. 이제는 다 같이 이러네! 다 같이!'

백천이 고개를 뒤로 돌려 움찔대고 있는 화산파(?)를 바라보았다.

"얘들아."

"예!"

그리고 엄지로 자신의 목을 죽 그었다.

"조져."

"예!"

선두에 있던 윤종과 조걸이 눈깔을 뒤집고 앞으로 달려들었다. 그와 동시에 소림에 다녀온 모두가 원한을 풀겠다는 듯 독기 어린 눈으로 달려들기 시작했다.

난장판이 나기 시작한 화산의 연무장 한구석에, 이 사태와는 아무런 관련이 없다는 듯 옹기종기 모여 있는 이들이 있었다. 자의 반, 타의 반으로 화산까지 동행해 온 화영문의 문도들이었다. 그들은 개판이 나 버린 연무장을 떨떠름한 눈으로 바라보았다.

"문주님."

"……응?"

"그러니까 화산은 도가의 향취가 흐르는…… 청정한……."

위립산은 슬쩍 제자들의 시선을 외면했다.

"……너무 오래전에 와 봐서."

"다들 도인의 본분을 지키는 곳이라고……."

"……예전엔 그랬었지."

"그럼 지금은요?"

"시끄럽다."

크게 헛기침을 한 위립산이 버럭 소리를 질렀다.

"겉으로 보이는 게 전부가 아니다! 너희도 소림에서 보지 않았느냐! 화산의 도장들이 얼마나 대단한지!"

"알긴 아는데……."

"겉모습에 현혹되지 말고 진의를 보거라! 진의를!"

"……그런데 아버지."

"음?"

위립산의 옆에 서 있던 위소행이 얼떨떨하게 말했다.
"저를 비롯한 몇몇 제자들이 본산에서 수련을 받을 거라고 하셨잖아요."
"……그랬지."
"……저렇게요?"
위립산이 천천히 고개를 돌렸다. 화산의 제자들이 거품을 물고 서로에게 검을 날려 대고 있었다. 이내 위립산은 높디높은 하늘을 올려다보았다.
"……생각을 좀 해 보자꾸나."
그리고 자신의 선택에 뭔가 치명적인 잘못이 있었던 건 아닌지 심각하게 고민하기 시작했다.

소림에서 겪은 일은 화산의 제자들에게 커다란 경험과 자신감을 남겼다. 무엇보다 가장 큰 소득은, 화산의 제자들이 더는 천하의 다른 명문들의 이름에도 위축되지 않을 수 있게 되었다는 점이다.
"어쨌든 중요한 건 결과거든."
처마 위에 드러누운 청명이 히죽 웃었다. 제자들의 비명이 아름다운 노랫소리처럼 들려왔다.
"아아아아아악! 사수우우우우욱!"
"죽여라! 차라리 죽여라, 이 양반아!"
"아니! 어떻게 청명이 놈보다 더하냐!"
청명은 제자들을 데굴데굴 굴리고 있는 백천을 흐뭇한 눈으로 바라보았다.
'옳지. 잘한다, 우리 동룡이.'

청명이 홀로 끌고 가는 덴 한계가 있다. 그가 처음부터 바랐던 화산의 모습이 이제야 거의 완성이 됐다. 이제는 딱히 그가 직접 나서서 다그치지 않아도 저들끼리 고민하며 화산을 발전시켜 나갈 것이다. 물론 그 와중에 고통받는 이들이야 있겠지만.

'약해서 설움 겪는 것보다는 백배 낫지.'

세상이 약자를 위해 주는 아름다운 곳이었다면 굳이 이럴 필요까지는 없겠지만, 안타깝게도 청명이 아는 세상은 강자만 살아남는 약육강식의 세상이다.

생각해 보라. 화산이 이만한 힘을 갖추지 못했다면 소림의 법정이 생떼를 부릴 때 주먹감자를 먹이고 돌아 나올 수 있었겠는가?

절대 불가능했을 것이다. 힘이 만들어 내는 가장 큰 가치는 자유다. 오로지 힘이 있는 이들만이 스스로의 삶을 선택할 수 있다.

"오래도 걸렸구나."

돌아온 화산에서 옛 화산의 향이 조금씩 나기 시작했다. 그때의 화산은 제자들 모두가 노력하고 경쟁하며 서로 더 강해지기 위해 애썼다. 다들 하나같이 최선을……

– 아, 사형이랑은 안 붙습니다!

– 괴롭히지 마십시오! 장문사형한테 이를 겁니다!

– 안 한다고요! 안 해요! 악! 왜 때리십니까! 아아악!

– 이노오오오옴! 내가 사제들 괴롭히지 말라고 했잖느냐! 말 좀 들어 처먹어라! 말 좀!

아……. 생각처럼 그리 훌륭하지는 않았던 것 같기도……?

청명은 머릿속에 떠오른 기억들을 재빨리 지워 버렸다. 과거는 아름다운 게 좋지, 아름다운 게.

"흐음."

아래에서 죽어라 용을 쓰고 수련하는 화산 제자들을 보며 청명은 슬쩍 웃었다.

'그래, 이제 다들 열심히는 하는데…….'

슬슬 다음 단계를 생각해야 할 시점이다. 지금 화산의 과제는 두 가지.

'영향력이 부족해.'

저 빌어 처먹을 구파일방 놈들이 어깨에 힘을 주고 다닐 수 있는 이유는 본산의 힘도 힘이지만, 천하에 제자들이 퍼져 있기 때문이다. 다시 말하자면 화산이 이대로 천하제일문이 된다고 해도 산속에만 박혀 있는다면 딱히 지금과 달라질 게 없다는 뜻이다.

'산에 처박혀 수련만 하는데 뭐가 달라지겠어.'

한 번씩 식료품을 사러 산을 내려가면 어깨에 힘이야 좀 들어가겠지만, 그냥 그게 전부다. 높아진 실력을 활용하기 위해서는 대외 활동을 늘리고, 천하에 미치는 영향력을 키워야 한다. 그리고 다른 하나는…….

"하. 이게 진짜 돌겠네."

청명은 머리를 벅벅 긁었다. 치렁치렁한 머리가 잔뜩 헝클어졌다. 사실 이때까지 모두의 실력을 어떻게든 끌어올리느라 잊고 있던 문제였다. 자하신검을 본 덕분에 정말 심각한 것을 놓치고 있었단 걸 떠올린 것이다.

"자하신공은 어떻게 하지?"

자하신공(紫霞神功). 화산에서도 가장 난해하고도 고강한 심법.

소림에 역근세수경(易筋洗髓經)이 있고, 무당에 양의무극신공(兩儀無極神功)이 있다면 화산에는 자하신공이 있다고 일컬어지는 화산의 최상위 심법이다.

"끄으으응."

이것만 전할 수 있다면 화산은 더욱더 강해질 수 있을 것이다. 다만 딱 한 가지 문제가 있었으니…….

"내가 모르는 걸 무슨 수로 전하라고?"

청명이 짜증을 내며 하늘을 바라보았다.

"아니, 빌어먹을! 소림도 역근세수경을 제자들에게 풀고, 무당도 양의무극심공을 슬쩍슬쩍 제자들한테 전해 주는데! 뭐 그리 역사가 깊다고 그걸 혼자 익히냐고!"

안타깝게도, 화산의 자하신공은 오로지 장문인에게만 전해지도록 만들어진 무학이다. 때문에 그 청명조차도 자하신공은 익히지 못했다. 대신 자하신공을 바탕으로 만들어진, 열화판에 불과한 자하강기(紫霞剛氣) 정도나 익혔을 뿐이다.

'자하강기로는 의미가 없어.'

그건 그저 흉내에 불과하다. 그리고 무엇보다 중요한 것은 이대로 자하신공을 전하지 못한다면 화산 최고의 심법이 실전된다는 것이다.

화산 최고의 심공인 자하신공과 화산 최고의 검법인 매화검결. 그 두 가지만 갖출 수 있다면, 화산은 무학으로는 천하의 어떤 문파에도 뒤지지 않게 된다. 지금의 화산은 그 양 날개 중 한쪽이 꺾여 있는 셈이다.

"끄으으응. 매화검결(梅花劍結)이야 어떻게든 전하면 된다지만……."

청명이 머리를 벅벅 긁었다.

"그러니까 진즉에 좀 가르쳐 주고 죽지!"

- 그럼 네가 장문인 하지 그랬냐.

"에라!"

청문은 전통에 크게 얽매이지 않는 사람이었지만, 화산에 대대로 내려온 규정을 마음대로 바꿀 수는 없었다.

'그때는 그럴 필요도 없었으니까.'

자하신공 없이도 청명이 온 동네 검수들을 다 패고 다니는데, 굳이 전통을 깨 가며 그에게 자하신공을 전수할 이유가 없었지 않겠는가. 그 빌어먹을 마교 놈들이 쳐들어오고부터는 말이 조금 달라졌지만, 그때는 느긋하게 새로운 무학을 익히고 있을 시간이 없었다.

어쨌든 이런 이유로 화산에서 자하신공의 비급을 지닌 이는 오직 둘뿐이었다. 하나는 청문, 그리고 다른 하나는 청진.

'그놈이야 화산 모든 무학을 관리했으니까.'

그때 좀 패서라도 자하신공을 빼돌려 봐 둘 걸 그랬나?

"쩝."

청명이 한숨을 푹 내쉬었다. 어쨌거나 이 두 가지를 어떻게 해결을 해야…….

"야!"

"엥?"

대뜸 귀에 확 꽂히는 소리에, 청명이 고개를 아래로 빼꼼 내밀었다. 저 아래에서 백천이 그를 향해 버럭버럭 소리를 질러 대고 있었다.

"뭘 하기에 몇 번을 불러도 대답이 없느냐?"

"아, 뭐 좀 생각하느라."

"어서 내려와라. 장문인께서 찾으신다."

"알았어."

청명은 주저 없이 처마에서 훌쩍 뛰어내렸다.

"어딜 다녀오라고요?"

청명이 되묻자 현종이 빙그레 웃으며 다시 말해 주었다.
"은하상단에 들렀다 오거라."
"제가요?"
"그래."
청명이 흐음 하고는 고개를 끄덕였다. 귀찮기는 하지만, 아무래도 그게 모양새가 좋다.

은하상단은 화산에 적극적으로 협조해 주고 있는 동맹이다. 그러니 소림에서 있었던 일을 적당히 전해 줄 필요가 있다. 하나 현자 배나 운자 배가 직접 은하상단을 찾는 건 아무래도 남들 보기에 좋지 않다. 그러니 백천이나 청명이 가는 쪽이 최선이었다.

백천은 지금 한창 제자들을 가르치고 있으니, 놀고 있는 청명이 가는 게 나았다.

'간 김에 술도 좀 얻어먹고.'

청명이 씨익 웃고는 고개를 끄덕였다.

"지금 가면 되나요?"

"그래. 간 김에 운남 쪽의 일도 좀 살피고 오거라."

"교역이요?"

"그래. 사실 이건 재경각에서 나서야 하는 일이지만, 지금 재경각이 워낙 바쁘다 보니 통 시간이 나질 않는구나. 네가 운남을 직접 다녀왔으니 도움이 될 게다."

"네. 그럴게요."

현종이 고개를 끄덕였다.

"아, 그리고 돌아오는 길에 개방 화음 분타에도 들러서 상황을 좀 알아보거라."

"네."
이번에도 청명은 두말없이 고개를 끄덕였다.
"그건 신경을 좀 써야겠더라고요."
"그렇지."
애초에 청명이 거지들을 화음으로 불러들인 이유가 바로 이런 상황에 대비하기 위해서였다.
화산은 이제 명성을 떨쳤다. 강호를 움직이는 거인들의 뇌리에도 화산이라는 이름이 확실히 각인되었을 것이다. 그러니 이제는 화산도 외부의 움직임을 주시해야 한다.
"화음 분타와 잘 연계할 수 있다면, 화산은 날개를 달 수 있을 것이다. 네 역할이 무엇보다 중요하단다."
"에이, 걱정하지 마세요. 거지 아저씨는 제가 꽉 잡고 있으니까요."
홍대광뿐 아니라 화음 분타의 구성원들은 모두 청명의 손아귀에 있는 것이나 다름없다.
"그래. 앞으로의 화산에 대하여 너와 할 말이 많지만, 우선은 닥친 일부터 처리하자꾸나."
"좋은 생각이세요. 그럼 지금 가면 되나요?"
"그래. 상단주께 안부 전해 주거라."
"네!"
"급히 돌아올 것 없다. 편히 이야기하고 천천히 돌아오거라."
"알겠어요."
청명이 산뜻한 발걸음으로 밖으로 나가자 현종은 빙그레 미소를 지었다.
'저 아이도 조금은 쉬어야지.'

화산에 돌아왔으니 이전보다야 편하겠지만, 청명에게 있어서 화산은 마음을 풀어놓을 만한 쉼터가 되지 못한다. 저 아이 성격에 이것저것 하나하나 다 신경이 쓰일 터이고, 제자들의 수련에도 계속 눈이 가지 않겠는가.

물론 명한 것들도 모두 해야 할 일이긴 하지만, 이토록 바로 움직여야 할 정도로 급한 것은 아니다. 그럼에도 청명을 내보낸 것은 단 며칠이라도 저 아이가 근심을 잊고 귀한 대접을 받으며 쉬기를 바랐기 때문이다.

"은하상단이나 화음 분타에는 조금 미안하지만 말이지……."

그건 어쩔 수 없지. 허허.

"읏차!"

밖으로 나선 청명이 지체 없이 산문으로 향했다.

"어디 가냐?"

대연무장에서 수련을 하고 있던 백천이 청명을 향해 고개를 획 돌리며 물었다.

"은하상단에 다녀오래."

"성도까지?"

"응."

"흐음. 그럼 족히 하루 이틀은 걸리겠구나."

청명이 어깨를 으쓱했다.

"빨리 오지 말고 비위 좀 맞춰 주고 오라시는데?"

"그래?"

백천이 고개를 끄덕였다.

"너무 폐 끼치지 말고 다녀오거라."

"내가 애도 아니고."

"……애가 아니니까 문제지."

애가 폐를 끼치는 건 당연한 거지! 너는 애가 아닌데 폐를 끼치니까 문제잖아, 인마!

'……그리 생각하니 좀 불안한데.'

백천이 눈을 가늘게 떴다.

"내가 따라갈까?"

"사숙이 왜?"

"아무래도 하나라도 더 가는 것이…….."

"됐어, 어디 농땡이를 치려고 해. 애들이나 확실하게 갈궈."

"끄응."

청명이 슬쩍 턱짓으로 화산 제자들을 가리켰다.

"남아서 놀던 놈들도 중요하지만, 소림에 다녀온 애들이 좀 더 중요해. 보고 느낀 것은 즉시 체화(體化)하지 않으면 결국은 사라지기 마련이야. 사숙도 마찬가지고."

"그래, 명심하마."

백천이 진중하게 고개를 끄덕이자 청명은 피식 웃고는 몸을 돌렸다.

"아무튼 다녀올 테니, 그동안 사고 치지 말고 얌전히 있어."

"……누가 누구한테!"

"낄낄낄낄."

청명은 산문 밖을 나서자마자 절벽 아래로 훌쩍 뛰어내렸다. 백천은 고개를 절레절레 내저었다.

'길로 좀 다녀라. 길로.'

문은 손으로 열고!

그때 윤종을 비롯한 제자 몇이 슬그머니 다가와 물었다.

"저놈 어디 간답니까?"

"장문인께서 은하상단에 보내신 모양이다."

"……괜찮을까요?"

"자주 있었던 일 아니냐."

"아뇨, 그때보다 애가 맛이 조금 더 간 것 같아서."

"…….''

그 말을 들으니 더욱 불안해지는 백천이었다.

"……별일이야 있겠느냐."

이때만 해도 화산의 제자들은 전혀 모르고 있었다. 진짜 문제가 생긴 것은 청명이 아니라 바로 그들이라는 사실을 말이다.

외전

출가(出家)

먹물 스민 붓이 종이 위로 유려한 글귀를 만들어 냈다.

군자화이부동(君子和而不同) 소인동이불화(小人同而不和).

군자는 서로 어울리면서도 같지 않고, 소인은 같으면서도 서로 화합하지 못……

"그래, 너 잘났다!"

매끄럽게 움직이던 붓끝이 삐끗했다. 잘 써지던 글씨가 짓뭉개졌다. 심지어 소란은 이제 시작이었다. 와장창, 무언가 박살이 나며 깨지는 소리에 진가(秦家)의 둘째, 진은룡은 두 눈을 질끈 감았다.

"너라……. 형에게 잘도 무례한 말을 써 대는구나. 과연 못 배워 먹은 티를 내는군."

"나나 너나 배운 건 똑같은데 왜 내가 못 배워 먹었는데?"

"사람이란 같은 것을 배우고 경험해도 타고난 재능에 따라 받아들이는 게 다른 법이지. 그러니 네가 못 배워 먹은 건 가르침의 문제가 아니라 받아들이는 이의 문제가 아니겠느냐?"

출가(出家) 405

"뭐? 말 다 했어?"

흰 종이 위로 먹물이 점점이 번져 나간다. 진은룡은 서글픈 눈빛으로 망쳐 버린 글씨를 멍하니 내려다보았다.

'또 시작이네.'

선인께서는 부모에게 효도하고 형제간에 우애 있게 지내는 것이 곧 올바른 정치를 행하는 것과 같다고(惟孝友于兄弟施於有政) 하셨다. 하지만 옛 선인들의 말이 으레 그렇듯, 실제로 지켜지기가 어려우니 행하라고 강조하신 거다.

뭐, 사실 어느 집이건 형제간의 다툼이 잦은 거야 그리 특별한 일이 아닐 테다. 지금처럼 눈만 마주치면 으르렁대고, 서로 입에 담지 못할 욕설과 조롱을 쏟아 내고, 수틀리면 검부터 뽑고 날뛰는 것도 딱히 특별…….

'아니, 그건 좀 특별하긴 하지.'

좀……. 아니, 꽤 많이 특별하긴 하지만 그래도 중원 이곳저곳을 샅샅이 잘 뒤져 보면 비슷한 집안도 하나쯤은 더 있지 않겠는가. 그러니 문제는 그런 게 아니다. 진짜 문제는…….

진은룡은 서글픔이 내려앉은 시선을 돌렸다. 금방이라도 달려들 것처럼 으르렁대는 소년 하나와 그런 그를 경멸하듯 내려다보는 청년 하나가 보였다.

'왜……. 도대체 왜 저 인간들은 꼭 내 앞에 와서 싸우는 걸까?'

이왕 싸울 거면 밖에서 오붓하게 싸우고 들어오면 좋지 않은가. 왜 집 안에 들어올 때까지는 서로 조용하다가 그가 있는 곳에만 오면 저렇게 날뛰냔 말이다. 이에 대해선 정말 진지한 고찰이 필요하다.

"오래 살고 싶다면 그 주먹은 내려놓는 게 좋을 것이다."

"뭐가 어째?"

그러나 진은룡에게 진지한 고찰을 할 시간 따위 없었다. 비웃음과 싸움은 이 시각에도 점점 과격해지고 있었다. 형제로서 최소한의 의무감을 이기지 못한 진은룡이 퀭해진 얼굴로 다 죽은 목소리를 뱉었다.

"저…… 진정들 좀 하시는 게 어떻습니까. 서로 사과하고……."

두 사람의 시선이 진은룡에게로 쏠렸다. 묘한 침묵이 싸늘하게 진은룡의 등골을 스치고 지나갔다. 아니나 다를까 두 사람이 동시에 말했다.

"아니!"

"아니."

그래. 그럼 그렇지.

"형님은 또 왜 그러십니까? 지금 이게 저까지 싸잡을 일입니까? 저 인간부터 뭐라고 좀 하십시오!"

"아우를 아끼는 네 마음은 갸륵하다만, 세상 모든 일은 옳고 그름을 정확하게 따져야지. 원인과 결과를 무시하고 모두의 잘못이라는 식으로 얼버무리고 넘어가는 건 결국 문제 해결에 아무런 도움도 되지 않는다. 그런 것도 모르느냐?"

애먼 진은룡에게 힐난을 퍼부은 두 사람이 휙 서로에게로 다시 시선을 돌렸다.

"내가 잘못했다고?"

"내 잘못이라는 거냐?"

진은룡의 위장이 욱신욱신 아파 오기 시작했다.

'똑같이 생긴 것들이…….'

아무리 봐도 같은 인간의 대(大)자와 소(小)자 같은 놈들이 서로 으르렁대며 싸우는 꼴을 보고 있으니 어지러울 지경이었다. 옛 선인들께서 이 광경을 보셨다면 '결국 군자의 공부란 자기 자신과 끊임없는 문답을 나누는 것이다!' 하며 감탄하시리라…….

진은룡은 이내 고개를 저었다. 말 같지도 않은 생각을 하고 있었다. 저 괴상한 광경을 수없이 보다 보니 덩달아 머리가 좀 이상해진 모양이었다.

"애초에 말본새부터가 문제잖아!"

어린놈이 형한테 바락바락 대드는 꼴을 보라. 눈에서 거의 불을 뿜을 기세다. 같은 집에서 같은 걸 먹고 자랐을진대 어째서 저렇게 성격이 불같을까.

"말본새라. 그 단어가 네 입에서 나왔다는 사실이 참으로 놀랍구나. 본디 개구리는 올챙이 적을 기억 못 하는 게 보통이지만, 올챙이가 제 처지를 모른다는 건 희한하고도 우매하지. 그렇지 않으냐?"

저 양반은 문제가 더 심각하다. 아직 덜 자라서 제 반 토막밖에 안 되는 어린애한테 한마디도 안 져 주고 비아냥거린다. 사람이 한 살이라도 더 먹었으면 좀 어른스러운 면이 있어야 할 게 아닌가. 크기는 대(大)자인데, 보다 보면 속은 저쪽이 소(小)자처럼 보일 정도다.

"말 다 했어?"

"계속 다 했냐고 묻는 걸 보니 인내심도 형편없구나. 아직 할 말은 한참 더 남았는데, 더 듣고 싶으냐?"

진은룡은 말없이 제 명치께를 문질렀다. 지난번에 받은 약이 아직 남았는지 떠올려 보면서 말이다.

그래도 종남에서 나름 잘나간다는 진가(秦家)의 둘째 아들이 신경성 위장병에 시달려 약을 타러 오니 의원의 표정이 참으로 볼만했더랬다. 하지만 체면이고 뭐고가 중요한 게 아니다. 이러다간 곧 위장에 구멍이 뚫려 요절할 판이니 다시 약을 타야겠다고 다짐했다.

이 와중에도 진금룡의 차가운 빈정거림은 계속 이어졌다.

"듣고 싶다면 얼마든지 더 읊어 줄 수 있다. 네가 얼마나 모자란 놈인지, 그에 비해 얼마나 시건방진지도 말이다."

진동룡의 눈에 불꽃이 튀었다. 이는 나쁜 신호였다. 작은 손이 허리춤에 패용한 검의 손잡이를 꽉 부여잡았다. 하지만 이를 내려다보는 진금룡의 눈빛에는 여유가 가득했다.

"왜? 뽑으려고?"

"이익!"

"한번 뽑아 보거라. 하지만 이번엔 저번처럼 쉬이 끝나지 않을 것이다. 침상에 보름 정도 누워 있다 보면 너도 깨닫는 게 생기겠지."

진동룡은 검 손잡이를 꽉 잡은 채 온몸을 부들부들 떨었다.

"그래. 참는 것도 좋겠지. 하지만 참으려면 제대로 참아라. 평생. 어차피 네가 앞으로 얼마나 더 수련하든, 그 검으로 나를 이길 날은 영영 오지 않을 테니."

진금룡의 여유 넘치는 비웃음에 진동룡은 이를 악물었다.

"그렇게 말하면 내가 겁이라도 먹을 것 같아?"

진동룡이 단번에 검을 뽑으려던 그 순간이었다.

"무슨 소란이냐!"

대뜸 문이 벌컥 열리면서 한 사람이 성큼성큼 들어섰다. 그를 본 진금룡과 진은룡이 자세를 빠르게 바로잡았고, 진동룡 역시 화들짝 놀라 검에서 손을 뗐다. 그러나 빨리 손을 뗀다고 그 동작이 진초백(秦初伯)의 눈에 띄지 않았을 리 없다. 진초백의 날카로운 시선이 진동룡에게로 꽂혔다. 부친의 그 무거운 시선에 진동룡의 어깨가 점차 수그러들었다.

"못난 놈. 하다 하다 칼부림이라도 하려는 것이냐?"

"그, 그게 아니라……."

"시끄럽다!"

진동룡의 고개가 더 떨구어졌다. 살짝 떨리는 어깨에서 여러 감정이 묻어 나왔다. 하지만 진초백은 그런 진동룡을 냉정한 눈빛으로 흘끗 볼 뿐이었다.

"벌이다. 너는 삼 일간 금식하거라."

진동룡이 이것만은 참을 수 없다는 듯 고개를 번쩍 들었다. 금식이 문제가 아니었다. 정말로 분한 건 따로 있었다.

"아버지! 왜 저만 벌을 받습니까! 형도……."

"입 다물어라! 형이 동생을 보듬지 못한 것도 잘못이라 할 수 있으나, 동생이 되어 형에게 대든 데 비할 바는 아니다."

진초백의 노기가 등등하니 바늘 하나 들어갈 틈조차 없어 보였다. 진동룡은 제 입술을 질끈 깨물었다.

"게다가 감히 집 안에서 검을 잡은 죄! 그것도 제 형을 상대로 검을 뽑으려 한 놈이 무슨 염치로 변명을 하려 드느냐?"

어차피 무슨 말을 해도 통하지 않을 것이다. 무슨 말을 해도 변명으로만 여길 테니까. 진초백은 그런 사람이니까. 진동룡의 입에서 힘없는 한숨이 새어 나왔다.

"네 방으로 가서 근신하거라."

"……."

"대답은?"

"……예."

못마땅하게 진동룡을 보던 진초백이 소매를 획 털며 밖으로 나가 버렸다. 그가 사라지기 무섭게 진동룡은 땅이 꺼지도록 한숨을 토했다. 진금룡이 이를 내려다보며 묘한 웃음을 머금었다.

"꼴좋게 됐구나."

"빌어먹을!"

진동룡은 진금룡을 죽일 듯 노려보다 거칠게 문을 열고 떠나 버렸다. 격하게 문이 닫히는 소리에 진금룡이 짧게 혀를 찼다.

"쯧. 저 고약한 성질머리하고는."

진동룡이 떠나고 나니 어느새 진금룡의 얼굴은 한결 부드러워져 있었다. 그 모습을 빤히 보던 진은룡이 불만 어린 표정으로 입을 열었다.

"대체 왜 그러십니까?"

"뭘?"

"어린애가 아닙니까."

"그렇게 따지면 내 눈에 너도 어린애다. 그리고 저 정도면 사리 분별은 충분히 하고 남을 나이다."

"그건 형님만의 기준입니다. 동룡이는 아직 세상을 제대로 알 만한 나이가 아닙니다. 좀 잘해 주실 수도 있잖습니까. 그렇게까지 찍어 누르려 하실 필요가 있습니까?"

"차나 내와라."

"썩을······."

"음? 뭐라고 했지?"

"······아닙니다."

'참아야지. 참아야 한다······.'

군자는 소인배와 싸우지 않는다고 했다. 여기서 욕해 봐야 그의 평정만 깨질 뿐······. 아오, 위장이야!

진은룡은 속으로 구시렁거리며 묵묵히 다기(茶器)들을 챙겼다.

진금룡이 김이 모락모락 나는 찻잔을 들어 그 향을 천천히 음미했다. 찻잔을 기울이는 가벼운 행동까지도 참으로 군더더기 없이 빼어났다. 진은룡은 저도 모르게 고개를 가볍게 저었다.
'참 잘생기긴 했구나.'
매일 보는 얼굴이 잘생겨 보이기란 쉽지 않다. 하지만 진금룡의 얼굴에는 그 어려운 일을 가능케 하는 힘이 있었다.
안타깝게도 진은룡은 진금룡과 같은 외모는 타고나지 못했다. 물론 형제지간이니 닮기는 했는데 어째 좀 유약해 보이고 살짝 억울해 보인다고 해야 할까. 어디 가서 빠지는 외모는 아니나, 진금룡만큼 사람들의 시선을 사로잡는 느낌은 결코 아니었다.
반면 셋째인 동룡이는 진금룡과 기괴할 정도로 똑 닮았다. 마치 같은 틀에서 찍어 내기라도 한 것처럼 말이다. 그리고 진금룡은 아버지인 진초백을 똑 닮았다.
그나마 자식 이름을 '금은동'으로 지어 버리는 지옥 같은 감각은 물려받지 않았으니 다행이라 해야 할까?
"차 맛이 참 좋구나."
"……그러십니까."
"이래서 너를 찾지 않을 수가 없지."
진은룡은 잠시 고민에 잠겼다. 저 다기들을 다 불태워 버려야 하나? 서예와 다도만이 인생의 즐거움인 그가 그중 절반을 완벽히 포기할 각오를 하던 찰나였다.
"네 동생 놈도 이런 걸 좀 배워야 할 텐데."

담담하게 스치듯 들려온 목소리에 그는 눈을 끔뻑였다.

"……전에 동룡이가 다도를 배워 보겠다고 했을 때, '네 주제에 잘도 그런 고아한 걸 하겠구나.' 하고 비웃었던 것 기억 안 나십니까?"

"내가?"

"그때 깨진 다기가 꽤 비싼 거였는데."

"흠. 그랬나?"

진은룡은 마음속으로 참을 인 자를 열 번 정도 새겼다. 세 번이면 살인도 면한다는데 이 양반을 상대할 때는 세 번으로는 한없이 부족하다.

"다기를 던진 놈도 잘못이지만 뭔가를 배워 보려는 아이를 그리 비웃은 형님도 잘한 건 아닙니다."

진금룡의 눈이 못마땅한 듯 살짝 가늘어졌다.

"그놈에게 모자람이 옮기라도 했느냐?"

"맞는 말이지 않습니까."

진은룡도 이번에는 물러나지 않았다. 최근 들어 진금룡이 진동룡을 대하는 태도가 다소 과하다고 여기던 차였다. 안 그래도 한창 사춘기에 접어들 나이인데 말이다.

"조금 좋게 바라봐 줄 수는 없으십니까? 제가 보기에는 동룡이가 뭐 그리 대단히 잘못하는 것 같진 않……."

진은룡이 말을 하다 말고 입을 다물었다. 진금룡이 묘한 눈빛으로 그를 보며 물었다.

"말하던 사람 어디 갔느냐?"

"하! 예! 솔직히 잘못은 하지요! 저도 한 번씩 그 녀석 냅다 둘러업고 남오대(南五臺) 꼭대기에서 던져 버리고 싶습니다. 하지만 그래도 동생 아닙니까!"

그것도 너랑 꼭 닮은! 진은룡은 입술을 비집고 나오려는 뒷말을 꾹꾹 눌러 참았다. 하지만 진금룡에게서 돌아온 말은 진은룡이 예상하던 뻔한 대답이 아니었다.

"잘해 주는 것……. 그런 걸로 해결될 일이면 이 고생도 안 하겠지."

"예?"

"너는 네 동생을 어찌 보느냐?"

"녀석의 성격을 두고 말씀하시는 겁니까?"

뜬금없는 질문에 진은룡이 눈을 가늘게 뜨고 되물었다. 진금룡은 차를 한 모금 머금더니 작게 고개를 내저었다.

"성격이라기보다는 기질(器質)이라는 말이 좀 더 맞겠구나."

진은룡은 진금룡이 무슨 말을 하고 싶은 건지 선뜻 이해할 수 없었으나, 일단 질문이 왔으니 답은 하였다.

"글쎄요. 그리 깊게 생각해 본 적은 없지만, 사람으로서는 몰라도 무인으로서는 굉장히 좋은 기질을 타고난 듯합니다. 치열하게 경쟁할 줄 알고, 포기할 줄 모르며, 근면하기도 하니까 더욱 그렇지요."

"음……."

"어린 나이에도 근성이 대단하니 좋은 검수가 될 거라고 봅니다. 언젠가는 종남의 이름을 만방에 떨칠 동량(棟梁)이 되지 않겠습니까? 재능도 충분하니 말입니다."

진은룡은 이번에도 저도 모르게 내뱉을 뻔한 뒷말을 삼켰다. '저와는 다르게'라는 말. 그는 스스로 잘 알았다. 자신은 죽었다 깨어나도 진금룡이나 진동룡처럼 될 수는 없을 거란 사실을. 당장이야 나이가 있고 수련한 세월이 있으니 진동룡보다는 강하겠지만, 아마 곧 추월당할 테고 그 간극은 점점 더 까마득히 멀어지리라. 묘하게 입 안이 썼다.

그런데 진금룡이 형용하기 어려운 표정으로 진은룡을 물끄러미 보다가 물었다.

"……그놈이?"

"……."

"눈에 뭐가 들어가기라도 했느냐?"

진은룡은 울고 싶었다. 울분이 목 끝까지 차올랐다. 왜 묻는데, 왜! 그럴 거면 뭐 하러 묻는데! 저 토굴에 뭉쳐서 겨울잠 자는 뱀들도 저리 배배 꼬이지는 않았을 것이다!

어처구니없다는 듯한 눈빛을 보내며 차를 마시던 진금룡이 찻잔을 탁 소리 나게 내려놓고는 나직이 입을 열었다.

"네 눈에는 그렇게 보일지도 모르지. 하지만 내 눈에는 아니다."

진금룡의 특성상 저 말은 '네가 저놈을 잘못 봐도 한참 잘못 보고 있다'라는 의미다. 애초에 자신이 틀릴 수도 있다는 걸 생각조차 안 하는 사람이니까. 진은룡은 지친 표정으로 물었다.

"그럼 형님의 눈에는 어찌 보이십니까?"

"너 혹시 이무군(李懋郡)을 기억하느냐?"

"이무군이라면…… 청양일검(淸揚一劍) 형님을 말씀하시는 겁니까? 형님의 친우이지 않습니까? 당연히 기억하지요."

청양일검 이무군은 저토록 성격 나쁜 진금룡의 몇 안 되는 친우였다. 당연히 기억할 수밖에.

나이도 어리고 실력도 남들보다 떨어져 강호행을 허락받지 못한 진은룡과는 달리, 진금룡은 이미 몇 번의 강호행을 마친 뒤였다. 진금룡은 그 강호행에서 이무군을 만났다.

호협(豪俠)하기 이를 데 없는 이무군은 어디로 보나 모났다고 할 수밖에 없는 진금룡과도 스스럼없이 친해졌다. 심지어 종종 종남에도 찾아와 진금룡와 검을 나누곤 했다. 결과는 항상 일방적인 패배로 끝났지만, 이무군은 매번 씩 웃으며 '다음에는 반드시 내가 이긴다'라고 큰소리를 치는 그런 사람이었다.

"좋은 분이지요."

진금룡이 조금 씁쓸하게 고개를 끄덕였다.

"그래. 좋은 녀석이었지."

"예?"

"……뭐냐?"

"아니, 아무것도."

순간적으로 크게 당황한 진은룡은 콧잔등을 공연히 긁적였다. 진금룡이 누군가를 이리 평하는 걸 들어 본 적이 없어서였다. 심지어 예전에 이무군에 대해 이야기할 때는 '실력도 없으면서 근성만 넘치는 인간', '어차피 못 오르고 떨어질 걸 알면서도 높은 나무가 보이면 어디에서 떨어지는지 굳이 올라가서 확인해 보는 인간'이라는 식으로 조롱하듯 평하지 않았던가.

물론 진금룡이 이무군을 정말로 그렇게 폄하하는 건 아니다. 적어도 진은룡은 알고 있었다. 이무군을 생각하는 진금룡의 마음에 분명 '우정'이라는 두 글자가 자리하고 있음을 말이다.

"그런데 동룡이 이야기를 하다 말고 그분 이야기는 갑자기 왜 꺼내십니까?"

"죽었다."

"예?"

"죽었다고."

진은룡은 잠시 할 말을 잃었다. 애초에 저렇게 담담하게 할 만한 이야기가 아니지 않은가. 그는 놀란 가슴을 진정시키며 진금룡의 눈치를 살폈다. 진금룡은 그저 말없이 찻잔을 쥔 채 창밖을 잠시 내다보았다. 이무군을 생각하는 것인지, 아니면 지금 지은 표정을 진은룡에게 보이고 싶지 않은 것인지 알 수 없었다.

진은룡은 조심스레 되물었다.

"그게 정말입니까?"

"그래."

"아니, 어쩌다가……."

그렇게 강건했던 사람이 대체 왜?

"마두(魔頭)를 만난 모양이다."

"그럼 그 마두와 싸우다……."

진금룡은 더 길게 설명하지 않고 그저 고개만 짧게 끄덕였다. 망설이던 진은룡이 억지로 할 말을 짜냈다.

"그 형님의 성정이라면…… 의로운 죽음이었겠군요. 실로 안타깝습니다."

"의로운 죽음이 아니라 멍청한 죽음이지."

"예?"

진은룡은 화들짝 놀랐다. 진금룡은 아까보다 조금 서늘해진 표정으로 말했다.

"듣자 하니 달아날 시간은 충분했다더구나. 마음만 먹었다면 얼마든지 살아남을 수 있었다. 그렇게 목숨을 부지했다면 다른 이들과 함께 추적해 그 마두의 목을 벨 수도 있었을 것이고. 그런데 굳이 그 자리에서 홀로 덤벼들었다더군. 악행을 용서하지 않겠다며."

진은룡이 입을 다물었다. 충분히 상상이 갔다. 이무군은 쉽사리 포기하지 않는 사람이었다. 진금룡에게 덤벼들 때도 이번에는 자신이 이길 수 있다고 진지하게 믿는 사람이었다. 그런 점이 매력이기는 했지만…….

"비무였다면 웃고 끝날 일이었겠지. 명예는 상할지언정 목숨은 상하지 않았을 테고. 하지만 강호는 다르다. 제 실력을 제대로 가늠하지 못하고 오르지 못할 나무에 달려들면, 떨어져 다치는 게 아니라 목이 베여 죽고 만다."

진은룡은 아무런 말도 할 수 없었다. 그는 강호에 대해 잘 알지 못하니까. 하지만 진금룡은 벌써 몇 차례나 강호행을 한 이. 강호가 얼마나 비정한 곳인지는 진은룡보다 훨씬 잘 알 테다.

"동룡이에게 재능이 있는 것 같으냐?"

"……모자란 녀석은 아니지요."

아니, 사실 진동룡의 재능은 명백하게 뛰어나다. 종남의 숱한 제자 중에서도 재능으로는 손꼽힐 수준이었다. 하지만 이번에도 진금룡은 차갑게 부정했다.

"틀렸다. 재능이란 건 제대로 발휘가 되었을 때나 재능이라 불릴 수 있는 것이다."

"아, 아니……. 형님."

"녀석이 날 뛰어넘을 수 있을 것 같으냐?"

"……그건 아닙니다."

진은룡이 고개를 저었다. 동생이 안쓰러워도 아닌 것은 아니다. 진동룡이 절세의 검수가 된 미래는 상상이 간다. 하지만 진동룡이 진금룡을 뛰어넘는 미래? 그런 건 장난으로라도 생각해 볼 수가 없었다. 진동룡이 아무리 강해진다고 하더라도, 진금룡은 언제나 그런 진동룡의 위에 있을 것이다. 타고난 것이 다르니까.

"그래. 그럴 수 없다. 놈에게는 재능이 있지만, 그 재능이 천하를 오시할 수준은 아니다. 기껏해야 검깨나 쓰는 정도에 불과하겠지. 하지만 놈은 마치 자기가 절세의 검수가 될 동량이라도 되는 것처럼 굴고 있다. 앞에 있는 나무가 얼마나 큰지 헤아려 볼 생각도 하지 않고 무작정 나무에 오르려는 거지."

진금룡이 진은룡을 똑바로 보며 말했다.

"놈은 언제고 나를 이길 수 있다고 진지하게 믿고 있다."

진은룡도 그 말이 과장이 아님은 알았다. 진동룡이 진금룡에게 달려드는 건 단순한 장난이나 투정에서 비롯된 게 아니었다. 종남의 모두가 생각조차 하지 않겠지만, 오직 한 사람. 진동룡 그만은 자신이 언젠가 종남의 제일고수가 될 수 있다고 믿고 있을 것이다. 물론 야망이 큰 게 나쁜 건 아니다. 그러나…….

"너는 그게 옳다고 여기느냐?"

"그건……."

"어린아이의 치기? 그거야 귀엽게 봐 줄 수 있다. 하지만 놈은 더 이상 어리지 않아. 그리고 강호에서 부리는 치기의 대가는 목숨이다. 저 천둥벌거숭이 같은 놈을 그냥 내버려두면 언젠가는 목이 잘려 돌아올 거다."

진금룡이 차갑게 조소했다.

"그리될 거라면 차라리 내 손에 꺾이는 게 낫다. 그럼 목숨이나마 부지하겠지. 어디 가서 종남 진가 사람이 어설픈 놈에게 죽었다는 말도 듣지 않게 될 거고."

"…….."

진은룡이 깊게 한숨을 내쉬었다.

이걸 동생에 대한 진정(眞情)에서 나온 우려라 해야 하는가?

제멋대로인 논리기는 했지만, 적어도 진금룡이 어떤 부분을 우려하는지는 확실하게 이해할 수 있었다.

"그래서 녀석의 기를 꺾어 놓으려 하시는 거군요."

"말하자면 그런 셈이지."

진금룡이 어깨를 으쓱한다.

"너는 내게 과하다 하지만 사실 나는 최대한 녀석을 배려해 주고 있다."

"배려요?"

진은룡은 진금룡이 배려라는 말의 뜻을 모르는 것인지 잠깐 고민했다. 진금룡이 말했다.

"놈이 네 나이만 되었어도 팔다리를 부러뜨려 가르침을 주었을 거다. 그럼 적어도 제 주제는 알게 됐겠지. 자기보다 강해 보이는 이에게는 함부로 덤벼들거나 신경을 긁어선 안 된다는 것도 말이다."

아……. 진은룡은 속으로 앓는 소리를 삼키며 쓰게 웃었다. 강호에서는 당연한 일인데, 동룡이는 그 당연한 일을 가장 지키지 못할 사람이다. 그 점에서는 진금룡의 말이 틀리지 않다.

자신이 가장 뛰어나지 않으면 못 견딘다. 그게 진동룡의 천성이다. 진은룡이 한숨을 내쉬었다.

"무슨 말씀인지는 알겠습니다. 하지만 형님의 방식은 너무 과격합니다. 저는 저러다가 동룡이가 엇나가 버릴까 봐 걱정입니다."

"엇나가는 게 죽는 것보다는 낫겠지."

"아니, 형님!"

"맞는 말 아니더냐?"

내 말에 틀린 구석이 있을 리 없다고 확신하는 듯한 오만하고 또렷한 시선 앞에, 진은룡은 다시 위장이 쑤셔 오는 걸 느꼈다.

"그…… 형님. 아무리 좋은 말도 그렇게 하면 소용이 없고, 목적이 아무리 좋아도 방식이 그래서는……."

"그럼 다른 방식이 있느냐?"

진은룡은 당황했다. 다른 방법을 떠올리지 못해서가 아니라, 진금룡이 정말로 그 강압적인 방식이 유일하며 옳은 길이라고 철석같이 확신하는 게 보여서였다.

"혀, 형님. 동룡이가 이러다 진짜로 엇나가기라도 하면……."

"구부러진 검을 펴는 방법은 하나뿐이지."

"그러다 부러집니다!"

"그럼 다시 녹여서 붙이면 된다."

벽창호도 아니고, 벽 그 자체다. 진은룡이 아연한 표정을 짓자, 진금룡이 단호하게 잘라 말했다.

"쓸데없는 걱정은 하지 말거라. 이 정도도 감당하지 못할 놈이라면 어차피 강호에서는 더 큰 횡액을 자초하게 된다. 놈도 진가 사람이라면 버틸 수 있다. 아니, 버텨야 한다."

"형님……."

"네가 해야 할 일은 녀석을 그저 감싸고 걱정하는 게 아니다. 오히려 녀석의 어리광을 받아 주지 않는 게 네 할 일이지."

더 이상 아무 말도 할 수 없었다. 사실 진금룡의 말이 다 틀린 것도 아니다. 확실히 과격하긴 하지만, 또 한편으로는 현실적인 방법이었다. 전설에나 나오는 천하의 명검도 몇 년을 쉬지 않고 두들기다 보면 결국 휘어지고 날이 무뎌지지 않겠는가. 동룡이 녀석이 아무리 대쪽 같다고 해도 결국은 진금룡이 원하는 방향으로 휘어지게 될 것이다.

만약 진금룡조차 동룡이를 바꾸지 못한다? 그럼 천하의 누구도 동룡이의 성격을 바꿔 놓을 수 없을 것이다.

'그때까지 내 위장이 버텨 주어야 할 텐데.'

진은룡은 땅이 꺼지도록 한숨을 내쉬었다. 진금룡이 차를 홀짝이는 소리만 느긋하게 들려왔다.

◆ ◈ ◆

"제길!"

인적 드문 종남산 봉우리에 오른 진동룡은 욕설과 함께 돌멩이를 팩 걷어찼다.

"아아악!"

하지만 땅에 깊게 박힌 돌부리였는지 그 자리에 엎어져 구른 건 오히려 진동룡이었다. 데굴데굴 구르던 그는 분을 못 참고 악을 썼다.

"진짜 되는 게 없네!"

그는 한참 뒤에야 비척비척 일어나 느리게 걸음을 옮겼다. 그렇게 정상 부근까지 올라 털썩 주저앉으니 탁 트인 시야로 종남산의 정경이 들어왔다. 사방이 조용했다. 그렇게 한참을 말없이 있던 진동룡의 입에서 맥 풀린 혼잣말이 한숨처럼 새어 나왔다.

"왜 나만······."

진금룡은 참을 수 있다. 아니, 사실 진금룡도 참아 주기 어렵다. 하지만 그래도 어떻게든 이해라도 해 볼 수 있다. 그 인간은 원래 그랬으니까. 진동룡을 가장 힘들게 하는 것은 바로 부친인 진초백이었다.

진초백은 결코 그의 편을 들어 주지 않는다. 시시비비가 너무나 명백한 사안이 아니라면 진초백은 언제나 진금룡의 손을 들어 주었다.

형이니까, 장남이니까. 진동룡도 이해하려고 무던히 애써 왔다. 하지만 아무리 생각해도 이건 지나치다. 조금 전만 해도 그렇다. 이게 정말 일방적으로 처벌받아야 할 일이었는가. 물론 제 잘못이 없다곤 할 수 없겠지만, 그가 처벌받는다면 진금룡도 당연히 벌을 받아야 하지 않는가.

"그런데 왜 나한테만 그러냐고!"

답답한 마음에 뒤로 벌렁 드러누웠다. 아무리 생각해도 이유는 하나뿐이다. 진금룡이 진동룡보다 더 뛰어나니까. 형이 모든 면에서 더 나으니까.

진가는 대대로 종남의 명문이다. 그리고 진초백 역시 일대제자 중에서는 수위를 다투는 검수다. 하지만 그뿐이었다. 진가의 선조들이 종남제일검을 다투던 인재였던 데 반해 진초백의 실력은 다소 모자랐다. 그 사실에 진초백이 얼마나 분했을지는 굳이 직접 듣지 않아도 알 수 있다.

그런 와중에 장남인 진금룡이 종남에서 손꼽히는 재능을 지녔으니 당연히 편애할 수밖에 없겠지. 진가에서 다시 종남제일검이 나올 가능성이 커졌으니 말이다.

진동룡도 안다. 그의 아버지는 물론이고 다른 이들 역시 진동룡은 결코 진금룡을 이기지 못할 거라고 여긴다. 늘 진동룡은 뒷전이다. 모두가 진동룡보다는 진금룡의 편을 든다. 진동룡이 진금룡보다 못하니까.

왜 비교할까……. 그는 그고 진금룡은 진금룡인데.

졸졸졸. 귓가에 들리는 소리를 따라 고개를 돌려보니 그의 발치에 작은 개울이 흐르고 있었다. 진동룡이 저도 모르게 흐르는 개울 수면에 제 얼굴을 비춰 보았다.

흐릿하게 이지러진 모습. 하지만 오히려 이지러졌기에 더욱 진금룡과 닮아 보였다. 그래서일까? 그래서 그를 자꾸 제 형과 비교하고 무시하는 걸까? 그래서 그는 진금룡처럼 될 수 없다고 하는 걸까?

"이익……."

진동룡이 제 얼굴을 손바닥으로 감쌌다. 지금만은 이 얼굴이 끔찍할 정도로 싫다. 차라리 닮은 구석이라도 없으면 이런 기분은 아닐 텐데.

그가 이 얼굴로 종남에서 살아가는 한 그는 영원히 진금룡과 비교당해야 할 것이다. 손을 부르르 떨던 진동룡이 냇가의 진흙을 움켜잡고 신경질적으로 얼굴에 비벼 대기 시작했다.

"망할 얼굴! 망할!"

따끔한 감촉에도 멈추지 않고 흙을 비벼 대던 그가 아악 하고 소리를 내지르며 뒤로 털썩 드러누웠다.

"아……."

그의 위로 펼쳐진 푸른 하늘이 시야를 가득 채웠다.

"……나도 할 수 있다고. 나도……."

나직한 중얼거림이 울렸다. 푸른 하늘을 올려다보는데 눈시울이 뜨끈거렸다. 그가 주먹을 꽉 쥐었다. 그런데 그때.

"넌 누군데 여기서 이러고 있니?"

갑자기 눈앞에 누군가가 불쑥 얼굴을 들이밀었다.

"히익! 깜짝이야!"

웬 낯선 소년이 동룡을 내려다보며 고개를 갸웃거리고 있었다.

잠시 후, 진동룡과 나란히 걸터앉은 종남 무복 차림의 그가 알겠다는 듯 고개를 끄덕였다.

"그래서 혼자 뛰쳐나왔다고?"

"……응."

순간 소년의 눈에 안쓰러워하는 빛이 어렸다.

잘난 형과 비교를 당한다는 건 힘든 일이다. 구구절절 사연을 다 들은 것은 아니지만 그 말만 들어도 이 꼬마가 얼마나 큰 고초를 겪고 있을지 짐작되었다.

"고생이 많겠다."

그 말에 진동룡의 얼굴이 살짝 일그러졌다.

"잘 알지도 못하면서……."

"아니. 나도 대충 이해할 것 같아. 자세히는 모르지만, 내 처지도 뭐 그렇게 다를 건 없으니까."

진동룡이 고개를 갸웃하며 소년을 바라보았다. 오늘 처음 만난 비슷한 나이의 소년. 딱히 답을 바랄 상대는 아니지만 답답한 속이나 풀어 보자고 털어놓은 이야긴데, 생각지도 못한 반응이 돌아왔다.

"그, 나도 뛰어난 사형 때문에 고생 중이거든."

"뛰어난 사형?"

"있어, 진금룡이라고."

"푸훗!"

"왜 그래?"

"아, 아니. 아무것도."

진동룡이 제 얼굴에 묻은 진흙을 슬그머니 쓰다듬었다.

'진흙이 잘 묻은 거야? 이 인간이 둔한 거야?'

조금 전부터 좀 간지러워서 떼어 내고 싶었는데……. 상황이 이리되니 일단은 좀 더 감춰 봐야 할 것 같다.

"대단한 사람이지."

"……."

"듣자 하니 네 형이라는 사람도 진 사형처럼 대단한 사람 같은데, 너는 그런 사람과 맞상대하고 있잖아. 너도 대단한 사람이야."

그 말이 진동룡의 기분을 미묘하게 만들었다.

누군가에게 인정받았다는 기쁨. 하지만 자신을 인정한 상대조차 진금룡을 더욱 대단하게 여기고 있다는 울분.

"그런 생각 해 본 적 없어?"

"무슨 생각?"

"……사형을 이기고 싶다든가."

소년이 조금 고민하는 낯으로 고개를 살짝 들어 올려 먼 곳을 보았다.

"음, 글쎄. 내가 얼마 전부터 새로운 검술을 전수받고 있거든?"

"새로운 검술?"

"그래. 아직 이름이 정해지지 않은 검술인데……. 으음. 비밀이야. 아직 정식 검술이 아니거든. 어디 가서 말하면 내가 크게 혼나."

"응. 입 다물게."

"그래. 어쨌든 그 검술을 익히는데, 이게 생각보다 너무 어렵더라고. 화려하고 변화막측해서 한 초식 안에 있는 변화를 모두 읽어 내는 것도 버거운 거야."

"엄청 어려운 검술인가 보네."

"응. 게다가 지금까지 익히던 것과는 결이 좀 다르다고 해야 하나? 어쨌든 그래서 애를 먹고 있었는데……."

소년이 말을 하다 말고 한숨을 푹 쉬었다.

"진 사형은 그걸 한 번 보고 따라 하더라."

……순간 진동룡의 얼굴이 핼쑥해졌다. 소년은 질린다는 듯 고개를 내저으며 말했다.

"그때 느꼈어. 아……. 나는 이 사람을 평생 못 이기겠구나. 수준이 다르구나. 뭐 그런 기분?"

진동룡은 충분히 그 암담함을 알 것 같았다. 그도 형을 보며 때때로 느끼곤 하니까. 그래서 진심으로 말을 건넸다.

"……힘들겠네."

"응? 왜?"

하지만 소년은 그게 무슨 말이냐는 듯 되물었다. 진동룡은 움찔했다. 무슨 말을 잘못하기라도 했나?

"아니, 사형을 이기고 싶을 텐데 어려우니까……."

"으음……. 사형을 이겨?"

"……응?"

소년이 고개를 갸웃하며 말했다.

"나는 딱히 사형을 이기고 싶은 게 아냐. 물론 사형처럼 강해지면 좋겠지만."

"엥? 왜?"

"음, 이기고 싶은 게 꼭 당연한 건 아니잖아?"

소년이 옆에 놓인 목검을 들고는 손때 묻은 그 검을 진지하게 똑바로 보았다.

"나는 그냥 검이 좋아."

진동룡은 그제야 알 수 있었다. 이 인적 드문 곳에서 어쩌다 이 소년과 만나게 되었는지. 소년의 의복이 땀으로 축축한 게 뒤늦게 눈에 들어왔다.

"그리고 종남이 좋았지. 내 목표는 사형을 이기는 게 아니라 언젠가 내가 종남의 명예를 드높이는 거야. 그러니 사형이 나보다 강하다고 해서 꼭 문제가 되진 않아. 명예를 드높이는 게 꼭 가장 강한 사람의 역할은 아니라고 생각하거든. 음, 그러면 되지 않을까?"

말없이 듣던 진동룡이 고개를 끄덕였다.

"어, 너와 나는 다르니까 내 생각을 강요할 수는 없겠지만……. 너도 너만의 길이 있을 거야. 꼭 누군가에게 이기고 지는 게 전부는 아니고 말이야."

여기까지 말해 놓고 갑자기 쑥스러워졌는지 소년은 '말주변이 없어서 도통…….' 하고 중얼거렸다. 진동룡이 작게 웃었다.

"넌 좋은 사람이네."

"응?"

"누구랑은 다르게."

소년이 피식 웃었다.

"어쩌면 네 형도 생각보다 좋은 사람일지 모르잖아. 진 사형이 생각보다 좋은 사람인 것처럼. 음? 생각해 보니 비슷한 면이 좀……."

"아, 아냐. 안 비슷해."

"응? 왜?"

"우리 형은 못생겼어."

"아…….”

뭔가 안쓰러워하는 눈빛을 담은 소년의 시선에 진동룡이 고개를 획 돌렸다. 죄책감이 밀려오지만, 지금 그가 진금룡의 동생이라는 걸 들키면 분위기가 어색해질 것이다.

진동룡의 시선이 먼 산으로 향했다. 소년이 해 준 말은 좋았지만, 사실 완전히 와닿지는 않았다.

'종남이 좋다라.'

오히려 이 말이 너무 새삼스럽게만 느껴졌다. 진동룡에게 종남은 그저 집이었다. 태어나고 자란 곳. 그리고 앞으로도 살아가야 할 곳. 그런 종남에 대한 호오(好惡) 같은 건 단 한 번도 생각해 본 적 없었다.

어쩌면 소년과 그의 가장 큰 차이는 바로 이런 부분이 아닐까? 소년은 스스로 종남을 선택했지만, 그는 종남을 선택한 적이 없었다.

문득 진동룡은 세상이 불공평하다고 느꼈다. 진금룡이 느긋하게 진은룡을 괴롭히며 노는 동안에도 소년은 이런 곳에서 검을 휘두른다. 하지만 이 소년은 감히 진금룡을 이기겠다는 엄두조차 내지 못하고 있다.

어쩌면 강호는 태어날 때부터 모든 게 정해진 곳일지도 모른다. 이런 곳에서 아등바등하는 게 대체 무슨 의미가 있을까?

"이길 필요 없다……. 하지만 이길 수 있다면 이기고 싶었겠지."

"……응?"

"하지만 익히는 능력이 차이가 난다. 그럼 결국 네 사형을 이기고 싶다면 종남의 무학보다 더 강한 무학이라도 익혀야 한다는 말이네."

진동룡은 말해 놓고도 어이가 없어 피식 웃었다. 종남은 구파일방에서도 상당히 강한 축에 속한다. 그런데 더 강한 무학이라니.

"이제 와 머리 깎고 소림에 들어갈 수도 없고, 무당은 제자를 엄격히 가려 받는다고 하고……. 게다가 그 두 문파의 무학이 꼭 종남보다 낫다고 할 수도 없을 테니 결국 안 된다는 말이네."

소년이 으음, 하고 골몰하는 소리를 내더니 어깨를 으쓱했다.

"아니……. 꼭 그런 건 아닐걸? 당장 종남만 해도 그렇잖아."

"종남? 종남이 왜?"

"지금이야 종남이 섬서제일문파로 불리고 구파일방에서도 꽤나 강한 곳이지만, 과거에는 그렇지 않았다고 해. 구파일방은커녕 섬서에서도 첫째 문파가 되지 못했다더라."

"섬서에서? 다른 건 몰라도 섬서에서 종남보다 더 잘나가는 문파가 있었다고? 그런 말은 처음 듣는데?"

"한 군데 있잖아. 화산."

"화, 화산?"

화산파라, 들어는 봤다. 하지만 지금은 곧 현판을 내릴 지경까지 내몰린 몰락한 문파라고 하던데.

"한때는 그 화산파가 섬서제일문파는 물론이고 천하제일문파까지 넘보던 곳이었다더라. 당시의 종남은 화산의 기세에 눌려 제대로 기도 펴지 못했다던데?"

"……진짜?"

"그렇다니까."

도무지 상상이 가질 않았다. 종남이 기를 못 폈다니.

그때 문득 머릿속에 스치는 바가 있었다. 진동룡은 저도 모르게 탄성을 흘렸다. 진초백도 그렇고 종남의 어른들이 때때로 화산이라는 문파에 묘한 적의를 보이지 않았던가. 그때는 그 작은 문파를 왜 그리 신경 쓰나 했는데 그런 사정이 있어서였나 보다. 게다가 당시의 종남보다 더 대단했다는 말은, 어쩌면 지금의 종남보다 더 대단했다는 말이 될지도 모른다.

"그렇게 대단했던 문파가 지금은 왜 그렇게 작아진 건데?"

"그건 나도 자세히는 몰라. 나도 그냥 들은 이야기라. 음, 어쨌든 그때의 종남은 영원히 화산을 이기지 못할 거란 평을 받은 모양이야. 하지만 종남의 선조들은 정진하고 또 정진해 지금의 종남을 만드신 거지."

진동룡의 표정이 자못 진지해졌다. 종남에 그런 비화가 있을 줄은 몰랐다.

"그러니 너도 어렵다고만 생각하지 마. 지금은 안 될 것 같은 것도 노력하다 보면 되기도 하더라."

그런데 진동룡은 뭔가 골똘히 생각에 잠긴 듯 말이 없었다. 소년의 마음에 묘한 불안이 스쳤다.

'내가 무슨 말을 잘못했나?'

비슷한 연령대인 것 같아 편히 말했지만, 생각해 보면 잘 알지도 못하는 사인데…….

"화산이란 곳이 그렇게 대단했어? 예전에 천하제일을 논했다길래."

"응? 아……. 그랬다더라. 지금은 볼품없는 문파가 되었지만. 안타까운 일이지."

아이는 또 무슨 생각에 잠긴 건지 입을 꾹 다물었다. 그러자 소년이 어색하게 웃으며 자리를 털고 일어났다.

"음. 벌써 시간이…….""

그제야 아이가 시선을 돌려 소년을 보았다.

"가게?"

"응. 저녁 수련 시간이 다 돼서. 그럼 넌…….""

소년이 조금 불안한 눈치로 말끝을 흐렸다. 진동룡은 말 안 해도 알겠다는 듯 웃었다.

"걱정 마. 집에 갈 거니까."

"그래. 조심하고……. 그……. 집에 들어가기 전에 얼굴 좀 씻어. 누가 보면 귀신인 줄 알겠다."

"아, 알았어."

슬쩍 진동룡을 일별한 소년이 목검을 챙겨 걸음을 옮겼다. 잠시 걷던 그가 돌연 멈칫하며 진동룡이 있는 곳을 돌아보았다.

'내가 내 이름을 말해 줬던가?'

그러나 이미 진동룡은 떠나고 없었다. 소년, 이송백은 조금 아쉬운 마음에 입맛을 다셨다.

"다음에 말해 주면 되겠지."

친절한 소년과 헤어진 진동룡은 가파른 산을 터덜터덜 걸었다.

처음 만난, 딱히 그와 나이 차도 그리 나 보이지 않는 소년의 말은 진동룡에게 큰 힘이 되었다. 그리고 그중에서도 가장 기억에 남은 말은 바로 이 두 마디였다.

― 내가 종남의 명예를 드높이는 거야.

― 천하제일문파까지 넘보던 곳이었다더라.

진동룡은 늘 직접 진금룡을 이겨야만 자신을 증명할 수 있다고 생각했다. 하지만 아까 그 소년의 말대로 꼭 가장 강한 사람만이 자신을 증명해 내는 건 아닐지도 모른다.

'몰락한 명문…….'

확실히 종남에서 진금룡을 이기기란 어려울지 모른다. 설령 수십 년이 지나 이길 수 있게 되더라도, 이미 세상에는 진금룡이 종남제일검으로 각인되어 있을 것이다. 그때가 되어 이기는 게 무슨 의미가 있을까.

하지만…… 승부에서 이기지 못하더라도, 진동룡이 진금룡보다 더 대단한 일을 해낸다면? 예컨대, 몰락한 명문을 다시 되살린다든가. 그러면 세상도 형보다 그를 더 대단한 이로 평해 주지 않을까?

곰곰이 생각에 잠겨 있던 진동룡은 이내 피식 웃고 말았다.

"무슨 말도 안 되는 생각을."

이게 얼마나 꿈같은 이야기인지는 잘 알고 있다. 망상은 망상으로 남겨야 한다. 망상을 진지하게 하기 시작하면 멍청이가 될 뿐이다. 산에서 내려가는 내내 힘 빠진 한숨이 연신 새어 나왔다.

"언젠가는…… 알아주겠지."

아까 그 소년의 말대로 정진하고 또 정진하면, 언젠가는 그가 진금룡을 이기고 모두에게 인정받을 날도 올 것이다. 반드시.

· ◈ ·

진초백의 차가운 시선이 진동룡을 꿰뚫는 듯했다. 아비의 것이라고는 보기 어려울 만큼 냉혹한 시선에 진동룡은 부르르 몸을 떨었다.

"내 분명 네게 금식과 근신을 명했을 텐데? 벌을 받는 처지에 제멋대로 집을 나가? 말 한마디 없이?"

"그, 근신하라는 말씀은……."

"입 닥쳐라!"

진초백이 노성을 터트렸다. 움찔한 진동룡이 고개를 푹 숙였다. 억울하지만 지금은 무슨 말을 해도 먹힐 상황이 아니다.

한편 멀리서 진초백의 눈치를 살피던 진은룡은 암담한 마음으로 눈을 질끈 감았다.

'왜 하필…….'

사정은 이러했다. 공교롭게도 진동룡이 자리를 비운 그 잠깐 사이에 장문인이 찾아왔다. 진동룡의 종남 정식 입문과 스승 될 이를 상의하기 위함이었다. 본디 이런 일은 부친인 진초백이 고개를 숙여 장문인을 찾아감이 옳다. 한데 장문인이 직접 가문까지 행차한 것은 진가에 대한 신뢰와 존중을 보여 주는, 실로 대단한 일이라 할 수 있었다.

그런데 하필 그때 진동룡이 집에 없었다. 물론 장문인은 크게 개의치 않고, '하하. 이리 활발한 것을 보니 과연 크게 될 인재구나.' 하고 웃으며 돌아갔다.

그러나 진초백은 가볍게 넘길 수 없었다. 장문인 앞에서 망신 아닌 개망신을 당하고, 무례를 저지른 꼴이 돼 버렸으니 말이다. 전후 사정을 따져 보면 꼭 누구의 잘못이라고 꼬집을 수는 없지만, 진초백의 입장이 무척이나 곤란해진 건 사실이니 저리도 역정을 내는 것이었다.

"재능이 없으면 태도라도 좋아야 하고, 태도가 나쁘면 노력이라도 해야 하거늘, 너는 그 어느 하나도 갖추지 못했구나! 못난 놈 같으니!"

진동룡의 고개가 더 수그러들었다. 진초백은 그런 아들을 못마땅하게 노려보다 혀를 찼다.

"제 형 반만이라도 닮았으면……."

지나가듯 나온 중얼거림에 진동룡의 어깨가 부르르 떨렸다.

진은룡의 눈빛에 안타까움이 스쳤다. 하필 오늘 저런 말을 들었으니 그 마음이 어떨지 알 만했다. 물론 아버지의 처지는 이해한다. 그러나 그는 진동룡의 마음도 이해하지 않을 수 없었다. 너무 잘난 형을 둔 동생들은 모든 게 힘들고 어렵다. 그 심정을 가장 잘 아는 이가 바로 진은룡 아니던가. 정말이지 저 말만은 듣고 싶지 않았을 텐데…….

"네 입문일이 정해졌다. 원래는 장문인께서 친히 말을 전해 주시는 영광을 누릴 수 있었건만, 네 멍청한 치기 때문에 다 글렀구나."

그 말에 진동룡이 고개를 번쩍 들었다.

"이, 입문이요?"

"그렇다."

진동룡은 아직 종남의 정식 제자가 아니다. 이미 가문 내에서 종남의 무학을 익히고 있으니 사실상 정식 제자가 되는 것도 요식 행위나 다름없지만, 어쨌든 정식 제자로 인정을 받기 위해서는 종남의 문도를 스승으로 모시고 배사지례를 올려야 한다.

사실 진동룡은 이미 스승을 모실 나이를 조금 넘어섰으나, 그를 맡겠다는 이가 쉽사리 나오지 않아 입문이 늦어진 실정이었다. 그 이유는 한 가지. 바로 그가 진금룡의 동생이기 때문이었다.

진금룡은 종남 내에서도 손꼽히는 수재다. 그의 동생인 진동룡도 그 재능은 뛰어나다. 그러니 자연히 진금룡과 비교될 수밖에 없을 것이다. 무학을 익힌 이라면 모두가 좋은 제자를 받아 자신의 명성까지 떨치고 싶을 것이다. 하지만 자신의 제자가 사사건건 누군가와 비교된다면 얼마나 부담스러울 것인가. 하물며 비교의 대상이 뛰어넘기 요원한 이라면 더더욱 그럴 테다.

진초백이 직접 가르친다면 해결되겠으나, 안타깝게도 종남은 문규상 자식을 제자로 받는 걸 금하고 있다. 배분의 문제도 있지만, 무엇보다 차별받는 제자가 없도록 하기 위함이 컸다.

그래서 이러한 이유로 차일피일 미뤄지고만 있었는데, 마침내 결정이 난 모양이었다. 진동룡은 조심스레 물었다.

"스승 되실 분은……?"

"가 사형이시다."

가목월. 그 이름을 들은 진동룡의 얼굴이 굳어졌다.

"혀, 형의 스승님께서는요?"

"그분은 너까지 제자로 받으실 여력이 없다."

"그래도……."

진초백이 또 얼음장 같은 표정으로 진동룡을 노려보았다.

"감히 스승 될 이를 평하고 고르겠단 거냐? 내가 너를 이리 막돼먹은 놈으로 가르쳤더냐! 제 주제는 생각지도 않고, 다른 이들을 깎아내리는 데만 급급해서는. 대체 너는 어찌 이리도 방자한 것이냐! 세상 모든 것이 네가 원하는 대로 굴러가야 하는 것이냐?"

아들의 고개가 점점 수그러들고 있음에도 진초백의 노기는 수그러들 줄을 몰랐다.

"모자라도 잘났다며 감싸 주어야 하고, 잘못한 것도 나무라서는 안 되고! 주변 사람들이 사사건건 네 편만 들어 주기를 바라더냐! 네 녀석이 그리 잘난 체할 수 있는 이유가 네 형과 이 아비의 후광 덕분이라는 사실은 조금도 생각지 않고, 이 멍청한 녀석! 네가 진가의 셋째가 아니면 사람들이 너를 지금 같은 눈으로 봐 줄 것 같으냐? 어림도 없는 소리!"

진동룡이 제 입술을 질끈 깨물었다. 꽉 쥔 주먹과 어깨가 부들부들 떨리고 있었다.

"가문과 네 형이 닦아 놓은 길을 편히 걸으면서 온갖 불평불만이나 늘어놓다니. 어쩌다 내게서 너 같은 소인배가 나왔다는 말이더냐! 실로 통탄할 노릇이구나!"

"아, 아버지."

진초백의 진노가 가실 줄을 모르니, 보다 못한 진은룡이 나섰다. 조금 전 장문인의 일 때문인지 진초백이 평소보다 과히 흥분했다. 원래는 저렇게까지 가리지 않고 말하는 사람이 아닌데.

그제야 진초백도 자신이 과했음을 자각했는지 입을 다물었다. 하지만 진동룡을 보는 시선까지 누그러진 건 아니었다.

"방에 가서 근신하거라."

그 말을 끝으로 진초백은 대답도 듣지 않고 거칠게 몸을 돌려 밖으로 나가 버렸다. 진은룡은 무슨 말이라도 하려 입을 뗐다.

"동룡아. 아버지는……."

"아버지가 하신 말씀 새겨들어라."

"형님!"

지켜보고 있던 진금룡의 말이었다. 그는 지엄하게 진은룡을 보며 말했다.

"소리치지 마라. 조금 격앙되어 말씀하시기는 했으나 틀린 말은 하나도 없었다. 너도 알지 않느냐?"

"하지만……."

진은룡의 머릿속은 복잡했다. 정말 틀린 것이 없을까? 막내인 진동룡은 노력하고 있다. 비록 그 노력이 과해 엇나간 짓을 할 때도 있지만, 그렇다 해서 단순히 반항만 일삼는 어린아이쯤으로 취급하는 건 너무하지 않은가.

"나와 같은 스승을 모시고 싶다고 했느냐? 사부께서 원하시는가는 신경도 쓰지 않고 말이지."

"……."

"그건 결국 나나 아버지께서 사부님을 설득해 주길 바랐던 게지. 넌 항상 인정받고 싶다고 우기면서 결정적일 때는 나나 아버지께 기대려고 하는구나. 결국은 아직 떼나 쓰는 어린아이에 불과한 거다."

진금룡의 차갑고 냉정한 목소리가 쏟아지는 동안에도 진동룡은 말이 없었다.

"이번 근신은 오히려 좋은 기회다. 얌전히 자신에 대해 찬찬히 돌이켜

보거라. 그럼 멍청한 네놈도 조금은 성장할 수 있겠지."

조용하던 진동룡이 이윽고 말없이 몸을 돌렸다.

"도, 동룡아!"

진은룡이 당황하여 잡아 세우려 했으나 소용없었다. 제 방으로 간 진동룡은 문을 탁 닫아 버렸다.

진은룡은 오히려 이 얌전한 반응에 안색이 전에 없이 굳어졌다. 반응이 평소 같지 않다. 원래는 심한 말을 들으면 더 크게 혼날 걸 각오하고 발끈할지언정 저리 침묵하진 않았다. 애초에 타고난 성정이 그렇다. 그런데 지금은…….

"형님. 말씀을 조금만…….."

"진은룡. 너도 적당히 해라."

"……."

"막내라고 귀여워만 하다가는 네가 저놈을 망칠 거다."

싸늘하게 쏘아붙인 진금룡이 자리를 떠났다. 결국 홀로 남겨진 진은룡이 깊은 한숨을 내쉬었다. 닫힌 진동룡의 방문을 물끄러미 바라보며.

한편 방으로 들어온 진동룡은 침상에 털썩 드러누운 채 꼼짝도 하지 않고 천장만 보고 있었다.

할 말? 당연히 많았다. 그럼에도 조용히 돌아선 건 결국 진금룡의 한마디 때문이었다.

─ 결정적일 때는 나나 아버지께 기대려고 하는구나.

그 말이 이상하게도 심장을 덜컥 내려앉게 했다. 내심 부정할 수 없었기 때문이리라. 진가, 그리고 종남으로부터 인정받고 싶었다. 당당한 아들로, 그리고 무인으로.

하지만 돌이켜 보면 그 어느 것 하나 진동룡이 선택한 건 없었다. 그저 아버지가 골라 준 길을 걸으면서 그들이 다른 평을 내려 주기만을 바란 것이다. 얼마나 모자라고 멍청한 짓이었나!

진동룡은 오늘에서야 확신했다. 저 시선은 바뀌지 않을 것이다. 저들에게 그는 평생에 걸쳐 모자라고 어딘가 불안한 막내겠지. 설령 아주 대단한 일을 해내더라도 결국은 자신들이 남몰래 배려해 주고 신경을 써 준 덕이라고 여길 것이다.

그리고 어쩌면 그게 사실일지도 모른다. 이 종남이라는 땅 위에 발 붙이고 서 있는 한, 진동룡은 영원히 진초백과 진금룡의 그늘을 벗어날 수 없다. 언젠가 진금룡을 이기는 날이 오더라도 그 승리조차 그런 진동룡을 키워 낸 진초백과 진금룡의 공이 되어 버릴지 모른다.

그래도 괜찮다면 이곳에서 기다리면 된다. 그럼 자연히 종남에 입문하게 될 것이고, 스승을 모시게 될 것이다. 지금보다는 어느 정도 자유로워지겠지. 어쩌면 조금쯤 인정받고 어깨를 펼 수 있을지도. 하지만……

진동룡의 눈이 서서히 일그러졌다.

"그럼…… 그럼 나는 뭐야."

이기고 싶다. 배려 같은 건 필요 없다. 그는 그저 한 사람의 무인으로서 그의 형에게 이기고 싶었다. 정정당당히.

자신이 인정을 구걸하고 있단 기분을 지울 수 없었다. 아마 이곳에서 계속 기다리며 산다면, 더욱 그렇겠지. 저들이 원하는 모습과 원하는 방식을 고수하며, 언젠가 그 입에서 '이제는 말을 잘 듣는구나. 훌륭해졌다.'라는 말이 나오길 기대하며 살아야 한다고? 웃기는 소리다.

진동룡이 몸을 일으켜 세웠다.

"그럼…… 인정하게 만들어 주면 되지."

누구도 부정할 수 없는 업적으로. 이 좁은 진가와 저들의 영향력으로 가득 찬 종남이 아니라, 세상 사람 모두가 인정할 수밖에 없는 그러한 방식으로 말이다.

진동룡의 두 눈에 단호한 결의가 들어찼다.

◆ ◆ ◆

아주 야심한 시각, 아직 다 자라지 못한 사람의 그림자가 종남의 밤을 갈랐다. 진동룡이 제집을 빠져나와 발걸음을 재촉하고 있었다.

'여기선 아니야.'

마음을 굳혔다. 그가 진정으로 인정받기 위해서는 종남이라는 터를 벗어나야만 한다. 시선이 슬쩍 뒤로 향했다. 이 정도로 조심스럽게 빠져나왔으니 들키지는 않았을 것이다. 일단 종남산만 벗어나면 단번에…….

"거기 서라, 동룡아."

하지만 어디선가 들려온 목소리가 그의 발목을 붙잡았다. 화들짝 놀란 진동룡이 어느새 앞을 막아선 이를 올려다보았다.

"형? 어, 어떻게 알고……."

진은룡이 앞쪽에 보이는 커다란 나무 뒤에서 걸어 나오고 있었다. 그는 한숨을 푹 내쉬며 당황한 동생의 앞으로 다가왔다.

"네 녀석 머릿속이야 뻔하지."

가출까지 감행한 동생을 내려다보는 진은룡의 시선엔 안타까워하는 빛이 어렸다. 오죽하면 이럴까 싶었던 것이다.

"마음은 알겠다. 하지만 일단은 돌아가자. 들키면 더 혼날 거다. 아직은……."

"안 가."

"동룡아."

진동룡이 진은룡을 똑바로 응시했다.

"그냥 화가 나서 나온 게 아니야, 형. 아니……. 물론 화도 났지. 하지만 그것 때문에 이러는 건 아냐."

"맞는 것 같은데?"

"아니라니까!"

벌컥 성을 내는 진동룡을 보며 진은룡은 말없이 복부를 어루만졌다. 이 녀석이 언제고 이 기분을 알 날이 올까 싶었다. 자신보다 어린놈 때문에 위장이 쑤시는 이 기분을. 언젠가는 알면 좋겠지만, 아마 그럴 리 없을 것이다. 세상에 이렇게 성격 더러운 놈이 또 있을 리 없으니까.

"동룡아. 네가 뭐라고 해도 안 되는 건 안 되는 거다. 좋게 말로 할 때 돌아가자."

"안 가."

"이 녀석이!"

단호하게 타일러도 안 되자 진은룡이 저도 모르게 한쪽 손을 획 들었다. 그런데 진동룡이 눈을 똑바로 부릅뜬 채 물었다.

"왜? 형도 날 두들겨 패서 끌고 가려고?"

"……뭐?"

"항상 그런 식이잖아. 내가 원하는 대로 굴지 않으면 화내고, 혼내고, 때리고."

"아버지가 가르침을 위해 회초리 드는 것을 때린다고 표현하면 안 되지."

"어쨌든 그렇잖아. 내 말이 틀려?"

진동룡이 진은룡을 보며 말했다.

"형도 그러려고?"

"아니……."

어째 할 말이 궁해진 진은룡은 어영부영 말끝을 흐렸다. 직전까지 그 역시 그럴 생각이었기에 더욱 할 말이 없었다. 생각해 보면 그건 진금룡이나 진초백의 방식과 다를 게 없으니 말이다. 새삼스럽게 깨닫게 되었다. 제게도 진가의 피가 흐르고 있다는 걸.

"나도 인정받고 싶어. 아버지나 형이 흐뭇하게 고개를 끄덕일 사람이면 좋겠어. 그런데 지금 내가 이러는 건 꼭 그 이유 때문만은 아니야. 그냥…… 알 것 같아서야."

"뭘?"

"이대로는 나는 절대 내가 원하는 사람이 될 수 없다는 걸."

굳은 표정으로 고민하던 진은룡이 어렵사리 입을 열었다.

"동룡아. 아버지와 형은……."

"알아, 나도. 아버지나 형이 나를 엄히 대하는 건 내가 잘되길 바라서라는 걸. 단순히 내가 미워서 그런 게 아니란 걸. 하지만…… 이대로면 나는 그렇고 그런 인간이 되고 말 거야. 나는 그게 무서워, 형."

참으로 엉성한 말이다. 엉망진창이다. 이렇다 할 근거도 없다. 하지만 진심만은 절절하게 담겨 있었다.

그 진심을 느낄 수 있는 건, 진은룡에게도 있었기 때문이다. 그런 마음이, 그러한 고민이.

잘나도 너무 잘난 형과 비교되기 시작했을 때, 심지어 그런 형을 따라갈 만한 재능조차 없음을 절감했을 때 진은룡은 싸우기보다 스스로 만족하는 법을 익혔다. 경쟁을 포기했고, 이기려 들지 않았다. 무학을 내려놓았으며, 싸우지 않는 쪽을 택했다. 종남의 재경각에 입각한 이유도 결국 그런 이유에서였다.

진은룡은 이게 잘못된 선택이라고 생각지 않았다. 종남과 무학이라는 틀 안에서 진금룡을 이길 방법은 없으니까. 그가 숨 쉴 수 있는 곳은 그곳뿐이니까.

그런데 동생은 지극히 같은 상황에 처했음에도 타협하지 않았다. 어떻게든 맞서서 이길 방법을 찾고 있다. 그게 비록 남들이 보기에는 한없이 멍청하고 치기 어린 방법이라 할지라도 말이다.

"그래도 내가 막겠다면 어쩌겠느냐?"

진은룡이 눈빛이 사뭇 진지해졌다. 싸우겠다고 대답해 온다면 여기서 때려눕힐 생각이었다. 진금룡의 말대로, 오르지 못할 나무를 자꾸 오르려고 하는 저 성질머리가 언젠가 동생을 죽음으로 몰아넣을 테니 말이다.

그렇다면 진금룡이 아닌 진은룡이 꺾어 놓는 게 낫다. 물론 진은룡의 무학이 진금룡과 비할 수준은 아니지만, 적어도 아직 어린 진동룡에게 당할 정도는 더더욱 아니다. 진은룡에게 꺾인다면 동생도 느끼는 바가 더 클 것이다. 조금 더 신중해지게 될 것이다.

그런데 돌아온 대답은 진은룡의 예상을 크게 벗어났다.

"도망쳐야지."

"……응?"

"아직 못 이기니까. 그러니까 전력으로 도망갈 거야. 잡을 수 있으면 잡아 보든가."

순간 당황한 진은룡이 멍하니 진동룡을 보았다.

"내가 내 입으로 이런 말을 하게 될 줄은 몰랐는데…… 너 좀 멍청한 것 아니냐? 너와 내가 익힌 게 같은데, 싸워서 못 이기는 이를 상대로 달아나는 게 가능할 것 같으냐?"

"그래도 무턱대고 싸우는 것보다는 낫잖아."

……그 말이 맞는 것도 같고.

"물론 붙잡히겠지. 끌려가서 얻어맞겠지. 그럼 또 도망칠 거야. 틈만 나면 도망치고 또 도망칠 거야. 아무리 때리고 가두고 묶어 놔도 소용없어. 성공할 때까지 계속 도망칠 테니까. 그럼 언젠가 한 번은 성공하겠지. 아니면 성공하기 전에 내가 골병이 들어 망가지든가. 이게 내 대답이야."

진동룡은 그 어느 때보다 진지했다. 진은룡은 점점 더 황당해졌다. 아무래도 그의 동생은 생각했던 것보다 두 배는 더 미친 인간인 모양이었다.

"그게 대답이라고? 그걸 대답이라고 할 수 있냐?"

"응."

"……어이가 없어서 원."

진동룡의 가출을 예상하고 그 앞을 막아설 때까지만 해도 이런 그림이 나올 줄은 상상도 못 했다.

"말이 되는 소리라고 생각해?"

"말이 되고 안 되고는 상관없어. 내가 그렇게 정했으니까."

"인마, 너……."

"난 절대 포기 안 해."

진은룡은 희미하게 앓는 소리를 흘리며 품 안을 뒤져 단환을 꺼내 입 안에 털어 넣었다. 서안에서 제일가는 약방인 황가약방(黃家藥房)의 특상품 위장약이다.

"그래. 마음대로 해 봐라. 나는 절대 안 놔 줄 거다."
"어디 해 봐."
 진동룡이 몸을 움츠렸다. 금방이라도 튀어 나갈 용수철 같았다. 아마 잡힐 것이다. 진은룡의 경공도 만만한 건 아니니까. 하지만 그렇다고 순순히 잡혀서 도로 끌려갈 마음은 추호도 없었다. 이미 각오를 세웠으니까. 저항해야 할 때 저항하지 못하면 결국은 저항을 모르는 사람이 된다. 지금껏 진동룡이 겪은 바로는 그렇다. 마지막의 마지막까지 싸울 것이다. 그저 그런 무인이 되지 않기 위해서.
 '전력으로……!'
 그 순간 진동룡의 발치에 무언가 툭 떨어졌다. 무심결에 이를 본 진동룡은 눈을 가늘게 떴다.
 "……응?"
 진은룡이 던진 그것은 전낭이었다. 아까 들렸던 소리나 크기로 미루어 볼 때 돈도 꽤 들어 있는 모양이었다. 진동룡이 눈을 끔뻑였다. 진은룡이 말했다.
 "넣어 둬."
 "형?"
 "……도망칠 땐 치더라도 밥은 먹어야지."
 "…….."
 "어서."
 진동룡은 말없이 전낭을 집어 들었다. 묵직한 무게가 느껴졌다. 진은룡은 위협하듯 덧붙였다.
 "다시 한번 말하지만, 나는 절대 안 놔줄 거다. 전력으로 너를 잡을 거야. 그러니까 도망칠 수 있으면 도망가 봐라."

"……형."

"어서!"

진동룡은 잠시 전낭을 내려다보다 진은룡을 향해 진지하게 말했다.

"빚은 갚을게."

"뭐라는 거야, 쥐방울만한 게."

진동룡은 형에게 고개를 꾸벅 숙이고 몸을 획 돌렸다.

"간다!"

이윽고 그는 뒤도 돌아보지 않고 전력으로 달려 나갔다. 이 뒷모습을 빤히 바라보던 진은룡은 진동룡이 더 이상 보이지 않을 때가 되어서야 깊은 한숨을 내쉬었다.

"……잘하는 짓인지."

아니, 그럴 리가 없다. 아마 아침이 되면 집이 벌집 쑤신 것처럼 발칵 뒤집힐 것이다. 무슨 일이 벌어질지 생각하는 것만으로도 위장이 다시 쑤셔 왔다.

힘없는 손길로 위장약을 하나 더 꺼내려는데, 귓가에 서늘한 목소리가 꽂혔다.

"뭐 하는 짓이냐?"

돌아보니 어둠 속에서 한 사람이 걸어오고 있었다.

"……언제부터 보셨습니까?"

"네가 전낭을 던지고 저놈이 그걸 쥔 채 도망칠 때부터."

그럼 다 봤네. 진은룡이 고개를 내저었다. 진금룡의 얼굴엔 언짢은 기색이 역력했다.

"형이라는 녀석이……. 됐다. 내가 잡아 오지."

"그만두십시오."

진금룡은 잠시 귀를 의심했다. 평소 이리저리 잔소리를 해 대는 성가신 동생이기는 하지만, 그래도 진금룡이 진정으로 하려는 일을 직접 방해하고 나선 적은 없었다.

"뭘 그만두라는 거냐?"

"놔두죠. 어린 녀석이 얼마나 버티겠습니까? 결국은 돌아오겠죠."

"……내가 뭘 잘못 듣고 있는 건가?"

"……."

"네 동생을 저 험한 세상에다 내던지기라도 하겠다는 거냐?"

"동룡이는 애가 아닙니다."

순간 진금룡은 너무 황당한 나머지 표정을 숨길 생각조차 못 했다. 그도 그럴 게, 평소 진동룡이 애라는 말을 입에 달고 살던 게 진은룡 아니었던가.

"집에서는 애지만, 쟤도 무학을 익힌 무인입니다. 삼류 왈패 따위에게 당할 녀석이 아닙니다."

"무슨 말이 하고 싶은 거냐?"

"그렇게 콧대를 꺾어 놓고 싶다면 따뜻한 집 안에서 윽박질러 가며 알려 줄 게 아니라 험한 세상을 눈으로 보고 겪으라고 하십시오. 그럼 녀석도 조금 달라지겠죠."

진금룡의 고개가 살짝 옆으로 꺾였다.

"말 같지도 않은 소리를 하는구나."

진은룡이 눈을 질끈 감았다. 말이 통할 리가 없다. 어찌 보면 진금룡의 모든 행위는 진동룡에 대한 비틀린 과보호니까. 그런 그가 진동룡을 위험한 곳에 내던질 리가 있겠는가. 눈앞에 두고 못마땅해해야 마땅한데 말이다.

출가(出家) 447

"긴말할 것 없다. 우선 저놈을…….'

"형님. 생각해 보십시오. 그건 애정입니까? 아니면 동룡이를 형님 마음대로 휘두르고 싶다는 욕심입니까?"

발을 떼었던 진금룡이 우뚝 멈춰 섰다. 진은룡을 돌아보는 눈빛이 사납고 차가웠다.

"뭐라 했느냐?"

"제가 형님의 말을 따르지 않으면, 형님이 옳다고 여기는 대로 살지 않으면, 그때는 저도 팔다리를 분질러서라도 고쳐야 할 쭉정이가 되는 겁니까?"

"너…….'

"놓아두세요. 한순간만이라도 하고 싶은 대로 하게."

진금룡이 진은룡을 노려보다 서늘하게 물었다.

"나야말로 묻자꾸나. 그건 동룡이를 생각해서 하는 말이냐, 아니면 네가 내게 하고 싶은 말이냐?"

진은룡은 아무런 대꾸도 하지 않았다. 두 사람은 말없이 한참을 대치했다. 먼저 입을 연 건 진금룡이었다.

"내가 놈을 기어이 잡아 오겠다면 어쩔 셈이냐?"

"막아야죠."

"네가?"

"제가 형님에 비할 바는 아니지만, 적어도 아직 발목 잡고 늘어질 정도는 됩니다. 그 시간이면 동룡이도 제법 도망갈 수 있겠죠."

진금룡이 코웃음을 쳤다.

"네 실력을 과대평가하는구나. 아니면 나를 과소평가하는 건가?"

"그럴지도 모르지만, 이쪽도 죽을 각오를 하면 그 정도는 해낼 수 있습니다. 어떻게, 시험해 보실 겁니까?"

 진금룡의 눈빛이 한기를 내뿜었다. 진은룡은 긴장감으로 기운을 팽팽히 끌어당겼다.

 "......욕심이라고?"

 그런데 진금룡의 그 말이 팽팽하게 당겼던 긴장을 느슨하게 늘어뜨렸다.

 "멍청한 놈."

 "형님......"

 어느새 눈빛을 푼 진금룡이 휙 몸을 돌렸다.

 "어린 녀석이 도망가 봐야 얼마나 가겠느냐? 녀석은 나를 뛰어넘는 게 목표라고 했다. 그럼 무인이 아닌 삶을 살 수도 없을 거고, 어중이떠중이 같은 문파에 의탁할 수도 없겠지."

 "......"

 "소림과 무당에만 말을 전해 놓으면 결국은 종남으로 돌아오게 될 거다. 그래, 네 말대로 좋은 경험이 될 수도 있겠지."

 짧게 혀를 찬 진금룡이 힐난하는 어투로 덧붙였다.

 "조금은 어른이 된 줄 알았더니."

 진동룡에게 한 말이 아니다. 이제 와 치기를 보이는 진은룡에게 한 말일 것이다. 진은룡이 나직이 말했다.

 "......저도 그러고 싶던 때가 있었거든요."

 "그때 그랬으면 지금보단 더 나았을 거다?"

 슬쩍 진은룡을 일별한 진금룡이 작게 한숨을 쉬었다.

 "정말이지, 이놈이고 저놈이고."

 그는 못마땅한 목소리로 중얼거리며 집을 향해 발을 옮겼다. 그러다 돌아보지도 않은 채 덧붙였다.
"당장 내일 아버지께 고할 변명이나 생각해 두거라."
그런 진금룡의 어깨가 진은룡의 눈에는 묘하게 처져 있는 것처럼 보였다. 문득 위장이 다시 통증을 호소했다. 아까 먹으려다 말았던 걸 떠올린 그가 손에 쥔 약을 입 안에 털어 넣었다.
"……아야야. 죽겠네."
이번 위통은 꽤 오래갈 것 같다. 배를 문지르며 진동룡이 달려간 방향을 다시 한번 돌아보았다.
"……멍청한 녀석."
저도 모르게 작은 미소가 피어났다. 동생의 일탈을 바라보는 형의 즐거움일지도 모르고, 어쩌면 자신이 하지 못했던 일을 하려는 동생에게 전하는 응원일지도 모른다.
하지만 진금룡도 진은룡도 이때는 알지 못했다. 그저 작은 일탈로 끝날 거라 여겼던 막내의 가출이 얼마나 길어질지. 그리하여 훗날 이 결정을 두고 얼마나 땅을 치며 후회하게 될지.
그들 역시 동생이 어떤 인간인지 아주 잘 알지는 못했던 것이다. 진동룡의 광기가 아직은 세상에 알려지기 전이었다.
훗날 이러한 사정을 모두 알게 된 누군가가 질린 표정으로 평했다. 진동룡이야말로 '화산제일광인'이라고.

· ◈ ·

"끄으으으으."
달달 떨리는 손이 바위를 움켜잡았다.

"뭐, 뭔 산이……."

아직 덜 자란 팔이 몸뚱이를 애써 끌어 올리고, 천근만근 무거워져 움직일 힘조차 남지 않은 다리가 가까스로 몸을 위로 밀어 올린다. 그렇게 사람 키 두 배만 한 절벽을 겨우 오른 진동룡이 그 자리에 실신한 듯 털썩 드러누웠다.

"미, 미쳤어……."

어릴 적부터 종남산을 제집처럼 드나들어 왔다. 그래서 산 타는 일에는 자신 있었건만, 이 산은 고작 그 산에 비할 곳이 아니었다. 종남산이 그저 험한 산이라면 이 산은 어떻게 사람을 떨어뜨려 죽일까 오래도록 고민해서 빚어 놓은 산 같았다.

"왜…… 왜 굳이 이런 데 사는 거야? 대체 왜?"

과거에서 훗날까지, 화산에 처음 오르는 이들이 유구하게 되뇌어 왔고, 되뇌게 될 그 말을 고스란히 읊은 진동룡은 땀으로 젖은 얼굴을 힘겹게 훔쳤다. 이제야 불현듯 불안감이 들었다.

"……잘하는 짓일까?"

서안에서부터 이곳까지 끔찍한 여정을 거친 끝에 도달했다. 그간 그가 겪었던 사건 하나하나가, 풀어놓자면 서책 한 권씩은 나올 만한 일들이었다. 하지만 이 길고 길었던 여정의 끝에 여기까지 도달하자 확신 대신 불안이 머릿속을 휘감았다.

하지만 결론은 바뀌지 않는다. 종남으론 안 된다. 같은 길을 가서는 영원히 이길 수 없다. 그건 이제 확실하다.

그렇다고 더 좋은 문파로 가서도 안 된다. 그럼 그가 이긴 게 아니라, 그 문파의 더 나은 무학이 이긴 게 될 테니까.

'그러니까 여기밖에 없어.'

출가(出家) 451

이곳은 몰락한 명문. 되살리게 된다면 칭송을 받기에는 최적의 문파다. 게다가 서안과 지리적으로 가까우니 저들도 그의 업적을 똑똑히 지켜보게 되리라.

물론 쉽지 않은 길이란 건 안다. 아니, 지독히도 어렵겠지. 하지만 이 정도의 일이 아니고서는 평생 형을 넘어설 수 없다. 미지근하게 싸워 뻔하게 패배하느니 차라리 안 될 도박이라도 해 보고 참패하는 쪽이 백배는 낫다.

그리고 꼭 비관적으로만 생각할 필요도 없을 것 같았다. 몰락했다고 해도 명문은 명문이다. 과거에 명성을 떨치게 해 주었던 절세의 무공 하나둘쯤은 남아 있을지도 모른다. 그걸 익힐 인재가 없어 펼치지 못하고 있을 뿐. 그리고 그는 그런 무공을 익힐 자신이 충분히 있었다. 그러고 나면 형을 이기기도 조금쯤 수월해지겠지.

"웃차!"

불안을 털고 억지로 힘을 내어 몸을 일으켰다. 다소 황폐해 보이는 산문이 눈에 들어왔다. 화려하고 고아한 종남의 그것과는 비교부터가 힘든, 뭔가 묘하게 폐가 같은…….

"아, 아니지!"

황급히 고개를 내저었다. 벌써 이런 생각을 하면 어떡하는가. 몰락했다는 말을 들었을 때부터 이미 이 정도는 각오했다.

"오히려 좋아. 이 정도는 돼야 살릴 맛이 나지!"

이런 문파를 다시 섬서제일……. 아니, 천하제일문파로 이끌 수 있다면 진금룡 따위가 문제가 아니다. 어쩌면 강호의 역사에 길이 남을 이가 될 수도 있다. 강호의 역사에……. 희망으로 반짝이던 진동룡이 돌연 고개를 푹 숙였다.

"그냥 돌아갈까……."

사실 이게 말이나 되는 소린가. 절세의 무공이 있는데 왜 망하겠는가. 문파를 다시 살리는 게 쉬웠으면 이 꼴이 되었을 리 있나. 냉정하게 생각하면 이쯤에서 돌아가는 게 옳다. 집을 나온 지 한 달은 다 되어 가니 집도 발칵 뒤집혔을 거고, 지금쯤 돌아가면 예전보다는 대접이 나을 것이다. 물론 한동안 불같은 잔소리는 감수해야겠지만.

진동룡은 갈등 어린 얼굴로 한참을 서성였다. 그러나 그는 이내 어깨를 늘어뜨린 채 터덜터덜 낡아 빠진 문을 향해 걸어갔다.

"여기까지 힘들게 왔다가 그냥 돌아가는 것도 모양 빠지지. 그냥 사람만 만나 보고 갈 거야. 정말로."

그래, 이쯤이면 됐다. 이쯤이면 그의 각오도 충분히 보여 줬겠지. 그러니까 정말 확인만 해 보고 갈 거다. 마른침을 삼키며 낡은 문 앞에 멈춰 섰다. 녹이 슨 쇠 문고리 위에 먼지가 뽀얗게 앉아 있다. 꽤 오래도록 사람이 드나들지 않았다는 걸 의미한다.

'비어 있는 거 아냐?'

몰락했다더니 제자들도 다 도망간 건가? 진동룡의 마음이 좀 더 가라앉았다. 그가 문고리를 쥐고 문을 쿵 때렸다.

"계십니까?"

대답은 들려오지 않았다.

"계십니까! 누구 계십니까!"

좀 더 목청을 키웠지만, 이번에도 인기척조차 느껴지지 않았다. 한동안 더 기다려 보던 진동룡은 맥이 풀려 털썩 그 자리에 주저앉았다.

"에이, 헛고생했네."

뭔가 달라질 거라고 생각했다. 다른 길을 찾을 수 있을지도 모른다고.

그러나 현실은 현실일 뿐이다. 냉정하게 생각해 보면 이곳에서 그가 뭘 찾을 수 있겠는가.

뒤를 돌아보니 드높은 산에 걸린 구름이 마치 짙은 안개처럼 자욱했다. 흡사 그를 둘러싼 벽처럼. 순간 막막한 기분에 진동룡은 한숨을 내쉬다 비척대며 자리에서 일어났다. 이미 잔뜩 지쳤고, 배도 고팠다. 하지만 여기서 밤을 날 수는 없는 노릇이다. 힘들더라도 산을 내려가야 한다. 이제 곧 해가 질 것이다.

'그냥…… 종남으로 돌아갈까?'

이제 그 수밖에 없는 것 같았다. 소림이나 무당이 있는 하남은 너무 멀기도 하고. 그리 생각하고도 뭔지 모를 아쉬움에 오래도록 걸음을 못 옮기던 진동룡이 결국 몸을 움직인 그때였다.

뒤에서 뒤틀린 경첩이 움직이는 소음과 함께 다소 나이가 있는 듯한 음성이 들려왔다.

"어느 분이 찾으셨습니까?"

진동룡이 획 돌아보았다. 문을 열고 나온 건 낡은 도포를 입은 노인이었다. 인상이 부드러운 노인은 조금 놀란 듯 눈을 크게 떴다.

"으음. 웬 아이가? 네가 문을 두드렸느냐?"

진동룡은 일순 말문이 막혔다. 차라리 조금 전에 문이 열렸으면 준비한 말을 술술 꺼냈을 텐데, 다 내려놓고 돌아가려던 찰나에 사람을 만나니 순간적으로 머리가 비어 버렸다.

"어쩐 일로 여길 찾았느냐? 이 험한 산을 오르기가 쉽지 않았을 터인데."

"그, 그게……."

노인은 진동룡의 행색을 살폈다. 그 눈길을 받고서야 진동룡은 눈치챘다. 한 달이나 되는 시간을 길에서 헤매었으니 지금 그의 꼴은 말이 아니었다. 이리 남루한 아이를 보면 누가 봐도 거지라고 생각하지 않겠는가. 심지어 이 와중에 산까지 올라 땀투성이가 되었으니 사람의 호의를 구하기에 적절한 모양새는 아니었다.

'옷이라도 새로 사 입고 올 것을.'

돈은 충분히 남아 있었는데, 왜 미리 생각하지 못했을까? 이런 꼴로는 문전박대를 당하는 게 당연한 일인데.

"저, 저는……."

일단 무언가 변명이라도 할 생각으로 황급히 입을 뗐다. 그런데 노인이 조금 더 빨랐다.

"밥은 먹었느냐?"

"……예?"

당황한 진동룡이 고개를 번쩍 들었다. 노인은 여전히 부드럽게 웃으며 그를 내려다보고 있었다. 그 눈빛을 보는데 이상하게도 맥이 풀렸다.

꼬르르르륵!

그리고 극심히 배가 고팠다. 진동룡의 얼굴이 삽시간에 붉어졌다. 그럴 상황이 아닌데 긴장이 풀렸는지 돌연 배 속이 요동을 치기 시작했다.

"이건, 그런 게 아니라……."

"들어오너라."

"……예?"

노인이 빙긋 웃으며 말했다.

"무슨 사정인지는 모르지만, 산을 오르느라 심히 허기가 졌을 것이다. 형편이 그리 넉넉하진 않으나 밥 한 끼 내어 주지 못할 정도로 곤궁하지는 않으니 어서 들어와 배라도 좀 채우거라."

노인은 진동룡이 들어올 수 있도록 문을 활짝 열어 주고 몸을 비켜 주었다.

"그리고 이제 곧 해가 진단다. 밤중의 산은 위험하니 오늘은 이곳에서 묵고 하산은 내일 해가 뜬 이후에 하려무나."

진동룡의 어깨가 희미하게 떨렸다. 이상한 기분이었다. 딱히 대단한 말도 아니건만, 한 마디 한 마디가 가슴에 와닿았다. 어쩌면 말에 담긴 의미가 아니라 그 속에 담긴 배려 때문인지도 몰랐다.

"……정말 그래도 되겠습니까?"

노인이 빙긋 웃었다.

"들어오겠느냐?"

진동룡은 순간 저도 모르게 편히 고개만 끄덕일 뻔했다. 그러다 아차 하며 정신을 퍼뜩 다잡았다.

"죄, 죄송합니다. 먼저 인사를 드렸어야 하는 건데. 불청객이 무례를 범해 죄송합니다. 하룻밤 사례할 돈은 충분하니 결례를……."

"괜찮단다."

노인은 여전히 미소 띤 얼굴로 말했다.

"의젓한 아이로구나. 하지만 객에게 사례를 바랄 만큼 박정한 곳은 아니란다. 화산은 산새들도 지치면 쉬었다 가는 곳이지. 그저 편히 하루 쉬었다 가려무나."

진동룡의 입술 끝이 살짝 떨렸다.

"굳이 사례해야 마음이 편하겠다면 네 나이 또래 아이가 하나 있으니 말벗이나 해 주면 좋겠구나. 워낙 말수가 없어서 걱정이니."

"……그럼, 도사님. 아, 아니. 어르신의 존함을 여쭤도 될까요? 은혜를 입었으니 최소한 그 정도는……."

"존함이라. 그런 거창한 것은 없지만, 사람들은 나를 현종이라 부른단다."

"현종……."

"자, 어서 들어오려무나."

노인이 먼저 몸을 돌려 들어서고, 진동룡은 제게로 활짝 열린 문과 그 안을 멍하니 바라보았다. 안개 같은 구름이 뿌옇게 어린 세상 속에 저 문 안쪽만이 또렷해 보였다. 진동룡은 홀린 것처럼 앞으로 한 발을 내디뎠다.

여전히 낯설고 두렵지만 그럼에도 발을 내밀 수 있었던 건, 재촉하지 않고 바라봐 오는 노인의 눈빛이 더없이 따뜻했기 때문이었다. 드디어 마음이 닿는 곳에 닿았다.

멀리 날아가던 산새 한 마리만이 그 작은 시작을 지켜보고 있었다.

◆ ◈ ◆

여담(餘談).

"그러니까…… 못해도 결승까지는 갈 테니까. 조금 부족한데……."

진은룡은 뺨을 긁적이며 서류와 눈앞의 물품들을 대조해 보고 있었다. 천하비무대회 때문에 눈코 뜰 새 없는 건 대회에 출전하는 이들뿐만이 아니었다. 진은룡처럼 문파의 물품을 관리하고 지원하는 이도 정신없기는 매한가지였다. 물론 기본적인 건 소림이 지원을 해 주지만, 워낙 많은 사람이 몰려드는 행사다 보니 부족한 물품들은 항시 생기기 마련이었다.

'어디 보자, 장문인 차도 조금 더 사 놓아야겠고…….'

추가로 구매해야 할 물품을 장부에 길게 써 내려가던 진은룡이 전각 밖에서 들려온 요란한 함성에 문득 고개를 돌렸다. 아주 길게 이어진 그 함성의 여운까지 가라앉고서야 진은룡은 창밖으로 보냈던 시선을 거두었다.

'동룡아.'

지금이면 승부가 끝났을 것이다. 진금룡과 진동룡. 그 두 사람의 싸움이 말이다.

참으로 대단한 놈이다. 승부의 결과야 뻔하다지만, 그래도 진은룡은 진동룡이 제 큰형의 건너편에 당당히 섰다는 것만으로도 칭찬해 주고 싶었다. 집안에서 그에게 부여했던 한계를 한참 뛰어넘은 셈이니까.

"환경이라는 게 참……."

진은룡의 입가에 잔잔한 미소가 피어난 바로 그때였다. 전각의 문이 벌컥 열리며 종남의 제자들이 다급하게 뛰어 들어왔다.

"사, 사형! 금창약! 금창약이랑 그, 요상단이 필요하답니다."

진은룡의 얼굴이 순간 핼쑥해졌다.

"누가 크게 다쳤느냐?"

"아뇨, 크게 다친 건 아닌 것 같은데 애초에 준비를 안 해 가서……."

"그걸 왜 준비를 안 해……. 응?"

아니지. 준비를 안 할 만도 했다. 오늘 싸우는 사람이 진금룡이었으니까. 애초에 그가 다칠 일이야……. 잠시 생각하던 진은룡이 사색이 되어 급히 물었다.

"호, 혹시 동룡이가 많이 다쳤느냐?"

"동룡이요? 아……. 화산의 백천 말씀이시군요."

"화산의 백……. 그래, 백천 말이다! 혹시 형님이 손을 과하게 썼느냐?"

그 미친 인간이 기어코!

"……그게……."

시원하게 답하질 않고 계속 우물쭈물 어물쩍거리는 사제들에게 진은룡이 참지 못하고 역정을 냈다.

"말을 좀 빨리 해라!"

"그……! 다친 건 대사형입니다!"

"응?"

"물론 화산의 백천도 다치기는 했는데, 아……. 아니, 사형보다 더 다치기는 했습니다만."

"……무슨 말을 하는 거냐, 지금?"

"결과적으로는 졌습니다, 대사형이."

"응?"

"대사형이 졌습니다. 화산의 백천이 사형을 이겼습니다. 진짜 아쉽게……. 하, 진짜."

진은룡은 눈을 휘둥그레 뜬 채 그 자리에 멍청히 서 있었다. 누가 누굴 이겼다고?

"아, 어쨌든 여기 있는 금창약이랑 요상단은 가져가겠습니다."

"어……. 어, 그래."

진은룡은 정신이 없어 그냥 얼결에 대충 고개나 끄덕였다. 도로 문이 닫히고 홀로 남겨지고도 그는 한참 동안 눈을 끔뻑였다.

동룡이가 형을? 그 진금룡을 이겼어?

"하……. 하하……."

과거 그가 들었던 말이 떠올랐다.

- 녀석이 날 뛰어넘을 수 있을 것 같으냐?

진금룡이 했던 말이고, 진은룡도 이 질문에는 아니라고 고개를 저었더랬다.

"그런데, 되네? 허허허······."

어안이 벙벙해진 진은룡은 미적미적 창가로 다가가 창문을 아예 활짝 열어젖혔다. 함성이 또 쏟아지고 있었다.

"화산이라······."

아까 쓰던 장부와 창밖을 번갈아 보며 중얼거리던 진은룡이 조금 쓰게 웃었다.

"나도 한번 가 볼 걸 그랬나?"

나중에 동룡이 녀석을 만나면 꼭 물어봐야겠다. 거긴 어떤 곳인지 말이다.

외전

일기(日記)

十月 十五日

오늘 사가(私家)를 떠나 화산에 올랐다.

일전에 뵈었던 스승 되실 분께 정식으로 배사지례(拜師之禮)를 올리고, 장문인께 청문(靑問)이라는 도호를 받았다. 이것으로 나는 화산의 제자가 되었고, 화산 청자 배의 대제자가 된 것이다.

화산파. 섬서의 이름 높은 도문(道門).

평생을 도인으로 살아갈 결심을 하는 게 쉽지는 않았으나, 결국에는 이 길이 나의 길임을 확신할 수 있었다.

많은 이들이 내게 어찌하여 화산이냐 물었지만, 결국 인연(因緣)이 그러했다고밖에는 설명할 수 없었다. 어떤 이유도 마음의 끌림을 대신할 수는 없으리라. 화산이라는 이름을 처음 들었을 때부터 이 모든 것이 결정되어 있었는지도 모르겠다.

대화산파라 적힌 현판이 걸린 정문을 내 발로 지나고, 도포를 입고, 도관을 쓰고서야 비로소 도사가 되었음을 실감할 수 있었다. 사가에서 많은 도경을 탐독하고 홀로 도(道)를 궁구할 때는 찾기 어려웠던 청정함이 내 안을 채웠다.

이 길이 나의 길임에 한 점 의심도 없다.

앞으로 나는 도(道)를 얻기 위해 살아갈 것이고, 세상에 도를 널리 퍼뜨릴 수 있는 이가 될 것이다. 그리고 화산이라는 두 글자가 도가의 중심이 될 수 있도록 만들 것이다.

인연이 결국은 그러할지니.

十月 十七日

재미있는 소식을 들었다.

내가 입문을 하기 고작 며칠 전에 한 갓난아이가 산문 앞에 버려져 있었던 모양이다. 그 아이의 거취를 두고 고민을 거듭하던 사문 어른들께서 결국 아이를 화산의 제자로 받아들이기로 하셨다 한다. 부모를 찾기 위해 여기저기 수소문도 해 보셨지만, 화음 어디에도 이 아이를 아는 사람은 없었다고 한다.

어쨌든 그 아이가 화산의 제자가 된다면 명자 배가 될 것 같다. 태어난 지 얼마 되지 않은 아이라 십 년이 지나도 열 살인데 청자 배로 넣기에는 무리가 있다. 내 나이가 열둘인데, 열두 살이나 어린 사제를 맞을 수는 없지 않은가?

아니, 입문일만 따지면 사제가 아니라 사형이 생길 판이었다. 안 되지, 절대 안 되지. 아무리 도문이 나이보다는 배분이 우선하는 곳이라고는 하나, 걸음마도 못 떼는 사형이라니 그게 어디 가당키나 한 일인가?

어쨌거나 입문하자마자 벌써 사질이 생긴 거니 기분이 나쁘지는 않다.

아이가 얼른 커서 말을 알아들을 수 있게 되면 좋겠다. 그럼 데리고 다니면서 이것저것 많이 가르쳐 줘야지.

十月 十八日

무언가 단단히 잘못되었다.

며칠 전에 주워 온 그 아이가 내 사제가 되기로 했단다. 사질이 아니라 사제다. 지금 화산에 청자 배라고는 나밖에 없는데, 저 말도 못 하는 애가 청자 배의 둘째가 되게 생겼다.

이건 말이 안 된다. 화산 같은 명문거파에서 족보를 이런 식으로 굴려도 되는 걸까?

앞으로 들어올 화산의 청자 배는 나와는 나이 차가 좀 있겠지만, 아무리 어려도 일곱이나 여덟 살쯤은 될 텐데 저 갓난쟁이를 사형으로 모시게 생겼다. 배분이 나이보다 우선이라지만, 그것도 정도가 있지. 옹알이 하며 기어 다니는 애에게 절을 하란 건 너무하다.

그런데 이건 그다음 문제에 비하면 아주 사소한 일이다. 앞의 일이 대단치 않다는 게 아니라, 그다음에 벌어진 일이 그만큼 끔찍하다는 이야기다.

그 갓난아기는 나름 귀엽게 생기기는 했지만, 어쨌든 말도 못 하게 손이 많이 가고 빽빽 울어 댄다. 그런데 그 애가 나와 같은 사부님을 모시게 되었단다. 지금부터 나와 같이 산다는 소리다.

말도 안 된다고 말씀드려 봤지만, 사부님은 위에서 결정한 일이다, 인연이라는 게 그리 쉽게 끊을 수 있는 게 아니다, 뭐 이런 말씀만 하시며 대답을 피하고 계신다. 인연은 얼어 죽을!

게다가 저 아이를 청자 배로 들이겠다면 사숙분들 아래로 입적시키는 방법도 있었을 텐데 굳이 이미 제자가 있는 사부님께 떠밀었다. 이건…… 역시 나보고 키우라는 이야기 아닌가. 수련에 힘쓰라고 그렇게 잔소리하서 놓고 덜컥 갓난쟁이를 맡겨?
　어떻게든 항의해 보려 했는데 사부님은 내가 입을 제대로 떼기도 전에 아이를 떡하니 안겨 주었다. 받아 들면 안 된다는 걸 알면서도 아이가 계속 울어 대니 어쩔 수 없이 안고 처소로 돌아왔다.
　이렇게나 작은 아이는 처음 안아 봐서 겁이 났는데, 생각보다 가벼웠고, 생각보다 더 따뜻했다. 아이를 눕혀 둔 지금도 그 감촉이 손끝에 남아 있다.
　그리고 그 아이는…… 빽빽 울고 있다. 멈추질 않는다. 자꾸 세필에 힘이 들어가 글자가 뭉개진다. 애가 먹을 젖은 알아서 얻어다 줄 터이니 걱정하지 말라던데 어찌나 감사하던지. 감격한 나머지 그 자리에 주저앉아 통곡할 뻔했다.
　무량수불. 무량수불. 무량수불. 그래, 이것도 수양이겠지. 생명이 태어나고 자라는 것 역시 도의 흐름과 다르지 않을 터. 수련이라 생각하고 참아야겠다.
　아, 그리고 날이 밝는 대로 장문인을 한번 뵈어야겠다. 설마 장문인께서 진심으로 나더러 저 아이를 기르라고 하신 건 아닐 것이다. 그럴 리 없을 것이다. 절대.

十月 二十五日
　단언한다. 저건 마귀다.

장문인께서 명(明)이라는 이름을 지어 준 저 갓난쟁이 놈은 하루에 이백칠십 번 정도 울어 젖힌다. 그거로도 모자라 새벽이고 낮이고 하루에 서른 번 정도 젖을 먹는다. 성질은 또 얼마나 고약한지, 조금만 뭔가 마음에 안 들면 몸을 뒤틀고 발악한다. 혹시 기저귀에 문제가 있나 싶어 바지를 풀면 '이때다' 하고 남의 얼굴에 오줌을 싼다.
　한번 손에 쥔 건 절대 안 놓으려 하고, 억지로 떼어 내기라도 하면 자지러지게 울고······. 어젯밤에는 사부님의 머리를 잡아채고 놓질 않았다. 어떻게든 해 보려 했지만 결국에는 애의 짜증을 어찌하지 못해서 사부님이 밤새 놈에게 머리채를 잡힌 채 잠을 청하셨다. 굳이 화산의 역사를 뒤져 볼 것도 없이 역대 최연소 기사멸조겠지. 이제까지 없었고, 앞으로도 없을.
　장담하건대 태상노군도 저놈을 돌보셨으면 사흘을 못 버티고 선계로 달아나 버리셨을 것이다. 좋은 경험이 될 것이라고 허허 웃으셨던 사부님도 최근에는 반쪽이 된 얼굴로 머리만 쥐어뜯고 계신다. 애는 원래 다 이런가 싶어서 젖어멈에게 물었는데, 본인도 이렇게 유별난 애는 살다 살다 처음 봤다고 하셨다. 내가 인내심이 없는 게 아니었다. 저놈이 괴이한 거지.
　내가 어쩌다 이런 꼴이 되었나 가만히 떠올려 봤는데, 화산에 처음 오르던 날에 빨리 사제가 생기게 해 달라고 빌었던 것 같다.
　태상노군님, 듣고 계십니까? 취소합니다. 제발······ 취소······.

十月 三十日
　새삼 충격적인 사실을 깨달았다. 내가 저 마귀 놈을 맡은 지 채 한 달도 되지 않았다. 그럴 리가……. 적어도 일 년은 지난 것 같은데, 아직 보름도 되지 않았다니!

장문인께선 '너는 청자 배 대사형이니 사제를 돌본다 해서 도에 소홀해서는 안 된다. 아이는 아이대로 돌보면서 도경도 보고 수련도 지속하거라.'라고 하셨다. 그런데 굳이 그럴 필요가 있을까. 이대로 청명을 계속 키우다 보면 곧 도를 깨닫고 등선해 버릴 것이다.

그 와중에 더 화가 나는 건, 자는 청명이 놈의 얼굴이 귀엽다는 것이다. 그래, 제발 푹 자라 청명아. 제발 깨지 말……. 아, 왜 또 깨! 울지 마! 야!

十一月 十四日

청명이가 화산에 온 지 한 달이 넘었다. 사숙들께서 날 보더니 갑자기 살이 많이 빠진 것 같다고, 이제 키가 크는 모양이구나 하며 허허 웃으셨다. 화산에 온 이래 처음으로 사숙들에게 대들고 싶어졌다.

반면 청명이는 하루가 다르게 뒤룩뒤룩 살이 찌고 있다. 처음에는 홀쭉하고 앙상했던 것 같은데 한 달 동안 얼마나 잘 먹었는지 이제는 둥글둥글 아기 돼지가 굴러다니는 것 같다. 힘도 넘친다.

애가 앞뒤로 몸을 뒤집으며 굴러다니길래 다칠 위험이 있으니 울타리를 치자고 건의했다. 사부님께서는 허허 웃으시며 이맘때의 아이는 몸을 뒤집을 수 없다고 하셨다.

직접 모셔 가서 애가 몸을 획획 뒤집는 걸 보여 드렸더니 입을 쩌억 벌리셨다. 그리고 '내가 지금 뭘 보고 있는 거지?'라고 중얼거리셨다. 원래 애는 몸을 못 뒤집는 건가? 사실 사부님도 총각인데 평생 애라고는 키워 본 적 없어서 모르시는 거 아닐까.

어쨌든 뭐 잘 크면 좋은 거겠지만, 문제는 이놈이 몸을 뒤집기 시작하며 슬슬 방이 파탄 나고 있다는 것이다.

어제는 몸을 뒤집다가 사부님의 서탁을 걷어차 버렸다. 애초에 거기 서탁을 둔 사부님의 잘못이기는 하지만, 그래도 어쨌든 그 탓에 위에 있던 벼루가 떨어지며 방 안이 아주 쑥대밭이 되었다. 그 와중에 우리 청명이는 엎질러진 먹물 위에서 뒹굴고 춤을 췄다. 정말 신나 보였다.

울고 싶은 심정으로 시커메진 애를 씻기고 엉망이 된 방을 치우고 나니 하루가 끝나 버렸다. 오늘은 도덕경을 반드시 일독하리라 다짐했었는데…….

이 와중에 더 끔찍한 일이 있다. 청명이 젖을 주시던 분들이 이제 곧 하산하실 거란다. 이쯤 됐으면 염소젖을 숟가락으로 떠먹이면 된다고 하던가? 말이 쉽지, 하루에 서른 번은 예사로 밥 달라며 우는 놈인데, 나더러 온종일 녀석 옆에 붙어서 시중이나 들란 말인가!

요즘 자주 울고 싶다. 제발 사부님, 사숙님들. 저는 화산 청자 배의 대사형으로서 화산을 위해 수련하고 도를 닦아야 할 의무가 있는 사람입니다. 제가 애를 키우려고 화산에 들어온 게 아니라고요! 돌아 버릴 것 같습니다!

아, 그리고 청명이 이놈은 성격이 좀 괴상한 것 같다. 짜증이 치밀면 지옥의 마귀처럼 울어 젖히다가, 기분이 좀 좋다 싶으면 정말 선계에 있는 옥동(玉童)처럼 꺄르륵 웃는다.

웃는 낯과 빵빵하게 부푼 볼때기만 아니었으면 벌써 못 해 먹겠다고 장문인 앞에서 드러누웠을 것이다. 아니, 사실 드러눕긴 이미 몇 번 드러누웠지만.

이 일기를 쓰는 와중에도 청명이 놈은 옆에서 기분이 좋은지 방실방실 웃고 있다. 웃지 마라, 정든다!

十一月 十五日

좋은 소식이 있다. 최근 내 상태가 급격하게 나빠지고 있단 말이 퍼졌는지 사문의 어른들께서 청명이의 거취를 두고 다시 논의하셨다. 기나긴 회의 끝에 백단(白檀) 사숙께서 아이를 돌보기로 하셨다. 사숙은 아직 화산에 입적하지 않은 자식도 두셨으니, 아무래도 키우기가 남들보다 수월하리라는 이유에서였다고. 백단 사숙께서도 숙고 끝에 장문인의 제안을 받아들이셨다고 한다.

물론 아이를 키우는 건 대단한 일이나 쉽지 않고, 화산의 대제자가 수련할 시간을 빼앗으면서까지 내게 아이를 맡길 순 없다고 하셨던가. 나를 이렇게까지 생각해 주시다니, 놀라운 일이다. 그걸 알면 미리…… 일을 벌이고 후회하지 말고, 먼저 생각을 하고 정하면 되는 것 아닌가. 대체 이런 분들이 어떻게 이만한 대문파를……. 아니, 아니다. 지금이라도 상황이 바뀌는 게 어디인가. 소식을 듣자마자 너무 감격한 나머지 펑펑 울어 버릴 뻔했다.

상황이 이리되어 오늘이 청명이와 지내는 마지막 날이다. 물론 청명이가 다른 스승을 모신다고 해서 내 사제라는 사실이 바뀌는 건 아니고, 앞으로도 산문 안에서 자주 보게 되겠지만 말이다.

처음에는 마냥 좋았는데, 막상 내일이면 헤어진다고 생각하니 조금 시원섭섭하다. 이 녀석은 잠시나마 내가 이렇게 고생하면서 자길 키웠다는 걸 기억이나 할까?

청명아. 다른 스승님 아래서도 착하게 잘 자라야 한다. 나중에 네가 말귀를 알아들을 날이 오면 내가 목마도 태워 다니마. 잘 지내렴.

十一月 十六日

오늘 아침, 백단 사숙과 그 내자(內子)분께서 청명이를 데려가셨다. 낯선 이의 품에 안기자 청명이가 빽빽 울어 대었다. 백단 사숙은 이러다 곧 익숙해질 거라 하셨다. 그렇게 청명이가 가고 나자 모옥에 오랜만에 평화가 찾아왔다. 스승님께서도 할 일이 있다고 일찍부터 외유를 나가셨고, 덕분에 나 혼자 남아 있다. 오늘만큼은 수련도 내려놓고 푹 쉬기로 했다.

사방이 이토록 고요한 게 대체 얼마 만인지.

오랜만에 느긋하게 시간을 들여 차를 끓이고, 그동안 손도 잘 대지 못했던 도경들을 읽었다. 고작 한 달간 배움을 멈췄을 뿐인데도 낯설게 느껴지는 내용들이 생긴 것으로 보아, 가장 중요한 건 끊임이 없는 정진이라는 선인들의 말씀엔 틀린 게 없다. 분명 나는 정진하지 못한 만큼 뒤처졌을 터. 하지만 깨달았다면 늦은 것은 아니다. 모자라면 다시 채우면 될 일. 오늘부터 다시 심기일전하고 정진해야겠다.

그런데…… 방이 원래 이렇게 넓었던가?

十一月 十七日

이른 새벽에 저절로 눈이 떠졌다. 새벽마다 눈도 못 뜬 채로 젖을 떠먹이고 기저귀를 갈던 버릇이 몸에 밴 모양이다. 습관적으로 몸을 벌떡 일으켰다가 다시 누웠다. 그런데 한번 깨고 나니 이상하게 잠이 오지 않아 방을 나서서 산을 바라보고 앉았다. 차가운 새벽공기를 쐬면 정신이 맑게 깰 줄 알았는데, 이상하게도 속만 헛헛했다.

청명이 녀석이 잘 지내고 있을지 조금 걱정이다. 워낙 투정이 심해서 돌보기 쉽지 않을 텐데. 그래도 워낙 넉살도 먹성도 좋은 녀석이니 적응은 잘할 거라 믿는다.

十一月 十八日

청명이에게 문제가 생긴 모양이다. 백단 사숙의 거처로 간 후로 젖도 안 먹고 내내 울기만 한단다. 처음에는 낯설어서 잠깐 그런 거겠거니 했는데, 벌써 사흘째 울다가 반쯤 기절했다가를 반복하고 있다고 한다. 어디가 아픈가 싶어 의약당에도 데려갔는데, 의약당에서는 특별한 병은 없다고 하니 애만 끓이고 있단 소식을 들었다.

애가 타서 직접 한번 가 보려고 했는데 사부님께서 허락하지 않으셨다. 괜히 지금 들여다보면 정만 도로 붙어 청명이에게나 나에게나 좋을 게 없다고 하셨다. 무슨 말인지 모르겠다. 사형이 사제를 들여다보는 게 왜 문제가 되지? 납득하기 어려웠지만 그래도 사부님의 명을 거역할 수는 없는 노릇이라 일단은 그만두었다.

청명이 녀석, 괜찮을까? 검이 손에 잡히지 않는다.

十一月 十九日

청명이를 데려왔다.

사부님의 명을 거역해선 안 되지만, 참다못해 백단 사숙의 처소에 다녀왔다. 못 본 새 얼굴이 반쪽이 된 청명이가 자지러지게 울고 있었다. 그 모습을 보자마자 참지 못하고 안아 들고 말았다.
　지쳐서 눈도 제대로 못 뜨는 놈이 내가 안아 들자마자 헤실헤실 웃는 걸 보고는 홀린 듯이 모옥으로 데려왔다. 염소젖을 떠 줬더니 두 그릇이나 잘 먹었다. 그러고는 잔뜩 지친 모양으로 곧장 잠에 빠졌다. 곤히 잠든 녀석을 보고 있으니 마음이 편하긴 한데, 사부님께는 뭐라고 해야 하지? 혼날 것 같은데…….

十一月 二十二日

　청명이는 다시 사부님과 내가 키우는 것으로 결론이 났다. 혹시나 싶어 다른 사숙들도 청명이를 달래 보려 했는데, 그 녀석이 내가 안고 있을 때는 방긋방긋 웃다가 다른 사람의 손에만 넘어가면 숨넘어가게 울어서 어쩔 수 없었다. 애를 셋이나 키운 백단 사숙의 내자분도 두 손 두 발 다 든 형편이라, 화산 내에서는 나 말고 청명이를 키울 만한 사람이 없다는 결론이 났다.
　이게 맞나? 물론 내가 도로 데리고 온 건 사실이지만, 결론이 그렇게 나는 걸 보고 있으니 뭔가 찝찝하고 해선 안 될 짓을 저지른 느낌이 강하게 들었다. 스스로 코를 꿴 기분이다.
　이런 내 기분을 아는지 모르는지, 청명이 놈은 익숙한 곳에 온 게 아주 편안하신지 양껏 먹고 드러누워 자기만 반복하고 있다. 그래……. 너라도 행복해야지.
　아주머니들께서 하산하기 전에 분명히 말했다. 애가 조금만 더 크고 나면 편해진다고. 이 짓도 길어야 일 년이다. 일 년만 참자. 딱 일 년만.

五月 四日

청명이가 화산에 온 지 어느덧 반년이 넘었다.

나는 새로운 사실을 알게 되었다. 애가 누워서 얌전히 울어 주기만 할 때가 천국이었다는 것을.

이제는 단 한시도 저놈의 옆에서 떨어질 수가 없다. 아니, 잠도 잘 수 없다. 콩만 한 게 자립심이 얼마나 강한지 사람이 자고 있으면 그 틈을 타서 빨빨 기어 다니며 온갖 물건을 다 헤집는다.

그래서 전에는 화근을 미리 제거하고자 방 안의 물건을 싹 치웠더니, 대체 어떻게 한 건지 방문을 열고 탈출을 감행했다. 다시 생각해도 모골이 송연하다. 아무리 생각해도 애가 문을 연 게 이해가 안 가서 사부님을 추궁했다. 사부님은 자기는 절대 모르는 일이라며 눈을 피하셨다. 정황상 저 양반이 새벽에 소피보고 오시면서 문을 안 잠근 것 같기는 한데……. 아니, 아무리 그래도 저만한 아기에게 문을 열 힘이 있다는 게 말이나 되는 소린가?

어쨌든 이렇게 몇 번 상식을 벗어난 일을 겪고 나니 도무지 놈을 두고 잠을 편히 잘 수가 없다. 그리고 점점 묘하게 성질이랄 게 생기는 것 같다. 저번에는 녀석의 말썽에 사부님이 화가 머리끝까지 나서 야단을 좀 쳤다. 그랬더니 밤중에 자는 사부님의 얼굴에 오줌을 싸 갈겼다.

말귀도 못 알아듣는 아이가 뭘 알고 그랬겠냐고 감싸기는 했는데…… 내가 보기에도 고의였다. 분명하다. 어느 정도로 확신하냐면, 천장에 숨겨 둔 비상금 세 냥도 걸 수 있다. 저렇게 어린 애가 고의로 그러는 게 말이 되냐고? 여기 와서 사흘만 살아 보면 내 말에 동의하게 될 것이다. 저건 아기가 아니라 마귀다.

  죽을 맛이다. 많은 걸 바라지 않는다. 딱 하루만 아무 생각 안 하고 편하게 자고 싶다. 정말 떴던 해가 도로 꼬박 넘어가도록 잠만 자 줄 수 있다. 제발.

九月 十八日
마귀가 걸어 다닌다.
  마귀가…… 걸어 다닌다.

十月 十日
청명이가 화산에 든 지 오늘로 일 년이다.
  ……정말 인정하고 싶지 않지만, 의외로 저 녀석은 내 수양에 매우 큰 도움을 주고 있다. 청명이를 키우고부터 웬만한 일에는 화가 나지 않는다. 새로 들어온 사제 놈이 내가 아끼는 도관을 부러뜨렸다고 사색이 되어 사죄했지만, 나는 그냥 허허 웃어 버렸다. 도관이 뭐 대수라고.
  지금까지 청명이가 찢어 먹은 내 의복이 적어도 다섯 벌이고, 먹물을 엎어서 결국 전체를 아예 검게 물들인 흰옷도 그쯤은 된다. (이쯤 되면 벼루를 허구한 날 엎는 청명이가 문제가 아니라, 그렇게 치우라는 데도 굳이 지필묵을 집 안에 두는 사부님이 문제다.)
  밥상을 통째로 뒤엎는 바람에 바닥에 흘린 밥을 주워 먹는 건 그냥 흔히 있는 일이고, 뭐가 마음에 안 드는지 갑자기 귀가 찢어지게 울어 젖히거나 대뜸 사람 머리카락을 잡아 뜯는 건 대단한 일도 아니다. 사부님은 수염을 하도 뜯겨서 얼마 전에 결국 그 위엄 넘치던 수염을 싹 다 밀어 버렸다. 시원하고 좋구나 하고 웃던 그 눈가에는 분명 눈물이 맺혀 있었다.

이런 상황이니 이젠 집 밖에만 나가면 화가 안 난다. 세상에 화날 일이 뭐가 있는가? 마귀가 같이 있지 않다는 것만으로도 선계를 걷는 기분이거늘. 사숙들이 자꾸 나에게 도기(道器)니 뭐니 하며 이상한 말을 하는데, 사실 이건 도를 깨달았다기보다는 반쯤 성불한 것에 가깝지 않을까.

그래, 이 녀석아. 내가 등선을 하든지, 네가 사람이 되든지 어디 한번 끝장을 보자.

十二月 二十九日

어제 청명이가 내가 힘들게 모아 놓은 도경에 오줌을 쌌다. 장문인께서 하사하신 귀한 도경도 같이 있었는데, 특히 그 도경에 집중적으로 싸 놨다. 최근 석 달 사이에는 이런 일이 없었는데…….

낮에 약과를 과하게 먹던 걸 두고 혼냈더니 앙심을 품은 모양이다. 본인은 눈을 동그랗게 뜨고 순진한 척하지만 내 눈은 못 속인다. 엉망이 된 도경을 처음 봤을 땐 입에서 혼이 빠져나간다는 게 어떤 기분인지 알게 되었지만, 하루쯤 정신을 빼고 있었더니 욕심이라는 게 다 무용하다는 걸 깨닫게 되었다.

재물이 다 무엇인가? 보물은 또 무엇인가? 어차피 애가 싼 오줌 따위에도 더러워지고 무가치해지는 것에 불과하다. 닦으면 깨끗해지는 방바닥만도 못하다. 그리 생각하니 기분이 다시 나아졌다.

그랬는데…… 오늘은 그놈이 쌀독에 오줌을 싸질렀다.
원시천존이시여. 제가 전생에 무슨 죄를 지었길래 이런 벌을 내리십니까? 지은 죄가 그리 많으면 그냥 지옥에나 떨어뜨릴 것이지. 아니, 아니구나. 여기가 지옥이구나.

十二月 三十一日
한 해의 마지막 날이다.
사부님은 어디 가셨는지, 요 며칠 보이지도 않으신다. 새해를 맞아 식당에서 떡을 나눠 주었다. 가져와 청명이와 나눠 먹었다. 조그만 놈이 제 손보다 큰 떡을 야무지게 잡고 잘 먹는다. 내가 먹을 떡까지 다 먹어 치우고서야 빵빵해진 배를 부여잡고 잠들었다.
자는 모습만 보면 저렇게나 귀여운데 왜 깨어 있을 때는…….
올 한 해는 돌이켜 보면 ~~끔찍한 지옥이었~~ 꽤 행복했던 것 같다. 내년에도 청명이가 건강하게 무럭무럭 자라기를. 대신에 사고는 그만 치자, 청명아. 제발 부탁한다. 내가 이렇게 빌게.

一月 三日
신년을 맞아 화산에 오른 객들이 청명이를 귀여워해 주셨다. 그 모습을 보고 있으니 뿌듯하면서도 뭔가 부글부글 끓었다.
이런 귀여운 사제를 두다니 행복하시겠습니다? 그 말을 하는 분들에게 '제발 하루만 이 귀여운 놈을 데려다 키워 보지 않으시겠습니까?' 하고 소리칠 뻔했다. 세상 사람들이 다 저놈의 빵빵하고 보송보송한 뺨에 속고 있다. 저게 사실 모조리 심술보라는 걸 알고도 귀여워할 수 있을까?

그런데 그 와중에 마음에 걸리는 말을 들었다. 방문객 중 한 분이 이 정도 나이면 슬슬 말을 해야 하는데, 하고 지나가듯이 말했다. 그러고 보면 청명이는 아직 옹알이는 해도 제대로 말을 한 적이 없다. 발육이 늦는 걸까? 혹시 제대로 된 부모가 키우지 않아서 그런 건가? 언젠가, 너무 늦지 않게 말을 하긴 하겠지?

二月 七日

청명이가 처음으로 말을 했다.

뭐라고 옹얼대던 놈이 갑자기 날 똑바로 보더니 '사형'이라고 말했다. 물론 발음은 괴이했지만 말이다. 다행이다. 혹여 무슨 문제가 있을까 했는데!

기분이 좋아져서 약과를 과도하게 줬다가 사부님께 혼났다.

十二月 三十一日

청명이가 사제를 팼다. 좋은 일은 아니지만, 사실 무가에선 흔한 일이다. 원래 어린애들끼리는 종종 다투기 마련이고, 특히 무학을 배우는 아이들이니 주먹질이 오가는 일이 허다하다.

문제는 얻어맞은 사제가 청명이보다 몇 살이나 많다는 것이다…….

도대체 그 조막만 한 손으로 어떻게 저보다 두 배는 큰 아이를 때려눕혔나 싶었더니 주먹으로 팬 게 아니라 다짜고짜 코를 깨물어 버린 모양이다. 그러니 제 두 배는 큰 사제 놈도 어찌할 바를 몰라 울어 버렸고,

주변은 금세 난장판이 됐다고 한다.
　아무리 화가 나도 그렇지, 어떻게 몇 살은 많은 놈에게 덤빌 생각을 했을까? 애가 이렇게 성격이 불같아도 괜찮은가 걱정스러웠다. 다짜고짜 혼내기도 애매해서 우선 밥을 지어 먹였다. 그러고 나서 사부님에게 넌지시 상의를 드렸더니, 제자의 무재(武才)가 뛰어나다고 기뻐하셨다. 저런 양반 밑에서 청명이가 제대로 된 사람이 될 수 있을까? 슬슬 사부님과 거리를 두게 해야겠다.

七月 三日
　청명이가 기어 다닐 때는 누워 있을 때가 얼마나 행복했는지를 알게 되었고, 청명이가 걸어 다닐 때는 기어 다닐 때가 천국이었음을 깨달았다. 그리고 지금, 청명이가 말을 하게 되니 말을 못 할 때가 얼마나 편안했는지 뼈저리게 느껴진다.
　이 녀석은 뭐 하나를 들어도 그냥 그렇구나 하는 일이 없다.
　하늘이 둥글다고 말하면 눈에 보이는 건 안 둥그렇다고 따져 묻고, 땅이 네모라고 하면 그 큰 땅을 누가 다 보고 말하는 건지 되묻는다. 세상이 음과 양으로 나뉘고 다시 오행으로 나뉜다고 하니, 사람은 그중 무엇이냐 묻고, 사람은 그 모든 것을 품고 있다고 하니, 그럼 나뉜 게 아닌데 왜 나뉘었다고 하느냐고 묻는다.
　문제는 내가 거기에 제대로 대답할 수가 없다는 점이다. 애초에 나뉘지 않은 것을 두고 나뉘었다 하니 잘못된 것이고, 결국 합한 것이 옳다면 나누는 것이 그저 무의미해지는 것을. 애초에 음양과 오행 역시 없는 경계를 그저 사람의 편의에 따라 만들어 놓은 것은 아닐까?

궁구하고 또 궁리해도 답이 나오지 않는다. 사문의 어른들께도 여쭈었지만 명쾌한 답을 듣지 못했다. 덕분에 화산에 있는 도경을 모조리 뒤지다시피 했지만 결국 모든 질문의 답은 나 스스로 내릴 수밖에 없다는 뻔한 진리뿐이었다.

과연 내가 누구를 가르칠 만한 그릇일까? 나 역시 도가 무엇인지 알지 못하는데, 아이에게 도를 논함이 옳을까? 그렇다고 가르치지 않을 수도 없다. 배우지 못한 사람은 제 아집에 갇히기 마련이니까.

그러니 결국 내가 배울 수밖에 없다. 내가 바로 서기 위해서도, 청명이를 바르게 가르치기 위해서도 배우고 궁구하고 또 참오할 수밖에 없다. 언젠가는 내가 이 아이의 올바른 스승이 될 수 있기를.

……사부님은 애초에 글렀으니까.

二月 十九日

화산 내에 청명이에게 얻어맞는 피해자가 점점 늘어나고 있다. 이유는 매우 복합적인데, 우선 청명이 놈이 혼자 뛰어다닐 수 있을 만큼 자랐다는 점이 가장 크고, 그다음은 화산에 청자 배의 수가 점점 많아지기 시작했다는 점이다.

정리하자면, 청명이가 이제 갓 입문한 제 사제들을 패고 다닌다는 말이다. 못해도 저보다 두 배는 큰 애들을…….

심각하게 사부님께 상의했지만, 사부님께서는 이번에도 둘째 제자가 백 년에 한 번 날 무재(武才)라며 팔불출처럼 좋아하기만 하셨다.

사부님. 백 년에 한 번 날 무재는 보이시고, 천 년에 한 번 날 인성은 안 보이시는 겁니까? 여기가 그래도 명색이 도문인데 사람 때려잡는 재능보다 정신 나간 인성을 먼저 봐야 하지 않을까요?

물론 나도 신기하다. 대체 애가 어떻게 생겨 먹었기에 작대기도 겨우 잡을 어린 나이에도 제 두 배는 큰 사제들을 두들겨 패고 다니는지. 한 번쯤은 안 말리고 옆에서 지켜보고 싶을 정도다.

하지만 그렇다고 사부라는 사람이 그걸 기뻐하면 어쩌는가! 사람을 두들겨 패고도 칭찬을 받으니 더더욱 방자해지는 것이다. 사부님은 대체 뭘 어쩌려고! 화산에 믿을 사람이 하나도 없다. 저 칼 귀신에게 청명이를 맡겨 두었다가는 장차 강호에 곡소리가 끊이지 않을 것이다. 화산뿐만이 아니라 천하를 위해서라도 어떻게든 저놈을 사람으로 만들어야 한다. 반드시.

四月 二十二日
오늘 청명이가 집을 태워 먹었다.
원시천존이시여. 제발…….

七月 五日
청명이가 많이 아프다.
웬만해서는 아프질 않던 아이인데, 오늘은 저녁 무렵부터 열이 펄펄 끓어서 죽도 제대로 삼키지 못했다. 불덩어리 같은 청명이를 안고 의약당에 달려갔는데 의약당의 사숙들은 별일 없을 거란 말만 할 뿐 제대로 봐주지 않았다.

아무리 건강하다 해도 청명이는 조그만 아이다. 자기들과 같을 거라고 여기는 건가? 화가 치밀었다.

밤새도록 냉수로 몸을 닦고 부채질을 해 주고서야 열이 조금 내려갔다. 밥도 먹지 못하고 끙끙 앓는 놈을 보니 속이 이만저만 상하는 게 아니다. 이럴 줄 알았으면 이틀 전에 녀석이 장문인이 아끼시는 도자기를 깨 먹었을 때 혼만 내고 말걸. 금식까지는 시키지 말 것을. 괜히 그때 밥을 굶어 애가 아픈 것 같아서 속이 쓰리다.
 활발한 건 좋지만, 제 나이에 비해 체구가 좀 작은 것 같아 늘 걱정이었는데 그 와중에 아파서 꼼짝 못 하고 누워 있기까지 하니 안쓰러워 보고 있기 힘들다. 이번에 낫고 나면 사부님 앞으로 들어온 보약이라도 좀 뺏어다 먹여야겠다.

 七月 十三日
 오늘 청명이가 처음으로 검술 수업을 받았다.
 아직 나이가 이르기는 하나, 사부님께서 말씀하시길 청명이는 이미 도문에서 자라나 도가의 몸가짐이 몸에 익었으니 조금 일찍 수련을 시작해도 상관이 없을 거라고 하셨다. 그 말씀을 하시면서 본인도 찔리는 점이 많으신지 내 눈을 한 번도 마주 보지 않으셨다. 그럴 만도 하다. 청명이와 도가의 몸가짐이라니. 중과 고기의 연관성을 논하는 게 더 수월하지.
 어쨌든 청개구리도 형님 하며 납작 엎드릴 놈이 과연 수련은 순순히 할까 걱정이었는데 의외로 근사하게 다듬은 작대기, 그러니까 목검에 흥미를 보였다. 그리고 사부님이 가르치는 대로 곧잘 따라 했다. 어쩌면 청명이가 정말로 검에 꽤 재능이 있는 건 아닐까? 그럴 기미가 있긴 했지만 말이다. 어느 방면으로든 재능이 있으면 좋은 일일 테다.

七月 二十日

과한 건 모자란 것만 못하다.

화산에서 숱하게 배워 왔다. 본디 자연스러움이란 모든 게 걸맞게 돌아가거나 조금은 부족한 상태를 의미한다. 과함은 인위(人爲)가 스며들었다는 의미이고, 도인은 항상 이를 경계해야 한다. 그게 무엇이든 간에. 나 역시 그 말을 깊이 새기며 살아왔다.

그런데 오늘 화산이 발칵 뒤집혔다. 청명이 놈이 목검을 잡은 지 딱 이레째다. 나는 잘 모르겠는데, 사부님 말씀에 따르면 이놈의 재능은 사부님이 평가할 수 있는 수준이 아니란다. 이전처럼 농으로 하는 말씀은 아닌 듯했다.

나는 선뜻 이해가 가지 않았지만, 어쨌든 이 소문은 빠르게 화산에 퍼졌다. 오늘은 무려 장문인과 무각주께서 청명이가 검을 익히는 모습을 보러 오셨다. 한 시진이 넘도록 청명이를 뚫어지게 지켜보시던 두 분이 마지막쯤에는 얼싸안고 춤을 추셨다. 아직도 믿기지 않는다. 그 근엄하신 분들이 도관도 벗어 내팽개치고 덩실덩실 춤을 추는 광경이라니…….

화산은 나름 명문정파로 이름 높으니 웬만한 재능으로는 도적에 이름을 올리기조차 불가능하다. 그 말인즉, 장문인께서는 벌써 수십 년 동안 검재(劍才) 넘치는 아이들을 보아 왔다는 뜻이다. 그런데 청명이의 재능이 대체 얼마나 뛰어나면 춤까지……. 아니, 다 떠나서 애초에 충년도 안 된 아이의 재능을 판별한다는 게 가능하긴 한가?

장문인께서는 청명이가 화산에 더없는 복이 될 거라 하셨다. 하지만 글쎄. 나는 잘 모르겠다. 그게 화가 될지 복이 될지. 특히 청명이에게는 말이다.

그저 평범하게 자라는 것이 좋으련만…….

八月 一日

내 그럴 줄 알았지.

한동안 청명이를 물고 빨고 하시던 장문인께서는 결국 수염이 반쯤 뜯겨 나가고야 현실을 깨달으셨다.

그뿐만이 아니다. 청명이의 무재에 관한 소문을 듣고 찾아와 직접 가르쳐 보겠다고 의욕을 불태우시던 사숙조 분들께서도 모조리 학을 떼고 줄행랑을 치셨다. 머리에 커다란 땜빵 하나씩을 선물로 챙겨서. 당연하고도 서글픈 결말이다.

나는 한 번씩 생각한다. 청명이 녀석이 화산이 아닌 다른 곳에서 자랐다면 대체 어떻게 됐을까. 어쩌면 이 녀석이 이곳에 있는 것도 태상노군의 인도가 아닐까?

하지만, 노군이시여. 이왕 생각하시는 김에 제 입장도 조금은 고려를 해 주셨어야 하지 않습니까? 왜 청명이 놈만 생각해 주신 겁니까? 왜?

……그래. 이제 와 생각해 무엇 하겠는가.

八月 三日

물이 아래로 흐르는 것처럼 청명이도 이미 예정되어 있던 자연스러운 결과에 도달했다.

사부님은 청명이를 가르치기 위해 최선을 다하고 계신다. 그리고 청명이는 그런 사부님을 깔끔하게 무시하고 있다. 이만큼이면 소도 경전 하나쯤은 외우고도 남겠다 싶게 가르침을 전하고 애원했지만, 도도한 청명이는 그런 사부님의 간절함을 아주 간단히 걷어차 버리고 흙장난을 하러 갔다.

그러게 애초에 안 된다고 말씀을 드렸는데도 그러시네. 영 포기를 모르신다.

사부님은 혼을 잃은 사람처럼 모옥 벽에 머리를 기댄 채 한탄하다 중얼거리셨다. 나이가 조금 어려도 매를 들 필요가 있지 않을까? 하고. 자다가 오줌 벼락 맞는 것으로도 모자라 이젠 머리털까지 다 뽑히고 싶으신 거냐고 물었더니 조용히 눈물을 훔치셨다. 조금……. 아주 조금 안쓰럽기는 하다.

다만 이건 확실히 해야 한다. 청명이에게 몸가짐을 바르게 하라고 가르칠 수는 있다. 잘못하면 혼을 내고 매를 들 수도 있다.

하지만 검을 수련하라고 윽박질러서는 안 되고, 강요를 해서는 더더욱 안 된다. 청명이는 스스로 화산을 선택하지 않았기 때문이다. 어른의 욕심으로 아이의 삶을 강제하는 건 있을 수 없는 일이다. 특히나 도문에서는 더더욱 있어서는 안 될 일이다.

만약 그런 일이 벌어진다면 사부님과 싸우는 한이 있더라도 내가 막아낼 것이다. 그게 올바른 도인의 자세이자 화산의 제자가 온당히 가져야 할 마음가짐이니까.

八月 十一日

항상 그렇듯 일이 꼬였다.

사부님은 지독한 노력 끝에 깨달으셨다. 자신이 무슨 수를 쓴다고 해도 청명이를 가르치는 건 불가능하다는 사실을. 그리고 동시에 같은 것을 '내가' 가르쳤을 때는 청명이가 듣는 시늉이라도 한다는 걸 알아내셨다.

청명이의 무공 스승은 나로 정해졌다. 이쯤 되니 나도 이 문파 제정신이냐고 대놓고 묻고 싶어졌다. 대체 어느 사형이 사제를 가르치는가? 스승은 무엇을 하고?

물론 피치 못할 사정이 있다면 그럴 수 있다지만, 이게 지금 그런 상황까지는 아니잖은가? 심지어 청명이는 아직 어린아이다. 원래라면 사가(私家)에서 한창 귀여움만 받아야 할 아이에게 싫다는 검술을 굳이 가르쳐야 할 이유가 무엇인가!

절대 안 될 일이라고 딱 잘라 거절했더니 장문인이 찾아오셨다. 환장할 노릇이었다. 그래도 안 된다고 인생 최대의 배짱을 부렸다. 그랬더니 포기하기는커녕 사숙들마저 모두 오셨다. 이젠 거절하면 내가 화산에서 쫓겨날 판이다.

반쯤 우는 심정으로 애를 가르쳤더니, 또 곧잘 따라 하긴 했다. 그걸 지켜보던 사숙조분들과 장문인께서는 단체로 기립하여 박수를 치셨다.

이게 맞나? 진짜?

九月 五日
청명이가 검을 배운다.
청명이가 이상한 걸 물어본다.
사부님께 여쭸더니 자기도 모른단다.
청명이는 그럼 하기 싫단다.

장문인께서는 어떻게든 가르치라신다.
　무당 갈 걸. 내가 왜 화산에 와서.

十月 二日
　고단하다. 아이를 가르치는 건 생각보다 많은 심력이 들어가는 일이었다. 특히나 청명이 같은 아이라면 더더욱. 이러다 보니 내 수련에 소홀해지는 느낌이다. 검을 더 잘 알 수 있게 된 건 맞지만, 알게 된 걸 몸으로 익히는 과정을 거칠 수 없으니 조금씩 검이 무뎌지고 어색해진다.
　그런데도 더 이상 가르치지 않겠다고 할 수 없는 건, 조막만 한 손으로 목검을 휘두르는 청명이 녀석의 모습이 퍽 보기 좋기 때문이다. 귀엽기도 하고, 장하기도 하고. 이게 제자를 키우는 기분일까?
　검을 익히는 게 재밌냐고 물었더니 고개를 끄덕이고 응! 크게 대답했다. 환히 웃으면서.
　그래, 그럼 된 거지. 더 무슨 이유가 있어야겠는가?

十月 九日
　오늘 청명이가 수련하는 모습을 지켜보다 문득 그런 생각이 들었다. 저 아이가 이 화산에 오른 지도 벌써 꽤 오래되었구나.
　나에게는 계속해서 마음에 걸리는 의문이 있었다. 제 선택도 아니었는데 이렇게 도문에 들어 가르침을 받고 삶의 방향이 정해진다는 게, 과연 청명이에게 좋은 일일까?
　그러다 문득 내가 화산에 어떻게 올랐는가를 생각하게 됐다. 속세와의 인연을 끊고 화산에 올라 도인이 되겠다 결심했을 때 나는 무엇을 찾으려 했던가? 그리고 지금 그것을 얻어 냈는가?

덧없다. 얻으려던 것을 얻지 못하고 원치 않던 것을 얻었지만, 딱히 후회도 불만도 없다. 그저 이게 내가 본디 찾아야 했던 것이구나, 하는 깨달음뿐이다.

나아가 내가 무엇을 해야 하는지도 알게 되었다. 배운다는 것, 깨닫는다는 것, 그리고 일구고 지킨다는 것. 그 모든 것이 그저 이어 주기 위함임을. 나의 스승이 그 위로부터 배웠고, 그리하여 내가 스승으로부터 배우게 된 것을 또 내게 배울 이에게로 전해 주는 것. 그렇게 전해진 도는 '화산'이라는 이름으로 또 다음 세대에 전해질 것이다. 그리하여 '화산'을 기억하는 이들이 세상을 조금 더 살기 좋게 만들겠지.

청명이는 화산에서 살아갈 수밖에 없다. 그렇다면 내가 해야 할 일은 저 아이가 평생 살아야 할 이 화산을 조금 더 좋은 곳으로 일구는 것이다.

나는 아직 어리고 많이 부족하다. 깨달아야 할 것도, 배워야 할 것도 수없이 많다. 하지만 잊지는 않으려고 한다. 내가 무엇을 위해 이곳에 있는지만큼은.

내일은 청명이의 생일이다.

◆ ◈ ◆

"얍! 야압!"

작은 손에 잡힌 목검이 허공을 갈랐다. 그렇게 두어 번 검을 휘둘러 보던 아이가 뭔가 이상한지 고개를 갸웃거리다가 다시 검을 휘둘렀다. 그 모습을 물끄러미 지켜보던 청문이 문득 입을 열었다.

"청명아."

"야압!"

"청명아."

"응?"

청명이 내뻗던 팔을 멈추고 돌아보았다. 커다랗고 맑은 눈이 반짝였다. 청문은 그 눈을 잠시 말없이 바라보다 진중하게 물었다.

"청명이 너는 화산이 좋으냐?"

"으으음……."

그리 어려운 질문이 아닌데도 아이는 꽤 오래 골몰했다. 청문이 진지하게 물어본 만큼 돌려주는 대답에도 진심을 담겠다는 듯이. 그렇게 한참을 고민하던 아이가 힘차게 고개를 끄덕였다. 그림자라고는 없이 환한 웃음과 함께.

"응!"

청문의 입가에도 환한 웃음이 번졌다. 제 앞에 선 아이와 쏙 닮은 웃음이었다.

"그래. 그럼 됐단다."

커다란 손이 아이의 머리를 가볍게 쓰다듬었다. 따뜻하고 부드러운 손길이었다.

외전

육아(育兒)

맑기 한량없는 눈이 깎아지른 산세를 훑고 올라갔다. 드높이 솟은 봉우리는 하얀 구름을 뚫고 저 하늘 위까지 뻗어 있었다. 절로 감탄사가 새어 나왔다.

"와……. 산세가 굉장하군요."

"그래. 무당과는 무척 다르지."

청년이 동의하며 고개를 끄덕였다. 두 눈이 호기심과 아주 약간의 경계심으로 반짝였다.

"화산파도 도문 계열의 문파라고 들었습니다. 그렇다면 화산 분들도 우리 무당 사람들과 비슷합니까?"

청년이 묻자 앞장서서 걷던 장년인이 수염을 살짝 쓸어내렸다.

"글쎄. 같은 도가 계열이긴 하나, 화산은 무당보다는 훨씬 속가(俗家)적인 성향이 강하단다."

청년은 다소 이해가 안 간다는 듯 골똘히 생각에 잠겼다. 장년인이 빙그레 웃었다.

"조금 더 실리적이고, 조금은 더 능수능란하고……. 또 조금은 더 거칠다고 이해하면 된다."

실리적, 능수능란, 거칠다. 장년인이 말한 것들을 곱씹어 보던 청년은 이 세 가지를 모두 포괄할 만한 단어를 떠올렸다.

"활력이 넘친다는 소리처럼 들립니다."

장년인의 표정이 다소 묘했다.

"활력? 활력이라……. 그래, 그렇게도 말할 수 있겠구나. 확실히 화산은 활력이 넘치는 문파지. 우리 무당에 비한다면 말이다."

그리고 이는 단순히 문파의 성향에 한정된 이야기만은 아니었다. 상황 역시 그렇다. 고아하게 자리를 지키고 있는 무당과 달리, 화산은 하루가 다르게 그 세를 불려 나가는 중이다. 과거에는 구파일방의 중진에 불과했던 화산이 이제는 슬슬 무당의 뒤를 쫓고 있는 것만 보아도 그랬다. 물론 그렇다 한들 아직 무당에 견줄 수야 있겠냐마는…….

문제는 '지금'이 아니다. 장문인을 비롯한 무당 원로들의 생각은 모두 같았다. 지금이야 화산이 무당에 비할 수 없는 곳일지 모르지만, 계속해서 지금과 같은 기세를 유지한다면 추후에는 어찌 될지 아무도 모른다.

물론 세대가 지나야 할 것이고, 앞으로도 화산을 이끌어 갈 이들이 더 없이 뛰어나야 하겠지만, 만일 그 조건이 다 갖추어진다면? 그럼 화산은 분명 무당과 어깨를 나란히 할 만큼의 성세를 쌓게 될 터였다.

장년인, 무당의 이대제자 해원(解原)은 부지런히 뒤에서 걷고 있는 청년을 돌아보았다.

'그리고 그때의 장문은 아마 이 녀석이겠지.'

이제 곧 무당제일 기재라는 이름을 손에 넣게 될 녀석이니 말이다.

"송현(松峴)아."

"예, 사부님."

"화산에 오르는 기분이 어떻더냐?"

단순히 기분만을 묻는 건 아닐 터였다. 꽤 많은 것이 담긴 질문이었다. 송현이 슬쩍 봉우리를 보며 답했다.

"음, 일단 긴장됩니다. 설레기도 하고요."

"그렇더냐?"

"하지만 그보다는 흥분이 더 큽니다. 화산에는 분명 좋은 검수들이 많겠지요? 그분들과 겨룰 기회가 있다면 더 바랄 게 없을 것입니다. 같은 도가 계열에 검을 쓰는 이들이라면 배울 점이 많을 테니까요."

검을 논하는 송현의 얼굴은 어느새 단단한 검수의 것이 되어 있었다. 해원은 쿡쿡대며 웃었다. 사실 둘은 화산 장문인의 생일을 축하하기 위해 온 사절로서 산을 오르고 있었다. 한데 조금 전에 송현이 한 대답은 사절로 온 이가 할 만한 건 아니었다. 송현에게 아직 도인으로서의 마음가짐이 부족하단 건 부정하기 어려우리라.

'하지만 너는 그걸로 되었다.'

장문이 갖춰야 할 자질이란 시대와 상황에 달라진다. 송현은 이런 시기에 가장 필요한 자질을 타고났다. 검의 재능, 그리고 넘치는 호기. 검으로 화산을 굴복시킬 수 있다면 무당의 군림은 앞으로 몇 대는 더 이어질 것이다.

"우리는 사절로 가는 것임을 잊지 마라."

"……예, 사부님."

짧은 말에 담긴 꾸짖음을 이해한 송현이 겸연쩍게 고개를 숙였다. 그런 그에게 해원이 살짝 뜸을 들인 끝에 덧붙였다.

"하지만, 네 생각이 그러하다면 한 사람의 이름은 기억해 두거라."

"누구입니까?"

"청문."

그 이름 두 글자가 다소 무겁게 들렸다.

"화산에서 무척 촉망받는 기대주라 하더구나. 아직 어린데도 불구하고 섬서 일대에는 벌써 그 위명이 대단하다 들었다. 마치…… 너처럼 말이다."

해원의 시선이 송현에게 꽂혔다. 송현은 어느새 진지한 표정으로 청문이라는 두 글자를 연신 되뇌고 있었다. 해원은 알 수 있었다. 송현은 아마 청문, 그 이름과 평생을 다투게 될 것이다. 이는 무당의 장문이 될 이와 화산의 장문이 될 이의 필연적인 관계.

"어떠냐? 이길 수 있겠느냐?"

"……이기고 지고는 그리 중요한 일이 아니겠지요. 하지만……."

송현이 조금 어색한 표정으로 제 허리춤의 송문고검(松紋古劍)을 매만졌다. 정확히는 그 손잡이의 장식을. 그러더니 점차 표정이 결연해졌다. 겸손한 표정과 달리 눈빛에는 호승심이 가득했다.

"제 또래의 상대라면, 지고 싶은 마음은 없습니다."

"그래. 그러면 되었다."

해원이 고개를 끄덕이며 산 정상을 향해 날카로운 시선을 보냈다.

화산의 청문. 대단한 도기(道器)라 들었다. 개방을 통해 전해진 평가와 그를 본 다른 도문의 평가가 일치하니, 분명 허명 없이 대단한 자일 것이다. 그리고 안타깝게도 당대의 무당에는 도기라 칭할 만한 이가 없다.

하지만 이곳은 강호. 도재(道才)라면 몰라도 검재(劍才)는 무당이 뒤지지 않는다. 아니, 검재만을 놓고 논하자면 그 청문이라는 아이는 결코 송현의 상대가 될 수 없을 것이다. 검으로는 천하제일을 논하는 무당에서도 견줄 상대가 없을 만큼 빼어난 기재가 바로 송현이니까. 해원의 눈이 차게 빛났다.

'이왕 기세를 꺾어 둘 거라면…… 이를수록 좋겠지.'

나무가 완숙한 꽃을 피워 내기 전에 말이다.

 ❖

"축하드립니다."

"경하드립니다, 장문인!"

대화산파 장문인 현공(玄供)진인의 산수(傘壽)를 맞아 각지에서 모여든 명숙들이 장사진을 이뤘다. 까마득한 산에 용케도 웅장하게 지어진 화산파가 발 디딜 틈도 없이 북적였다.

"사람이 정말 많습니다, 사부님."

현공진인에게 인사를 드리고 나온 송현은 놀란 얼굴로 주변을 연신 둘러보았다. 인파 자체가 놀라운 게 아니다. 이만한 인파 정도야 무당에서도 왕왕 볼 수 있다. 그런데 이곳은 무당처럼 적당한 산의 중턱에 자리한 문파가 아니지 않은가. 무학을 익힌 그조차도 오르며 다소 힘들다 느낀 가파른 산 위에 지어진 도관에 이리 많은 사람이 찾아왔다는 건 대단한 일이었다.

"화산의 성세가 그렇게나 굉장한 겁니까?"

묘하게 시기 어린 그 말에 해원이 미소 지으며 답했다.

"그렇기도 하고, 아니기도 하다. 사실 성세로 따지자면 아직 화산은 무당에 비견할 수 없지."

"그럼……."

"생각해 보거라. 우리는 하남에 있고 이들은 섬서에 있지 않으냐? 하남은 전 중원에서 가장 많은 문파가 모인 곳이란다."

송현이 그제야 이해했다는 듯 고개를 끄덕이며 외마디 탄성을 흘렸다.

"중원의 중심에서 멀리 떨어진 문파일수록 위치한 지역에서 큰 영향력을 발휘하기 마련이지. 그리고 섬서에 이름난 문파라고는 화산과 종남밖에 없으니, 섬서 전체가 화산의 행사를 축하할 수밖에."

"이해했습니다."

송현의 얼굴에 자부심이 어렸다. 이렇게나 대단해 보이는 화산보다 무당이 더욱 뛰어나다는 말에 마음이 뿌듯한 모양이었다. 그러나 정작 모여든 이들을 살피는 해원의 표정은 그리 편하지 못했다.

'화산의 기세가 만만치 않다고 하더니.'

조금 전 말했던 모든 사실을 고려하더라도 예상보다 많은 인파로 북적이고 있었다. 아직은 종남도 있으니 이 이상으로 기세를 올리기야 어렵겠지만…….

하지만 해원의 생각이 채 깊어지기 전에 익숙한 얼굴이 나타났다.

"해원 도장 아니십니까?"

"백오 도장이시군요."

해원이 나타난 이를 향해 재빠르게 포권 했다. 실로 정중한 자세였다. 일검매향(一劍梅香) 백오(白悟)는 천하에 그 명성이 자자한 일대검호(一代劍豪)였지만, 지금 해원의 공손한 태도는 단순히 그 이유에서 나오는 건 아니었다. 백오가 오늘 두 사람이 찾아온 목적과 맞닿아 있기 때문이었다.

해원의 인사에 백오도 포권으로 예를 표했다.

"오랜만에 뵙습니다."

"예. 반갑습니다, 도장. 몇 해 전 중양절(重陽節) 강호대회에서 뵙고 처음인 것 같습니다."

"그게 벌써 몇 해나 되었군요."

백오가 묘한 미소를 흘렸다. 어째 조금 쓸쓸해 보이기도 했다. 이를 놓치지 않은 해원의 두 눈에 희미하게 이채가 스쳤다. 백오의 분위기가 이전과는 조금 달라졌다. 과거에 보았을 땐 조금 더 호탕한 기질을 지닌 사내였던 것 같은데…….

"이리 먼 길 찾아 주셔서 정말 감사합니다."

"당연한 일이지요. 화산 장문인의 산수이거늘, 저희 무당이 당연히 축하를 드려야 하지 않겠습니까?"

"축하하러 오신 분이 누구인지가 더 중요하지 않겠습니까? 만일소청(萬日小靑) 해원 도장께서 이리 직접 찾아 주셨으니 장문인께서도 더없이 기뻐하실 것입니다."

"너무 과한 말씀이십니다."

서로를 낮추는 겸양지례가 잠시 이어지고서야 백오의 시선이 해원의 옆에 선 이에게로 향했다.

"그런데 이 아이는……?"

"아, 송현아. 어서 인사드리거라."

"예! 무당의 송현입니다. 백오진인의 위명은 익히 들었습니다! 많은 지도 편달 부탁드립니다."

"진인이라는 호칭은 과하네. 그저 도장이라 부르게나. 그보다 송현이라면…….."

백오가 시선을 보내오자 해원이 짐짓 겸연쩍은 미소를 지었다.

"예. 제 미욱한 제자 녀석입니다."

백오가 느릿느릿 고개를 끄덕였다.

"이 아이가 바로 그 혜류검(慧流劍)이로군요."

"그렇습니다."

백오의 눈빛이 조금 전보다 진중해졌다. 혜류검이라면 최근 하남을 넘어 호북까지 그 명성을 떨치고 있는 무당의 후기지수다. 그가 후대의 무당제일검을 이미 맡아 놓았다고 호들갑을 떠는 이들도 제법 있었다. 게다가 화산 장문인의 산수연에 저 해원이 직접 데려와 인사를 시킬 정도라면…….

'이 아이를 훗날의 무당 장문으로 점찍었다는 소리겠지.'

훗날의 장문이라……. 잠시 생각에 잠겼던 백오의 얼굴이 갑자기 핼쑥해졌다. 그의 안색이 일변하니 해원이 조금 당황하여 물었다.

"도장? 안색이 좋지 않으십니다. 혹 수련하다 내상이라도 입으신 게 아닌지요."

백오는 아차 하며 어색하게 고개를 저었다.

"아닙니다. 그저 요즘 위통이 조금 있어서 그렇습니다."

"위통……이라 하셨습니까?"

해원은 어안이 벙벙했다. 어찌 저런 말 같지도 않은 변명을 한단 말인가. 일검매향 백오 정도 되는 고수가 뭔 위통? 백오는 한숨을 푹 내쉬며 가볍게 손을 내저었다.

"병은 아니니 걱정하지 마십시오."

"……그렇다면 다행입니다."

해원이 어색하게 헛기침을 했다. 뭔가 숨기는 게 있겠지만, 이 이상 파고드는 건 예의가 아니니 말이다. 대신 그는 짐짓 주변을 둘러보는 시늉을 하다 넌지시 입을 열었다.

"저야 이미 구석에서 도경이나 외는 것에 익숙해진 사람이라 상관없지만, 모처럼 젊은 아이를 데리고 왔는데 주변에는 다 어른들뿐이라 마땅한 말 상대를 만들어 주질 못해 참 아쉽습니다."

백오는 그런 해원을 지그시 보더니 이내 고개를 끄덕였다.

"이런. 제가 미처 거기까지 헤아리질 못했습니다. 용서하시길."

"그게 무슨 말씀이십니까? 이리 바쁘신 분께 되레 제가 괜히 쓸데없는 부탁을 드리는 게 아닌지 걱정인 것을요."

말과는 달리 해원은 잡은 기회를 놓치지 않았다.

"이 아이가 같은 도문인 화산에 워낙 관심이 많았던 터라…… 그저 제자에게 되도록 많은 경험을 시켜 주고 싶은 이 못난 스승의 마음을 헤아려 주시기를 바랍니다."

백오는 나직이 웃었다. 해원의 목소리가 앞서 대화를 나눌 때보다 다소 커진 걸 느꼈기 때문이다. 딱 주변의 몇몇 사람에겐 쉬이 들릴 만큼 말이다. 아니나 다를까, 곁을 오가던 이들이 호기심 어린 표정으로 슬그머니 걸음을 늦추며 흘끔흘끔 시선을 주었다. 이쯤 되면 백오도 이들의 목적을 모른 척할 수가 없었다. 잠시 고민하던 백오가 빙그레 웃었다.

"혜류검과 말이 통할 만한 젊은 검수라면, 마침 제 제자 놈이 딱이겠군요. 혜류검보다는 어리지만, 비슷한 연배라 할 수 있을 것입니다."

해원의 눈이 아주 살짝 가늘어졌다.

'꽤 자신 있나 보군.'

저리 곧장 자신의 제자를 언급하는 것을 보면 말이다. 하긴 아무리 일검매향 백오라도 얼핏 본 것만으로는 송현의 실력을 완전히 파악할 수 없을 터. 실력을 확실히 아는 제 제자에 대한 믿음이 경계심보다 더 클 수밖에 없다.

그리고 해원은 바로 백오의 그 '믿음'을 밟아 줄 생각이었다. 어느 때보다 영광스러워야 할 장문의 산수연에, 누구보다 자랑스러운 저들의 제자를 짓뭉개서 말이다. 그게 무당의 장문인이 해원과 송현을 이곳에 보낸 진짜 목적이었다.

백오도 대충은 알고 있겠으나, 이런 상황에선 빠져나가기 힘들다. 저 먼 하남에서 이곳까지 왔는데 바쁘다는 핑계로 제자를 감췄다가는 화산이 무당을 겁내서 엉덩이를 뺐다는 소문이 삽시간에 퍼질 것이다. 이곳에 모인 많은 이들의 입을 통해 말이다. 그건 싸워 지는 것보다 더한 굴욕일 테니, 화산은 절대 그 방법을 택하지 않을 것이다.

"과연, 도장의 제자라면 더없이 훌륭한 말벗이 될 수 있을 듯합니다. 그렇다면 제 제자에게 도장의 제자를 소개해 주시겠습니까?"

"예. 그건 어려운 일이 아닙니다. 다만……."

잠시 말을 멈춘 백오가 주위를 둘러보더니 한숨처럼 말했다.

"이곳은 젊은 검수들이 서로 깊은 대화를 나누기에는 적절치 않아 보입니다."

해원은 희미하게 눈살을 찌푸렸다. 과연 백오는 듣던 대로 만만치 않았다. 해원이 했던 말을 빌미 삼아 빠져나갈 구실을 만들고 있지 않은가. 백오가 말을 이었다.

"조금 호젓한 곳이 좋을 듯합니다. 제가 마땅한 곳으로 안내해 드릴 테니 따라오시지요."

해원의 손가락 끝이 살짝 꿈틀했다. 어쨌든 거절할 명분은 없다. 인산인해를 이룬 이곳은 확실히 대화를 나누기에 적절하지 않은 곳이니까. 그게 말로 하는 대화든, 검으로 하는 대화든.

"도장의 배려에 감사드립니다. 그리해 주신다면 더없이 감사할 일이지요."

그러니 해원도 미소 지으며 고개를 끄덕일 수밖에 없었다. 완벽히 마음에 드는 결과는 아니지만, 어쨌거나 그의 제자와 청문이 만난다는 사실은 이곳에 있는 이들에게 전해졌을 테니 그것으로 만족하는 수밖에.

어차피 이 소식을 들은 대부분은 궁금증을 참지 못하여 어떻게든 이 만남의 결과를 확인하려 애쓸 테고, 여기저기 그 소문을 퍼다 나를 것이다. 그러면 해원으로서는 소기의 목적을 달성했다고 할 수 있으리라.

해원은 백오의 안내를 받아 이동하기 직전에 다른 무당의 제자들에게 지시를 내렸다.

"해공(解供). 잠시 다녀올 테니 네가 남은 이들을 인솔하거라."

"예, 사형."

백오는 해원과 송현을 다른 곳으로 안내하며 앞장섰다. 그리 오래 걷지 않아 웅장한 전각들 대신 깎아지른 절벽과 그 사이로 군데군데 자라난 매화나무가 보이기 시작했다.

"화산의 제자들은 문파 내에서 함께 생활하지 않는가 봅니다."

"애초에 도란 자신을 스스로 궁구하는 것 아니겠습니까? 모여 있어 봐야 마음만 소란할 뿐이지요."

"좋은 말씀입니다."

속가적 성향이 강하다는 화산의 도인이 뱉은 말이라기엔 꽤 고리타분하다는 생각이 들었지만, 해원은 굳이 그 생각을 드러내지 않았다. 그렇게 채 몇 걸음 내딛기도 전에 이번에는 백오가 입을 열었다.

"……귀문의 장문인께서 꽤 정성 가득한 선물을 보내셨더군요."

뼈가 있는 말이었지만, 해원은 사람 좋은 표정으로 받아쳤다.

"현공진인께 드린 도경이라면, 확실히 그런 말을 들을 자격이 있는 물품일 것입니다. 무척 어렵게 구한, 오래된 도경이니까요."

말을 돌리는 솜씨가 제법 능숙하군. 백오가 피식 웃어 버리려던 그때였다. 해원이 덧붙였다.

"하지만…… 솔직히 저는 제가 가져온 게 그리 좋은 선물이라 생각하지 않습니다."

"……예?"

"오래되긴 했습니다만 그 안에 든 내용은 별다를 게 없습니다. 아무리 역사가 깊은 것이라 한들, 그 내용이 보잘것없다면 가치를 논함이 무의미하지요. 중요한 건 과거보단 현재 아니겠습니까. 어찌 생각하십니까?"

얼핏 듣기에 하나 마나 한 뻔한 말이지만, 이 속에는 화산이 무당보다 역사가 조금 더 오래되었다 해서 더 대단한 문파는 아니라는 의미가 담겨 있었다.

해원은 넌지시 백오를 보았다. 과연 어찌 받아칠지 기대된다는 듯이. 하지만 백오는 날카롭게 받아치기는커녕 순순히 고개를 끄덕였다.

"과연 옳으신 말씀이십니다."

"……그렇습니까?"

백오가 빙그레 미소 지었다.

"물론이지요. 중요한 건 현재지요. 과거에 얽매여선 안 될 것입니다."

"으음."

조금 의외인 반응에 해원은 살짝 침음을 흘렸다. 백오의 미소가 살짝 더 짙어졌다.

"하지만 제 생각에, 현재보다도 더 중요한 건 미래인 듯합니다. 더 나은 걸 만들어 나가는 이들이야말로 존중받을 가치가 있지요. 그러니 이제껏 무당이 존중받은 것 아니겠습니까?"

"이제껏……. 하하, 과연 그렇습니다."

대화 자체는 부드러우나 그 안에는 칼이 숨어 있다.

'어지간히도 제 제자의 실력에 자신이 있는 모양이로군. 훗날에는 너희가 반드시 우릴 이길 거란 소린가?'

해원은 이쯤 되니 화가 나기보다는 순수하게 궁금해졌다. 저 백오쯤 되는 이가 저토록 신뢰하는 제자는 과연 어떤 이일까? 얼마나 대단하기에 화산이 반드시 무당을 꺾을 거라고 호언장담하게 한단 말인가.

"무척이나 기대되는군요. 도장의 제자 말입니다."

해원이 빙그레 웃으며 말하자 백오는 어째 지금까지와는 달리 슬쩍 머리를 긁적였다.

"글쎄요. 누가 보고 실망할 만한 아이는 아니지만, 도장께서 하시는 기대가 제가 생각하는 그런 의미라면 어쩌면 조금 다를지도 모르겠습니다."

"참으로 겸손하시군요."

"하하……. 저도 겸손이면 좋겠습니다."

백오의 입에서 땅을 꺼트릴 듯한 한숨이 푹 나왔다. 해원은 의아했다. 저게 무슨 의미란 말인가. 처음에는 대화가 이어진다 생각했는데, 어째 갈수록 뜬금없는 말만 오고 가는 기분이었다.

뭐, 아무래도 좋다. 모든 건 그 청문이라는 아이를 직접 보면 알 일이겠지.

해원은 입을 닫고 묵묵히 백오의 뒤를 따랐다. 다행히도 어색한 침묵이 길어지기 전에 절벽가에 자리 잡은 자그마한 모옥 한 채가 모습을 드러냈다. 해원의 눈빛이 순간 달라졌다. 그 모옥의 앞에서 목검을 든 채 수련하는 한 청년이 눈에 띈 것이다.

'저 아이가 청문인가?'

헌앙하다. 한눈에도 그건 알아볼 수 있었다. 찬란한 미래를 가진 젊은 이에게서 보이는 눈부심이 그곳에 있었다. 좋은 인상의 얼굴, 너른 어깨, 그리고 정갈한 옷매무새까지. 외양만으로는 도무지 흠잡을 데 없는 청년이었다. 그런데 조금 시간이 흐를수록 청문을 바라보는 해원의 눈에 의심이 스쳤다.

'이 정도인가?'

아무리 홀로 수련 중이라지만 갈고닦은 검의 힘은 무의식중에도 그 무게를 비추는 법. 하지만 얼핏 보기로 청문이 휘두르는 검 끝에는 경계할 만한 날카로움이 전혀 느껴지지 않았다.

"청문아."

백오의 부름에 청문이 목검을 내리고 돌아보았다. 그러더니 목검을 재빠르게 회수하고는 얼른 깊게 포권 했다.

"사부님을 뵙습니다."

"그래. 수련 중이었구나. 이리 와서 인사드리거라. 무당에서 오신 해원 도장과 그 제자인 혜류검(慧流劍) 송현이다."

그 말에 청문이 다가와 다시 한번 정식으로 포권을 했다.

"화산의 청문입니다. 명망 높은 해원진인을 뵙게 되어 무척 영광입니다. 많은 가르침과 지도 부탁드리겠습니다."

"……반갑네."

해원은 순간 저도 모르게 머뭇거리고 말았다. 그러고도 그 연유를 알 수 없었던 해원은 잠시 말을 잇지 못했다. 그사이에 청문의 시선이 송현에게로 옮겨 갔다.

"혜류검의 명성은 저도 익히 들었습니다. 제 검이 부족하여 도문의 위명을 떨치지 못하던 차에, 혜류검께서 도가의 검이 여전히 날카로움을 증명해 주시니 얼마나 기뻤는지 모릅니다. 제게도 많은 가르침 부탁드리겠습니다."

"바, 반갑습니다. 청문 도장."

척 보아도 송현은 크게 당황한 듯했다. 해원이 느낀 위화감이 아무래도 그만의 착각은 아닌 모양이었다.

'그래, ……크다.'

사람의 깊이, 그 안에 품은 그릇의 크기라는 것은 짧은 대화나 외양만으로는 파악할 수 없다. 오래 알고 지내도 채 다 파악하기 어려운 게 정상이다. 하지만 청문과 마주한 순간 해원은 어처구니없게도 순간이지만 압도되는 느낌을 받고 말았다.

'이게 가능한 일인가?'

그보다 한참은 어린 후기지수의 그릇에 압도된다는 게? 해원이 어안이 벙벙하여 멍하니 서 있자 백오가 도장, 하고 넌지시 불러 왔다. 그제야 실수를 깨달은 그가 헛기침했다.

"흐음, 그래. 내 자네의 이름은 익히 들었네. 화산에는 좋은 재목이 넘쳐 나지만, 그중에서도 유독 훌륭한 그릇이 있다더니. 그저 소문만은 아니었던 모양일세."

그 말에 청문이 겸연쩍게 웃더니 부인했다.

"그럴 리가 있겠습니까. 얼굴 한 번 보지 못한 이들이 퍼뜨린 뜬소문에 불과합니다. 분에 찬 허명이 독이 되지 않도록 항시 경계하고 있습니다."

"정말…… 그리 생각하는가?"

반사적으로 물었던 해원은 순간 아차 했다. 던지지 말았어야 할 질문이다. 그 속내가 어떻든, 젊은 후기지수의 겸양은 그 자체로 칭찬해야 할 일이 아닌가.

'내 어찌 이리 말실수를.'

아무래도 아까 잠시 압도되었던 데서 받은 충격이 컸던 듯했다. 평소라면 저지르지 않았을 실수를 계속 이리 연발하니 말이다. 해원이 어떻게든 상황을 수습하려는데, 청문이 어색한 표정으로 제 머리를 긁적였다.

"……역시 도장께선 꿰뚫어 보시는군요. 실로 부끄럽습니다. 사실 말은 그럴싸하게 했지만, 아직 공명심을 완전히 떨쳐 내지는 못했습니다. 스스로 자신하지 못하는 것을 함부로 입에 올리지 말아야 하는 법이거늘…… 부끄럽게도 무례를 저지르고 말았습니다. 죄송합니다."

외려 해원의 얼굴이 살짝 붉어졌다. 알기 때문이다. 이건 청문이 진정으로 반성해서 하는 말이 아니라, 해원이 제 실수로 인해 무안해하지 않도록 해 주는 말임을.

"이렇듯 부족한 사람이니, 더 많은 꾸짖음으로 제가 바로 설 수 있도록 도와주십시오."

그리고 이러한 청문의 얼굴엔 진정으로 난감하고 겸손한 빛이 어려 있었다. 정말 자신의 실수를 부끄러워하는 듯한 난감함. 처음 만나는 자리이건만 낮은 배분의 어린 도사에게 이토록 배려받은 해원의 내심은 말로 다 표현할 수 없을 만큼 복잡했다. 한참이나 물끄러미 청문을 바라보던 해원의 입에서 탄식이 흘러나왔다.

"……도기란 사람을 비추는 거울. 도기를 본 이들은 그 안의 도를 찾으려 하나, 결국에는 자신에게 부족한 도를 깨닫게 된다더니……. 옛말이 틀린 게 없구나."

감탄과 아쉬움이 동시에 해원의 가슴속에 밀려들었다.

'이 아이가 무당에 왔으면 좋았을 것을.'

어떤 이를 두고 이렇게 아쉬운 건 처음이었다. 심지어 제자인 송현도 그를 이토록 애타게 하지는 못했다. 결국, 해원의 진심 어린 시선이 백오에게로 향했다.

"좋은 제자를 두셨군요. 부럽습니다, 도장."

"제게는 과분한 아이지요."

백오가 겸양으로 답했다. 그러나 해원은 진심으로 백오의 말이 맞는다고 생각했다. 저만한 아이를 가르치고 길러 내기에는 백오의 그릇이 턱없이 부족하다. 도기는 검을 잘 아는 이가 아니라 도를 잘 아는 이의 품에서 더욱 빛을 낼 수 있다.

'무당으로 왔다면 강호사에 길이 남을 장문이 되었을 텐데.'

물론 무당의 사형제들이 듣는다면 그더러 미쳤다고 할 것이다. 말 몇 마디 섞어 본 게 전부인 타문의 제자를 그리 높게 평가하는 것이 말이나 되느냐고 말이다.

하지만 해원은 확신했다. 그 사형제들도 이 아이를 직접 본다면 똑같은 평가를 내릴 게 분명하다고.

청문을 향한 아쉬운 마음을 누르며 해원은 제 곁에 선 송현을 바라보았다. 문득 드는 걱정 때문이었는데, 아니나 다를까 송현의 표정이 여느 때에 비해 굳어 있었다. 진심으로 감탄해 버린 스승을 눈치챈 것인지, 아니면 청문이란 젊은 도사를 감당하기 어렵겠다고 판단한 것인지는 알 수 없지만 말이다.

그러나 이는 있어선 안 될 일이다. 아무리 재능이 뛰어나고 대단한 인물이라고 해도 청문은 화산의 제자다. 무당을 이끌어 나가며 그에 맞설 송현에게 이런 기억을 심어 주는 건 좋지 못하다. 청문을 밟아 주러 온

길이거늘, 이러다간 검 한 번도 섞어 보지 못하고 애먼 송현만 주눅들 판이다. 이리 멍청한 일이 있을 수 있나!

"크흠."

크게 헛기침한 해원이 몰래 주먹을 쥐었다 폈다. 실수가 있었지만 아직은 수습할 수 있다. 과정은 좀 매끄럽지 못해도 결과만 좋으면 그만.

"그래, 화산이나 무당이나 같은 도문 아닌가? 교류하는 건 당연하다 할 수 있지."

"그러합니다."

"게다가 자네의 스승과 나는 예전부터 깊은 교분을 나눈 사이이니, 제자끼리도 면식을 익혀 나쁠 게 없으리라 생각하네."

청문이 느릿하게 고개를 끄덕였다.

"저 역시 그리 생각합니다. 도와 관계는 넓을수록 좋지 않겠습니까."

해원이 슬쩍 송현을 일별했다. 제자는 여전히 청문을 멀뚱멀뚱 보고 있었다. 그 순간 해원은 가슴에 울화와도 같은 갑갑증이 일었다. 이쯤 해 주었으면 나서서 스스로 이야기를 풀어 갈 만도 한데 저렇게 떠먹여 주기만 바라고 있다니!

검재 하나만으로도 무당을 이끌기에 부족함이 없다고 자부했건만, 막상 이렇게 청문 앞에 두니 제자의 부족함이 여실하게 드러났다. 그 씁쓸한 현실을 곱씹으며 해원이 다시 입을 열었다. 의식적으로 백오와 눈을 마주치지 않으려 애쓰면서.

"그렇네. 교류라는 건 사람이 성장하는 양분이 되어 주기 마련이니. 그리고…… 자네도 알다시피 화산과 무당은 도가임과 동시에 검문이기도 하지 않은가."

넌지시 속을 내보이는 말에 청문이 살짝 반응을 보였다.

"어떤가? 대화는 오래도록 이어 가야 진의를 깨달을 수 있지만, 검은 조금 더 쉽게 상대를 파악하게 해 주지 않나. 혹 내 제자와 검을 나눠 볼 생각이 있는가?"

해원은 저도 모르게 백오 쪽을 힐끗 보았다. 만나자마자 검을 나누자 하는 게 시비에 가깝다는 건 부정할 수 없다. 이미 예의에서 벗어났다는 뜻이다. 하지만 이대로 점잖게 대화만 나누다간 제대로 겨뤄 보기도 전에 송현이 자신감을 잃을 마당이니 해원으로선 다른 수가 없었다. 오욕은 스승이 지고 가는 수밖에.

그러나 해원의 각오가 무색하게 백오는 이렇다 할 반응을 보이지 않았다. 어차피 결정을 내리는 건 자신이 아니라 청문이라는 듯이. 그때 잠시 고민하던 청문이 물었다.

"검을 나눈다는 게 정확히 무엇을 의미하심인지 여쭤도 되겠습니까?"

"으음. 말 그대로일세."

"논검입니까?"

"논검, 좋지. 하지만 논검만으로는 서로의 검이 지닌 내밀한 깊이까지 이해하기는 어렵지 않겠는가."

"하면, 대련을 말씀하시는지요."

"대련 역시 좋은 방식이네. 그러나 대련이란 부족함을 알기 위한 방식일 뿐, 진의를 전달하기 위한 방식은 아닐세."

"그럼 비무(比武)를 말씀하심이군요."

청문이 알겠다는 듯 말하자 해원이 그제야 고개를 끄덕였다.

"승패가 나뉘지 않으면 결국 제대로 된 겨룸은 이뤄지지 않으니 절실함도 부족해진다네. 그런 의미에서 비무는 다른 문파의 무학을 이해하는 데 더없이 좋은 방식이지. 물론 부담스러울 수 있네. 하지만 자네들은 아직 젊네. 딱히 세인의 눈을 의식할 필요도 없으니 서로를 알아 가고 다른 문파의 무학도 이해할 수 있다는 면에서 아주 좋지 않은가?"

청문은 잠자코 들으며 생각에만 잠겨 있을 뿐 말이 없었다. 해원이 나직이 송현을 불렀다.

"송현아."

"예, 사부님."

송현은 상황을 빠르게 알아차리고 덩달아 청문을 향해 정중히 포권 했다.

"부탁드립니다, 도장. 화산의 검을 견식 하기 위해 무한에서 이곳까지 먼 길을 왔습니다. 도장께서 저와 검을 나눠 주신다면 그 가르침을 깊이 새기고 정진하겠습니다. 부디 제 청을 물리치지 말아 주십시오."

그나마 재촉은 할 줄 알아 다행이로구나. 해원이 남몰래 한숨을 내쉬었다.

어쨌든 되었다. 비무에서 이긴다고 해서 이 자리에서 바로 저 청문이란 아이의 싹수를 자를 순 없다. 그러나 콧대를 한번 눌러 주는 것만으로도 의미가 있다. 억지로 밀어붙이는 모양새가 되어 좀 꼴사납기는 하나, 아무것도 얻지 못하고 돌아가는 것보다는 훨씬 낫다.

'무엇보다 여기서는 발을 빼기 어렵겠지.'

청문 역시 알고 있을 것이다. 이 자리에서 자신이 화산을 대표하고, 송현이 무당을 대표한다는 것을. 아예 청을 받지 않을 수 있었다면 모를까, 이리 면전에서 제안받아 버린 이상 거절은 회피, 그 이상도 이하도 아니다.

'그나마 송현이 검을 겨뤄 승리하는 일을 제 즐거움으로 아는 아이라 다행이구나.'

이 비무에서 이길 수 있다면 송현 역시 큰 자신감을 얻을 수 있으리라. 물론 이 청문이라는 청년은 앞으로 무당을 더욱 경계하게 될지 모르지만.

'미안하외다, 백오 도장.'

이어질 비무에서 패한다고 해도 눈앞의 청년은 꺾이지 않는다. 잠시 본 것뿐인데도 확신할 수 있었다. 하지만 적어도…… 이 청년의 명성에는 깊은 흠을 남길 수 있으리라.

흡사 거대한 산 같은 청년이 차분히 입을 열었다.

"알겠습니다. 화산의 검을 견식 하기 위해 저와 비무를 하고 싶다는 말씀이시군요."

해원이 곧장 고개를 끄덕이며 송현의 옆구리를 쿡 찔렀다.

"청문 도장의 매화검법이 매우 높은 화후에 올라 있단 말을 들었습니다. 환과 변의 정화와 다름없는 매화검법이라면, 무당의 태청검에 좋은 상대가 될 수 있으리라 생각합니다."

단순히 후인과 후인의 대결이 아니다.

이리되면 이 승부는 화산의 검법과 무당의 검법을 겨루는 승부가 되어 버린다. 송현이 알고 한 것은 아니겠지만, 상대의 발을 묶기에는 더없이 적절한 말이었다.

"음."

그 말에 청문의 눈이 살짝 가늘어진다. 이 상황에 대해 불편함을 느끼고 있는 게 분명했다. 하지만 이윽고 그는 천천히 고개를 끄덕였다.

"화산과 무당의 검을 겨뤄 서로의 발전에 이바지한다……. 좋은 의도입니다, 확실히."

"그럼, 허락하는 건가?"

"감히 제가 허락하고 말고 할 일이 아닙니다. 배움에는 허락이 필요치 않은 법 아니겠습니까?"

"하하. 그렇지. 자네의 말이 옳네."

상대가 피할 수 없으리라고 여기기는 했으나 이토록 시원하게 받아들일 줄은 몰랐다. 분명 이런저런 조건을 달 거라고 예상했는데. 그릇은 크되, 타고나길 셈이 빠르지는 않은 모양이다. 하긴 그 역시 도기(道器)의 자질 아니겠는가. 해원이 더없이 만족스러운 미소를 흘리려던 그때였다.

"다만 제가 도장을 상대하기는 조금 어려울 것 같습니다."

"그렇지, 그럼……. 음? 자네 지금 뭐라 했는가?"

웃으며 대답하려던 해원이 화들짝 놀라 청문을 다시 보았다. 청문의 표정은 시종일관 차분했다.

"송현 도장께서는 화산의 검을 견식 하기 위해 저를 찾아오신 게 아닙니까?"

"그렇……지?"

"그렇다면 저는 적당한 상대가 아닙니다."

"그게 대체 무슨 말인가?"

"말 그대로입니다. 저는 검을 놓은 지 한참이 되었으니, 송현 도장께 걸맞은 상대가 되어 드리기 어렵습니다. 검을 나누길 원하신다면 더 좋은 상대를 불러 드리겠습니다. 앞서 말씀하신 것처럼 화산에는 저 말고도 훌륭한 인재가 많으니까요."

"거, 검을 놓다니?"

해원이 이게 뭔 말도 안 되는 소리냐는 눈으로 청문을 바라보았다. 이게 무슨 개소리란 말인가. 화산은 도문이지만, 또한 검문이다. 물론 장문인 될 사람이 문파에서 가장 강할 필요는 없다. 같은 배분에서 최고수여야 하는 것도 아니다. 하지만 결국 강호 내에서 자리 잡고 꾸려 가는 게 문파이니 다른 이들이 인정할 만큼의 강함은 갖춰야 한다. 그런데 그런 검문의 장문 될 사람이 검을 놓았다? 상상도 못 할 일이다.

해원의 시선이 백오에게로 획 돌아갔다. 이게 정말인지 확인하기 위해서였다. 백오는 거 보라는 듯 어깨를 으쓱할 뿐이었다. 하지만 해원은 여전히 믿기 어려웠다. 청문을 향해 거의 닦달하듯 물었다.

"이게 다 무슨 말인가? 자네의 검재가 화산 안에서도 무척 뛰어난 축에 속한다고 들었는데."

"으음. 물론 그리 평가받던 적도 있긴 했습니다."

"……있긴 했다?"

청문이 고개를 끄덕였다.

"예. 하지만 한 해 정도 전부터는 검에만 매진하지 않고 있습니다. 하여 송현 도장의 기대에는 부응하기 어려울 것입니다."

해원은 마치 한 대 맞기라도 한 것처럼 멍해졌다. 청문은 아직 한창 성장할 나이의 청년이다. 그런 사람이 한 해나 검을 놓았다고? 이 말은 제 한계를 설정해 두고 결국 절정으로 가는 길에서 내려섰다는 것과 다름없는 소리다.

설령 본인이 그럴 의지가 강하다고 해도 이는 문파 차원에서 허락해선 안 될 일이지 않은가. 화산 놈들이 단체로 돌아 버리지 않고서야 어찌 이만한 인재에게 검을 놓게 했을까.

"사실입니까, 백오 도장?"

"그리되었습니다."

믿기지 않아 재차 확인했지만 백오는 이번에도 담담하게 고개를 끄덕였다.

"그, 그걸 허락해 주셨단 말씀이십니까? 어, 어째서요?"

이유를 물으니 백오가 허탈한 듯 웃음을 흘렸다.

"물은 흘러 자연히 아래로 향하는 법이지요. 본인에게 뜻이 있어 그리하길 원한다면 막아 무엇 하겠습니까? 결국은 무당의 태극처럼 돌고 돌아 제자리로 갈 뿐이지요."

"그게 뭔……."

"……사실 말린다고 들을 아이도 아닌지라."

이건 조금 전의 말보다도 더 황당했다. 스승인 백오가 제자인 청문의 뜻을 좌지우지할 수 없다는 소리 아닌가. 뭔 놈의 문파가 이 지경인가. 해원은 '사실 화산은 저를 비롯한 인간들이 다들 돌아 버렸습니다. 헤헤.'라는 말을 귀로 들은 기분이었다. 그러나 정작 백오도 해탈한 것 같은 표정만 짓고 있으니, 자연히 해원이 다시 청문에게 물었다.

"진정 사실인가?"

"그렇습니다."

"……대체 왜 그런 선택을 한 것인가? 검을 놓다니. 자네도 강호인이 아닌가. 그런 이가 검을 놓는다는 게 무슨 의미인지 몰라 그러는가?"

"……."

"그냥 하는 말이 아닐세. 내가 보기에 자네의 무재는 모자람이 없네. 도와 검을 동시에 갖출 수 있다면 세상을 뒤흔드는 사람이 될 수 있을 터. 가능성이 충분하거늘, 어찌하여 섣부르게 그런 결정을 내렸단 말인가?"

이건 거짓 한 점 없는 해원의 진심이었다. 다른 문파의 제자라고는 하나, 청문은 척 보아도 백 년에 한 번 나올까 말까 한 인재. 군자가 인재를 아끼듯 도사들 역시 인재를 아낀다. 이런 인재가 자신을 스스로 망치는 꼴을 어찌 두고 볼 수 있겠는가. 설령 이 인재가 다시 검을 잡는 게 무당에게는 조금도 이득이 되지 않는다고 해도 말이다.

그런데 고심 끝에 나온 청문의 대답은 더 기가 막혔다.

"이유는 딱히 없습니다."

"뭐……라고?"

"정확하게는, 남에게 내세울 만한 거창한 이유는 딱히 없다는 소립니다. 그저 저는 두 길을 모두 가기에는 부족한 사람임을 깨달아, 좀 더 잘할 수 있는 일에 집중하기로 했을 뿐입니다."

"잘할 수 있는 일이라고 했는가?"

청문이 미소 지으며 고개를 끄덕였다.

"예. 도를 탐구하고, 옳음을 좇고, 누군가 내디딜 걸음을 헛되지 않게 하는 것. 그게 제가 잘할 수 있는 일입니다."

해원은 순간 말을 잃은 사람처럼 멍하니 청문을 보기만 했다. 저 얼굴엔 한 톨의 거짓도, 한 점의 허세도 없다. 그저 달을 보고 달이라 칭하는 사람과도 같아 보인다. 그래서 더 어처구니없었다.

도기? 그런 말로 설명할 만한 수준이 아니다. 지금 이자의 말이 모두 진심이라면, 이 청년은 해원이 감히 평가할 수 있는 사람이 아니다. 세상 어느 누가 코앞에 수십 년은 보장된 영광을 내팽개치고 끝이 어딘지도 모를 가시밭길을 향해 발길을 돌린단 말인가. 그것도 제 의지로 말이다.

"……모든 걸 잃게 될 수도 있지 않은가."

해원의 물음에 청문이 부드럽게 웃으며 답했다.

"잃을 건 없습니다. 애초에 가진 게 없으니 잃을 것도 없습니다. 검을 든다고 하여 얻어지는 것도 아니고, 검을 놓는다고 하여 잃는 것도 아닙니다."

"……."

"설령 제가 생각이 짧아 미처 잃을 것을 헤아리지 못했다고 해도, 그리 큰 문제는 아닐 것입니다. 검이란 얻기 위해 드는 것이 아니라 지키기 위해 드는 것입니다. 검을 놓음으로써 제 뜻을 지킬 수 있다면 그게 진정으로 얻는 것이겠지요."

완전히 말문이 막힌 해원은 오래도록 침묵했다. 청문의 답을 모두 헤아리기조차 쉽지 않았다. 어찌 저런 도기가 있단 말인가. 하지만 송현은 미련을 채 다 버리지 못한 듯했다. 아니면 이 대화를 조금도 따라오지 못했거나.

"그, 그럼 저와 비무를 해 주시지 않겠단 겁니까?"

청문이 조금 난처하게 웃으며 답했다.

"예. 본의 아니게 그리되었습니다. 저와 겨뤄서는 송현 도장께서 얻고자 하는 바를 얻지 못하실 겁니다."

"그, 그런 게 어디 있습니까? 청문 도장과 겨루기 위해 이 먼 곳까지 왔습니다. 그럼 제게도 기회를 주셔야지요."

"으음. 정확히 어떤 기회를 원하십니까?"

"도장과 검의 고하를 나눌 기회입니다."

"아, 그럼 문제없습니다."

청문은 뭐 그리 간단한 걸로 고민하고 있었냐는 듯 산뜻하게 웃으며 답을 주었다.

"제가 진 걸로 하지요."

"……예?"

"꼭 직접 겨루지 않아도 고하는 나눌 수 있지 않습니까? 제가 진 것으로 하시면 됩니다. 대신 화산의 검도 견식 하셔야 할 테니, 이를 위한 이는 따로 불러 드리겠습니다."

어찌할 바를 모르던 송현이 순간 저도 모르게 해원을 보았다. 하지만 해원이라고 딱히 뾰족하게 할 말이 있을 리 없었다. 그저 황당할 뿐.

"아, 아니, 제가 원하는 건 저희끼리 그냥 그러는 게 아니라……."

"그것도 원하시는 대로 하시면 됩니다. 저 역시 누가 물으면 제가 패했다고 하겠습니다."

이쯤 되니 송현도 다소 질린 표정이었다. 이건 숫제 벽창호가 아닌가. 그런데 그때 청문이 송현을 향해 귓속말하는 시늉을 했다.

"그래도 제가 화산 대사형이라는 체면은 있으니, 나름 분전했다고 해 주십시오. 형편없이 졌다고 하면 곧장 놀리러 올 놈들이 한둘이 아닌지라."

해원과 송현, 두 사제(師弟)는 이제 더 할 말을 찾지도 못했다. 멋쩍은 정적 속에 백오의 한숨이 새어 나왔다.

"그러게, 제가 말씀을 드렸는데……."

그제야 해원은 아까 백오가 했던 말을 떠올렸다.

- 누가 보고 실망할 만한 아이는 아니지만, 도장께서 하시는 기대가 제가 생각하는 그런 의미라면 어쩌면 조금 다를지 모르겠습니다.

모호한 말이라 여겼는데 이제야 이해가 갔다. 실망했는가? 아니다. 하지만 기대한 대로였는가? 그건 더더욱 아니다.

이쯤 되니 청문이라는 이가 대체 어떤 인간인지 갈피도 잡히지 않았다. 정말 도기인지, 미치광이인지. 사람들이 속세에 현신한 신선을 보고 하나같이 괴인(怪人)인 줄 알았다더니, 아마 해원의 지금 기분과 비슷하지 않았을까.

그 순간, 송현이 번쩍 손을 들었다.

"자, 잠시만요."

"왜 그러십니까?"

"도장께서 하신 말씀이 모두 거짓임을 증명할 수 있습니다."

청문의 표정에 의문이 스쳤다. 송현이 살짝 미간을 찌푸리며 말했다.

"우리가 여기에 막 당도했을 때, 도장께서는 검을 수련하고 계셨잖습니까? 수련하시면서 검을 놓으셨다니요. 말이 안 되지 않습니까?"

그 말에 해원도 탄성을 터뜨렸다. 확실히 그랬다. 그가 본 대로라면 청문이 했던 말은 모두 거짓된 핑계가 되는 것이다. 청문은 분명 이곳에서 목검을 휘두르고 있었으니까.

청문의 얼굴에 처음으로 곤란한 기색이 어렸다.

"아, 그건…… 그리 오해하실 수 있겠지만 사실 수련이 아닙니다."

"예?"

"말씀을 어찌 드려야 할지 모르겠지만, 어쨌든 수련은 아니었습니다."

"수련이 아니라니? 그럼 자네는 대체 여기서 뭘 하고 있었단 말인가."

그런데 말을 꺼내 놓고 보니 이상한 게 그뿐만이 아니었다. 지금 화산은 장문인의 산수연으로 한창 정신없이 바쁠 때가 아닌가. 그런데 바빠도 모자랄 삼대제자의 맏이가 이런 곳에서 한가하게 목검을 휘두르고 있다는 것도 이상하다.

청문은 설명하기 곤란한 걸 추궁당한 사람처럼 망설였다. 그리고 바로 그 순간이었다. 대답을 궁리하는 듯하던 청문이 휙 뒤를 돌아보았다. 노상 침착하다 못해 느긋하던 그가 보였다기엔 실로 다급한 움직임이었다. 송현과 해원은 덩달아 움찔하여 경계 태세를 취했다.

그런데 돌연 청문이 두 사람을 두고 부리나케 어디론가 달렸다.

"청명아아아아아!"

"엥?"

"……어어?"

모옥 뒤쪽의 절벽으로 달려간 청문이 절벽 끄트머리로 발을 내디디려는 작은 아이를 낚아채듯 재빠르게 안아 들었다. 생각지도 못한 상황에 해원이 눈을 끔뻑였다.

"내가 절벽 쪽으로는 가지 말라고 하지 않았느냐."

청문이 한탄하듯 말했지만, 손에 작대기를 쥔 조막만 한 아이는 청문에게는 시선도 주지 않은 채 절벽만 빤히 보았다. 그러더니 중얼거렸다.

"개구리……."

"개구리?"

청문이 그쪽을 휙 보았다. 과연 그곳에 작은 무당개구리 한 마리가 펄떡이고 있었다.

"산 것을 함부로 죽이면 안 된다고 하지 않았느냐."

"아닌데."

"때리는 것도 안 된다! 괴롭히는 것도 안 돼! 산 것은 모두 보호해 줘야 하는 것이다!"

"……사파도?"

"어?"

그 순간 해원은 보았다. 어떤 질문에도 단 한 번의 막힘 없이 술술 말을 늘어놓던 저 애늙은이의 얼굴에 숨 막히도록 깊은 고뇌가 어리는 광경을.

'저게 그렇게나 고민할 만한 질문인가?'

"그…… 사파는 음, 나쁜 이들이긴 한데, 그들 역시 사람이니 함부로 대해서는 안 되긴 한다만…… 사파라고 꼭 다 나쁜 사람이라고는 할 수 없고……."

청문의 품에 안긴 아이가 왕방울만 한 눈으로 청문을 빤히 보았다. 그 눈이 마치 '그래서?'라고 묻는 것만 같았다.

"그……. 그러니까. 그게……. 사, 사부님!"

청문이 황급히 백오를 찾았지만, 백오는 이미 한참 전에 뒷짐을 진 채 몸을 돌려 버린 뒤였다.

"크흠. 날이 좋구나. 오늘 같은 날에는 칠매검이 딱인데."

"아니! 대답을 해 달라고요!"

마치 귀가 안 들리는 사람처럼 딴청을 부리는 백오에게 이를 갈아붙인 청문은 식은땀을 뻘뻘 쏟으며 아이에게 말했다.

"그…… 사파도 사람이니 함부로 죽이면 안 되는 게 맞다. 일단은 그가 정말 잘못을 저질렀는지 확인하고."

"잘못했으면?"

"……."

"죽여도 돼?"

"아, 안 돼! 사람은 죽이면 안 돼!"

"악인도?"

……아. 해원은 제 옷자락을 움켜잡았다. 으레 저런 질문엔 해답이 없다. 그러나 굳이 해답을 찾을 필요도 없다. 일반적으로 스승이 대충 뭉개 버린 말을 저토록 따져 물을 제자는 존재하지 않으니까.

도는 모호한 것이고 누구도 그 실체를 정확하게 잡을 수 없다. 그렇다 보니 때로는 도라는 게 답을 내릴 수 없는 문제에 대한 면피가 되기도 한다.

하지만 저 아이는 말 그대로 아이가 아닌가. 도가 무엇인지, 세상의 이치가 무엇인지 모르니 그런 암묵적인 합의를 이해할 리 없다. 청문은 결국 이 자리에서 저 질문에 대한 명쾌한 답을 내려야 하는 것이다. 이 얼마나 끔찍한 일인가. 해원은 그저 눈을 질끈 감을 수밖에 없었다.

"그…… 물론 사람을 함부로 죽이면 안 되지만…… 우리는 도문이자 검문이다. 살아 있음으로 인해 다른 이에게 더 많은 해악을 끼치는 이는 과감하게 정리해야 세상이 평화로워지기도 한단다."

"응."

아이가 고개를 끄덕이더니 개구리를 향해 냅다 막대기를 집어 던졌다.

"아, 아니!"

청문이 황급히 막대기를 허공에서 낚아채었다.

"왜? 왜 그러는데? 죽이면 안 된다니까!"

그러자 아이가 이해가 안 되는지 고개를 갸웃했다.

"벌레 세 마리 먹었는데?"

"……어?"

청문의 얼굴이 핼쑥해졌다.

"약한 애들을 셋이나 죽였어. 그럼 쟤는 없어지는 게……."

"아니! 아니! 그게 아니라, 청명아!"

"……왜?"

자꾸 안 된다고만 하니 귀여운 아이의 얼굴에 슬슬 불만이 차올랐다. 그 광경을 차마 두 눈 뜨고 지켜볼 수 없었던 해원은 마음속으로나마 도호를 외었다.

'힘내시오, 도장.'

이 순간만큼은 문파, 배분, 나이를 모두 넘어 청문의 건투를 기원할 수밖에 없었다.

"여, 여하튼 그게 아니야! 뭐든 함부로 죽이면 안 돼! 알았지?"

아이가 불만이 가득 찬 표정으로 마지못해 고개를 끄덕였다. 그러나 불행하게도 질문은 끝나지 않았다.

"그럼 이건?"

"응?"

아이가 손을 뻗어 청문에게서 작대기를 도로 받아 들더니 휘둘러 보였다.

"여기서 왜? 왜 꺾어?"

이제 청문의 이마에선 아예 땀이 줄줄 흘러내리고 있었다.

"왜 그래야 해? 불편해."

"그게……."

다시 한번 청문이 백오에게 구원을 요청하는 시선을 보냈다. 그 칼날 같은 시선을 등으로도 느꼈는지 백오가 헛기침하더니 애꿎은 땅을 내려다보았다.

"그새 풀이 이렇게나. 어이차."

난데없이 제초를 시작하는 백오의 모습에 청문의 얼굴에 분노가 스쳤다. 하지만 그는 금세 표정을 방긋 웃는 낯으로 바꾸고 아이에게 말했다.

"그…… 그게 내가 지금 한창 연구 중이었거든. 그러니까…… 선대에서 그리 정해 놓은 이유가 있을 텐데 말이다."

"불편하다니까?"

"……아는데. 그래, 내가 아는데…… 그게 원래 그렇게 되어 있는 거라."

왕방울만 하던 눈이 의심을 품고 가늘어졌다.

"도는…… 인위가 아니라 자연히 흐른다. 화산의 검 역시 도다. 자연히 그러하다."

"……."

"안 맞아."

상황을 지켜보던 해원은 저도 모르게 제 가슴을 움켜쥐었다. 입마가 오는 기분이다. 만일 송현에게 저런 질문을 들었다면 대체 무슨 대답을 했을까. 가혹하고 또 가혹하다.

하지만 송현은 그 와중에 다른 걸 떠올렸는지 작게 탄성을 흘렸다.

"아, 그래서……."

청문이 목검을 들고 있었음에도 수련이 아니라고 했던 이유. 그건 제 무위를 높이기 위한 수련이 아니라 저 질문에 대한 해답을 찾는 과정이었던 것이다. 그러니 수련이 아니라 할 수밖에.

"어쨌든 그건 내가 나중에 다시 대답해 줄게."

"나중에?"

"그래!"

"언제?"

……모르겠다. 이제 해원은 아무것도 알 수 없었다. 확실한 건, 이제 이곳에서 달아나고 싶어졌다는 것뿐이다. 심지어 백오마저 같은 심정인지 애꿎은 잡초를 뽑으며(함부로 생명을 죽이지 말라고 말하는 제자 앞에서) 슬금슬금 멀어지고 있었다. 이 와중에도 청문은 핼쑥해진 얼굴로 아이를 어르고 있었다.

"오늘 잔치를 해서 맛있는 게 많다. 이따 식당에서 가져다줄 테니 지금은 그…… 방에 잠깐만. 진짜 잠깐만 들어가 있어라. 손님이 오셨잖니."

"심심해."

"금방 따라갈게. 금방."

"흐으으음."

아이가 묘한 눈빛으로 청문을 빤히 보았다. 이상하게도 모두의 뒤통수에 식은땀이 배어났다. 잠깐의 정적 끝에 아이가 답했다.

"그래."

"그래! 그래! 잠깐만!"

청문이 반색하며 아이를 안아 든 채 모옥으로 달려갔다. 그리고 문을 열어 냉큼 방 안에 밀어 넣고 당부했다.

"얌전히 있어야 한다."

탁 소리와 함께 문이 닫히고, 청문의 입에서 긴 한숨이 터져 나왔다. 이를 지켜보던 세 사람의 입에서도 함께 한숨이 새어 나왔다.

"……죄송합니다. 어디까지 이야기를 했었지요?"

터덜터덜 다가오며 묻는 청문을 보며 해원은 고개를 내저었다.

"아니……. 아닐세. 대답은 들은 걸로 하세."

"그렇다면 다행이겠지만 공연히 오해를 살까 두렵습니다. 제가 다시 제대로 말씀을 드릴 기회를……."

우당탕!

"청명아아아아아아아!"

송구한 기색으로 말하던 청문이 후다닥 모옥 쪽으로 달려갔다. 아까 그 방을 벌컥 열자 문에서 시커먼 먹물이 진득하게 흘러내렸다.

"아아아악! 누가 또 먹물을……! 사부님, 제가 집에서 먹 쓰지 마시라고 그렇게! 아니, 청명아! 안 돼! 그거 문지르면 안 된다! 제발! 제발 가만히 좀 있으라고! 제발!"

청문만이 목소리를 높이는 가운데, 해원과 송현, 그리고 백오 세 사람은 동시에 하늘을 물끄러미 올려다보았다.

그렇게 얼마나 시간이 흘렀을까. 청문이 도로 문을 닫고 터덜터덜 돌아왔다.

"그래서……."

얼굴과 손에 먹물을 듬뿍 묻힌 그가 더없이 진지한 표정으로 다시 물었다.

"궁금한 게 뭐라고 하셨지요?"

· ◈ ·

무당의 제자를 이끌고 산을 내려가는 해원의 발걸음엔 묘하게 힘이 없었다. 그리고 그 곁을 송현이 묘한 표정으로 지키고 있었다. 이 먼 길을 왔는데 검 한 번 뽑아 보지 못했다. 아니, 애초에 검이고 나발이고 말을 차분히 할 상황도 아니었다.

"……송현아. 어떻더냐?"

해원의 물음에 송현이 느리게 입을 뗐다.

"……글쎄요. 이걸 대체 뭐라 해야 할지."

이 대답에 해원은 저도 모르게 웃어 버렸다. 어처구니없는 건 그도 마찬가지니 그럴 만했다.

육아라니! 저만한 인재가 검을 내려놓은 이유가 애를 돌볼 시간이 부족해서라는 걸 누가 믿겠는가. 무당에 돌아가서 그가 본 것을 그대로 말한다면 아마 미쳐서 헛것을 보고 왔다고 모두 욕할 것이다. 아니면 그새 화산에 포섭당해 거짓을 늘어놓는다며 치도곤을 내든가.

"사부님. 이런 말을 함부로 해선 안 되는 건 알지만…… 진짜 자기 아이가 아닐까요?"

"……아니라지 않느냐."

"아니, 그럼 대체 왜……."

송현 역시 생각할수록 이해가 안 가는 모양이었다. 세상 누가 피도 이어지지 않는 아이를 돌보기 위해 제 미래를 포기할 수 있으랴. 그건 도인을 넘어서서 부처의 영역이다. 아니, 부처님도 그리하지는 못할 것이다. 다 떠나서, 화산이 이 모든 걸 용인하는 게 더 이해가 안 되었다. 저만한 인재를 저따위 사사로운 일에 낭비하다니, 제정신으로는 그럴 수 없다.

그러나 어쨌든 전혀 다른 의미로 이곳에 온 목적은 달성했다고 볼 수 있었다. 청문이 아무리 대단한 인재라 해도 검을 놓았다면 앞으로 크게 발전하기는 어려울 것이다. 특히나 개인의 무력이 그 사람의 목소리에 힘을 실어 주는 이런 세상에서는. 굳이 미리 밟아 놓지 않더라도, 청문은 자연히 힘을 잃어 갈 게 분명하다.

후련함 반, 안타까움 반의 심정으로 해원은 슬쩍 제 제자를 살폈다. 잠시나마 부족함을 느꼈다지만, 차라리 송현 같은 아이가 제자인 게 다행이리라.

이런 스승의 마음을 아는지 모르는지, 송현의 표정은 여전히 심각했다.

"무슨 생각을 그리도 골똘히 하느냐?"

"아……. 그게, 아까 그 아이 말입니다."

송현이 뭔가 복잡한 표정으로 말했다.

"……그 꼬마 아이? 그 아이가 왜?"

송현은 고민하다 뭔가 말로는 설명하기 어렵다는 듯 이내 허리에 찬 검을 검집째 풀어 들었다.

"우리가 처음 그 모옥에 도착했을 때, 청문 도장은 이런 검식을 시전하고 있었습니다."

송현이 기를 싣지 않고 검을 휘두르며 청문의 검을 흉내 냈다. 그게 뭐 어쨌단 말인가. 해원이 그런데? 하고 물었다.

"그런데 아까 그 아이는 이런 식으로 검을 휘두르더군요."

검이 다시 한번 허공을 갈랐다.

"이건 내력으로 강제로 검을 뒤틀어 변화하는 순간에 위화감을 느꼈다는 말입니다. 그대로 내리그으면 훨씬 더 강한 일격이 가능한데, 왜 굳이 변(變)해야 하는지를 물은 것이지요."

"뭐, 그야 그렇겠지. 아이라 내력이 없지 않으냐? 내력이 있어야 자연스러워지는 검식을 내력 없이 휘두르면 불편했을 테니까."

"……사부님은 불편하셨습니까?"

송현이 빤히 보며 던진 물음에 해원은 어처구니없다는 듯 웃었다.

"응? 그야 당연히……."

하지만 그 웃음소리는 이내 잦아들었다.

'잠깐……. 불편하다?'

검을 익히며 그런 감상을 느껴 본 적이 있던가? 물론 힘들다거나 어렵다고 느낀 적은 있지만, 불편하다는 생각은 해 본 적이 없다. 심지어 검을 익히는 평생 말이다.

"나는 딱히……."

"저도 그렇습니다."

송현이 얼굴을 더 굳히며 제 검을 내려다보았다.

"검을……. 정확히는 검법을 불편하다고 여겨 본 적은 없었습니다. 그저 당연히 따라 해야 하는 거라고 여겼지요. 그런데 그 아이는 불편하다고 했습니다. 어려운 게 아니라 불편하다고. 그게 말도 겨우 익힌 아이가 꺼낼 만한 말인지…….”

"……생각이 거꾸로 된 게 아니더냐? 아이가 대단해서 그리 말한 게 아니라, 대단하지 않기 때문에 그리 말할 수 있는 것이다. 그 아이는 아직 어리니 검법을 익혀 강해진다는 생각 자체가 없을 게 아니냐.”

"……그럴까요?”

송현은 곰곰이 생각하다 이내 고개를 끄덕였다. 설령 어린 시절 그리 생각했다고 하더라도 그 옛날의 기억이 아직 남아 있을 리는 없지 않은가. 게다가 어른은 어려움을 극복하려 들지만, 아이는 어려움을 피하려 하곤 한다. 그리 생각해 보면 또 딱히 이상할 것도 없다. 해원이 다시 한 번 딱 잘라 말했다.

"별것도 아닌 일에 그리 복잡하게 생각할 것 없다. 네 말대로라면 그 아이가 천하에 다시없을 검귀(劍鬼)라는 뜻인데, 비급도 제힘으로 읽지 못할 아이가 무슨 수로 검의(劍意)를 이해하고 논하겠느냐?”

송현이 마지못해 고개를 끄덕였다.

"잊어버리거라. 청문이라는 이를 만난 충격……. 아니, 새로움이 아직 가시질 않아 세상 만물에 의심이 드는 것이다. 과하면 마(魔)가 찾아온다.”

"예, 사부님.”

"무당으로 돌아가자꾸나. 괜히 시간 낭비만 했구나.”

해원이 다시 앞서 나갔다. 송현은 천천히 그 뒤를 따르면서도 무언가 생각하기를 멈추지 않았다. 잠시 후 그가 이미 멀어진 화산의 봉우리를 돌아보았다.

물론 해원의 말대로 괜한 기우일 수도 있다. 그러나 송현의 마음속에 계속 걸리는 바가 있었다.

청문은 그 어린아이의 뜬금없는 질문에도 진지하게 고민하고 최선을 다해 궁구했다. 하나 조금 전 해원은 송현의 진지한 물음을 자신이 알고 있던 것만으로 깔끔하게 결론을 내려 버렸다. 그건 그저 해원이 청문보다 고민한 시간이 길고 더 많이 알고 있기 때문일까? 아니면…….

송현이 얼른 생각을 끊으며 눈을 질끈 감았다.

'불경이다.'

뇌리에서 청문이라는 두 글자를 지웠다. 언제고 다시 만날 수야 있겠지만, 어차피 그때의 청문은 더 이상 적수가 되지 못할 테니까. 그래, 그럴 것이다.

다만…… '청명'이라는 그 이름만은…….

"뭐 하느냐?"

"아닙니다, 사부님."

송현이 다시 걸음을 내디뎠다. 미련과 알 수 없는 찝찝함, 설명하기 어려운 마음을 한 움큼 쥔 채로. 그렇게 먼 길을 왔던 이들이 떠나온 곳을 향해 발을 재촉했다.

• ❖ •

"사람 데리고 오지 말아 달라고 부탁드렸잖습니까!"

"한사코 가자는데 어쩌느냐?"

"그럼 미리 언질이라도 주셨어야지요!"

"……그럴 상황이 아니었다니까."

청문이 길길이 날뛰니 내심 찔린 백오는 괜한 헛기침만 연발하며 시선을 피했다. 청문이 주먹을 꽉 쥔 채 외쳤다.
"하마터면 애가 절벽에서 떨어질 뻔했잖습니까!"
"……그게 문제였느냐?"
백오의 입에서 한숨이 새어 나왔다.
"절벽이라 해 봐야 고작 반 장도 안 되는 높이거늘. 뭐 그렇게 호들갑을……."
"어린애 아닙니까! 몸이 여려서 그걸로도 목숨이 위험하단 말입니다!"
빽 터져 나오는 목소리에 백오가 뜨거운 물에 덴 사람처럼 황급히 귀를 틀어막았다.
"아, 알았다! 알았다지 않느냐. 소리 좀 그만 지르거라."
"이래서 제가 처소를 옮겨야 한다고 몇 번이나 말씀드린 겁니다!"
"그러니까, 그게 내 마음대로 되는 게 아니라고……."
"장문인께 말씀드리면 됩니까? 제가?"
"……내가 어떻게든 해 보마."

기가 한껏 죽은 백오가 타들어 가는 목소리로 대답했다. 하지만 그러고도 미련은 다 버리질 못했는지 은근슬쩍 말은 꺼내 보았다.
"저번에 그, 울타리도 치던데. 그걸로는 안 되더냐?"
"울타리요? 하루는 고사하고 반나절이면 날아갑니다. 집도 무너뜨리는 판에 울타리는 무슨 울타리입니까."
"……그렇지."
백오는 구석에서 목검을 가지고 노는 청명에게 울적한 시선을 던졌다. 지옥에서 갓 기어 올라온 아수라도 저놈보다는 얌전할 테지.
"아니, 청문아. 생각해 보거라. 애초에 우리가 집을 다른 데로 못 옮기는 이유가 저놈 때문인데……."

"애는 원래 사고를 치는 법입니다. 사고 안 치는 아이가 어디 있습니까? 고작 그런 이유로 옆집을 내주지 않는다는 게 말이나 됩니까?"

"사고도 어지간한 규모로 쳐야……."

"애가 그러면 어른이 참아야지! 도사라는 사람들이!"

……도저히 말이 안 통한다. 물론 저 말만 들으면 다른 이들도 청문의 말에 동의할 것이다. 그런데 기껏 고생해서 지어 올렸던 새 모옥을 청명이 홀랑 태워 먹은 걸 알면 또 말이 달라지겠지.

'그때 날아간 모옥이 세 채였던가.'

숯검정을 한가득 묻힌 채 함박웃음을 짓던 청명이 놈의 얼굴이 잊히질 않는다. 얼마나 해맑게 웃던지 무심결에 칭찬해 줄 뻔하지 않았던가. 그 사건으로 백오가 장문인께 얼마나 욕을 퍼먹었는지 모른다. 그런 마당에 제자란 놈은 애 신발 그을렸다고 호들갑이나 떨었더랬다…….

'그냥 내가 이 집을 나가든가 해야지.'

백오가 한숨을 쉬었다. 그리고 구석에서 목검 조물락거리기에 열심인 청명을 불렀다.

"끄응, 그보다 청명아."

"응."

"응이 아니라 네라고 해야지."

"왜?"

"왜가 아니라……. 아니다. 마음대로 하려무나."

"싫은데?"

백오가 양손으로 제 얼굴을 감쌌다. 숱한 마두가 그의 이름 앞에 벌벌 떨고, 같은 정파 내에서도 화산제일검이라 불리며 경외시되는 백오건만, 이 집 안에서는 사부는커녕 어른 대접도 못 받는 쭉정이였다.

"이 녀석, 버릇없이 어딜! 네라고 해야지!"

"네."

"그래, 착하다."

심지어…… 직접 키운 제자보다 취급 못 받는 쭉정이…….

"표정이 왜 그러십니까, 사부님?"

백오는 대꾸할 힘도 없어 손만 휘휘 젓고 말았다. 나이가 들면 지금보다야 좀 나아지겠지. 그렇게 믿어야지.

그때, 청명이 백오에게 물었다.

"근데 왜?"

청문의 꾸지람이 날아들었다.

"왜가 아니라 왜요!"

"왜요?"

……그냥 다 내려놓은 백오가 청명에게 물었다.

"오늘 온 젊은 녀석 기억나느냐?"

"젊은?"

"사람이 둘 왔잖느냐. 나이 든 이와 젊은 사람."

"사람?"

"그래. 그중 젊은 녀석은 어떻더냐? 신경이 쓰이더냐?"

청명이 고개를 갸웃했다. 대체 무슨 말을 하는지 모르겠단 표정이었지만, 백오는 쉽사리 포기할 수 없었다.

"그 아이를 잘 기억해 두거라. 언젠가는 그 아이가 무당을 대표하는 검수가 될 것이다. 그때는 언제고 네가 그놈을 꺾어야……."

"당과 있어?"

"……."

"청명아, 당과는 많이 먹으면 몸에 좋지 않다고 했잖느냐."

"당과 줘."

또다시 시작된 사제의 대화에, 백오의 입에선 절로 앓는 소리가 나왔다. 이게 아닌데. 좀 더 뭐랄까…… 전의(?)에 불타야…….

"청명아. 그놈이……."

하지만 청문이 냉정하게 백오를 막아섰다.

"그만 좀 하십시오, 사부님. 청명이는 아직 어린애입니다. 왜 애한테 자꾸 사람을 꺾어야 한다는 둥 그런 쓸데없는 이야길 하십니까?"

청문이 앞으로 기우뚱 엎어지려는 청명을 능숙하게 받아 들었다.

"자연스러운 게 좋은 겁니다. 청명이가 그걸 원한다면 그리될 겁니다. 하지만 아니라면, 저는 청명이가 그저 도인의 본분을 지키는 사람이 되는 것만으로도 만족합니다."

"아니, 그러면 안 된다니까."

"알았으니까, 어차피 알아듣지도 못할 애 붙들고 그런 말씀은 그만하십시오."

하긴, 아직 어린 애가 뭘 알겠는가. 틀린 말은 또 아닌지라 백오는 아쉽게 입맛을 다시며 물러섰다. 그의 눈에는 송현의 경지가 범상치 않은 게 보였지만, 청명에게는 그저 나이 든 형 그 이상도 이하도 아니겠지.

"청문아. 혹시나 해서 다시 묻는데……."

"자꾸 왜 했던 말을 또 하십니까?"

청문의 심드렁한 대답에 백오가 한탄하듯 말을 내뱉었다.

"이 스승이 속이 타서 그런다, 속이 타서. 그 양반이 한 말 중에 틀린 구석이 뭐가 있느냐? 네 재능이 아깝지 않으냐. 청명이가 안 한다면 너라도 해야……."

"괜찮습니다."

단호히 대답하면서도 청문의 시선은 청명에게만 꽂혀 있었다. 벼루 쪽으로 향하는 청명을 끌어당기며 청문이 답했다.

"이미 도를 배우는 데 필요한 무학은 다 갖췄습니다."

"……검 수련이 청명이를 키우는 데 방해가 되어서 그런 건 아니고?"

"사부님은 한 번씩 이상한 소리를 하십니다."

"이상한 게 아니라!"

백오가 답답함에 가슴을 쳤다. 저놈이 검을 내려놓겠다고 한 시점이 그가 수련하는 동안 청명이에게 사고가 날 뻔한 날임을 온 화산이 다 안다.

장문인께서는 '하나의 검을 잃게 된다고 해도 더 날카로운 검을 벼려 낼 수 있다면 그거로 족하다.'라고 하셨지만, 스승인 백오의 심정은 그렇지가 않았다. 어쨌든 백오에겐 청명보다 청문이 훨씬 중했다. 저 칼 귀신 같은 선대들과는 달리 말이다.

청문의 어깨를 붙들며 늘어지고 기어오르는 청명을 보며 백오가 고개를 절레절레 저었다.

화산의 입장에서는 청문의 판단도 틀린 것은 아니다. 청문의 검재도 절대 부족하지 않다. 아니, 외려 굉장히 뛰어난 축에 속한다. 그의 제자라 하는 말이 아니라 검에 전념한다면 송현 정도는 이길 거라고 장담할 수 있었다.

하지만 그뿐이다. 그 정도 무재로 화산을 천하제일문파로 만들기란 불가능하다. 기껏해야 삼대검문의 수좌를 다투겠지. 그리고 끝내 그의 대에 소림과 무당을 넘어설 수는 없을 것이다.

백오의 시선이 이번엔 청명에게로 향했다. 기다란 작대기를 목검 삼아

한시도 손에서 놓지 않는 어린아이.

'하지만…… 청명이는 다르지.'

이 아이의 재능은 청문과 비할 바가 아니다. 검으로 일가를 세우고 새로운 경지를 열고도 남을 재능. 그런 아이가 있는데 청문이 검을 붙잡는 건 분명 낭비일지도 모른다.

백오는 긴 한숨으로 남은 미련을 애써 접어 보았다.

그에게는 꿈이 있다. 언제고, 청문이 깊은 도와 인품으로 사람을 이끌며, 청명이 그런 청문의 검이 되어 화산을 이끄는……. 그날이 온다면 어쩌면 화산이 무당은 물론 소림마저 넘어 천하제일문으로 불리게 될지 모른다.

"청명아! 사형이 문 걷어차지 말라고 했지?"

"으……."

"어디서 입을 삐쭉거려, 요 녀석이!"

"쳇."

"쳇? 체에에엣? 이 콩만 한 게 그런 말은 어디서 배워선! 어느 놈이냐! 네게 이런 말을 가르친 놈이!"

잠시도 조용할 줄 모르는 두 사람을 보며 백오는 피식 웃고 말았다. 그래, 그렇게만 될 수 있다면…….

와장창창!

"아이고오! 집에 자기는 다 치웠었는데 이건 또 어디서 난 거야! 청명아아아아아!"

……그가 빙그레 웃으며 제 윗배를 문질렀다.

'아니면 화산이 저놈 손에 쫄딱 망하든가.'

결과는 둘 중 하나겠지만, 어쨌건 백오가 살아 있는 동안 제 눈으로 그 결과를 확인하긴 어려울 것이다. 그게 다행인지 불행인지 새삼 모르겠다는 생각이 들었다.

"하지만 아무려면 어떠리."

"예?"

"아니다. 허허. 허허허허허."

백오의 입가에 환한 미소가 피어났다.

그의 남은 생에 더 이룰 게 없다고 해도, 이 둘은 남기고 갈 수 있게 될 테니 모자람 없이 행복하다고 해도 될 것이다.

"아이고오! 청명아아아아아아!"

대신 살아 있는 동안은 고생을 좀 해야겠……지. 아마도.

화산귀환 7

발행 I 2024년 5월 31일

지은이 I 비가
펴낸이 I 강호룡
펴낸곳 I ㈜러프미디어
디자인 I 크리에이티브그룹 디헌
기획 편집 I 러프미디어 편집부

ISBN 979-11-93813-37-9 04810
         979-11-93813-32-4 (set)

출판등록 I 2020년 6월 29일
주소 I 경기도 부천시 송내대로 29 리슈빌딩 3층
전화 I 070-4176-2079
E-mail I luffmedia@daum.net
블로그 I http://blog.naver.com/luffmedia_fm

해당 도서는 ㈜러프미디어와 독점 계약되었으며, 저작권법에 의해 보호받는 저작물입니다.
무단 전재와 무단 복제를 엄금합니다.